KB164662

눈솔 정인섭 평전

눈솔 정인섭 평전

김욱동

"산 넘고 물 건너서 사는 것이 인생이라

넘으며 건너가기 쉽지 않은 가시밭길

이 길을 울고 웃다가 늙고 늙어가노라"

- 눈솔 정인섭

책머리에

일본 메이지(明治) 시대 근대화를 이끈 주역 후쿠자와 유키치(福澤諭吉)는 만년에 이르러 자신이 살아온 삶을 회고하며 '일신이생(一身二生)'이라고 말한 적이 있다. 즉 한 몸으로 두 삶을 산 것과 같다는 말이다. 십여 년 전 나는 송재(松齋) 서재필(徐載弼)에 관한 책을 쓰면서 송재도 후쿠자와 못지않게 한 몸으로 두 삶을 살다가 간 인물이라고 말하였다. 송재는 다름 아닌 후쿠자와를 무척 존경하던 그의 제자였다.

그런데 이렇게 한 몸으로 두 삶을 산 사람으로 말하자면 눈솔 정인섭(鄭寅燮)도 빼놓을 수 없다. 일본 제국주의가 강제로 을사늑약을 체결한 1905년에 태어난 눈솔은 식민지 조선과 식민지 종주국 일본에서 젊은 시절을 보내고 어수선한 해방 정국과 한국전쟁 이후 혼란기를 겪었다. 1983년 사망하기 전 눈솔은 그가 걸어 온 삶을 돌아보며 "원숭이보다 더 재주부리는 사람들 속에서 나는 바빴고, 세상 평평 돌아서 어지러웠고, 안정되지 못한 시대를 한평생 힘겹게 살아 왔다"고 회고한 적이 있다. 이렇게 프리드리히 횔덜린이 말하는 '궁핍한 시대'를 살면서 눈솔은 영문학자로, 시인으로, 문학평론가로, 번역가로, 한글학자로, 음성학자로, 민속학자로, 연극인으로 그야말로 한 몸으로 두 삶, 아니 세 삶 네 삶을 살다시피 하였다. 눈솔이 살아온 고단한 삶의 궤적을 바라보노라면 그의 발꿈치에서는 먼지가 뽀얗게 일어나는 것이 보인다. 그만큼 그는 무척 분주한 삶을 살다 갔다.

눈솔은 언젠가 자기의 학문 편력과 관련하여 '방랑자'라고 부른 적이 있다. 그러나 그는 학문 세계에서 '방랑'했다기보다는 오히려 요즈음 유행하는 말을 빌리면 '통섭적으로' 학문을 연구하려고 했다고 보는 쪽이 더 정확하다. 눈솔은 쥘 들뢰즈가 말하는 '유목민' 학자라고 불러야 할 것 같다. 적어도 이 점에서는 나도 눈솔과 크게 다르지 않다. 눈솔처럼 나도 그동안 '유목민' 학자로 자처해 왔다. 나는 그동안 한국문학과 외국문학을 구분 짓지 않고 '세계문학'이라는 넓은 테두리 안에서 문학을 연구해 오려고 노력하였다. 한국어를 매체로 삼으니 한국문학이고 영어를 매체로 삼으니 영문학일 뿐 두 문학은 인간이 빚어낸 찬란한 우주라는 점에서는 똑같다. 나에게 영문학은 한낱 학문의 베이스캠프에 지나지 않았다. 베이스캠프에는 기본 장비만 갖다 놓고 나는 세계문학이라는 봉우리를 향하여 부단히 매진하였다. 이러한 학문적 태도는 내가 눈솔에게서 물려받은 소중한 유산이다.

내가 눈솔의 평전을 쓰기로 마음먹은 것은 크게 세 가지 이유에서 비롯한다. 무엇보다도 그는 영문학자로 나에게 외국문학을 전공하는 사람으로서 가야 할 올바른 길을 인도해 주었다. 그는 외국문학의 튼튼한 기반이 없이는 한국문학 연구는 한낱 신기루처럼 부질없다고 생각하였다. 1927년에 도쿄에서 외국문학을 전공하는 조선 유학생들과 함께 '외국문학연구회'를 조직하고 『해외문학』이라는 기관지를 출간할 때 그를 비롯한 회원들은 "무릇 신문학의 창설은 외국문학 수입으로 그 기록을 비롯한다. 우리가 외국문학을 연구하는 것은 결코 외국문학 연구 그것만이 목적이 아니오 첫째에 우리 문학의 건설, 둘째로 세계문학의 호상 범위를 넓히는 데 잇다"고 천명하였다. 이렇게 눈솔은 '우리'와 '그들', '안'과 '밖'을 굳이 가르지 않고 문학을 넉넉한 안목에서 바라보려고 하였다. 이 점에서 눈솔은 한국에서 처음으로 '세계문학'을 부르짖은 선각자 중 한 사람으로 꼽아도 크게 틀리지 않을 듯하다.

더구나 눈솔은 몇 해 전부터 내가 근무하고 있는 울산과학기술원(UNIST) 소재지 언양에서 태어나 자라났다. 언양을 두고 그는 언젠가 "내가 살던 고향은 꽃피는 농촌"이라고 부른 적이 있다. 그가 유년시절을 보내던 20세기 초엽만 하여도 언양은 그야말로 첩첩산골의 농촌이요 산촌이었다. 오죽하면 19세기 초엽 정부로부터 온갖 박해를 받던 천주교 신자들이 언양으로 숨어들었을까. 솔직히 말해서 나는 울산과학기술원에 오기 전까지만 하여도 부끄럽게도 언양이라는 곳을 잘 몰랐다. 누가 '언양'이라고 하면 나는 충청남도 '온양'이나 경기도 '안양'을 잘못 말하는 것이려니 하고 생각하기 일쑤였다.

그런데 이곳에 위치한 학교에 근무하면서 나는 언양이 한국 근대화의 요람과 같은 곳이라는 사실을 처음 알게 되었다. 가령 언양은 눈솔뿐만 아니라 평생 주옥같은 단편소설만 집필한 작가 난계(蘭溪) 오영수(吳永壽), 희곡작가요 연극인인 신고송(申鼓頌), 일본 식민지와 한국전쟁을 거치면서 척박할 대로 척박해진 한국 문화계에 '출판보국'을 실현한 교육문화 출판의 선각자 우석(愚石) 김기오(金琪午) 같은 걸쭉한 인물을 배출한 곳이다. 이러한 문화계 인사 말고도 롯데 신격호 회장, 조용기 목사, 신말업 육군대장도 언양 출신이다. 내가 눈솔 평전을 집필하는 것은 언양이 얼마나 유서 깊은 곳인지 널리 알리는 한편, 울산과학기술원에 근무하는 사람으로서 울산과 언양의 긍지를 드높이기 위해서다.

그런가 하면 눈솔은 나와는 개인적으로도 아주 인연이 깊다. 눈솔은 '잊을 수 없는 스승'으로 서울대학교 총장을 지낸 교육자 백농(白農) 최규동(崔奎東)과 역시 울산 출신 교육자로 존경받던 금계(琴溪) 박관수(朴寬洙)를 꼽곤 하였다. 나의 '잊을 수 없는' 스승은 다름 아닌 눈솔 정인섭이다. 내가 학부 2학년에 재학 중이던 때 대학원장으로 부임해 온 눈솔은 대학원 행정보다는 강의에 열중하였다. 그래서 나는 학부 강의는 물론이고 대학원 과정에서 그의 강의를 열심히 들었다. 눈솔은 셰익스피어, 비교문학, 운율학, 음운론, 영국 문화 등을 가르쳤고, 나는 그의 강의를 거의 하나도 빼놓지 않고 들었다. 특히 아직 한국에서 학문으로 제대로 정립되지 않은 운율학은 뒷날 내가 시를 비롯한 문학 작품을 이해하는 데 무척 큰 힘이 되었다. 1976년에 내가 미국 유학을 떠날 때도 추천서를 써 준 분이 다름 아닌 눈솔이었다. 1981년 유학을 마치고 귀국한 나는 눈솔을 찾아뵈어야지 하고 벼르는 사이 그분은 그만 갑자기 유명을 달리하고 말았다.

나는 이 책에서 80년 가까이 눈솔이 걸어온 삶의 궤적을 더듬으려고 하였다. 그러나 그의 표현을 빌리면 "산 넘고 물 건너" 걸어온 그의 발자취 하나하나를 따라 더듬기보다는 오히려 그가 남긴 발자취 중에서 깊게 파여 좀처럼 지워지지 않고 오래 남을 흔적에 주목하였다. 다시 말해서 그의 삶 중에서 의미 있는 활동에 초점을 맞추려고 애썼다. 카멜레온 같은 눈솔의 참모습을 얼마나 정확하게 그리고 선명하게 드러냈는지 헤아리는 것은 이제 독자들의 몫이다.

나는 이 작은 책을 삼가 은사 눈솔 정인섭에게 바친다. 올해로 눈솔이 태어난 지 115년, 작고한 지 37년이 지났다. 비록 늦게나마 이 조그마한 책으로 스승이 남긴 업적을 기린다. 이 책을 쓰는 동안 나는 여러 사람 여러 기관으로부터 크고 작은 도움을 받았다. 필요한 참고 문헌을 언제나 흔쾌히 구해 준 울산과학기술원 학술정보원의 선생님들에게 고마움을 표한다. 또한 같은 학교의 인문학부 부장 윤정로 석좌교수님과 창의인문과학연구소 소장 윤새라 교수님을 비롯하여 학부의 모든 교수들에게도 이 자리를 빌려 감사한다. 끝으로 이 책이 햇빛을 보게 되기까지 여러모로 궂은일을 맡아준 이숲 출판사에도 감사드린다.

울산과학기술원에서
2020년 봄
김욱동

차례

1

언양(1905~1917)

경부선 고속열차를 타고 가다가 울산 KTX역에서 내려 울산 시내 반대쪽으로 버스를 타고 가면 채 십여 분도 되지 않아 언양(彦陽) 읍에 도착한다. 울산 시내와는 달리 언양은 아직도 도시화의 손길이 닿지 않은 채 시골티를 벗지 못하고 있다. 옛날처럼 닷새마다 장이 서는가 하면, 높은 건물도 적어 산과 들이 시원스럽게 눈앞에 들어온다. 저 옛날 언양은 신라의 고도 경주와 가락국의 수도 김해를 통하는 길목이었다.

　저 멀리 뒤쪽으로는 소백산맥의 마지막 줄기 간월산(肝月山)이 늠름한 모습으로 솟아 있고, 가까이에는 화장산(華藏山)이 마치 병풍을 두른 듯 언양 읍내를 포근하게 감싸고 있다. 화장산 근처에는 임진왜란 때 화강암으로 지었다는 읍성이 아직도 남아 있어 옛 정취를 물씬 자아낸다. 마을 앞쪽에는 온갖 물고기가 뛰노는 맑은 남천(南川)이 사시사철 흘러 동해로 빠져나간다. 언양은 언젠가 소파(小派) 방정환(方正煥)이 말했듯이 "산 좋고 바람 좋고 물

맛이 좋은" 곳이다. 언양 사람들은 간월산 계곡에서 철철 흐르는 남천 물에 물레방아를 돌려 농사를 짓고 맑은 물가에는 미나리를 재배하였다.

> 깨끗한 언양 물이 미나리강을 지나서
> 물방아를 돌린다 팽이같이 도는 방아
> 몇 해나 돌았는고 세월도 흐르는데
> 부딪치는 그 물살은 뛰면서 희게 웃네
> 하늘에 구름도 희게 웃네[1]

눈솔 정인섭(鄭寅燮)이 지은 시에 김원호(金元浩)가 곡을 붙여 지금도 널리 애창되는 「물방아」의 첫 절이다. 흔히 '미나리꽝'이나 '미나리광'으로 일컫는 미나리강은 남천 근처에 미나리를 재배하던 논을 말한다. 물이 맑고 깨끗하여 언양은 예로부터 미나리를 재배하여 임금의 진상품에 오르며 전국에 걸쳐 명성을 떨쳤다. 지금은 도시화에 밀려 사라지다시피 했지만 눈솔이 이 시를 지을 때만 하여도 언양 읍성 일대의 '미나리꽝'은 미나리의 주요 재배 지역이었다. 또한 물방아를 돌려 논밭에 물을 대고 곡식을 빻기도 하였다. 눈솔의 시를 읽노라면 평화스럽기 그지없는 산골 마을의 모습이 마치 한 폭의 그림처럼 눈앞에 선히 떠오른다.

눈솔은 「내가 살던 고향은 꽃피는 농촌」이라는 글에서 현대문명의 때에 묻지 않은 아름다운 고향 언양을 생생하게 기억한다. 이 글의 제목은 이원수(李元壽)의 유명한 동시 「고향의 봄」의 첫 구절 "내가 살던 고향은 꽃피는

---

1) 정인섭, 『산 넘고 물 건너』(서울: 정음사, 1968), 23쪽.

산골"에서 '산골'을 '농촌'으로 살짝 바꾸어 놓은 것이다. 눈솔은 "이 농촌의 서쪽으로는 간월산이란 태산이 가로 막혀 있다. 거기서 흘러내리는 계곡에는 석남사(石南寺)라는 절이 있고, 또 봄에는 곤다리와 반달비라는 산나물과 고사리와 묵나물이 되는 맛난 산채가 무진장으로 나온다. 또 산딸기와 머루와 가래가 어린 시절의 식욕을 돋구어 주었다"[2]고 회상한다.

예로부터 산천이 수려하면 훌륭한 인물들이 난다는 말이 있을 만큼 자연환경은 인간과 떼려야 뗄 수 없이 깊이 연관되어 있게 마련이다. 언양은 삼한시대의 거지화(居知火), 신라 경덕왕 때의 헌양(巘陽), 고려 인종 때의 언양으로 이어지는 천년 고을이다. 옛 이름 헌양은 고헌산(高巘山) 아래 양지 바른 고을이라는 뜻이다. 이 언양은 산천이 수려하여 곳곳에 경승지가 있고, 그러기에 인물이 많이 나는 고을로 널리 알려져 있다.

눈솔 정인섭과 마찬가지로 언양에서 태어나 자란 소설가 난계(蘭溪) 오영수(吳永壽)도 자전적 단편소설 「삼호강(三湖江)」에서 그의 고향 마을을 "산이 깊고 물이 맑고 미나리로 널리 알려진 조그만 산간 촌읍"으로 회상한다. 그가 작품 제목으로 삼은 '삼호강'은 허구적 지명이지만 언양의 남촌을 말한다. 오영수는 어릴 적에 맛본 봄철 미나리의 향기로운 맛을 평생 잊지 못하였다. 또한 간월산 계곡에서 나는 엉개와 두릅, 남천에서의 천렵(川獵), 가을의 과일 등이 그의 기억에 깊이 아로새겨 있다.

2) 정인섭, 「내가 살던 고향은 꽃피는 농촌」, 『이제는 하고 싶은 이야기』(서울: 신원문화사, 1980), 266쪽.

이렇게 산과 물이 빼어나서인지 예로부터 여러 시인묵객들이나 선사들이 이곳 언양을 즐겨 찾았다. 그중에서도 포은(圃隱) 정몽주(鄭夢周)는 아마 첫 손가락에 꼽힐 것이다. 그는 이인임(李仁任)의 친원(親元) 정책을 비판하다가 규탄 받고 언양으로 유배되었다가 1377년(우왕 3년)에 정도전(鄭道傳) 등의 도움으로 가까스로 풀려났다. 예로부터 언양은 이렇게 유배를 보낼 만큼 첩첩산중의 시골이었다.

　간월산에서 발원하여 언양 쪽으로 흐르는 시냇물이 작괘천(酌掛川)이다. 이곳은 수백 평에 이르는 바위가 오랜 세월의 물살에 깎여 움푹움푹 파인 형상이 마치 술잔을 걸어 둔 것과 같다고 하여 부른 이름으로 사시사철 맑은 물이 흐른다. 이 계곡 너럭바위 옆에 세운 정자가 작천정(酌川亭)이라는 정자다. 포은은 오늘날의 울주군 삼남면 교동리에 해당하는 곳에서 유배 생활을 할 때 작천정을 자주 찾아가 술로 시름을 달래며 시를 읊었다. 언양의 대곡리 대곡천 하류에 자리 잡은 반구대(盤龜臺)에 포은의 유허비가 서 있고 그의 학문을 기리는 반구서원이 자리 잡고 있는 것으로 보아 이곳이 그가 귀양살이를 한 곳 같다. 반구대에는 포은이 바둑을 두었다는 바둑판이 아직도 바윗돌에 새겨져 있다. 언양에서 유배 생활을 하는 동안 포은이 지었다는 "용은 세모 걱정에 깊은 골로 숨고(龍愁歲暮藏深壑) / 학은 기쁨에 푸른 가을 하늘로 오르네(鶴喜秋晴上碧天)"라는 시는 지금도 전해온다.

　이곳이 바로 눈솔 정인섭이 태어나 자란 언양 마을이다. 일본이 대한제국의 외교권을 박탈하려고 강제로 을사보호조약을 체결한 해인 1905년에 그는 울주군 언양면 서부리(西部里) 163번지(1통 8호)에서 아버지 아송(蛾松) 정택하(鄭宅夏)와 어머니 오화수(吳和壽) 사이에서 태어났다. 자신의 출생과 관련하여 눈솔은 "1905년 일본이 한국을 삼키려고 을사보호조약을 맺은 해—이해에 내가 났으니 띠는 뱀띠, 어딘가 파란곡절이 많은 민족의 수난까지 겪어야 할 팔자다"[3]라고 밝힌 적이 있다. 1983년 9월 16일 서울의 한 반포 아파트에서 사망할 때까지 그는 80여 년 동안 그의 말대로 20세기 한반도의 파란만장한 격동기를 온몸으로 부딪치며 살았다. 눈솔의 생가는 언양 읍성 복원 사업 과정에서 허물어져 지금은 그 흔적조차 찾기 어렵다.

눈솔이 태어난 서부리 초가집은 성벽 서남쪽 바깥에 위치해 있었다. 집 뒷마당이 언양 읍성의 성벽과 맞닿아 있어 이 성벽과 그 근처 화장산은 어릴 적 그의 놀이터와 다름없었다. 다섯이나 되는 누나 중 셋째 누나 덕조(德祚)가 어린 눈솔에게 흰 염소 이야기를 들려준 뒤 그에게 커서 누구에게 장가가겠느냐고 묻곤 하였다. 그러면 어렸을 때부터 돌을 쌓아 만든 성 안에 흰 염소가 풀을 뜯어먹는 모습을 보며 자란 눈솔은 "성 안의 흰 양생이(염소)한테 장가가지"라고 대답하였다. 이렇듯 눈솔은 어린 시절부터 동화와 전설의 세계에서 살았다. 더구나 이 성벽과 관련해서는 임진왜란에 얽힌 설화와 전설이 전해 내려온다. 또한 화장산과 관련한 이야기도 어린 소년 눈솔의 상상력에 크고 작은 영향을 끼쳤다. 눈솔이 평생 설화와 전설, 민담, 신화, 민속에 깊은 관심을 기울인 것도 따지고 보면 이렇게 어린 시절부터 상상력의 세계에서 살았기 때문이다.

화장산 아래쪽에는 굴암사(窟巖寺)라는 절이 있는데 예로부터 이 절의 창건과 관련한 설화 한 토막이 전해온다. 난치병을 얻은 신라 소지왕(炤智王)은 전국 유명 사찰을 찾아다니며 기도하여 병을 치료하려고 했지만 이렇다 할 차도가 없었다. 그러던 어느 날 관세음보살이 꿈속에 나타나 "남쪽에 복숭

3) 정인섭, 「나의 출생」, 『못다한 이야기』(서울: 휘문출판사, 1986), 27쪽.

아꽃이 있으니 그 꽃을 사흘 복용하면 병이 나을 것이다"라고 하였다. 남쪽의 복숭아꽃을 수소문하던 한 신하가 놀랍게도 추운 겨울철인데도 남쪽 산중턱에 복숭아꽃이 만발한 것을 발견한다. 그러나 막상 찾아가니 꽃은 없고 굴속에 '도화(桃花)'라는 한 노승이 앉아 있을 뿐이다. 남쪽의 복숭아꽃이 이

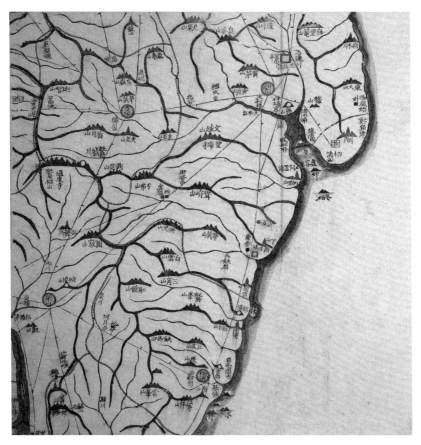

울산, 언양, 양산의 지형을 보여주는 대동여지도 일부.

도화 스님을 뜻하는 것임을 알아챈 신하는 스님을 모시고 왕실로 향한다. 소지왕이 노승에게 설법하게 하니 왕의 병이 사흘 만에 말끔히 나았다. 그러자 소지왕은 승려가 머물던 굴에 절을 세우고 산 이름을 화장산으로 고치고 굴 이름을 화장굴로 불렀다. 현재 굴암사는 통도사(通度寺)의 말사다. 세부 사항은 조금 다르지만 눈솔도 화장산과 굴암사에 얽힌 전설을 말한 적이 있다.

지금도 크게 다르지 않지만 눈솔이 태어날 무렵 언양은 그야말로 산촌이라고 해야 할지 농촌이라고 해야 할지 조그마한 시골마을이었다. 1970년에 경부고속도로를 건설하면서 그 근처에 나들목이 생기고 2010년에는 KTX역까지 생겼지만 언양은 벽지 중의 벽지다. 그동안 언양은 북쪽으로는 신라 고도 경주에, 동북쪽으로는 포항에, 남쪽으로 울산의 그늘에 가려 좀처럼 빛을 보지 못해 왔다. 21세기에 접어든 지 20년 가까이 흐른 지금도 '언양'이라고 하면 충청남도 '온양'이나 경기도 '안양'이 아니냐고 반문하는 사람이 적지 않다.

눈솔 정인섭의 인생관이나 세계관은 보편적이고 사해동포주의적, 요즈음 말로 하면 가히 '글로벌적'이라고 할 만하다. 그런데 그의 인생관이나 세계관을 좀 더 쉽게 이해하기 위해서는 그가 태어나 자란 종교적 환경을 살펴보는 것이 좋을 것 같다. 그는 태어나기 전부터 불교, 유교, 천주교의 서로 다른 세 종교의 영향권에서 크게 벗어나지 못하였다. 그의 할아버지 정기주(鄭基柱)는 불교신자로 큰아들 정택하를 언양에서 10킬로미터쯤 떨어진 통도사(通度寺) 입구 신평 마을의 불교신자 집안의 딸과 결혼시켰다. 눈술의 아버지는 아내가 자식을 낳지 못한 채 일찍 사망하자 이번에는 언양의 처녀와 재혼하였다. 그런데 그의 아내 집안은 조부 때부터 이 지방에서 흔히 '성교(聖敎)'로 일컫는 천주교를 믿었다. 집안이 기울어 어렸을 적부터 포목 행상을 한 눈술의 할아버지는 아들을 출세시키려고 그에게 한학을 가르쳤고, 아들은 사서삼경을 통달하여 언양 마을에서는 유교의 대표적인 인물이 되었다. 뒷날 정택하는 관찰부주사(觀察副主事)라는 벼슬을 하였다. 그러므로 눈술은 불교, 유교, 천주교 등 세 종교의 정신을 모두 호흡하면서 자라났던 셈이다.

그러니 이 세 가지 종교가 얽히고설킨 이 가정에서 자라난 나에게는 오늘에 와서도 그 세 가지가 다 나의 신앙생활에 영향을 주고 있다. 이것이 나의 인생관이나 문학관에도 깃들어 있다고 생각한다. 나는 사릴 어느 절에 가도 대웅전의 부처님을 보고 합장하는 버릇이 있고, 또 주일에는 성당에 가서 미사에 참여하고 고해성사도 하지마는 선조의 유교적 제사를 찬성하여 제상 앞에서 엎드려 절할 때 흐뭇함을 느낀다. 나의 어머니께서도 시부모의 불교와 친정의 천주교와 남편의 유교, 그 세 가지 중에 어느 하나만을 꼭 택할 수 없는 처지에 있었으니 형편에 따라 이 편에 서 보기도 하고, 저 편에 서 보기도 하다가 날이 세고 해가 거듭되다 보니 아리따운 청춘의 낭만도 잊은 채, 시집살이의 노예가 됐던 것이 아니었을까.[4]

---

4) 앞의 글, 27쪽.

그동안 한반도에서는 유불선(儒佛仙) 세 종교가 대표적인 신앙으로 대접받았지만 천주교가 전래되면서 눈솔의 집안에서는 '선'을 밀어내고 그 자리에 천주교를 앉혔다. 실제로 언양은 천주교와 아주 깊이 연관되어 있다. 언양 지역에는 경상남도 최초의 공소(公所), 즉 본당보다 작아 본당 주임신부가 상주하지 않고 순회하는 천주교 공동체가 있었다. '내간월 불당골' 공소가 바로 그것이다. 이 불당골은 김재권(金在權, 프란치스코)이 천주교 박해를 피하여 이곳으로 이주해 온 뒤 다른 신자들과 함께 신앙 공동체를 형성했던 곳이다. 선교사들을 맞이할 무렵 불당골은 공소로 바뀌었으며, 최양업(崔良業, 토마스) 신부와 마리 니콜라 앙투안 다블뤼(한국명: 安敦伊, 安斐理) 주교가 방문하여 차례로 공소를 치르던 1850년대 말엽에는 언양 일대가 천주교 신자들의 집단 거주 지역이 되었다. 간월을 비롯한 죽림(대재, 죽령, 죽림골), 탑곡, 예씨네골, 진목정 등지에 교우촌을 형성했지만, 언양 지역의 교우촌들은 병인박해(丙寅迫害) 때 심한 타격을 입었다.

눈솔은 할아버지와 할머니의 불교와 아버지의 유교에 아무런 반감이 없었지만 평생 그가 믿은 신앙은 다름 아닌 천주교였다. 어머니를 몹시 따르고 여동생 안나 복순(福順)을 유난히 사랑하고 아끼던 눈솔은 그들의 깊은 신앙에 감화를 받아 평생 천주교를 믿었고, 그의 세례명은 요셉이었다. 경기도 의왕시 학의동 천주교 공원묘지 위쪽에는 1983년에 색동회에서 세운 묘비가 있고, 그 앞면에는 "눈솔 동래(東萊) 정공(鄭公) 요셉 인섭(寅燮) 박사의 묘"라는 글귀가 새겨져 있다.

눈솔의 부모는 내리 딸만 다섯을 낳았을 뿐 바라고 바라던 아들을 낳지 못하였다. 눈솔의 작은아버지는 첫아이부터 아들 네 형제를 두었으므로 큰아들인 눈솔의 아버지와 어머니는 마음고생이 여간 크지 않았다. 할아버지는 사내 손자만을 집에 자주 오게 하여 귀여워하므로 눈솔의 다섯 누나들은 집에서 슬슬 눈치를 살피지 않을 수 없었다. 할아버지가 손녀들을 홀대하면 할수록 눈솔의 어머니는 오히려 딸 다섯을 극진히 보살피고 돌보아 주었다. 집안일 중에서도 힘들지 않은 일을 딸들에게 맡긴 채 농사일은 어머니 혼자서 꾸려 나갔다.

이렇듯 눈솔의 어머니는 아들이 없다는 이유로 시부모의 따가운 눈총을 받으며 시집살이를 해야 하였다. 그런데 다섯 딸도 하나같이 불행하게 살다가 삶을 마감하였다. 여성스럽고 너그러운 성품의 큰딸(명순)은 열아홉 살 때 부산 영도의 부잣집 총각과 결혼했지만 바람기가 많은 남편은 방탕한 생활로 재산을 모두 탕진하였다. 둘째 딸(덕봉)은 착하고 성실한 개성 선비와 결혼했지만 그의 집안이 늘 가난하여 무척 고생하였다. 그럭저럭 재산도 있고 사람도 좋은 남편과 결혼한 셋째 딸(덕조)은 남편이 병으로 일찍 사망하였다. 넷째 딸(명조)은 볼거리를 앓다가 열여섯 살 때 일찍 세상을 떠났다. 남성처럼 활달한 다섯째 딸(복실)은 남편을 따라 일본에 이주하여 살았지만 타향살이에 고생을 많이 하였다.

이렇게 눈솔의 다섯 누이는 하나같이 팔자가 사나워 삶이 그렇게 평탄하지 못하고 기구하였다. 이렇게 어머니의 힘든 시집살이와 누이들의 고생을 보면서 자란 눈솔은 앞으로 결혼하여 딸을 낳으면 잘 길러서 행복하게 해주겠다고 다짐하였다. 그러면서도 그는 "사람은 팔자대로 살아야 한다지만, 어쩐지 그러한 운명론은 꼭 그대로 믿어야 할는지 인생은 참으로 수수께끼와 같은 데가 있다고나 할까"[5]라고 여운을 남겼다. 눈솔은 결정론적 인생관

---

5) 정인섭, 「누님들의 모습」, 『이제는 하고 싶은 이야기』, 144쪽.

을 믿으면서도 자유의지론의 가능성을 열어놓았다.

눈솔의 할아버지는 부처님에게 실망하고 나서 이번에는 천주에 의존하여 아들이 손자를 낳기를 간절히 바랐지만 일이 이렇게 뜻대로 되지 않았다. 그래서 그는 며느리가 담 하나 사이에 두고 살던 친정집에 가는 것도, 친정집 식구가 자기 집에 얼씬거리는 것도 못하게 하였다. 더구나 천주교에 실망한 그는 천주교를 '천주악(天主惡)'이라고 부르면서 비난하기 시작하였다. 이러한 상황에서 눈솔의 어머니는 벽에 성화나 십자고상(十字苦像)을 거는 것은 말할 것도 없거니와 심지어 손에 묵주를 들거나 목에 십자가를 매는 것조차 마음대로 할 수 없었다.

이 무렵 눈솔의 할아버지는 다시 불교에 심취하여 불경을 구해 읽고 염불을 외우며 근처 통도사에 기도하러 다녔다. 그래도 소식이 없자 할아버지와 할머니는 큰아들에게 작은아들한테 아들이 셋이나 있으니 그중 하나를 양자로 들이자고 하였고, 이에 눈솔의 어머니는 한사코 거절하였다. 이 무렵 어머니의 단호한 행동에 대하여 눈솔은 "하느님이 주시지 않는 아들을 억지로 남에게서 꿔올 수는 없다고 거절하시고, '딸자식은 자식이 아니냐'고 울먹이며 바느질·부엌일·밭일 모두 가리지 않으시고 척척 해냈다"[6]고 회고한다. 한편 눈솔의 아버지는 이 무렵 아들이 없다는 핑계로 녹포라는 기생을 첩으로 삼아 따로 살림을 차려 주로 그곳에서 지내곤 하였다. 그런데도 어머니는 늘 의연한 자세로 아내와 맏며느리로서의 직분을 다하면서 딸들에게 여성으로서 배워야 할 일을 가르쳤다.

부처님이 할아버지의 정성에 감복했는지 1902년에 눈솔의 어머니는 마

6) 정인섭, 「나의 출생」, 28쪽.

침내 아들을 낳았다. 눈솔의 할아버지는 통도사로 불공드리려고 갔다가 도중에 손자가 태어났다는 소식을 전해 듣고 그만 눈물을 흘렸다고 한다. 그렇게 태어난 손자가 바로 눈솔의 형 인목(寅穆)으로 명 길게 오래 살라는 뜻으로 아명을 '명택(命澤)'이라고 지었다. 이렇게 아들을 낳았는데도 눈솔의 아버지는 여전히 두 집 살림을 했지만 어머니는 아들을 낳았다고 우쭐하지도 않고 아버지의 행동을 탓하지도 않았다. 눈솔은 뒷날 "지금도 내 마음에는 어머님은 참으로 장하신 여성이었다는 생각이 든다. 그래서 내가 혹간 시골 선산에 가면 어머니 무덤 앞에서 경건한 마음으로 절을 하면서 흐느끼게 된다"[7]고 말한 적이 있다.

하늘이 착한 심성에 감복했는지 큰아들이 태어나고 3년 뒤 어머니는 아들을 하나 더 낳았다. 그가 바로 눈솔 정인섭이다. 잇달아 아들이 또 태어났다고 하여 둘째아들의 아명을 '또택'이라고 지었다. '또순'이나 '또철'처럼 순한글과 한자어를 결합하여 지은 이름으로 자못 이색적이다. 그러나 그 이름도 잠시뿐 동래 정씨 가문의 항렬에 따라 '인섭'으로 지어 호적에 올렸다. 뒷날 이 개명에 대하여 눈솔은 "어처구니없는 노릇이다. 나는 지금도 내 이름이 아명 그대로 한글로 또택으로 불린다면 얼마나 부드럽고 귀엽게 들릴까 하고 애석하게 생각한다. 인섭—이 얼마나 뜻이 난삽하고 또 발음이 거북할 뿐 아니라 불러도 잘 알아듣지 못하는 이름이 아니냐"[8]고 말한다. 평생 한글 전용을 부르짖은 한글 학자로서의 눈솔의 면모를 읽을 수 있는 대목이다.

눈솔은 자신의 아호나 필명으로 대학 시절에는 새벽 배를 뜻하는 '효주

---

7) 정인섭, 「딸은 자식이 아닙니까」, 『이제는 하고 싶은 이야기』, 141쪽.
8) 정인섭, 「나의 출생」, 29쪽.

(曉舟)', 생가 뒤편에 자리 잡고 있는 화장산 주인을 뜻하는 '화장산인', 눈보라에도 꿋꿋이 서 있는 소나무라는 뜻으로 '설송(雪松)' 등을 사용하였다. 그러다가 그는 마침내 '설송'을 순한글로 표기한 '눈솔'을 아호와 필명으로 삼았다. 설송이건 눈솔이건 학자의 올곧은 기개를 표상하는 데 더할 나위 없이 좋은 이름이다.

눈솔이 태어난 지 2년 뒤인 1907년에는 복순이라는 여자아이가 또 태어나 정씨 집안은 딸이 여섯이나 되는 딸부잣집이 되었다. 물론 이 무렵 기준으로 보면 딸 여섯에 아들 둘로 2남 6녀 여덟 남매를 둔 것은 그다지 놀랄 일이 아니었다. 웬만한 가정에서는 그 정도로 자식을 낳던 시절이었다. 눈솔의 어머니는 뒤늦게 태어난 막내딸을 키우면서 자기가 하던 힘든 시집살이 이야기며 다섯 딸의 불행한 결혼 생활 이야기를 들려주면서 시집가서 불행해지느니 차라리 혼자 사는 쪽이 낫다고 말해 주었다. 그래서 그런지는 몰라도 막내딸은 평생 결혼하지 않고 외할머니를 본받아 독실한 천주교 신자가 되어 '안나'라는 세례명으로 수녀로서 헌신적으로 살았다.

한때 안나 복순은 오빠 인목과 인섭이 유학하는 도쿄에 건너가 그곳에서 학교를 다닌 적이 있다. 그때 조선인 유학생들이 그녀에게 적잖이 관심을 보였다. 예를 들어 와세다(早稲田)대학에 다니던 전진한(錢鎭漢)과 이선근(李瑄根) 등이 안나를 만나려고 눈솔의 자취방에 자주 드나들었다. 유학생 중에서도 와세다대학에서 역사학을 전공하던 서원출(徐元出)과 이공과에 다니던 박원희(朴元熙)는 같은 경상도 출신으로 안나에게 각별한 관심을 보였다. 그러나 눈솔의 누이동생은 그들이 신랑감으로 훌륭한 남성이었는데도 이미 결혼할 생각을 포기한 채 남성을 멀리하고 있었다. 눈솔에 따르면 안나는 남성에 일종의 공포증마저 느끼고 있었다.

그러나 안나 정복순은 남성 혐오론자라기보다는 차라리 남성 중심의 가부장에 맞서 여성의 권리를 부르짖은 페미니스트로 보는 쪽이 훨씬 더 정확하다. 1924년 8월 언양청년회와 언양소년회의 주최로 언양소년소녀 현상 웅변대회가 열렸다. 이때 1등은 신말찬(10회)의 「가정교육의 맛을 보여주시오」가 꼽히고, 2등은 하창윤(9회)의 「소년부터」와 신근수(10회)의 「광명의 길」이 꼽혔다. 그리고 김경택(8회)의 「무엇보담 배워야 하겠다」, 김두이(9회)의 「여자의 해방」, 정복순(5회)의 「여자도 사람이다」가 3등상을 받았다. 제목에서도 엿볼 수 있듯이 정복순이 아직도 가부장제가 서슬 퍼렇게 살아 숨쉬던 이 무렵 용감하게도 남존여비의 유교 질서에 맞섰다는 것이 여간 놀랍지 않다.

일본에서 돌아온 복순은 경성여자고등보통학교(경기여고)와 중앙보육학교에서 유치원 교육을 공부하였다. 졸업한 뒤 그녀는 성당 유치원에서 교사와 보모로 아이들을 정성껏 보살피는 한편, 가난하고 집 없는 사람들을 돌보았다. 복순은 한때 황해도 해주 지방에서 선교 사업을 하기도 하였다. 뒷날 그녀는 언양 고향집에서 늙은 어머니를 모시고 살다가 안타깝게도 1948년에 병으로 마흔 살을 갓 넘기고 사망하였다. 1974년에 언양 천주교회에 '안나 정복순 송덕비'를 세울 때 눈솔은 유족을 대표하여 다음과 같은 비문을 썼다.

안나 정복순은 1907년 12월 11일 언양면 서부리에서 정택하 씨와 오화수 여사의 제6녀로 태어나서 경기고녀와 중앙보육학교를 졸업하고 교사와 보모로 교육계에 종사하였으며, 아울러 독실한 천주교 신도로서 일생을 동정녀로 지내면서 각지 전교 사업에 힘썼으며, 또 효성이 지극하여 노모를 모시는 한편 고아들까지 모아 양육도 하였는데 그는 항상 백철불굴의 정신과 노력으로 원대한 종교 사업을 계획하다가 마침내 건강을 잃고 1948년 5월 10일 어음리 자택에서 사망하였다. 그의 정성어린 유언에 따라 그가 기증한 두 가지 재산 중 어음리 대지에는 '성모원'이 세워질 것이요, 남부리 성당 건립 기지 일부에는 이제 '안나 유치원'이 창립되었다. 이는 그의 슬기로운 뜻이 하나님에게 영광을 돌리고 어린이와 그들의 부모에게 복을 베풀게 되니, 이 거룩한 사업이 영원히 빛날 것이다.

1974년 3월
건립 언양 천주교회
글 유족 대표 정인섭[9]

눈솔은 이 송덕비에 안나 정복순이 살아온 삶을 객관적으로 담담히 기술하고 있지만, 오빠로서 여동생에게 느끼는 애틋한 감회가 짙게 배어 있다. 조금 과장해서 말하면 신라시대의 승려 월명사(月明師)가 일찍 사망한 누이동생을 위하여 지었다는 향가 「제망매가(祭亡妹歌)」와 비슷하다. 어찌 되었든 눈솔은 누이동생 복순을 성녀의 반열에 올려놓는다.

눈솔이 송덕비에서는 미처 언급하지 않았지만 실제로 언양성당에서 안나의 장례미사를 거행할 때 기적이 일어났다. 성당 위에 무지개가 뜨고 성전이 불꽃에 활활 타는 환상을 본 사람이 소방서에 성당에 불이 났다고 신

---

9) 앞의 글, 36쪽. 안나의 무덤은 언양 천주교 성당 뒤쪽 화장산 가족 선산에 있다. 눈솔은 부모에게서 유산으로 물려받아 자신의 몫으로 가지고 있던 언양 땅마저 처분하여 누이동생의 '거룩한 사업'에 보탰다.

고하여 소방대원이 출동하는 소동이 빚어졌다. 학식과 덕망, 재산을 가지고도 세속의 삶을 버리고 동정을 지키며 봉사의 외길을 걸은 안나는 흔히 '언양의 성녀'로 일컫는다. 그만큼 안나는 성녀처럼 평생 남을 위한 삶을 살다가 이 세상을 떠나갔다. 1979년에 언양성당은 이러한 안나의 헌신적인 행적을 기리기 위하여 성당 안에 '안나 데레사 회관'을 건립하였다.

눈솔의 여동생 안나 복순이 태어난 바로 그해에 그의 집 바깥채에서는 또 다른 아이 신고송(申鼓頌 또는 申孤頌)이 태어났다. 본명이 신말찬(申末贊)으로 '신찬(申贊)'이라는 필명도 사용하던 그는 뒷날 희곡 작가 겸 연극인으로 활약하였다. 앞에서 언급한 1924년 언양소년소녀 현상 웅변대회에서 일등상을 받은 소년 '신말찬'이 바로 그다. 같은 집에서 태어났다는 점 말고도 신고송과 눈솔은 문학 노선은 사뭇 다르지만 여러모로 서로 비슷한 데가 있다. 특히 두 사람 모두 어린이 운동과 연극에 깊은 관심을 기울였다는 점에서 그러하다. 신고송은 방정환이 창간한 잡지 『어린이』에 「밧브든 일주일」이라는 일기문을 처음 발표한 데 이어 『굴렁쇠』와 『기쁨』 같은 잡지에도 동시와 아동극을 잇달아 발표하면서 문단에 데뷔하였다. 1926년에 방정환을 언양에 초빙하여 강연회를 열게 한 것도 다름 아닌 신고송이었다.

신고송은 남의 집에 세 들어 홀어머니 밑에서 어렵게 자란 가정 형편 때문인지는 몰라도 늦은 나이에 언양공립보통학교를 거쳐 대구사범학교를 졸업한 뒤 사회주의 계열의 문화 운동에 투신하였다. 좌익 활동으로 교직에서 해임된 그는 본격적으로 프롤레타리아 문예 운동에 뛰어들었다. 눈솔처럼 일본에 유학하여 연극을 전공한 신고송은 「제3회 전국대회 방청기」와 「연극 운동의 출발」을 발표하여 이 무렵 일본에서 한창 진행 중인 프롤레타리아 연극 운동을 조선에 소개하고 식민지 조선에서 프롤레타리아 연극의 실천적 방법론을 제시하는 등 이 분야의 이론가로 활약하였다.

귀국 후 신고송은 연극 잡지 『연극운동』을 발간하는 한편, 극단 '메가폰' 과 '신건설'을 창단하는 데도 주도적인 역할을 하였다. 그러나 그는 일본에서 반전 정서를 담은 어린이 잡지인 『우리 동무』를 창간하여 이를 조선에 배포했다는 혐의로 1932년에 체포된 뒤 징역형을 선고받고 3년 복역하였다. 출옥한 뒤 전향한 신고송은 친일 연극 단체인 '조선악극단'에 가입하여 순회공연을 하는 등 친일 행동을 하였다. 광복 후 신고송은 조선문학건설본부 등 좌익 계열의 문화 단체로 다시 돌아가 조선프롤레타리아문학동맹과 조선프롤레타리아연극동맹에 가담하여 급진적인 좌파 연극인으로 활동하다가 월북하였다.

신고송은 조선민주주의인민공화국에서 그의 대표작이라고 할 『불길』 (1950) 등 사회주의 이념을 담은 작품을 발표하였다. 그는 평양연극영화대학 강좌장을 비롯하여 조선민주주의인민공화국 국립극장 총장에 임명되었는가 하면, 조선로동당 중앙위원회 선전선동부 부부장, 조소친선협회 위원장, 국립연극학교 교장, 조선작가동맹 중앙위원회 상임위원 같은 요직을 두루 거쳐 최고인민회의 대의원에 선출되는 등 정치적으로도 크게 성공하였다. 그러나 1950년대 후반 이후 그의 활동이 전혀 알려지지 않은 것으로 미루어보아 1950년대 말엽 남로당 계열의 문화예술인 숙청 때 함께 처형된 듯하다.

눈솔 정인섭은 막내아들로 태어난 까닭도 있을 터지만 가족 중 누구보다도 어머니를 존경하고 유난히 따랐다. 눈솔은 어머니가 아들을 낳지 못한다고 할아버지와 할머니한테 구박을 받았다는 말을 누나들한테서 자주 들어서 잘 알고 있었다. 눈솔은 "나의 어머니께서는 진실로 여장부다워서 딸 여섯과 아들 둘의 8남매를 기르시면서 앞뜰과 뒷뜰의 눈밭의 농사를 도맡아 보셨다. (…중략…) 어머니를 졸졸 따라다니면서 농사일을 도와드렸다"[10]고 회고한다.

한학자인 눈솔의 아버지는 자신처럼 둘째 아들을 학자로 키우고 싶어 하였다. 그래서 눈솔이 일곱 살이 되던 해 언양 남부리에 있는 서당에 보내 한학을 공부하도록 하였다. 마흔 살쯤 되던 서당 훈장은『천자문(千字文)』을 가르치면서 아이들에게 붓글씨를 가르치기도 하였다. 눈솔에 따르면 훈장은 아이들이 쓴 글씨를 하나하나 검사하면서 잘 쓴 곳과 잘못 쓴 곳을 구분하여 잘 쓴 곳에는 주묵(朱墨)으로 글씨 오른편에 관주를 달아 주곤 하였다. 눈솔이 붉은 관주를 단 글씨 종이를 집으로 가지고 가 아버지에게 보여주면 그는 무척 반가워했다고 한다.

이렇게 붓글씨에서 좋은 점수를 받을 때면 으레 아버지는 누나들에게 술과 안주 등 음식을 푸짐하게 마련하여 함지에 담아 머슴을 시켜 서당 훈장에게 가져다주도록 하였다. 그리고 아버지는 직접 서당을 찾아가 훈장에게 고맙다는 인사를 하였다. 이처럼 눈솔의 아버지는 딸의 교육은 몰라도 적어도 아들 교육에는 성심성의를 다하였다. 특히 유학자인 만큼 스승에 대한 예의나 배려가 무척 각별하였다.

눈솔은 서당에서『통감』까지 공부하고 그만두었다. 그가『통감절요(通鑑

---

10) 정인섭,「나의 살던 고향은 꽃피는 농촌」, 267쪽.

節要)』까지 읽었다는 것은 서당에서 상당한 수준까지 공부했다는 것을 뜻한다. 일반적으로 서당에서는『천자문』에 이어『동몽선습(童蒙先習)』을 가르치고 나서야 비로소 사서삼경(四書三經)과『통감절요』를 가르친다. 그러나 눈솔이 서당에서 공부한 것이 겨우 일 년 남짓밖에 되지 않으므로 사서삼경까지 모두 공부했는지는 알 수 없다.

눈솔은 여덟 살 때 언양공립보통학교, 지금의 초등학교에 입학하였다. 지금과는 달라서 그 무렵 공립보통학교는 4년제였다. 언양의 유지인 눈솔의 아버지는 이 학교 학부형회 회장을 맡아 재정적으로 학교를 도왔다. 읍성 안의 옛날 군청을 교실로 사용하던 것을 증축하는 데 상당한 액수의 돈을 기부하였다. 이 무렵 그의 아버지가 이렇게 학교에 기부할 수 있었던 것은

언양공립보통학교 시절의 눈솔 정인섭(맨 오른쪽). 그의 옆으로 형 인목, 아버지 정택하, 어머니 오화수, 누이동생 복순, 셋째 누나 덕조.

서당이 있던 남부리에 집을 한 채 얻어 몇 해 동안 대금업을 하여 꽤 많은 돈을 모았기 때문이다. 눈솔이 다닐 무렵 이 학교의 교장은 오쿠마(大隈)라는 무뚝뚝한 일본인이었고, 김기택(金基澤)이라는 한국인 여교사가 있었다. 통영 출신으로 문학적 소양이 많은 이 교사는 눈솔이 글을 잘 짓는 데다 그림을 잘 그려 무척 귀여워했다고 한다. 졸업할 당시 담임선생은 서주식(徐朱植)으로 뒷날 눈솔이 상급 학교에 진학하는 데 여러모로 큰 도움을 준 잊지 못할 스승이다.

여기서 잠깐 울산광역시에서 가장 오래된 초등학교로 꼽히는 언양공립보통학교에 대하여 살펴보는 것이 좋을 것 같다. 100년 넘는 역사를 자랑하는 이 학교는 언양청년회가 1906년에 상북면 동부리에 창설한 사립영명학교로 시작하였다. 1911년 7월 사립보통학교로 학교 이름을 바꾸었으며, 1913년 3월 언양읍 동부리의 현재 위치로 학교를 신축하여 이전하고 언양공립보통학교로 이름을 다시 바꾸었다. 1913년 5월 120명의 학생이 입학하여 두 개 학급을 편성하여 개교한 이 학교는 1915년 3월 1회 졸업식에서 졸업생 12명을 배출하였다. 1923년 4월 이 학교는 6년제로 인가를 받아 6학급을 편성하였다.

언양은 일제 강점기에 가장 활발하게 항일 계몽과 항일 독립 운동을 전개한 지역 중 하나로 꼽힌다. 그런데 이러한 운동에 주도적인 역할을 한 것이 바로 언양공립보통학교 출신들이다. 이 학교는 정인목과 정인섭 형제를 비롯하여 앞에서 이미 언급한 신고송, 민속학자 석남(石南) 송석하(宋錫夏), 대한교과서주식회사를 설립하여 한글 교과서 보급에 헌신한 우석(愚石) 김기오(金琪午), 평생 단편소설만을 고집하여 집필한 소설가 오영수 같은 걸쭉한 인물을 많이 배출한 것으로도 유명하다. 눈솔보다 3년 일찍 태어난 정인목은 1913년에 언양공립보통학교에 입학하여 1916년에 2회로 졸업하였고, 졸업 동기생은 모두 23명이었다. 나이 차이가 세 살이나 되는데도 동생 인섭은 1917년에 3회로 졸업하였다. 그만큼 눈솔은 형은 물론이고 다른 친구들보다 일찍 학교에 들어갔다.

처음부터 문과를 생각한 동생과는 달리 정인목은 부산 제2공립상업하교를 졸업한 뒤 일본에 건너가 메이지(明治)대학 상과에 입학하였다. 기미년 독립운동 때 인목은 고향 친구에게 민족주의적 문구가 들어 있는 엽서를 보낸 일이 발각되어 부산에서 체포되어 재판을 받고 여섯 달 동안 감옥살이를 하였다. 이때 눈솔은 아버지와 함께 부산에 내려가 변호사에게 재판과 관련한 일을 부탁하였다. 70여 년의 세월이 흐른 뒷날 눈솔이 '이조원'이라는 변호사 이름까지 기억하는 것을 보면 이 사건이 그의 뇌리에 깊이 새겨져 있었음이 틀림없다.

정인목은 메이지대학을 졸업하기 전 여름 방학 때 부산 동래에 놀러갔다가 밀양 출신으로 그곳에서 보통학교 교사로 근무하던 황차수와 결혼한 뒤 같이 도쿄로 가서 대학을 마쳤다. 황차수도 신혼 생활을 하면서 도쿄에서 전문학교를 다녔다. 인목은 졸업 후 경상북도 의성 군청에서 근무하다가 경상남도 금융조합 이사로 취임하였다. 해방 후 그는 모교인 부산상업고등학교 교장으로 근무하였다. 이렇듯 인목은 비교적 전공 분야에 걸맞게 일해 왔다.

그런데 인목은 마흔여섯 살 때 갑자기 정치에 뛰어들어 제헌 국회의원 선거에 입후보하였다. 울산 을구에 출마할 당시 그가 선관위원회에 게재한 인적 사항에 따르면, 나이는 46세에 주소는 '부산시 부전동 503번지'로 직업은 '무', 학력은 '소졸', 소속 정당은 '무소속'으로 되어 있었다. 그는 이 선거에서 겨우 5,000여 표를 얻어 고배를 마셨다.

　여기서 한 가지 흥미로운 것은 인목이 선관위원회에 자신의 학력을 '소졸'로 기재했다는 점이다. '소졸'이라면 요즈음 초등학교 학력 수준이다. 후보자 학력을 부풀리거나 과장하는 것이 관행인데 그는 왜 일본 유학까지 숨기고 이렇게 무학력자로 처신했을까? 어찌 되었든 그는 낙선하였고, 낙선한 뒤는 언양에 낙향하여 양계업에 종사하였다. 인목은 다시 서울에 올라가 동성상업고등학교 교사를 거쳐 중앙대학교의 경상학부 부장으로 취임했다가 숙명여자대학교 교수와 상경대학장으로 근무하는 동안 잠시 총장서리를 맡기도 하였다.

　인목은 고향 언양과 정씨 가문에 관한 관심이 무척 남달랐다. 재경언양향우회를 발기하여 회장이 되었고, 재경울산·울주향우회를 조직하여 그 회장직도 겸하였다. 한편 그는 자신의 할아버지를 시조로 '동래 정씨 기주공파'의 계보를 만들어 가까운 친척들의 친목을 도모하기도 하였다. 눈솔의 증조부는 아들 3형제를 두었는데 두 할아버지와 자손은 주로 김해와 양산 등지에 살았다. 증조부의 막내아들이 곧 눈솔의 할아버지로 역시 아들 삼형제를 두었다. 그중 큰아들이 바로 인목과 눈솔의 아버지가 되는 정택하다. 『언양초등학교 100년사』에는 인목에 대하여 "2회 졸업생으로 1902년 10월 26일 언양읍 서부리 이송 정택하의 장남으로 출생, 중앙대학교 교수를 지냈다. 한국의 상학자(商學者)로 유명하다. 눈솔 정인섭(3회)의 형이다"[11]로 기록되어 있다.

　이왕 족보 이야기가 나왔으니 말이지만 여기서 잠깐 눈솔의 외가에 대해

---

11) 언양초등학교 총동창회 편, 『언양초등학교 100년사』(2006).

36

서 알아보는 것도 좋을 듯하다. 외가 쪽으로 어머니에게는 남자 형제 둘과 여자 형제 셋이 있었다. 눈솔의 외삼촌은 모두 사망하였고, 큰 이모에게는 3 대 독자 문창준(文昌俊)이 있었다. 그런데 문창준은 제헌의원 선거에서 인목 과 함께 울산 을구에서 출마했다가 낙선한 인물이다. 울주군 상북면 출신의 문창준은 외국어대학 교수로 1966년에 이 학교에 포르투갈어과를 창설한 인물이다. 뒷날 눈솔도 이 대학의 대학원장을 역임한 적이 있어 그와는 혈 연뿐만 아니라 학연에서도 인연이 없지 않다. 문창준은 교수가 되기 전 한 때 문창산업 사장으로 근무한 사업가이기도 하였다.

눈솔 정인섭이 열 살 되던 해, 그러니까 보통학교 2학년 때 아버지는 식 구들을 데리고 서부리에서 동쪽으로 2킬로미터쯤 떨어진 어음리(於音里) 430번지 집으로 이사하였다. 이 무렵 사람들은 이 어음리를 보통명사가 아 닌 특수명사로 '마을'이라고 불렀다. 눈솔은 아마 옛날 귀족들이 사는 동네 를 그렇게 부른 것 같다고 말한다. 그는 새로 이사한 집이 옛날 신라 때 정승 이 살던 이름난 기와집으로 집 앞에 수백 년 묵은 감나무와 오래 된 잣나무 가 서 있고, 집 앞뒤 경치가 무척 아름다웠다고 회고한다. 경치가 아름다울 뿐만 아니라 집터가 넓고 안채는 기와집으로 초가집 두 채가 딸려 있는 데 다 마구간이 따로 있었다. 물론 이 집도 서부리 생가처럼 허물어져 지금은 밭으로 변해 있다. 감나무 고목 그루터기는 집을 허문 뒤에도 오랫동안 밭 에 여전히 남아 있었다. 울산 문화계 유지를 중심으로 이 집을 복원할 계획 을 세우고 있지만 아직은 지지부진한 상태다.

그런데 어음리 집에 서 있는 감나무는 눈솔에게 각별한 의미가 있었다. 심은 지 오래 되고 백 접 넘게 감이 많이 열리는 유실수 이상의 깊은 의미가 있었다. 소년 시절 그는 감꽃이 피어 땅에 떨어지면 실에 꿰어 목에 달고 다니며 먹었고, 풋감이 떨어지면 따스한 물병에 담가 우려서 먹었다. 할아버지가 곶감을 만들 때 그는 옆에서 군침을 흘릴 때도 있었다. 또한 감나무는 어린 눈솔에게는 더할 나위 없이 좋은 놀이터로 나무에 올라가 걸터앉아서 새소리를 듣기도 하고 마을 풍경을 바라보기도 하였다. 그러다 눈솔은 이 감나무에서 어떤 인생론적 의미를 발견하였다.

한 포기의 감나무가 자라난 그 모습과 거기서 여는 열매를 볼 때, 마치 사람이 이 세상에 나서 자기 힘껏 무엇인가 어떤 목적을 위해서 애쓰며 최선의 노력을 하여 보람 있는 결과를 얻으려고 하는 인생행로와 같다는 것을 느꼈다. 작은 감나무 씨 하나에서 어찌해서 수만 개의 꽃이 피며 거기서 백 접 이상의 익은 감을 추수할 수 있느냐 하는 것을 생각해 보았다.[12]

눈솔은 이 감나무를 바라보며 자신도 성장하면 사회에 무엇인가 이바지할 수 있는 인물이 되기를 바랐다. 감나무에 올라가 가지에 걸터앉아 온갖 새소리를 듣기도 하고 마을 전체를 바라보던 것을 기억하며 눈솔은 "차츰차츰 나의 세계가 넓어지고 높아지고 또 깊어지기를 원하는 것이 아니었던가"[13]라고 말한다. 뒷날 성인이 되어 고향집을 찾을 때면 그는 으레 이제는

---

12) 정인섭, 「지성의 상아탑」, 179쪽.
13) 같은 책, 179쪽.

고목이 되어 버린 감나무 아래 서서 눈물을 흘릴 때도 있었다. 지나온 삶에 대한 회환의 눈물일 수도 있고, 남천의 물처럼 흘러간 어린 시절을 회상하며 세월의 무상함을 슬퍼하는 눈물일 수도 있을 것이다.

지금 정씨 가문의 자취를 그나마 찾아볼 수 있는 곳이라고는 언양 천주교 성당과 성당 뒤쪽 선산 묘지, 그리고 작괘천의 작천정 아래 쪽 큰 바위에 '鄭宅夏, 寅穆, 寅燮, 福順'이라고 비교적 큰 글씨가 음각되어 있는 모습뿐이다. 정택하는 아들과 딸뿐만 아니라 큰며느리 황차수와 큰손자 정해진의 이름까지 바위에 새겨놓았다. 물론 이름이 새겨진 바위를 보고 있노라면 아름다운 자연을 훼손했다는 느낌을 차마 지울 수 없다.[14]

남쪽으로 2킬로미터쯤 떨어진 작천정의 경관을 언급하면서 눈솔은 "앞산에는 자수정이 나오고, 뒷산에는 가마바위·할미바위·장군바위 등 전설 어린 기암들이 웅크리고 있다. 여기에 세워져 있는 정자를 작천정이라고 하는데, 그 높은 난간에 앉아 세상 시름을 잊고 있으면 가슴에서 절로 시정(詩情)이 감돈다. 내가 일찍부터 문학을 좋아하게 된 것도 이런 고향의 아름다운 자연의 영향에서라고 할 수 있다"[15]고 밝힌다. 더구나 평소 글을 좋아한 눈솔의 아버지는 어린 둘째아들에게 작괘천이나 반구대 같은 언양 근처의 빼어난 자연 경관과 신비를 설명해 주면서 문학가로 성장하도록 직접 간접

---

14) 작천정은 본디 자주적 개혁과 근대화를 추구했던 선각자 추전(秋田) 김홍조(金弘祚)의 소유였다가 공유지가 되었다. 작괘천의 너럭바위에는 정택하 집안 식구들의 이름만 새겨진 것은 아니고 내로라하는 언양 유지의 이름 대부분이 새겨져 있다. 김홍조와 그의 소실이었던 여류시인 구소(九簫) 이호경(李護卿)을 비롯하여 상북면 면장으로 수리조합을 결정한 김규환, 1919년에 『언양읍지(彦陽邑誌)』를 만든 정태원, 박재하, 강봉기, 성필건의 이름도 보인다. 바위에는 '헌양시사(巘陽詩社)'에 참여한 135명의 이름이 새겨 있다.
15) 정인섭, 「서당과 보통학교」, 『못다한 인생』, 39쪽.

눈솔의 아버지 정택하가 '언양작천음사'에서 쓴 한시를 붓글씨로 써서 작천정에 게시하였다.

으로 도와주었다.

이렇게 서부리의 초가집에서 어음리의 기와집으로 이사한 것을 보면 눈솔의 집안 형편이 전보다 많이 나아진 것 같다. 그렇다면 눈솔이 속해 있는 언양의 동래 정씨 가문의 사회적·경제적 사정은 과연 어떠했을까? 그의 직계 선조는 본디 통도사 근처 양산에서 살다가 할아버지 때 언양으로 이주해 왔다. 예로부터 언양현을 대표하는 양반 가문으로는 흔히 '8대 양반 성씨'라고 하여 상남면 명촌(鳴村)의 경주 김씨를 비롯하여, 하북면 지내(池內)의 동래 정씨, 상남면 길천(吉川)의 경주 이씨와 밀양 박씨, 삼동면 하잠(荷岑)의 영산 신씨, 하북면 능산(稜山)의 진주 강씨, 상북면 천소(泉所)의 연안 송씨, 중북면 반곡(盤谷)의 안동 권씨 등이 꼽힌다. 그러므로 조선 후기부터 이렇다 할 벼슬을 하지 못한 눈솔의 집안은 언양에 살아온 다른 양반 가문처럼 향반이나 잔반의 신분이었던 것 같다. 어음리로 이사 가면서 정씨 가문의 집안 사정이 조금 나아졌다고는 하지만 경제적 신분도 사회적 신분과 크게 다르지 않았다.

1960년대 말엽 『동아일보』는 '신팔도기(新八道記)'라는 특집 기사를 연재하였다. 이해 6월 '울산 인물' 편에는 눈솔의 집안에 대한 이야기가 비교적 상세하게 나온다.

> 흔히들 울산 사람들은 울산 인물들이 서부 5개 면에서 났다고들 한다. 언양, 삼남, 상북, 두동, 두서면 등 태화강 상류 남천 70리 주변에서 태어난 인사들이 많은 것은 사실이다. 인물이 서부에서 난다는 말을 실감케 한다. 숙대 학장으로 경상대 학장까지 지낸 정인목 박사(77), 중앙대 대학원장과 외국어 대학원장을 역임하고 지금은 국제기구인 아세아 문학번역회 회장과 색동회 회장직을 맡고 있는 정인섭 박사(74)는 형제간으로 언양면 어음리가 고향이다.
> 한학자였던 그의 선친 아송 정택하는 당시 200석 부호로 두 아들을 일본에 유학시킨 개화파였다. 관찰부주사로 일제 강점기(1924) 언양초등학교에 2개의 교실을 건립, 기부했고 기타 지방 유지로 헌신적인 공로가 많았다.[16]

위 인용문에서 전반부 내용은 대체로 실제 사실과 부합하지만 후반부 내용은 사실에서 조금 어긋난다. 눈솔의 아버지가 한학자로 관찰부주사를 지냈다는 것은 이미 앞에서 언급하였다. 한시를 즐겨 짓던 정택하는 1회 '언양 작천음사(彦陽酌川亭吟社)'에서 흰 바위 여울을 뜻하는 「백석탄(白石灘)」이라는 한시를 지어 상을 받을 만큼 시를 짓는 솜씨가 뛰어났다. 뒷날 눈솔은 백일장에서 당선된 아버지의 시를 현판에 조각하여 작천정 앞쪽 벽 위에 걸어두었다.

그러나 문제는 눈솔의 집안이 과연 '200석의 부호'였는지 하는 점이다.

---

16) 『동아일보』(1979. 6. 13).

이영훈(李榮薰)이 「20세기 전반 언양의 소농사회」에서 지적하듯이 언양의 토지대장과 호적에서 나타나는 20세기 전반 토지 소유와 농민의 기본 형태는 자작농 체제였다. 그는 이 무렵 "언양면은 산간부 농업지대로서 대규모 지주제가 발달할 만큼 평야가 넓거나 개발의 여지가 큰 곳이 아니었다"[17]고 지적한다. 국유지를 제외하고 면 최상위 구간에 속하는 지주는 모두 아홉 명으로 그 가운데 일곱 명이 부재지주고, 그중 양산의 통도사와 일본의 동양척식주식회사가 언양 토지의 대부분을 소유하였다.

소양산군의 통도사가 5만 2,000여 평으로서 제1의 지주이다. 동척(東拓)의 소유지는 3만 7,000여 평이다. 자연인으로 가장 큰 지주는 송태관인데, 울산군 하상면(下廂面)에서 거주한 부재지주이다. 나머지 4명의 부재지주 가운데 3명도 울산군의 다른 면에 거주하였고, 1명은 경북 경산군의 안병길이란 사람이다. 이처럼 지주의 중심은 부재지주였다.[18]

자연인으로서 언양 최대 지주인 송태관(宋台觀)은 뒷날 민속학자로 활약하는 송석하(宋錫夏)의 아버지로 앞에서 이미 언급한 언양현을 대표하는 '8대 양반 성씨'의 하나인 연안 송씨의 일원이다. 그런데 이영훈에 따르면 1928년에 송태관은 자신의 소유지 3만 8,000여 평을 경성부에 주소를 둔 두 아들

17) 이영훈, 「20세기 전반 언양의 소농사회」, 『경제논집』(서울대학교 경제연구소) 54 (1), 103쪽.
18) 앞의 글, 114쪽. 한편 김성남은 서울대학교 박사학위 논문 「근대 전환기 농촌 사회·경제의 지속과 변화: 언양 지역 미시 자료를 이용한 수량경제적 접근」(2017)에서 이영훈의 논문에서 누락되었거나 잘못된 내용을 보완하였다. 김성남 1912년부터 1940년까지 5정보 이상 논을 소유한 법인 지주로 통도사, 석남사, 동양척식주식회사 순서로 꼽았다. 위 논문, 48쪽.

송석하와 송석봉(宋錫鳳)의 공동 명의로 상속하였으며, 1942년에 이르러서는 그 대부분이 송석하의 개인 명의로 바뀌었다.[19] 눈솔보다 1년 먼저 언양에서 태어난 석남 송석하는 뒷날 눈솔과 함께 '조선민속학회(朝鮮民俗學會)'를 창설하는 등 민속학 연구에 선구적인 역할을 하였다. 여러 정황으로 미루어보아 눈솔의 집안이 '200석의 부호'라는 주장은 과장된 평가인 듯하다.

그러나 김성남은 최근 서울대학교 대학원 경제학부에 제출한 박사학위 논문 「근대 전환기 농촌 사회·경제의 지속과 변화」(2017)에서 '5정보(町步) 이상 논 소유 언양면 거주 지주 명단'을 제시하였다. 이 흥미로운 자료에는 1912년부터 1944년까지 언양면의 거주지주 명단과 논 소유 면적이 고스란히 적혀 있다. 1912년 통계 자료에 따르면 정택하는 15.0정보를 소유한 오무근(吳武根)과 13.5정보를 소유한 송종서(宋鍾瑞)에 이어 9.0정보를 소유하여 3위를 차지하였다. 그러나 무슨 연유에서인지는 몰라도 그 이듬해 정택하는 소유 면적이 15.0정보에서 5.4정보로 3분의 1 가까이 줄어들어 3위에서 8위로 밀려났다. 그리고 눈솔이 일본 유학을 떠나던 1921년에는 5.1정보를 유지하였다.[20] 5.1정보를 평수로 계산하면 1만 5,300평을 소유한 셈이다.

눈솔의 집안이 부호가 아니라는 또 다른 근거로 정택하는 언양에서 직접

----

19) 『울산저널』 2015년 5월 22일자에는 '김진곤의 향토사 칼럼(15)'으로 「석남 송석하 선생 2차 특별 도서전을 시작하며」라는 기사가 실려 있다. 국가기록원 민간기록 조사위원 김진곤은 울산공립보통학교(초등학교) 졸업 대장을 처음 공개하면서 "이 대장에 선생은 '송석봉'으로 기록되어 있는데, 이는 나중에 '송석하'로 개명했기 때문이다. 또 선생은 이 학교를 남학생 49명과 함께 1916년 3월 23일 6회로 졸업했다"고 적는다. 그러나 송석봉은 송석하의 개명 전 이름이 아니라 그의 동생 이름이다. 송석하가 이 학교를 1회로 입학하여 다니다가 울산에 있는 학교로 전학했다는 사실만 보아도 6회 졸업생 송석봉은 다른 인물임을 곧 알 수 있다. 또한 6회 졸업이라면 1916년이 아니라 1920년이 되어야 할 것이다.
20) 김성남, 「근대 전환기 농촌 사회·경제의 지속과 변화」, '부표 1-5', 51쪽.

농사를 지었다. 눈솔은 어린 시절을 기억하며 "내가 영원히 잊어버릴 수 없는 것은 내가 농가의 자식으로 태어나서 직접 호미를 들고 밭의 풀을 매며 머슴들을 따라 논의 일을 돕던 전원생활이다"[21]라고 밝힌다. 그의 집에는 농사를 짓는 머슴 둘이 있었고 그들의 일손이 모자랄 때는 동네 사람들에게 품삯을 주고 일을 시켰다. 나이 어린 아들에게 농사일을 돕게 하고 머슴에다 일꾼을 사서 농사를 지었다면 아무래도 정택하의 경제적 신분은 지주라기보다는 자작농으로 보아야 할 것이다.

물론 눈솔의 아버지는 두 아들을 일본에 유학 보낼 만큼의 언양에서 어느 정도의 경제력이 있었던 것은 사실이다. 앞에서 이미 밝혔듯이 어음리 큰 집으로 이사할 즈음에는 경제력이 많이 나아졌고, 1930년대에는 소작인을 둘 정도의 토지를 소유한 것 같다. 이영훈에 따르면 1936년 5월 태기리에 사는 김기진이라는 소작인이 12년 동안 어음리 정택하로 빌려 경작해 온 4두락의 소작지를 빼앗겼고, 이에 조선총독부에서 마련한 조선소작조정령(朝鮮小作調整令)에 근거하여 소송을 제기하였다.[22]

눈솔은 와세다대학 재학 중 집안 사정을 고려하여 공부에 전력했다고 말한 적이 있다. 그는 "고국에서는 아버지께서 차츰 연로하시고, 경영하시던 사업도 그만두시고 나의 학비 조달에 골몰하시는 것을 알고 나는 하숙 생활을 그만 두고 자취하기로 결심했다"[23]고 밝힌다. 한 번은 집안에서 등록금 마련이 어려워 휴학할 계획이었다가 가까스로 돈이 마련되어 등록한 적도

21) 정인섭, 「내가 살던 고향은 꽃피는 농촌」, 266쪽.
22) 앞의 글, 132쪽. 정택하가 토지가 늘어나 소작인을 두었는지, 아니면 손수 농사를 짓기 힘들어 소작인을 두었는지 지금으로서는 알 수 없다.
23) 정인섭, 「지성의 상아탑」, 『버릴 수 없는 꽃다발』(서울: 이화문화사, 1968), 177쪽.

있다. 이러한 사정을 미루어보면 눈솔의 아버지는 두 아들을 일본에 유학 보내는 것이 그렇게 녹록치 않았던 것 같다. 그는 막내딸 복순까지 경성에 유학 보냈으니 자식의 학비를 마련하는 것이 쉽지 않았을 것이다. 어린 시절을 회고하면 눈솔은 언젠가 이렇게 말한 적이 있다.

> 할아버지께서는 이미 늙으셨고 아버지께서는 글하는 선비였지마는, 그래도 일 년에 벼 몇 십 석 남짓 거둬들이는 농가 집안이었다. 그런데 내가 낳기는 서부리였지마는 초등학교 시절부터 읍내에서 조금 떨어진 마을이라는 데 이사를 가서 거기서 본격적인 농사일에 참견했다.[24]

이 인용문에서 눈솔이 말하는 내용은 앞에서 언급한 『동아일보』의 '신팔도기'의 내용과는 사뭇 다르다. '200석 부호'는 '벼 몇 십 석 남짓 거둬들이는 농가 집안'과는 큰 차이가 나기 때문이다. '200석 부호'는 송석하 집안에 어울릴지는 모르지만 눈솔 집안과는 거리가 멀다. 벼 몇 십 석이라면 눈솔 가족 같은 대가족 집안에는 그다지 풍족한 수확이 아닐 것이다. 한때 눈솔의 집에는 직계 가족 13명에 머슴 둘, 집안일을 돕는 여자아이 하나까지 합쳐 무려 16명이 살고 있었다. 눈솔의 아버지는 이러한 대가족의 호구를 채우는 데도 힘에 부쳤을 것이다.

눈솔이 집안의 농사일에 '참견했다'는 것은 어른들의 일손을 조금 거들어 주었다는 뜻이다. 초등학교 시절 그는 학교에 갔다가 틈만 나면 어머니가 일하는 밭으로 달려가 일손을 도왔다. 그의 어머니는 학교에서 돌아오면

---

24) 정인섭, 「내가 살던 고향은 꽃피는 농촌」, 266~267쪽.

집에서 공부를 해야 한다고 말했지만, 그는 책보를 마루에 던져두고는 호미를 들고 꼬불꼬불 오솔길을 걸어 밭으로 달려가곤 하였다. 뒷날 눈솔은 주먹만 한 감자를 캐낼 때라든지, 팔뚝만 한 큰 옥수수 송이를 딸 때 느끼던 재미를 기억한다. "어머니께서 이마에 팥죽 같은 땀을 흘리시면서 기뻐하시는 그 모습을 보고 나는 거룩한 모성애를 뼈저리게 느꼈다. 이리하여 김장은 물론이요 깻잎, 콩잎, 호박잎, 고춧잎까지 집안에서 먹는 일 년의 반찬을 전부 우리가 손수 가꾼 것들이었다"[25]고 회고한다.

비단 밭농사만이 아니어서 눈솔은 서문 들과 마을 뒤쪽 들에 있는 논농사를 돕기도 하였다. '글하는 선비'인 아버지는 논에는 직접 들어가지 않고 일꾼들의 일을 '지휘'했다고 한다. 눈솔은 모를 심을 때는 다리에 거머리가 붙는 것도 모르고 일했다. 또한 모를 심고 김을 맬 때는 눈솔도 신바람이 나서 머슴과 여자들이 점심과 새참 음식을 나를 때 물주전자 같은 것을 들고 가서 일꾼들과 함께 식사하기도 하였다. 마지막 김을 매고 나서는 마을사람들은 농악을 울리며 한바탕 잔치를 벌였다.

눈솔의 집안이 지주였건 자작농이었건 어린 눈솔에게 언양의 농촌 마을은 한마디로 낙원이나 무릉도원, 유토피아와 다름없었다. 누구에게나 태어나서 자란 고향은 애틋한 향수를 자아내게 마련이지만 눈솔에게 언양은 아주 각별한 의미가 있었다.

마을 앞강에는 우리 집 미나리꽝이 있어 어머니께서는 손수 그 유명한 언양 미나리를 베어서 반찬을 만들어 주시고, 집안에는 백년을 넘은 큰 감나무에

---

25) 앞의 글, 267쪽.

감이 백 접 넘어 열었다. 어머니께서는 그것도 잘 가꾸시어 홍시와 곶감 등을 간직해서 동네 사람들에게도 나눠 주셨다.

설날이나 추석 때, 그리고 마을에서 결혼식이나 초상이 생기면은 동네 사람들이 형제같이 다정하다. 가난해도 그다지 비굴하지 않고, 부자라고 해서 그리 뽐내지 않는 시골 우리 마을의 농촌 풍습은 하나의 '유토피아'였다.

뒷산에는 진달래꽃 피고 또 뻐꾹새 울고, 돌 많은 강변에는 사고동이 붙고 은어가 뛰고, 그리고 물레방아가 돌고 돌던 농촌의 내 고향에 다시 가서 살고 싶다.[26]

언양은 이처럼 자연 경치도 빼어나지만 동네 사람들이 형제처럼 지낼 만큼 인심도 좋은 곳이었다. 그러나 눈솔이 언양 같은 시골에 남달리 깊은 관심을 기울이는 것은 단순히 고향에 대한 향수 때문만은 아니다. 직장에 매어 살아가는 대도시 생활은 타율적이고 기계적인 틀 속에 갇혀 있게 마련이다. 한편 대부분 자급자족에 의존하는 시골 생활에서는 타율성보다는 자율성, 경직성보다는 융통성, 그리고 기계적 반응보다는 창의성에 좀 더 무게가 실리게 된다. 이렇게 상부상조하는 언양은 산촌이나 농촌 중에서도 가장 좋은 의미의 마을 공동체였다고 할 수 있다.

눈솔이 '유토피아'라고 부르는 언양은 그에게 또 다른 의미에서 각별한

---

26) 앞의 글, 268쪽.

곳이다. 그의 첫사랑이 처음 싹튼 곳이 다름 아닌 언양이기 때문이다. 경부 고속도로를 타고 부산에 가는 도중 눈솔은 가끔 언양 나들목을 지나곤 하였다. 그런데 그 나들목이 그가 태어나 자란 마을의 뒤쪽에 있어 고속도로를 지나다 보면 그의 고향집이며 첫사랑의 마을이 한눈에 들어왔다. 눈솔은 "일찍 내가 사귀던 그 아가씨의 '니리미' 동리와 그 뒤뜰이며, '진살미' 산기슭의 작은 시냇물 '감내거랑'에서 둘이서 만나던 오솔길이 바로 눈앞에 펼쳐 있다"[27]고 밝힌 적이 있다.

눈솔이 순한글로 된 옛 이름을 언급하여 지금 언양의 어느 곳을 말하는지 알아차리기 쉽지 않다. '갓비알산'으로도 일컫는 진살미산은 어음상리 동쪽에 있는 산이다. '갓'은 숲(森)을 말하고 '비알'은 경사가 가파르게 진 곳을 말한다. 그러므로 '갓비알산'이란 숲이 우거진 가파른 산을 뜻한다. 이 산의 아름드리 소나무를 베어낼 때 나무를 묶어서 아래쪽으로 끌어 내렸다고 한다. 감천(坎川)을 말하는 '감내거랑'은 진살미 산기슭에 흐르는 작은 시냇물이다. 눈솔은 이곳에서 첫사랑과 만나곤 하였다. 그는 시 작품에서 이 작은 시내를 '감냇강' 또는 '감내강'으로 부른다.

그렇다면 눈솔의 첫사랑이 살았다는 '니리미' 동네는 과연 어디를 말하는 것일까? 그에 따르면 어음리에서는 윗마을은 그저 '마을'이라고 부르고, 아랫마을을 '니리미'라고 불렀다. 언양의 옛 기록에 따르면, 정몽주가 유배를 왔다는 요도(蓼島)는 뒷산이 마치 주장고모(走獐顧母), 즉 노루가 달아나면서 뒤를 돌아보는 모습을 하고 있다고 하여 '어음(於音)'으로 고쳤다. 그런데 이 어음의 토박이말이 바로 '느리미' 또는 '너리미'다. 노루를 옛날에는 '나

27) 정인섭, 「첫사랑 그 여인」, 『이제는 하고 싶은 이야기』, 111쪽.

리'라고 하였고, 지금도 지방에 따라서는 '노리'라고 하며, 암노루는 '느렁'이라고 하였다.[28] 시간이 흐르면서 '느리미'가 '니리미'로 바뀐 것 같다. 요도는 화장산을 배경으로 남천(남천내)과 감천(감내거랑)이 흐르다가 합류하여 만들어진 삼각주로 지금의 언양읍 어음리 일대를 말한다. 여러 정황으로 미루어보면 눈솔이 첫사랑과 만나 걷던 오솔길이 바로 어음리다. 어음리는 앞에서 이미 밝혔듯이 그가 열 살 되던 해 서부리 생가에서 이사 온 곳이다.

눈솔이 첫사랑을 만난 것은 1921년에 제일와세다고등학원에 입학한 해 여름이었다. 방학을 이용하여 고향에 돌아온 그는 보통학교 6학년에 재학 중이던 '박○봉'과 처음 만나 사귀었다. 니리미에 살던 그녀는 읍내에 있는 학교에 가려면 날마다 어음리를 지나가야 하였다. 또 그녀는 눈솔의 여동생 복순과도 친하여 가끔 집에 놀러오기도 하였다. 뒷날 눈솔은 박 양에 대하여 "그녀는 공부도 제일 잘하고, 총명한 데다가 꽤 예뻤다. 특히 목소리가 영롱한 음색으로 보통보다 좀 높은 편이고, 그의 미소는 매우 매혹적이었다"[29]고 회고한다.

이 무렵 유학생들이 흔히 그러했듯이 눈솔도 방학이 되면 고향에 돌아와 야학이나 강습소를 열고 소년회와 소녀회 같은 단체를 조직하여 계몽운동을 펼쳤다. 특히 평소 연극에 관심 있던 눈솔은 「수선화」라는 동화극을 만

----

28) 어음의 토박이 이름 '너리미'나 '나리미'와 관련하여 이 지역의 지형이 널처럼 넓게 생겼으므로 그렇게 불렸다고 주장하는 사람도 있다. 그러나 어음리 동쪽 산을 '고모산(顧母山)'이라고 부르고, 어음하리에서 반천(盤泉)으로 넘어가는 고개를 '고무재[顧母嶺]'라고 부르는 것을 보면 어음은 들보다는 노루와 관련 있는 이름으로 보는 것이 맞는 듯하다.

29) 정인섭, 「사랑의 미련」, 『못다한 인생』, 161쪽. 눈솔은 박 양을 처음 만난 것이 와세다고등학원에 다닐 때가 아니라 와세다대학에 입학한 뒤라고 말하기도 한다. 박 양의 나이가 다른 것도 아마 그 때문인 듯하다.

들어 소녀회 학예회 때 공연하도록 하였다. 눈솔은 "이 소녀는 항상 그 여주인공의 역할을 했다. 그러는 가운데 그녀를 귀여워하다가 여러 해 동안 사랑하게 됐다"[30]고 밝힌다. 처음에는 박 양을 동생이나 후배처럼 생각하다가 점차 첫사랑으로 발전하였다. 그녀를 처음 만났을 때 눈솔의 나이는 만 열일곱 살, 그녀의 나이는 열한 살로 무려 여섯 살 차이가 났다. 눈솔은 그들의 나이가 세 살밖에는 차이가 나지 않았다고 말한 적도 있어 정확한 나이는 알 수 없다. 세 살 차이라면 그녀의 나이는 만 열네 살인 셈이다. 초등학교 6학년생이라면 아마 열한 살보다는 열네 살이 더 맞을 것 같다. 이듬해 여름방학 때 눈솔이 고향에 갔을 때 그녀는 보통학교를 졸업하고 집에서 지내고 있었다.

언양은 보수적인 시골이었기 때문에 눈솔과 박 양은 그들의 관계를 비밀로 해야 하였다. 특히 눈솔보다도 박 양은 더더욱 어른들의 눈을 피할 수밖에 없었을 것이다. 그래서 두 사람은 사람 키보다 높게 자라는 수수밭에서 만나 사랑을 속삭였다. 눈솔은 "나는 처음으로 사랑다운 체험을 했고, 청춘의 정열을 불태우기도 했다. 그녀는 이때쯤은 완전히 성숙된 여성이었고 사랑의 신비와 육체의 기쁨도 느껴 적극적이었다"[31]고 고백한다. 이렇게 고백하는 것을 보면 두 사람은 육체적 관계까지 발전한 것 같다. 눈솔이 대학을 졸업하자마자 결혼하자고 약속한 것을 보면 더더욱 그러한 생각이 든다.

그러나 첫사랑이 흔히 그러하듯이 두 삶의 사랑도 끝내 이루어질 수 없었다. 2년 후 박 양의 오빠가 여동생을 상처(喪妻)한 중년 자산가의 후처로

30) 앞의 글, 161쪽.
31) 정인섭, 「사춘기의 몸부림」, 『이렇게 살다가』(서울: 가리온출판사, 1982), 28쪽.

시집보내기로 했기 때문이다. 여름방학 일찍 귀국한 눈솔은 수수밭에서 그녀와 만나 시집가지 말라고 호소했지만 그녀의 오빠는 여동생을 시집보내기로 작정하였다. 한편 눈솔의 아버지도 그가 아직 학생 신분인 데다 학력 차이가 나므로 결혼을 찬성하지 않았다. 눈솔의 마음을 이해하는 것은 오직 어머니뿐이었다. 눈솔이 울면서 호소하자 어머니는 박 양이 시집가는 전날 밤 그녀의 집을 찾아가 그녀에게 마지막으로 한 번만 아들을 만나 달라고 사정한다. 박 양은 결혼 준비로 법석대는 틈을 타 눈솔을 찾아오고, 어머니가 밖에서 망을 보는 사이 두 사람은 서재에서 마지막으로 밀회한다. 마침내 두 사람은 울면서 이별하였다. 눈솔은 이별의 슬픔을 "당신 집 울타리 뒤에 가서 휘파람 불며 / 조약돌 주워서 던져보았소 / 그래도 당신은 끝내 오지 않았고 / 뜸북새만 한밤까지 울고 있었소"[32]라고 읊었다. 이튿날 박 양은 다른 고을로 시집갔고, 눈솔은 허탈감에 도쿄로 돌아갔다.

뒷날 눈솔은 이번에는 첫사랑 박 양의 입장에서 그녀가 그에게 느끼는 애틋한 사랑의 감정을 노래하는 「비밀」이라는 작품을 썼다. 다시 말해서 이 작품의 시적 화자는 어디까지나 남성이 아닌 여성이다.

허트러진 머리를
곱게 빗은 후에는
보내주신 적은 빗을
꽂었음니다
나물 캐든 손가락을

---

32) 정인섭, 「사춘기의 몸부림」, 29쪽.

곱게 씨슨 후에는
보내주신 적은 반지
껴 봤음니다

적은 빗 적은 반지
가진 이 몸을
면경 속에 비추어
바라봅니다

내 머리와 내 손에는
남이 모르는
거룩한 비밀이
감췄음니다[33]

얼핏 이 작품은 흔하디흔한 연애시처럼 보인다. 시적 화자 '나'는 사랑하는 남성한테서 조그마한 머리빗과 반지를 선물로 받는다. 헝클어진 머리를 빗은 뒤 머리빗을 꽂고 나물 캐면서 흙이 묻은 손을 씻고 손가락에 반지를

---

33) 정인섭, 『대한 현대시 영역 대조집』(서울: 문화당, 1948), 159쪽. 1936년 9월 정인섭은 아일랜드 더블린으로 1923년 노벨 문학상을 받은 윌리엄 버틀러 예이츠를 방문하여 자신이 골라 번역한 한국 시인 100명이 쓴 현대시 125편을 보여주며 출간 의사를 타진한다. 예이츠는 눈솔에게 "나는 당신이 영역한 현대 조선 시인집을 보여주신 데 대해서 대단히 감사하는 바입니다. 출판해 줄 사람을 구하는 데 조금이라도 어려움이 있으리라고는 생각되지 않습니다. 소녀와 빗과 반지에 대해서 쓴 당신 자신의 자미 있는 소곡(小曲)이 있음니다 그려"(4쪽)라는 즉석 편지를 아내에게 받아쓰도록 하였다. 눈솔과 예이츠의 관계에 관해서는 Wook-Dong Kim, "William Butler Yeats and Korean Connections." ANQ 31: 4 (2019), 244~247; Wook-Dong Kim, *Global Perspectives on Korean Literature* (London: Palgrave Macmillan, 2019), 255~260 참고.

끼어본다. 그러고 나서 거울에 비친 자신의 예쁜 모습을 바라보며 사랑하는 사람을 생각한다. 그런데 이 작품에서 가장 핵심적인 구절은 마지막 연의 '거룩한 비밀'이다. 시적 화자는 어린 나이에 비록 어른들의 눈을 피하여 몰래 사랑을 하지만 그 비밀에는 어느 누구도 범접할 수 없는 '거룩함'이 깃들어 있다.

'거룩한 비밀'이라는 구절을 읽노라면 수주(樹州) 변영로(卞榮魯)의 「논개(論介)」라는 시의 첫 연 "거룩한 분노는 / 종교보다도 깊고 / 불붙는 정열은 / 사랑보다도 강하다"가 떠오른다. 논개가 진주성을 함락한 왜군에 맞섰다면 「비밀」의 시적 화자는 이 무렵 유교 질서에 기초를 둔 고루한 인습과 전통에 맞섰다고 볼 수 있다. 눈솔은 와세다대학에 재학하던 시절 박 양이 그의 고모가 살고 있던 동네로 시집을 갔다고 밝힌다. 그녀는 오빠가 시키는 대로 어쩔 수 없이 어떤 중년 남성의 후처로 시집을 갔다. 오빠가 이 일에서 주도적인 역할을 하는 것을 보면 그녀는 어쩌면 아버지를 일찍 여읜 것 같다.

어느 해 여름방학 때 고향에 돌아온 눈솔은 이제는 남의 아내가 된 첫사랑을 만나기 위하여 고모 집을 방문하여 어린 고종사촌 누이에게 편지를 전하게 하여 그녀를 만난다. 첫사랑을 만나는 순간 그는 한편으로는 감격스럽기도 하고, 다른 한편으로는 두렵기도 했다고 고백한다. 나지막한 목소리로 몇 마디 말을 주고받다가 더는 머무를 수 없어 그냥 그녀의 집을 나왔다고 말한다. 그런데 집을 나오기 직전 그의 행동이 대학생의 정상적인 행동으로 보기에는 너무나도 비상식적이다. 갑자기 무슨 생각이 들었는지 눈솔은 대문간에서 그녀의 머리채에서 금비녀를 뽑아 가지고 집을 나온 것이다.

그렇다면 눈솔은 왜 이렇게 무례하게 첫사랑의 금비녀를 뽑아 가지고 집에 돌아갔을까? 이 물음에 대한 답은 아마 방금 인용한 「비밀」이라는 작품에서 찾을 수 있다. 눈솔의 첫사랑은 청년 시절 그가 그녀에게 선물로 준 머리빗 대신에 이제는 남편에서 결혼 선물로 받았을 법한 금비녀를 꽂고 있다. 모르긴 몰라도 눈솔은 아마 자신이 준 머리빗을 금비녀와 동일시한 채 적어도 상징적으로 잃어버린 첫사랑을 되찾고 싶었는지도 모른다.

이튿날 하루 종일 곰곰이 생각하다가 눈솔은 아무래도 첫사랑에게 비녀를 돌려주어야겠다고 생각한다. 그래서 다시 쪽지를 보내 그날 밤 다시 그녀의 집으로 찾아가겠다고 알린다. 장대비가 쏟아지는 밤 그가 그녀의 집을 찾아가자 그녀는 대문 안에서 그를 기다리고 있었다.

사랑채에는 불이 켜 있지 않고 아무도 없는 것 같았다. 그녀의 안내를 받아 안방으로 들어가니 어린 계집아이는 아랫목에 콜콜 잠이 들어 있고 그녀는 눈물을 흘리면서 나를 맞아주었다. 나는 비녀를 돌려주면서 "내 평생 잊지 못하고 기념으로 간직하려 했더니"라고 했다.
지나간 이야기나 현재의 하소연을 한들 별 도리가 없는 줄 알면서 한 시간가량 있다가 서로 작별했다.[34]

눈솔이 첫사랑의 금비녀를 뽑아 집에 가지고 가는 것을 보면 그는 아직도 못내 그녀를 잊지 못하고 있음이 틀림없다. 조선시대 여성이 모든 유혹을 끊고 한 남자만을 영원히 사랑하겠다는 마음의 정표로 사랑하는 사람에게 은장도를 주는 일이 가끔 있었다. 그러나 눈솔처럼 남성이 직접 사랑하는 사람으로부터 금비녀를 뽑아내어 정표로 삼는 것은 상식에 벗어나도 한

34) 정인섭, 「첫사랑의 그 여인」, 『이제는 하고 싶은 이야기』, 113쪽.

참 벗어나는 행동이다. 그만큼 첫사랑에 대한 그의 미련이 아직도 크다는 증거다. 눈솔이 그녀에게 하는 "내 평생 잊지 못하고 기념으로 간직하려 했더니"라는 말은 이 점을 더욱 뒷받침한다. 안방에 잠들어 있는 어린 계집아이를 바라보며 눈솔은 첫사랑이 이미 남의 아내가 되는 것에 그치지 않고 자식까지 두고 있다는 사실에 아마 더더욱 비참한 생각이 들었을 것이다.

한편 눈솔의 첫사랑이 "눈물을 흘리면서" 그를 맞아주었다는 것은 그녀 역시 그를 잊지 못하고 있다는 증거다. 이 무렵 여성이 흔히 그러했듯이 그녀 역시 자신의 의지와는 관계없이 부모의 뜻에 따라 결혼했을지 모른다. 한 작품에서 눈솔은 "데리고 가라고 / 편지 보내오더니 / 남몰래 와서 보니 / 그저 울기만 하네"라고 노래한다. 눈솔이 방문한 날 사랑채에는 불이 켜 있지 않은 채 그녀의 남편은 집에 없었다. 어쩌면 첫사랑의 결혼이 불행하게 되었는지도 모른다.

그 후 몇 십 년 뒤 태평양 전쟁이 한창이던 무렵 눈솔은 다시 한 번 첫사랑을 찾아갔다. 고향 언양의 작천정에서 개최하는 어린이 백일장 심사위원장을 맡은 그는 겸사겸사 그녀를 방문하기로 한 것이다. 이미 그녀는 남편을 여의고 딸과 사위와 손자들과 함께 살고 있었다. 눈솔은 아직도 중년여성의 젊음이 깃들어 있는 그녀가 그를 '오빠'라고 부르면서 반갑게 맞아주었다고 회고한다. 이렇듯 두 사람의 관계는 이제 연인에서 오누이의 관계로 바뀌었다.

전쟁이 끝난 뒤 눈솔은 외국에 오랫동안 머물러 있어 첫사랑을 만날 수 없었다. 그러다가 귀국하여 죽기 전에 마지막으로 만나보고 싶은 나머지 언양 근처로 그녀를 찾아간다. 자신의 이러한 행동에 대하여 눈솔은 "첫사랑은 좀처럼 잊혀지지 않는다는 것이 이런 심정을 말하는 것 같다"[35]고 말한다. 눈솔은 첫사랑의 딸이 정성스럽게 마련한 저녁식사를 대접받는다. 이튿날 눈솔의 첫사랑은 백일장이 열리는 작천정으로 친구와 딸과 함께 그를 찾아온다. 눈솔은 남의 이목이 있어 드러내놓고 친근하게 대할 수는 없었어도 '마음속으로는 서로 통하는 정'이 서로 오고가고 했다고 고백한다. 첫사랑에 대한 이렇게 애틋한 마음을 눈솔은 이렇게 「옛 이야기」라는 시를 지어 달랬다.

그대는 늙었구료
이마에 주름살지고
손등에도 힘줄이
할머니 모습을 하고

나도 이젠 늙었소
검던 머리 백발 되고
두 눈도 흐려져서
할아버지 행세를 하오

같은 동리에서 태어나
서로 사랑했던 이야기
글 가리치고 글 배우면서

35) 앞의 글, 114쪽.

남몰래 만났던 일[36]

위 작품을 읽노라면 세월의 무상함을 피부로 느낀다. 무궁화꽃 한 송이 꺾어 손에 쥐고 바윗돌에 앉아 사랑을 맹세하던 앳된 소년과 소녀는 이제 어느덧 할아버지와 할머니가 되었다. 「그 후로」의 마지막 연에서 시적 화자는 "그 후로 / 몇 번이나 되었느냐 / 감냇강 언덕의 무궁화야 // 묻노니 무궁화야 / 지금 그는 어디 있다더냐"[37]라고 묻는다. 여기서 '그'는 눈솔의 첫사랑을 가리키지만 달리 생각해 보면 덧없는 청춘을 뜻하기도 한다. 지금 그 청춘은 첫사랑의 주름진 이마에, 눈솔의 백발에 숨어 있다.

눈솔 정인섭은 평소 첫사랑의 추억이 깃든 고향 언양으로 돌아가 조용하게 여생을 보내고 싶었다. 대구와 서울은 말할 것도 없고 이곳저곳 세계 각국을 누비고 다니며 살다시피 한 그로서는 고즈넉하고 순박한 시골 언양은 잊을 수 없는 마음의 고향이었다. 눈솔에게 가난하다고 비굴하지 않고 돈이 있다고 뽐내지 않는 시골 언양은 그야말로 유토피아와 다름없었던 것이다.

---

36) 앞의 글, 114~115쪽; 정인섭, 『별같이 구름같이』(서울: 세종문화사, 1975), 61쪽.
37) 정인섭, 「첫사랑 그 여인」, 『이제는 하고 싶은 이야기』, 112쪽; 정인섭, 『산 넘고 물 건너』, 32쪽. 눈솔은 4차 국제언어학자대회 참석 후 독일을 여행하면서 요한 볼프강 폰 괴테가 살던 바이마르의 집과 기념관을 방문하였다. 일본 유학 시절 늘 호주머니에 넣고 다니면서 읽던 하다 토요기치(秦豊吉)의 번역 『젊은 베르테르의 슬픔』을 떠올리면서 그는 언양의 첫사랑 박 양은 로테 같은 처지가 되는 바람에 자신은 베르테르의 슬픔을 느꼈다고 회고한다.

2
대구(1917~1921)

낙원이나 무릉도원은 언제나 머물러 있을 수 없다는 데 그 특징이 있다. 도연명(陶淵明)의 「도화원기(桃花源記)」에서 한 어부가 복숭아꽃이 만발한 아름다운 계곡 안쪽 굴 속에서 무릉도원을 찾았지만 두 번 다시 그곳에 들어갈 수 없었다. 영국 작가 토머스 모어가 널리 유포시킨 '유토피아'란 본디 이 세상에는 '존재하지 않는(ou) 장소(topia)'를 뜻한다. 현실 세계에서는 아무데도 존재하지 않지만 그래도 뭇 사람들이 마음속에 그리워하는 이상적인 공간이 바로 유토피아다. 눈솔 정인섭에게도 화장산 자락에 자리 잡은 그의 고향 언양도 낙원이나 무릉도원, 유토피아였다. 그러나 「도화원기」의 어부처럼 눈솔도 열두 살이 채 못 되어 그가 태어나 자란 고향 언양을 떠나 좀처럼 다시 돌아올 수 없었다.

눈솔은 초등학교 과정을 마치자 상급 학교에 진학해야 하였다. 이 무렵 초등학교 과정을 마친 학생 중에서 겨우 10퍼센트가량만이 상급학교에 진학할 수 있었다. 또한 1910년대 언양이나 울산에서 상급 학교에 가려면 대구나 부산 또는 더 멀리 경성 같은 도시로 가야만 하였다. 가령 눈솔과 나이가 비슷하거나 선배 중에서 최현배, 박관수(朴寬洙), 김천해(金天海) 등은 경성으로, 송석하는 부산으로, 눈솔을 비롯하여 강정택(姜鋌澤), 김병희(金炳熙), 신고송 등은 대구로 갔다. 어쩌다 보기 드물게 오영수처럼 일본으로 가는 학생도 더러 있었다.

그때 마침 3년 전 대구에 오늘날의 중학교에 해당하는 고등보통학교가 창설되었다. 눈솔의 아버지는 둘째아들을 그 신설 학교에 입학시키려고 하였다. 그런데 문제는 눈솔의 나이가 만으로 열두 살이 되지 않아 이 학교의 입학 선발 기준에 미치지 못한다는 데 있었다. 이 학교의 입학 선발은 1학기가 시작하는 4월 1일 기준으로 만 열두 살이 되어야 하였다. 눈솔의 생일이 음력 6월 2일이니 입학 기준에서 몇 달이 부족하였다. 그래서 눈솔의 아버지는 담임선생인 서주석과 상의하여 호적에 눈솔의 생일을 입학 기준일보다 하루 빠른 3월 31일로 고쳐놓았다.[1] 지금도 눈솔의 공식 기록에는 생년월일이 '1905년 3월 31일'로 기재되어 있다.

이 무렵에는 신설 학교에다 아직 상급 학교에 진학하는 학생이 그다지 많지 않아서 그랬는지 보통학교의 성적이 우수한 학생들은 추천에 따라 무시험으로 입학시키는 제도가 있었다. 그래서 언양보통학교 성적이 뛰어난 눈솔은 입학시험도 보지 않고 대구고등보통학교에 입학하는 영예를 안았

---

1) 정인섭, 「서당과 보통학교」, 『못다한 인생』(서울: 휘문출판사, 1989), 39쪽. 정인섭은 호적의 생년월일을 고친 것과 관련하여 다른 글에서는 담임교사 서주석이 혼자서 한 일로 기억한다. 그러면서 그는 "옛날사람들은 호적에 음력 생일을 올렸기 때문에 31일이란 생일이 없었다"고 밝힌다. 정인섭, 「나의 교우록」, 『이제는 하고 싶은 이야기』(서울: 신원문화사, 1980), 153쪽.

다. 이 학교는 일제 강점기 식민지 조선에서 경성의 제일고등보통학교(경기고등학교의 전신)와 평양의 제2고등보통학교에 이어 세 번째로 설립된 공립학교였다. 대구고보의 교표와 교복 소매에 흰 선 셋을 두른 것은 바로 그 때문이다. 흰색 세 선은 식민지 조선에서 세 번째로 설립된 공립학교임을 상징할 뿐만 아니라, 동양 철학에서 만물을 구성하는 3대 요소 천지인(天地人)을 상징하기도 한다.

이 학교는 1916년 5월 대구고등보통학교로 정식 개교하여 학교 위치를 대구부 동본동으로 정하고 구 협성학교이던 대구 수성동 향교 부속 건물을 수리하여 개교식을 거행하였다. 이 당시 학생 수는 1, 2학년을 합하여 모두 121명밖에 되지 않았다. 눈솔이 입학하기 전 1917년 12월 대봉동에 신축 교사를 지어 이전하였다. 대고고보는 일본인 교장을 비롯하여 일본인 교사가 많은 것으로도 유명하였다. 경성 수재들은 경성고보로, 한강 이북의 수재들은 평양고보로, 한강 이남의 수재들은 대구고보로 모인다는 말이 있을 정도로 대구고보는 한강 이남 지역의 수재들이 모이는 학교였다.

1910년대는 아직 교통이 발달하지 않은 시절이라서 눈솔은 언양에서 대구에 갈 때 겪은 어려움을 만년에 이르러서도 생생하게 기억한다. 그는 아버지와 함께 양산의 물금역(勿禁驛)에서 기차를 타려고 무려 80리 길을 하루 종일 걸어갔다. 나이 어린 눈솔이 다리가 아파 울자 그의 아버지는 한중간쯤 되는 황산역(黃山驛)에서 말 두 마리를 빌려 타고 나머지 길을 갔다. 한 번은 어린 눈솔이 말에서 떨어지는 것을 마부가 가까스로 붙들어 주는 바람에 다행히 부상을 입지 않았다.

눈솔 정인섭이 입학할 무렵 대구고등보통학교 한 반의 정원은 40명씩 갑·을·병 세 반으로 나뉘어 모두 120명이었다. 그러나 시간이 지나면서 학생 수가 점차 줄어들어 동기 동창생이 겨우 40명밖에 되지 않았다. 호적의 나이를 고친 데서도 알 수 있듯이 눈솔은 신입생 중에서 제일 나이가 어렸다. 신입생 중에는 이미 결혼을 한 30대의 '노학생'도 있어 그의 이마에는 망건을 쓴 자국이 있었다. 눈솔은 나이가 가장 어렸을 뿐만 아니라 키도 작은 편에 속하였다. 체육시간에 교사가 학생들을 키 순서대로 한 줄로 세워놓으면 그는 끝에서 세 번째였다. 키가 제일 작아 늘 맨끝에 서 있던 학생은 김두헌(金斗憲)이었다. 새파란 조끼를 입고 다니던 그는 이미 장가를 든 새신랑이었다. 눈솔은 대구 동성정(東城町)에서 김두헌과 같은 방에서 하숙하고 있어 그에 관하여 이것저것 잘 알고 있었다. 평소 밥을 많이 먹던 눈솔은 그가 남긴 밥을 모두 먹었고, 그가 밥을 남기지 않으면 섭섭할 정도였다고 회고한다.

중학교 시절 김두헌은 키가 작은 것에 무척 열등감을 느끼고 있었던 것 같다. 그는 눈솔보다 나이가 두 살 많았기 때문에 키가 작은 것이 더더욱 창피했을 것이다. 옛날 학창 시절을 회고하며 뒷날 눈솔이 그에게 키가 작다는 말을 하면 그저 빙그레 웃을 뿐이었다. 그런데 언젠가 한 번은 눈솔이 그에게 키가 작다는 이야기를 꺼내자 정색을 하고 화를 냈고, 그래서 눈솔은 그 뒤로는 두 번 다시 그 이야기를 하지 않았다고 한다.

김두헌은 뒷날 정인섭 못지않게 활약한 인물이다. 전라남도 장흥 출신인 김두헌이 대구에 있는 학교에 입학한 것은 앞에서 밝혔듯이 한강 남쪽에는 명문 학교가 이 학교밖에는 없었기 때문이다. 대구고보를 졸업하고 일본으로 유학을 떠난 김두헌은 1929년에 도쿄제국대학 문학부 윤리학과를 졸업하였다. 귀국하자마자 교육계에 투신한 그는 이화여자전문학교와 혜화전문학교의 교수를 거쳐 1945년에 서울대학교 전신인 경성제국대학 문리과대학 철학과 주임 교수가 되었다. 그는 전북대학교와 숙명여자대학교의 총장을 역임한 뒤 건국대학교 대학원 원장을 지냈다. 김두헌은 흔히 한국 윤리학계의 태두로 인정받는다.

눈솔의 동기 동창생 중에는 김두헌 말고도 김한용(金翰容), 사공환(司空桓), 신용기(辛容琪) 등이 있었다. 눈솔은 김두헌만큼이나 김한용과는 각별한 사이였다. 김한용과는 대구에서 같은 방을 얻어 함께 자취를 한 적이 있기 때문이다. 더구나 대구고보를 졸업한 뒤에는 두 사람 모두 일본에 유학하여 와세다대학에서 영문학을 전공하면서 '외국문학연구회'에서 함께 활동하였다. 사공환은 히로시마(廣島)고등사범학교를 마치고 뒷날 경성의 중동학교에서 교사로 근무하였다.

눈솔도 밝히듯이 신용기는 "민족의식이 짙은 사상가"로 이 무렵 반장을 맡았다. 기미년 독립운동 때 대구고보 학생들을 시위로 이끈 주모자 중의 한 사람이 바로 신용기였다. '신철'이라는 가명을 사용하던 그는 거제 출신으로 3·1운동 때 동맹휴학을 주도했다는 이유로 정학을 당하였다. 1920년에 러시아로 유학을 떠난 그는 사회주의 교육과 사상을 받아들이면서 본격적인 항일운동을 전개하였다.

특히 신용기는 러시아 이르츠크 군정학교를 졸업하면서 꼬르브로 공산청년회를 조직하는 임무를 맡았다. 조선으로 귀국하기 전 신용기는 모스크바 극동인민대회에 참가하였다가 1922년 겨울 베르프네우딘스크 연합대회

때 이르츠크파에 적극 가담하는 등 핵심 혁명가로 자리를 잡았다. 신용기는 북풍회·화요회·꼬르브로 국내부 공산청년회 등의 책임비서를 거쳐 1925년에 러시아에 파견되어 국제공산당에 국내 상황과 국내 공산당 상황을 보고한 것으로 알려져 있다. 1929년 2월 제4차 조선공산당 간부로 활동하다가 치안유지법 위반 혐의로 체포되어 징역 3년형을 선고받고 서대문 형무소에 수감되었다가 1931년에 출옥하여 부산에서 대방의원을 열기도 하였다.

눈솔은 뒷날 대구고보 동창생들을 한 달에 한 번씩 만날 정도로 동창생들과 유대가 깊었다. 사춘기에 만난 친구들이기에 아마 친분이 더더욱 두터웠을 것이다. 서울에 사는 동창생들은 한 달에 한 번씩 만나 저녁식사를 함께 하면서 중학 시절을 회고하며 한담을 나누곤 하였다.

대구고보 동기 동창들은 지금도 매달 3일에 모인다. 모이는 날짜를 3일로 잡은 것은 대구고보가 한국에서 경성고보 평양고보에 이어 3번째로 생긴 데다 우리가 대구고보 3회였기 때문이다. 전에는 그대로 숫자가 얼마 됐는데 이제는 거의 다 작고하고 김두헌을 비롯해서 서울의원 원장으로 있는 최종완, 시조 명창 이기릉, 금융계에 종사했던 이정해, 그리고 나까지 합해 5명뿐이다.[2]

눈솔도 지적하듯이 그의 동기 동창생들은 그야말로 여러 분야에서 두각을 나타내었다. 눈솔과 김두헌은 서로 분야가 달라도 학계, 그중에서도 인

2) 정인섭, 「나의 교우록」, 154쪽. 정인섭은 「나의 중학 시절」에서 위에 언급한 다섯 명 말고도 서문규와 시골에서 사는 홍목유와 이완기를 언급한다.

문학계에서 활약했지만 나머지 동기 동창생들은 의료와 금융 등 여러 분야에 걸쳐 폭넓게 활약하였다. 그중에서도 이기릉은 경상도 영제(嶺制) 시조창(時調唱)의 명창으로 전라도의 완제(完制) 시조창과 쌍벽을 이루는 예능인으로 성장하였다. 이 무렵 대구고보에는 학생 수가 그다지 많지 않아 한두 학년 위아래 선후배를 친구처럼 서로 잘 알고 지냈다. 그래서 눈솔보다 한 학년 위 선배인 김윤기(金允基)는 3회 동창생 모임에 참석하였다. 그는 마음이 착하여 눈솔이 특히 좋아하는 사람이었다.

뒷날 일본 유학 시절 눈솔과 함께 김윤기는 전진한을 중심으로 조직한 비밀결사단체 '한빛회'에서 같이 활동하게 된다. 와세다대학 이공학부 건축

1925년 3월 제일와세다고등학원에 재학 중인 조선 유학생들. 뒷날 '한빛회'와 '외국문학연구회'에서 활약할 정인섭을 비롯하여 이선근, 이헌구, 김한용, 이병호의 얼굴이 보인다.

과를 졸업한 뒤 김윤기는 중앙철도국장을 거쳐 교통부 장관과 건설부 장관을 지냈다. 김윤기는 눈솔에게 개인적으로도 인연이 깊었다. 그는 눈솔에게 처음 민물낚시를 가르쳐 준 장본인이다. 눈솔은 낚시꾼으로 유명한 강태공(姜太公)의 이름을 따서 자신을 '정태공(鄭太公)'이라고 부를 만큼 한때 낚시에 빠져 있었다. 눈솔은 낚시에 너무 빠진 나머지 아내가 아이를 출산하는 날에도 낚시를 하러 갈 정도였다. 낚시를 갔다 오니 아내는 이미 아들을 낳았고, 아내는 그때의 일을 두고두고 원망하였다.

눈솔이 마침내 그렇게 좋아하던 낚시를 그만둔 것은 이 취미를 처음 배운 지 15년 뒤인 해방 직전이었다. 어느 날 눈솔이 낚시를 가려고 차비를 하자 가정부 여자아이가 따라 가겠다고 하여 데리고 갔다. 그런데 그 아이가 물속에 들어가 몸을 씻다가 그만 물에 빠져 죽는 사고가 일어났다. 이 끔찍한 사고를 회고하면서 눈솔은 "그의 아버지가 달려와 나에게 원망을 하지는 못하고 싸늘하게 식어 가마니를 덮어 놓은 자기 자식의 뺨을 때리며 원망을 했다. 나는 그때 나를 원망하는 것으로 느꼈다. 그래서 그때부터 즐겨 하던 낚시를 끊었다"[3]고 말한다. 일제 강점기라서 그렇지 만약 요즈음 같았으면 눈솔은 아마 금전적으로뿐만 아니라 여러모로 큰 곤욕을 치렀을 것이다. 눈솔은 낚시를 그만둔 뒤 이번에는 등산을 취미를 삼았다. 그러나 나이가 들면서 산에 오르는 데 힘이 부치자 다시 낚시에 손을 대었다.

대구고보 2회 졸업생 중에서 눈솔이 친하게 지낸 선배 중에는 김윤기 말고도 방두한(方斗翰)과 이상백(李相佰)이 있었다. 눈솔은 이 세 선배와 함께 테니스를 치면서 더욱 가까워졌다. 독립운동 관련 판결문을 보면 방두한은

---

3) 정인섭, 「나의 교우록」, 155쪽.

1919년 3월 24일 보안법 위반으로 검거된 뒤 대구 지방검찰에서 불기소로 출감된 것으로 나와 있다. 그는 기미년 독립운동에 연루되었다가 풀려난 것 같다. 온양 방 씨 족보에 따르면 방두한은 경상남도 사천 출신으로 1928년에 일본 니가타(新潟)의과대학을 졸업하고 소아과 전문의로 일하였다. 1936년 7월 9일자『부산일보』에는「향토 통영 콧대 높아: 면의류 개선의 박사, 10년 연구에 꽃을 피운 의학박사 방두한 씨」라는 기사가 사진과 함께 실려 있다. 이 기사에 따르면 방두한은 통영 출신으로 의학을 전공하여 의사로 일하면서 면의류 개선에도 힘썼다.

한편 대구 달성 출신인 이상백은 흔히 '한국의 쿠베르탱' 또는 '한국 사회학의 창건자'로 일컬을 만큼 체육계와 학계에서 크게 활약하였다. 키가 무척 큰 그는 대구고보 시절에는 연식 정구를 했고, 와세다대학 시절에는 미국인 코치로부터 농구를 배웠다. 해방 후 그는 열악한 한국 체육계를 국제 무대로 진출시키는 데 크게 이바지하였다. 또한 이상백은 서울대학교 교수로 재직하면서 사회학과를 처음 만들고 한국사를 연구하는 등 학계에서도 선구적 역할을 하였다. 그는「빼앗긴 들에도 봄은 오는가」로 유명한 시인 이상화(李相和)의 친동생이다.

눈솔 정인섭은 대구고등보통학교에 다니는 동안 동기 동창생이나 선후배 못지않게 교사들로부터도 큰 영향을 받았다. 특히 그는 이 학교에서 그의 삶에서 결정적인 영향을 주는 교사들을 만나게 된다. 눈솔이 다니던 무렵 대구고보의 교장은 일본 제국대학에서 중국 철학을 전공한 다카하시 도루(高橋亨)로 한국문학과 성리학에 조예가 깊은 일본인 학자였다. 대한제국 시절 그는 한성외국어학교에서 일본어 교사로 근무하면서 한국 문화를 배웠고, 한학자 여규형(呂圭亨)에게서 한국 한학을 배운 한국 전문가였다.

다카하시는 1926년에 경성제국대학이 설립되자 교수로 취임하여 조선 어학과 문학 강좌를 담당하였다. 다카하시에 대하여 뒷날 눈솔은 "그는 한 국말을 할 때 한문 문자를 척척 쓰는데 일본인 중에서는 한국문학 전공의 제1인자다. 나는 그에게서 이퇴계(李退溪) 선생의 성리학이 주자학 이상으로 완성됐다는 것을 듣고 놀랐다"[4]고 말한 적이 있다. 다카하시는 조선의 민요 를 비롯한 민속 문화에도 관심이 깊었다. 그러나 그는 조선의 주자학, 즉 성 리학의 특징을 종속성·사대주의·당파성과 함께 지나친 형식 존중, 문약성 (文弱性)과 창조성과 심미성의 결여 등을 꼽았다. 더구나 일제 말기에는 황도 유학(皇道儒學)을 부르짖었다는 점에서 그에 대한 비판도 적지 않다.

뒷날 눈솔이 민속 연구에 관심을 기울인 것은 어쩌면 중학교 시절 이 일 본 학자로부터 받은 영향 때문인지도 모른다. 다카하시는 일찍이 일본에서 『조선 이야기집(朝鮮の物語集)』(1910)과 증보판 『조선 이언집(朝鮮の俚言集 附物 語)』(1914)을 출간하여 이 분야에서 선구자 역할을 하였다. 다카하시는 해방 후 일본으로 돌아가 덴리(天理)대학 조선학과의 교수가 되고 이 대학에 '조 선학회(朝鮮學會)'를 설립하여 한국학 연구를 계속 이어갔다. 뒷날 눈솔이 영 국의 런던대학교에 이어 덴리대학에서 교환교수를 하게 된 것도 다카하시 교수의 도움이 무척 컸다.

---

4) 정인섭, 「서당과 보통학교」, 40쪽.

대구고보에서는 다카하시 교장 말고도 눈솔에게 큰 영향을 끼친 일본인이 또 한 사람 있었다. 일본어를 가르치는 곤도 도키지(近藤時司)가 바로 그 사람이다. 곤도는 다카하시와 마찬가지로 조선총독부 학무국에서의 경험을 인정받아 관료에서 교수로 입신출세한 인물로 다카기 도시오(高木敏雄)와 아키바 다카시(秋葉隆) 같은 '내지(內地)'에서 부임한 경성제대 교수들과 함께 조선의 구비문학과 민속 문화 연구에 깊은 관심을 기울였다.[5] 눈솔은 시인이기도 한 곤도가 자신의 문학적 감수성을 길러주는 데 큰 힘이 되었다고 술회한 적이 있다. 뒷날 곤도는 다카하시 도루처럼 경성제국대학의 교수가 되어 조선의 주요 명승과 풍속 등을 수록한 『조선명승기행』(1929)을 출간하였다. 눈솔이 일찍이 한국을 비롯한 세계 민속에 처음 눈 뜬 것도 아마 이 무렵 다카하시와 함께 곤도한테서 받은 영향이 작지 않았을 것이다.

　　가령 눈솔은 뒷날 와세다대학에 다니던 1927년에 일본어로 쓴 『온도루야와(溫突夜話)』를 도쿄의 니혼(日本)서원 출판사에서 출간하여 주목을 받았다. 또한 그는 1928년 8월 「진주 오광대(晉州五廣大)」 대본을 처음으로 채록하였다. 그의 한국 탈춤 채록 작업은 1930년 3월 다카하시 도루가 경성제국대학 조선문학연구실의 주관으로 연희자 조종순(趙鍾洵)의 구술을 김지연(金志淵)이 필사한 「양주 별산대놀이」의 대본 「산대도감극각본(山臺都監劇脚本)」을 등사본으로 만든 것보다 1년 반이나 앞선다. 물론 눈솔의 「진주 오광대」는 1933년 1월 조선민속학회의 기관지 『조선민속(朝鮮民俗)』 창간호에 처음 발표되어 학계로부터 큰 관심을 받았다.

<hr />

5) 김광식, 「경성제국대학 부속도서관의 문학부 계열 장서 분석: 법문학부 민요 조사와의 관련 양상을 중심으로」, 『연민학지(淵民學誌)』(연민학회, 2017), 211~244쪽 참고.

대구고등보통학교 시절 눈솔 정인섭이 다카하시 도루와 곤도 도키지한 테서 설화나 전설 등 민속 문화의 중요성을 배웠다면, 영어 교사 두 사람한 테서는 영어의 중요성을 배웠다. 이 무렵 대구고보의 영어 교사 중에서는 한국인 교사와 일본인 교사가 있었다. 이 두 교사와 관련하여 눈솔은 "영어를 가르치던 현 선생과 와타나베(渡邊)는 나에게 영어의 맛을 알게 해 주었다. 이 모든 것이 나중 일본에 유학 가서 나로 하여금 해외문학 운동을 하게 한 동기의 하나가 된다"[6]고 잘라 말한 적이 있다.

눈솔이 말하는 '현 선생'이 과연 누구인지는 지금으로서는 확인할 길이 없다. 다만 '현 선생'은 대구에 기반을 둔 현진건(玄鎭健) 집안 사람 중 하나가 아닌지 추측해 볼 따름이다. 연주(延州) 현 씨 집안은 조선 후기부터 역관 등 잡과 출신을 많이 배출한 중인 집안이었다. 그래서 연고지에 있는 대구고보에서 영어를 가르쳤을 가능성을 전혀 배제할 수 없다.

가령 현진건에게 문학적으로 큰 영향을 준 친척 중에 '현철(玄哲)'이라는 필명을 사용하는 현희운(玄僖運)이 있다. 경성의 보성고등보통학교를 졸업한 그는 일본에 건너가 도쿄의 세이소쿠(正則) 영어학원과 메이지대학 법과에서 수학하였다. 대학 시절 신극 운동에 관심을 둔 현희운은 조선적인 연극을 구현할 뜻을 품고 1917년에 중국 상하이(上海)로 건너갔다가 2년 뒤 귀국하여 전 방위적으로 예술 활동을 펼쳤다. 1923년에 현철은 윌리엄 셰익스피어의 『햄릿』을 '하믈레트'라는 제목으로 한국어로 최초로 번역한 사람이

---

6) 정인섭, 「나의 중학 시절」, 『못 다한 인생』, 41쪽.

기도 하다. 현진건의 맏형 현홍건(玄鴻健)도 대한제국의 외국어학교(外國語學校) 부교관을 지낸 적이 있지만 그의 전공은 영어가 아니라 러시아어였다.

이 무렵 영어 교사는 일본어에 능통해야 한다는 규정이 있어 웬만한 조선인이 영어 교사를 하기란 무척 힘들었다. 그래서 영어 교사의 대부분은 일본인이었지만 발음이 좋지 않아 학생들 사이에서 불만이 적지 않았다. 물론 대구고보 같은 수준 있는 학교에서는 일본인 교사의 수준도 상당했을 것이다. 눈솔이 언급한 일본인 영어 교사 와타나베도 '현 선생'처럼 누구인지는 알 수 없다. 눈솔은 다른 교사들의 이름을 한자어로까지 분명하게 기억하면서도 왜 '현 선생'과 와타나베에 대해서는 개인 이름을 기억하지 못하는지 조금 의아하다. 아니면 이름을 밝힐 수 없는 이런저런 사정이 있을지도 모른다. 어찌 되었든 이 두 교사는 눈솔에게 처음으로 '영어의 맛'을 알게 해준 장본인이었다.

오늘날에는 초등학교, 심지어 유치원 때부터 영어를 가르치지만 불과 몇십 년 전만 하여도 영어는 중학교에 가서야 비로소 처음 배우기 시작하였고, 일제 강점기에는 더더욱 그러하였다. 지금 영어는 제1 외국어지만 그 무렵에는 모든 학생이 의무적으로 일본어를 배워야 했기 때문에 영어는 제2 외국어와 다름없었다. 일본 제국주의는 한일합병 1년 뒤 1911년에 제1차 조선교육령을 발표하여 관립 외국어학교를 없앴을 뿐만 아니라 필수과목이던 영어를 선택과목으로 바꾸었다. 여러 학교에서 학생들이 크게 반발하자 일제는 한발 뒤로 물러나 1922년에 제2차 조선교육령을 발표하여 영어를 다시 고등보통학교의 필수과목으로 바꾸고 주 영어 수업 시간도 늘렸다. 그러나 1937년에 중일전쟁이 일어나면서 미국과 일본의 관계가 악화하자 영어 열풍은 다시 된서리를 맞았다.

그런데 이러한 현상은 비단 식민지 조선에 그치지 않고 비록 정도의 차이는 있을망정 식민지 종주국 일본도 마찬가지였다. 1916년에 오오카 이쿠조(大岡育造)가 일본인의 영국 숭배를 비판하며 중학교에서 필수 외국어 과목을 없애자고 부르짖으면서 영어를 비롯한 외국어 교육은 점차 줄어들 수밖에 없었다. 특히 1924년에 미국이 아시아계의 이민을 막는 이민법을 통과시키면서 일본에서 영어에 대한 비판은 더욱더 설득력을 얻었다. 일본은 태평양 전쟁 중에는 적대국의 언어인 영어를 중등교육에서는 완전히 폐지하기에 이르렀다.

눈솔은 대구고보에 입학하여 영어를 처음 배우기 시작하였다. 평소 지적 호기심이 많은 그로서는 이 외국어를 배우는 감회가 무척 남달랐을 것이다. 그가 처음 영어를 배우면서 느낀 경험은 「나의 영어 공부」라는 글에 잘 드러나 있다.

그때는 조선총독부에서 만든 한국 사람을 위한 영어 교과서를 배웠다. 외국에서 만든 교과서, 일본서 출판한 교과서 중에는 한국 학생들에게 가르치기 거북한 대목들이 있기에 일부러 식민지 민족을 위한 교과서를 따로 편찬한 것이었다. 그래서 정도가 약간 낮은 것으로 기억하고 있다.[7]

눈솔의 지적대로 일제는 조선인을 황국 신민으로 육성하는 것을 식민지 교육의 1차 목표로 삼았다. 그래서 1910년대 말엽 일제는 역사나 국어 교과서는 말할 것도 없고 영어 교과서조차 식민지 교육의 일환으로 통제하였다.

7) 정인섭, 「나의 영어 공부」, 『이제는 하고 싶은 이야기』, 68쪽.

식민지 지배를 받는 이 무렵 조선 학생들에게 가르치기에 '거북한 대목들'이 무엇인지는 새삼 말할 필요도 없을 것이다. 이 무렵 영국이나 미국에서 나온 교과서에는 일본 제국주의나 식민주의를 비판하는 글이나 자유민주주의를 비롯한 자유주의 사상에 관한 글이 많이 실려 있었기 때문이다.

이 무렵 일본에서는 주로 미국이나 영국에서 출간한 교과서를 사용하였다. 예를 들어 식민지 시대 조선인들이 자주 언급하던 『나쇼나루 독본(*The National Readers*)』이나 『뉴 나쇼나루 독본(*The New National Readers*)』 같은 교과서가 그 좋은 예다. 이 책들은 19세기 후반 미국 반스 출판사가 미국의 초등학교 학생들을 위하여 만든 영어 교과서로 메이지 시대 일본에서 가장 널리 사용되었다. 일본 교육자들은 영국과 미국의 선진 문물을 배우기 위해서는 현지에서 나온 교과서를 사용해야 한다고 주장하였다. 한편 1910년대부터 일본에서는 간다 나이부(神田乃武)가 편찬한 『간다 모범 영어독본(*Kanda's Standard Readers*)』(1911)과 『개정 모범 영어독본』(1916)을 비롯하여 『간다 크라운 독본(*Kanda's Crown Readers*)』(1916) 총서와 『개정 간다 크라운 독본(*Kanda's New Crown Readers*)』(1922) 등이 널리 사용되었다.

그러나 식민지 조선에서는 총독부 학무국에서 편찬하거나 인정한 교과서밖에는 사용할 수 없었다. 조선총독부 검정 교과서로 출간한 교재 중 하나가 간다의 영어 독본을 토대로 만든 '크라운' 교과서다. 눈솔이 총독부 학무국에서 편찬한 영어 교과서의 수준이 조금 낮다고 생각하는 것은 아마 편찬자들이 식민지 정책에 어긋나거나 어렵다고 판단되는 내용을 삭제하거나 쉽게 간추려 펴냈기 때문일 것이다. 눈솔은 대구고보에서 배운 영어 교과서 이름이 『파운덴 독본』이라고 말한 적이 있는데 어느 책을 가리키는지 알 수 없다.

그런데 눈솔이 영어를 처음 배우면서 부딪친 가장 큰 문제는 발음이었다. 그가 어렸을 때 언양 서당에서 배운 한자는 표의문자라서 글자의 뜻을 익히는 데는 힘들어도 발음하는 데는 크게 문제가 되지 않았다. 그러나 영어는 한글처럼 표음문자에 속하기는 하여도 전자가 음소에 기반을 둔 반면 후자는 음절에 기반을 두므로 영어를 발음하기란 생각보다 그렇게 쉽지 않다. 영어는 무엇보다도 철자와 발음이 너무 불규칙하기 때문이다. 눈솔이 구체적인 실례로 들듯이 가령 똑같은 이중모음인데도 'book'에서는 단모음 [ʊ]로 발음하고, 'boot'에서는 장모음 [u:]로 발음하며, 'blood'에서는 [ʌ]로 발음한다.

내가 중학교 1학년 1학기 때 배운 단어 가운데 불규칙하고 비교적 긴 최초의 단어는 'because'였다. 그것이 어째서 '베카우제'로 발음되지 않고 '비코우즈'로 읽게 되는지 알 수 없었다. 그래서 처음에는 그 낱말을 외우기 위해 입으로 '비이 – 이이 – 시이 – 에이 – 유우 – 에스 – 이이', 즉 'b – e – c – a – u – s – e'로 중얼거리고 나서 한꺼번에 '비코우즈'라고 발음했다.[8]

이렇게 눈솔은 영어 발음에서 처음에는 적잖이 어려움을 겪었지만 곧 영어 자음과 모음 철자를 따로 떼어서 읽지 않고 통째로 읽는 방법을 스스로 터득하였다. 그는 영어 낱말을 귀에 익도록 발음하면서 동시에 그 철자를 손으로 베껴 적는 습관을 길렀다. 이렇게 종합적으로 발음하다 보면 철자는 말할 것도 없고 그 뜻마저 저절로 익히게 마련이다. 특히 눈솔은 발음부호

8) 앞의 글, 68~69쪽.

와 악센트에 주의할 것을 주문한다. 특히 영어처럼 철자와 발음이 다른 경우에는 더더욱 그러하다는 것이다. 그렇게 하면 악센트가 있는 음절의 홀소리 강세법과 악센트가 없는 음절의 홀소리 약음화도 저절로 습득할 수 있기 때문이다.

더구나 영어 학습과 관련하여 눈솔은 다른 학생들과는 달리 단어장을 따로 만들지 않았다고 말한다. 학생 대부분은 단어만 많이 알면 영어를 잘 알 수 있다고 착각하여 단어마다 발음기호를 붙이고 의미를 적어 외우려고 한다. 이에 대하여 눈솔은 그러한 일이 귀찮은 일일뿐더러 그렇게 해도 별 효과가 없다고 밝힌다. 어휘의 뜻은 문장이나 일상대화 속에서 사용되는 문맥에 따라 달라지기 때문이다. 눈솔은 단어를 외우기보다는 오히려 문장을 되풀이하여 외우는 것이 훨씬 효과적이라고 지적한다. 대구고보를 졸업할 때까지 그가 읽은 문장 중 가장 긴 것은 "It is very interesting to notice that at a given time the different parts of the earth's surfaces are at the different hours of the day"라는 문장이었다. 눈솔은 이 문장을 "수백 번 틈 있는 대로" 자꾸 읽어 자연스럽게 입에 붙도록 하였다. 그래서 그런지 그는 몇 십 년이 지난 뒤에도 이 문장을 뚜렷이 기억하고 있었다.

뒷날 눈솔은 영어 음성학과 영어 교육에도 깊은 관심을 기울인다. 그런데 중학교 시절 겪은 경험이 이러한 연구에 큰 도움이 되었음은 두말할 나위가 없다. 그는 어린 아이들에게 영어를 비롯한 외국어를 가르칠 때는 문법부터 시작하지 말고 문장이나 말부터 가르쳐야 한다고 주장한다. 말이나 문장을 먼저 가르치고 나면 문법은 자연스럽게 따라오게 마련이다.

그런데 한국에서는 영어 공부에 분석적 논리가 먼저 작용하고 종합적인 습관을 등한시하기 때문에 10년 이상 배운 영어를 실생활에 활용하지 못해 결국은 손을 들고 마는 수가 많다. 내가 경험한 바로는 영어 공부의 효과적인 방법은 자기 힘에 적당한 이야기를 몇 개 골라 심심풀이로 자꾸 읽고 혼자 줄줄 외울 수 있도록 하는 것이 제일이다. 즉 학년마다 한 학기에 한두 개씩 자기가 좋아하는 이야기를 외우도록 하여 그것을 성적에 반영하는 것이 제일 효과 있는 교육 방법이라고 생각한다.[9]

눈솔은 이러한 교육 방법을 단순히 이론에 그치지 않고 실제로 강단에서 실행해 왔다. 1970년 초엽 이 책의 저자(김욱동)는 대학 학부와 대학원 시절 눈솔한테서 영문학과 영어학 강의를 몇 과목 수강한 적이 있다. 셰익스피어 강의였는데 눈솔은 수강생들에게 『로미오와 줄리엣』에서 긴 독백 하나를 골라 줄줄 외우도록 하는 것이 중간고사와 학기말고사였다. 나는 그 당시에는 이러한 시험 방식을 잘 이해하지 못했지만 뒷날 이 방법이야말로 가장 좋은 방식이라는 사실을 깨닫게 되었다. 학생이 외우는 것을 듣고 있으면 발음, 문법, 의미 파악 등 모든 것을 한꺼번에 알 수 있기 때문이다. 눈솔은 강의를 하다가도 흥이 나면 영시나 시조를 영어로 암송하여 학생들에게 들려주곤 하였다.

대구고등보통학교 시절 눈솔 정인섭에게 큰 영향을 준 '잊지 못할 스승'

9) 정인섭, 「나의 중학 시절」, 『못다한 인생』, 42쪽.

중에는 한국인 영어 교사 '현 선생'과 일본인 교사 와타나베 말고도 또 다른 교사가 있었다. 뒷날 눈솔은 '잊지 못할 스승' 중 한 사람으로 대구고보 시절의 교사였던 박관수를 꼽는다.

> 잊지 못할 스승 한 분은 중학 때의 스승인 박관수 선생이다. 수년까지만 하여도 나는 무슨 일이 있으면 그분에게 달려가 상의를 했었다. 그분은 65년인가 반공연맹 이사장으로 있을 때 나에게 학교생활을 그만두고 사무국장으로 오라고 강권하기도 했다. 그분은 지금 명륜동에 살고 있으며 얼마 전까지만 하더라고 나는 매년 세배를 갔으나 최근에는 그것도 못하고 있다.[10]

박관수는 흔히 박정희(朴正熙)의 대구사범고등학교 은사로 널리 알려져 있는 인물이다. 또한 울산공립보통학교를 졸업한 박관수는 울산 지역에서는 입지전적 인물로 교육자로서의 명성이 아주 높다. 집이 가난한 데도 그가 일본에 유학을 갈 수 있었던 것은 울산의 유지 추전(秋田) 김홍조(金弘祚)의 도움이 컸다. 일제 강점기 조선의 독립을 위해서는 무엇보다도 인재 양성이 절실하다고 판단하고 해마다 머리가 뛰어난 울산의 젊은이들 10여 명씩을 선발하여 일본에 유학을 보냈다. 이러한 유학생 중 하나가 바로 박관수였다. 뒷날 그는 김홍조의 여동생과 결혼하게 되어 그의 친인척이 되었다.

눈솔의 기억대로 박관수는 한양대학교 교수직에서 물러난 뒤 박정희와의 인연으로 '한국반공연맹' 이사장을 맡았다. 다만 그가 이 자리를 맡은 연도는 1965년이 아니라 1966년으로 1980년까지 15년 동안 이 자리를 지켰

---

10) 정인섭, 「나의 교우록」, 163쪽.

다. 박관수는 1965년에 '단군정신선양회' 회장과 '신라오능보존회' 총재를 지냈고, 1966년에 반공연맹 이사장, 1970년에 '공산권문제연구소' 이사장, 그리고 1972년에는 '대한노인회' 회장직을 두루 맡았다. 반공연맹 이사장과 공산권문제연구소 이사장으로 있는 동안 박관수는 『인간 혁명론』, 『북한의 노동자』, 『현대 한국반공투쟁사』 등의 저서를 남겨 북한 전문가가 되었다. 그가 교육자로 퇴직하기 전의 이력도 화려하지만 은퇴 후의 이력도 무척 다양하다.

그런데 박관수의 약력을 보면 눈솔의 말에 고개를 갸우뚱하게 된다. 1897년에 경상남도 울산 강동 어물동에서 태어난 그는 경성제일고등보통학교를 나온 뒤 1919년에 히로시마(廣島)고등사범학교를 졸업하고 1922년에 도쿄제국대학 철학과를 중퇴한 것으로 되어 있다. 이 무렵 여름방학으로 귀국한 일본 유학생 중에는 간토(關東) 대지진이 일어나자 박관수처럼 학업을 포기하는 학생이 적지 않았다. 공식 자료에 따르면 박관수는 1924년에 대구고등보통학교 학감(學監), 1926년에 경상북도사범학교 교유(敎諭) 등을 거쳐 1938년 11월 조선총독부 학무국 시학관에 임명되었다.

그러나 박관수가 대구고보 학감이던 1924년에 눈솔은 이미 대구고보를 졸업하고 도쿄에서 유학 중이었다. 그렇다면 박관수는 히로시마고등사범학교를 졸업하고 도쿄제국대학에 입학하기 전에 잠시 대구고보에서 교편을 잡았을 가능성을 배제할 수 없다. 단순히 같은 울산 출신이고 대구고보 학감을 지냈다고 하여 눈솔이 그를 '잊지 못할 스승'으로 생각하지는 않을 것이다. 눈솔은 무슨 일이 생기면 곧바로 옛 스승인 그에게 달려가 조언을 구하고, 옛 스승은 스승대로 제자에게 교수직을 그만두고 반공연맹 사무국장으로 오라고 '강권'할 정도라면 두 사람은 보통 스승과 제자 사이는 아닐 것이다.

대구고등보통학교 시절 눈솔 정인섭의 삶에 큰 영향을 끼친 역사적 사건은 다름 아닌 기미년 독립운동이었다. 앞에서 잠깐 신용기를 언급했듯이 대구 지역도 항일 민족운동의 거센 폭풍에서 비껴갈 수 없었다. 비껴가기는커녕 오히려 어떤 의미에서는 그 중심에 서 있었다고 할 수 있다. 이 무렵 대구고보는 대봉동에 새 교사를 마련하여 옮겨갔다. 독립운동이 일어난 것은 눈솔이 2학년 때로 그의 나이 열세 살이었다. 3월 8일 학급 반장인 신용기는 3학년 반장 신현욱(申鉉旭)과 시내에서 벌어질 시위에 학생들을 동원할 계획을 미리 세우고 있었다. 아직 시골 농촌과 다름없던 대봉동 학교를 뛰쳐나온 학생들은 밭고랑과 논바닥을 가로질러 "물불을 모르고" 시내로 돌진하였다.

약 반 시간 후에 서문시장 쪽으로 가는 도중 산 능선을 타고 내려오는 계성중학교 학생들이 우리에게 합류해서 모두가 서문시장터에 들어가니, 그 많은 장사치들 속에서 어떤 청년 하나가 "대한독립 만세"를 외치면서 커다란 태극기를 공중에 나부끼게 했다. 우리는 무언가 가슴이 뭉클해짐을 느꼈다. 군중들은 모두 합세해서 시내 중심지로 행진을 시작하면서 손에 손에 태극기를 들고 만세를 부르며, 대구 경찰서가 있는 네거리로 보보(步步) 전진해 갔다. 열세밖에 되지 않았던 내가 이 군중들 속에 끼어 "대한독립 만세"를 부르짖었으니, 그때의 민족정신은 참으로 투철한 셈이었다. 한일합병이 된 지 10년 만에 3천리 강산의 3천만 동포는 일정(日政)에 항거해서 궐기했던 것이다.[11]

----

11) 정인섭, 「나의 중학 시절」, 『못 다한 인생』, 42쪽. 뒷날 눈솔의 친일 행위를 생각할 때 "그때의 민족정

위 인용문에서 눈솔이 미처 언급하지는 않았지만 대구고보와 계성학교 학생들뿐만 아니라 영남 최초의 여학교로 근대 여성 교육의 산실 역할을 한 신명여학교 학생들도 만세 시위에 합세하였다. 계성학교와 신명여학교에서는 각각 50여 명이 시위에 참가한 것으로 알려져 있다. 어찌 되었든 눈솔에 따르면 시위 군중은 대구 경찰서 앞까지 몇 겹으로 대열을 지어 "늠름한 태도로" 차분하게 행진해 나갔다. 경찰서 앞에는 일본 경찰 기마대가 말을 탄 채 시위 군중을 주시하고 있었다. 마침내 경찰서 앞에 이른 시위 군중은 세 갈래로 나뉘어 행진을 계속하였고, 눈솔은 서쪽 한약재 상점이 많은 거기로 행진하는 대열에 합류하였다. 이 대열이 시위 군중 수가 가장 많은데다 만세 소리도 가장 컸기 때문이다.

그러나 이 대열이 동성정에 접어들자 경찰 기마대는 시위 군중에 뛰어들어 해산하기 시작하였다. 겨우 열세 살밖에 되지 않는 소년 눈솔의 눈에 비친 독립운동 시위와 일본 경찰의 무자비한 시위 해산 장면은 얼마나 놀랍고도 감격스러웠을지는 미루어보고도 남는다.

그 현장은 순식간에 일대 수라장으로 변했다. 여전히 만세를 부르며 반항하는 자, 말굽에 밟히는 자, 쏜살같이 옆 골목으로 달아나는 자, 아무 말도 없이 그대로 체포되는 자, 차마 눈뜨고 쳐다볼 수 없는 아비규환이었다. 일반 사람들은 대개 흰옷을 입었는데, 경찰들이 붉은 잉크병을 던졌기에 나중에 옷이 빨갛게 얼룩이 진 자는 다 잡아갔고, 학생들은 검은 교복을 입고 있었

신은 참으로 투철한 셈이었다"는 구절은 묘한 뉘앙스를 풍긴다. 이 문제는 앞으로 좀 더 자세히 다룰 것이다.

지마는 3학년 급장 신현욱, 김종수, 백기만(후에 잡지 「금성(金星)」의 동인), 우리 반의 급장 신용기, 기타 몇몇 학생들이 붙들려갔다.[12]

눈솔의 묘사가 어찌나 생생한지 일본 경찰이 평화롭게 시위하던 군중을 무자비하게 해산하면서 그야말로 아수라장으로 바뀌는 장면이 눈앞에서 직접 보는 듯 선하다. 위 인용문에서 "경찰들이 붉은 잉크병을 던졌기에 나중에 옷이 빨갛게 얼룩이 진 자는 다 잡아갔고"라는 구절을 좀 더 찬찬히 주목해 보아야 한다. 일본 경찰은 갑작스러운 시위로 해산 인력이 부족하자 주모자들인 전위부대에 잉크를 뿌려 표식을 해 두었다가 뒤에 체포하였다. 이러한 행동은 비단 대구에 그치지 않고 서울을 비롯한 다른 곳에서도 마찬가지로 시행되었다. 서울신문사에서 발간한 잡지 『신천지』와 3·1운동 100주년 기념사업추진위원회가 발행한 『3·1운동 100주년 총람 1』에 수록한 글에서도 황애덕(黃愛德, 黃愛施德, 황에스터)은 독립만세 운동을 기억하며 "우리가 경복궁 앞을 지나 효자동으로 돌아갈려고 할 때에 또한 왜경이 나와서 그때는 붙들 수가 없으므로 의복에 잉크를 뿌렸습니다. 사실 그놈들은 그 이튿날부터 가가호호에 다니면서 잉크가 묻은 의복을 가진 사람은 전부 붙잡아 들렸습니다"라고 증언한 적이 있다.

일본 경찰에 체포된 학생 신현욱은 1919년 5월 대구복심 재판에서 보안법 위반 및 출판법 위반으로 징역 6월 집행유예 2년을 선고받았다. 당시 그의 나이는 스물세 살로 다른 학생들보다 많았고, 눈솔보다는 무려 열 살이나 많았다. 나이 어린 다른 학생들과 비교하여 신현욱은 그만큼 민족의식이

---

12) 앞의 글, 43쪽.

투철했을 것이다.

한편 백기만(白基萬)은 눈술의 지적대로 와세다대학에서 수학하면서 양주동(梁柱東)·유엽(柳葉)·이장희(李章熙) 등과 함께 1924년 1월 문학동인지 『금성』 동인으로 문단 활동을 시작하였다. 백기만은 이 잡지 창간호에 「청개고리」를 발표하는 한편 천도교에서 발행하던 잡지 『개벽(開闢)』 등에 작품을 발표했지만 작품의 수는 그다지 많지 않았다. 대구고보 3학년 재학 중 그는 동기생 허범(許範)과 함께 같은 학교 학생들은 말할 것도 없고 신명여학교 학생들을 포섭하여 시위에 참가하도록 하였다. 독립만세 시위운동을 주도하다가 붙잡혀 징역 1년을 언도 받았지만, 학생이라는 신분 때문에 복심원에서 3년 집행 유예 처분을 받고 풀려났다.

한편 대구고보와 직접 관련은 없지만 이상백의 형인 이상화도 독립운동 시위에 한 몫을 하였다. 1915년에 경성부의 중앙학교에 입학했다가 1918년에 이 학교를 중퇴한 뒤 강원도 금강산 일대를 방랑하였다. 열아홉 살이 되던 1919년에 이상화는 대구에서 백기만을 비롯한 친구들과 함께 3·1 독립만세 운동 거사를 모의하였다. 특히 계성학교 학생들을 포섭하여 독립운동 시위에 참여하도록 유도한 것이 이상화였다. 이상화가 죽은 뒤 백기만은 대구 달성공원에 상화시비(尙火詩碑)를 건립하는 데 앞장섰고, 이상화와 이장희의 작품을 정리하여 『상화(尙火)와 고월(古月)』(1951)과 경상북도 지역 작고 예술가 평전인 『씨 뿌린 사람들』(1959)을 간행하는 등 대구와 경북 지역의 향토 시인들을 정리하는 데 온힘을 기울였다.

이렇듯 1919년 독립운동 당시 대구고보 전교생 239명 중 무려 200여 명이 참가하여 대구 만세운동을 주동하였고, 그중 20여 명이 처벌을 받았다. 그 후로도 대구고보는 1920년 10월 '강유문(姜裕文) 사건'으로 촉발된 항일

동맹휴학을 비롯하여 월남망국사(越南亡國史) 발표 사건과 비밀결사 사건 등 민족정기를 드높이는 항쟁과 관련되어 있었다. 이 밖에도 이 학교는 여러 항일 운동에 앞장섰고, 현재 확인된 항일 투쟁가만 무려 38명이나 된다.

그런데 3월 8일 대구에서 일어난 기미년 독립만세 운동은 한 달 뒤 울산에서 잇달아 일어난 운동의 기폭제 역할을 하였다. 4월 2일 눈솔의 고향 언양을 비롯하여 4일에는 중구 병영, 8일에는 울주군 남창 일대에서 독립만세 운동이 잇달아 일어났다. 이른바 '울산의 3대 만세운동'이 그것이다. 울산 독립만세 운동에 처음 불을 지핀 언양 4·2 만세 운동은 당시 김교경(金敎慶) 천도교 울산 교구장이 고종의 국장에 참석하기 위하여 상경했다가 3·1 독립만세 운동이 일어나자 독립선언서를 갖고 돌아와 교구 간부 및 지역 유림과 거사를 계획하고 4월 2일 장날에 맞춰 실행한 것으로 알려져 있다. 그러나 대구의 독립만세 운동도 언양 만세 운동에 크게 작용했음은 두말할 나위가 없다.

이렇게 기미년 독립만세 운동에서 볼 수 있듯이 한민족이 일제에 항거하자 일본 제국주의는 조선의 식민지 정책의 궤도를 수정하지 않을 수 없었다. 그동안 육군대장 데라우치 마사타케(寺內正毅)를 총독으로 임명하여 무단정치를 해오던 것을 그만두고 이른바 문화정치를 한다고 하여 해군대장인 사이토 마코토(齋藤實)를 새 총독으로 임명하였다. 눈솔이 3학년 되던 해 새로 임명된 사이토 총독이 대구고보를 방문하자 교장은 총독과 수행원을 데리고 눈솔의 교실로 참관하러 들어왔다. 이때 수학 교사는 수학 문제를 내어 눈솔에게 풀어 보라고 하자 눈솔은 교단 위로 올라가 칠판에 답을 썼다고 회고한다.

이 무렵 일본 제국주의는 조선총독부의 관제를 개정하고 헌병 경찰 제도를 보통경찰 제도로 바꾸었다. 또한 식민지 조선에 『조선일보』나 『동아일보』 같은 일간신문과 잡지 창간을 허용하여 부분적으로나마 숨통을 터 주었다. 물론 이러한 문화정치는 한낱 식민지 통치를 더욱 강화하기 위한 수단에 지나지 않았지만, 적어도 겉으로라도 일본 제국주의는 가혹한 식민지 정책에 맞서는 조선 민족을 달래기 위하여 유화적인 몸짓을 취하지 않을 수 없었다. 물론 일제가 식민지 통치를 포기한 것은 아니어서 일제의 요식 행위와 다를 바 없는 '文化' 정치를 두고 '蚊蝦' 정치라고 비아냥거리는 조선인들이 있었다. 두 어휘는 일본어로 '분카'라고 똑같이 발음하기 때문이다.

일제의 문화 정치는 조선 젊은이들에게 어느 정도 외국 유학의 문을 열어준 것에서도 찾아볼 수 있다. 1881년(고종 18년)에 유길준(兪吉濬)과 류정수(柳定秀)가 게이오의숙(慶應義塾)에, 윤치호(尹致昊)가 도진사(同人社)에 입학하면서 조선인의 일본 유학이 처음 시작되었다. 이 세 사람은 어윤중(魚允中)이 조사시찰단(朝士視察團) 또는 신사유람단(紳士遊覽團)의 일원으로 일본을 방문할 때 그의 수행원으로 따라가 일본에 계속 머물며 그곳에서 학교에 다녔다. 그 뒤 급진 개화파는 1884년까지 유학생 100여 명을 게이오의숙, 육군 도야마(戶山)학교 등에 파견하였다. 이러한 유학생 파견은 갑신정변(甲申政變)의 실패로 10년 남짓 중단되었다가 다시 시작되었다.

이 무렵 한반도에서 태평양을 건너 미국으로 유학을 떠나거나 중국을 거쳐 유럽으로 유학을 떠나는 것보다는 현해탄을 건너 일본으로 유학을 가는 것이 여러모로 편리하였다. 이러한 지리적 인접성 말고도 일본이 조선과 동일한 한자 문화권이라는 사실도 크게 작용하였다. 서당에서 한문을 배운 학생들은 영어를 비롯한 서구어를 배우는 것보다는 아무래도 일본어를 배우는 것이 훨씬 쉬울 것이다. 더구나 도쿄는 서양과 동양을 있는 교두보로서의 역할을 충실히 하였다. 장덕수(張德秀)는 유학을 계획하는 학생들에게 일본 중에서도 도쿄를 적극 권한다. 일본의 와세다대학에서 정경학부를 졸업한 뒤 미국에 건너가 오리건대학교에서 신문학을, 뉴욕의 컬럼비아대학교에서는 정치학을 전공한 장덕수는 그 누구보다도 미국 유학과 일본 유학의 장단점을 잘 알고 있었다.

동경이란 곳이 오늘 동양에 있어서는 제반 문물이 제일 발달된 도시요, 각 방면으로 다수한 학교와 다수한 학자를 가진 곳인 것은 여러분이 먼저 아실 것이거니와 사실에 있어 학비만 허락한다면 미국, 독일에 가는 것보다 신학문을 배워 오기에는 동경만한 곳이 없을 것을 단언합니다.[13]

장덕수는 조선 학생들에게 일본 유학을 단순히 추천하는 것에 그치지 않고 아무런 유보도 두지 않고 아예 '단언'하기에 이른다. 그만큼 자신의 경험을 비추어볼 때 일본 유학이 미국이나 독일 유학보다 여러모로 훨씬 유리하다고 확신하기 때문이다. 물론 장덕수가 이 말을 한 것은 눈솔이 일본 도쿄로 유학을 떠난 뒤지만 그의 뒤를 이어 유학을 떠난 젊은이들에게 직접 또는 간접 영향을 끼쳤을 것이다. 이 무렵 대구는 일본과 지리적으로 비교적 가까운 위치에 있을 뿐만 아니라 일본인들이 많이 살고 있어 다른 지역과 비교하여 일본과의 교류가 훨씬 활발하였다. 그래서 1920년대 일본 유학생 중에서는 대구와 부산을 비롯한 경상남도 출신이 가장 많았다.

특히 관립학교인 대구고등보통학교를 졸업한 학생 중 일본으로 유학을

---

13) 장덕수, 「동경 고학의 길, 할 수 있는가? 할 수 없는가?」, 『학생』 1권 2호(1929).

떠난 사람이 눈에 띄게 많았다. 그중 한 사람이 다름 아닌 눈솔 정인섭이었다. 1921년 3월 눈솔은 대구고보를 졸업하자마자 청운의 꿈을 안고 도쿄로 유학을 떠나기로 결심하였다. 산촌 언양에서 태어나 자란 눈솔이 대구로 온 것이 그의 삶에서 첫 번째 도약이었다면, 대구에서 도쿄로 유학을 떠나는 것은 그의 두 번째 도약이었던 것이다.

3

도쿄(1921~1929)

살다 보면 삶의 고비마다 이런저런 도움을 주는 사람이 생각 밖으로 많다. 눈솔 정인섭에게는 언양공립보통학교의 교사 서주식이 바로 그러한 사람 중 하나였다. 서주식은 울산공립보통학교 1회 졸업생으로 1914년에 언양공립보통학교에 부임하여 은퇴한 1931년 4월까지 언양에서 초등교육을 담당하였다. 그는 눈솔이 언양보통학교를 졸업하고 대구보통고등학교에 입학할 때 호적을 고치면서까지 입학할 수 있도록 도와주었다. 만약 눈솔이 대구고보에 입학하여 이 학교를 졸업하지 않았더라면 그의 삶은 이제까지 살아온 행로와는 아마 크게 달라졌을지도 모른다.

더구나 서주식은 눈솔이 도쿄에 유학 갈 때도 여간 큰 도움을 주지 않았다. 눈솔의 아버지는 한학자로서 비록 둘째아들이 앞으로 문학가가 되기를 바라면서도 막상 아들이 일본으로 유학 가는 것은 무척 꺼려하였다. 그때 적극적으로 눈솔의 아버지를 설득하여 눈솔이 무사히 일본에 유학 갈 수 있도록 도와준 장본인이 바로 서주석이다. 서주석이 몇 해 뒤 와세다대학 신문에서 「외국어의 천재 정인섭 군」이라는 기사를 읽고 눈솔의 아버지에게 그 소식을 전하였다. 그러자 눈솔의 아버지는 눈솔의 스승에게 술과 음식을 대접하면서 자신을 설득하여 아들을 일본으로 유학 보내게 해준 일을 무척 고맙게 생각하였다. 서주석은 교단에서 물러난 뒤에도 계속 언양에 살았다. 눈솔은 유학을 마치고 대학 교수가 되어서도 고향을 찾아갈 때면 으레 옛 스승을 찾아가 큰 절을 올리며 정성껏 제자로서의 예를 갖추었다.

눈솔 정인섭이 일본 도쿄에 도착한 것은 1921년 봄이었다. 3월 19일 대구고등보통학교를 졸업하자 그는 곧바로 일본 유학을 준비하였다. 눈솔은 스승의 도움으로 이렇게 어렵게 일본 유학의 기회를 얻었지만 곧바로 고등학교에 진학할 수는 없었다. 이 무렵 일본 제국주의는 교육에서도 식민지 조선을 적잖이 차별하였다. 일제는 조선인들에게 고등보통학교 학제를 4년으로 정해 놓았기 때문이다. 일본인이 중학교에 올라오기 전에 다녔던 심상소학교가 6년제인 반면, 조선인이 고등보통학교에 올라오기 전 다녔던 보통학교는 4년제였으므로 사실상 고등보통학교는 제대로 된 중등교육이 아니라 초등교육의 연장에 지나지 않았다.

물론 일제는 기미년 독립만세 운동 이후 1922년의 제2차 조선교육령을 선포하여 보통학교의 수업 연한을 일본의 소학교처럼 6년으로 늘렸고, 고등보통학교도 5년으로 개편하면서 일본인과 조선인의 차별을 조금 완화했지만 완전히 시정된 것은 아니었다.[1] 이 무렵 일본의 중학교는 6년제라서 조선에서 고등보통학교를 졸업해서는 일본의 중학교 4년을 마친 것으로 인정받을 수밖에 없었다. 그래서 조선인이 일본 대학에 들어가려면 모자라는 학력을 보충하기 위하여 일본 중학 과정을 마쳐야만 비로소 일본 고등학교에 진학할 수 있었다.

한 해 전 눈솔의 형 정인목은 부산공립상업학교 3년제를 마치고 일본 도쿄로 유학을 떠났다. 형의 뒤를 따라 도쿄로 건너간 눈솔은 이쿠분칸(郁文館) 중학 4학년 편입학 시험을 보았다. 그런데 놀랍게도 입시담당 주임교사가 눈솔을 불러 영어 시험이 낙제지만 다른 과목이 모두 우수하기 때문에 편입을 허락한다고 말하였다. 그러면서 그 교사는 눈솔에게 앞으로 영어 공부를 열심히 하라는 충고도 잊지 않았다. 이 편입 시험은 2백 명이 응시하면 겨우 10명을 선발하는 그야말로 치열한 시험이었다.

눈솔은 대구고보에 다닐 때 "영어를 가르치던 현 선생과 일본어 선생 와타나베는 나에게 영어의 맛을 알게 해주었다"[2]고 말한 적이 있다. '영어의 맛'을 알았다는 그가 어떻게 영어 시험에서 낙제 점수를 받을 수 있을까? 여러 이유가 있을 터지만 아마 그중에서도 가장 큰 이유는 눈솔이 대구고보에서 배운 영어 수준이 일본과 비교하여 많이 낮았기 때문일 것이다. 실제로 눈솔은 "편입 시험에서 다른 과목의 성적은 좋았으나 한국서 배운 영어 수

---

1) 흥미롭게도 이 무렵 일제는 적어도 겉으로는 내선일체(內鮮一體)를 표방했기 때문에 드러내놓고 '조선인'이니 '일본인'이니 하는 용어를 사용하는 대신 에둘러 '국어를 상용하는 자'와 '국어를 상용하지 않는 자'라는 용어로 구분하였다. 물론 여기서 '국어'란 식민지 종주국의 국어인 일본어를 가리킨다.
2) 정인섭, 「나의 중학 시절」, 『못다한 인생』(서울: 휘문출판사, 1986), 41쪽.

준이 낮아 처음에는 고생했다"[3]고 밝힌 적이 있다. 이렇듯 일본 제국주의는 영어 교육에서도 그들이 말하는 '내지(內地)'와 식민지 조선 사이에 일정한 차별을 두었다. 이 무렵 조선에서는 영어는 필수과목이 아니라 선택과목인데다 영어 교과서도 조선총독부에서 편찬한 수준 낮은 것이었다. 눈솔은 대구고보에서 『파운덴 리더』라는 영어 독본 1권을 겨우 마친 상태였다. 사정이 이러다 보니 눈솔을 비롯한 다른 학생들이 영어에 열의를 가질 수가 없었을 것이다.

눈솔은 이쿠분칸 교사로부터 영어 실력이 형편없다는 말을 듣고 나서부터 그의 말대로 "죽으나 사나" 날마다 영어 공부에 매달렸다. 학기 도중에는 교과서를 열심히 읽고 주말에는 니치도영수(日土英修)학원에서 공부하고, 방학 중에는 도쿄에서 이름난 닛싱영어학원(日進英語學院)에 다니면서 영어를 공부하였다. 그는 영어 교재가 새까맣게 되도록 연필이나 펜으로 표시해 가면서 수십 번씩 읽고 읽어 외울 정도였다.

뒷날 눈솔은 이 당시를 회고하며 "그러는 동안에 영어의 문맥과 문법이 저절로 이해됐다. 그 어려운 시험문제의 해답이 유행가 가사처럼 입으로 술술 나왔다"[4]고 말한다. 이렇게 방학에 귀국하지도 않고 1년 동안 열심히 공부한 덕분에 눈솔은 마침내 1922년 봄 제일와세다고등학원에 입학할 수 있었다. 이 학교는 와세다대학에서 부설한 고등학교로 오늘날의 대학 예비학교와 같은 곳이었다. 이 학교에서 3년을 마치고 졸업하면 시험을 치르지 않고 와세다대학에 입학할 수 있었다.

3) 정인섭, 「나의 영어 공부」, 『이제는 하고 싶은 이야기』(서울: 신원문화사, 1980), 72쪽.
4) 앞의 글, 73쪽.

대학 예비학교인 만큼 고등학교 과정인데도 고등학원 학생들은 전공과목을 정하였다. 눈솔은 처음에는 정치경제부를 선택했다가 뒤에 가서 영문학으로 전공을 바꾸었다. 눈솔이 이 고등학교에 입학해 보니 대구고보 1년 선배인 김윤기와 이상백이 이미 다니고 있었다. 이 밖에도 이 학교에는 경성의 중동고등보통학교 출신인 양주동, 같은 중동고등보통학교 출신인 손진태(孫晉泰), 휘문고등보통학교 출신인 이선근 등이 다니고 있었다. 몇 해 뒤 그들은 전공은 서로 달라도 다 같이 와세다대학에 진학하였고, 학업을 마치고 귀국한 뒤에는 전공 분야에서 저마다 두각을 보였다. 고등학원 시절 눈솔이 가장 친하게 지낸 동료 학생으로는 김윤기, 이선근, 전진한 세 사람이었다.

이왕 영어 학습 이야기가 나왔으니 이 무렵 눈솔이 어떻게 영어를 공부했는지 좀 더 자세히 알아보자. 방금 앞에서 언급했듯이 그는 영어 문장을 유행가 가사처럼 입에 붙어 술술 나올 때까지 영어 문장을 외웠다. 그래서 그는 암기한 문장을 이용하여 교사와 영어로 논쟁을 벌일 수 있는 수준에 이르렀다. 이 무렵 눈솔이 영어 학습에 쏟은 정성은 참으로 놀랍다.

예를 들어 눈솔은 와세다고등학원의 부속 건물에 서클룸을 따로 얻어 '영어회화회'를 조직하여 활동하였다. 회원들에게는 와세다를 뜻하는 'W'자에 'Kotogakuin English Speaking Society'를 뜻하는 영어 약자 'K.E.S.S.'를 넣어 배지를 만들어 교복에 붙이고 다니게 하였다. 서클룸에서는 오직 영어만 사용할 수 있고, 만약 이 규칙을 어기고 일본어를 쓰면 벌금을 내도록 하는 규칙까지 만들어 벽에 붙여 놓았다. 몇 십 년이 지난 뒷날까지 눈솔이 이 무렵 영어회화회에서 함께 활약하던 가미야(神谷), 니시무라(西村), 니카다(中團), 미야타(宮田) 같은 일본인 학생들 이름을 모두 생생하게 기억하는 것을 보면 그가 이 클럽에 얼마나 열성적이었는지 쉽게 미루어볼 수 있다.

또한 눈솔은 해마다 영어회화회 주최로 영어 연극을 공연하였으며, 전국 대학 영어 웅변대회를 개최하기도 하였다. 그 밖에도 점심시간이나 방과 후를 이용하여 영어 특강을 열거나 외국인 명사를 초청하여 강연을 열기도 하였다. 이 무렵 영국 런던대학의 유명한 음성학자 해럴드 E. 파머 교수가 일본 문부성이 설립한 '영어교수연구소' 소장으로 부임해 왔다. 눈솔은 파머를 그의 집으로 직접 찾아가 그를 초청하여 강연회를 열었다.

이 당시 와세다고등학원 근처에 '스코트 홀'이라는 미국 선교사업 기념관 강당이 있었다. 눈솔은 이 기념관에서 살고 있던 미국 선교사 케나드가 주도하는 영어회화 클럽에서 매주 한 번씩 영어 회화를 배웠다. 그런데 이 미국 선교사가 시도하던 구어를 통한 직접 교수법이 눈솔에게 무척 인상적이었다. 한 번은 이 기념관 강당에서 영어 대회를 열어 사회는 물론이고 낭독, 연설, 음악, 연극 등 하나같이 영어로만 진행하여 청중으로부터 박수갈채를 받았다. 눈솔은 유학을 마치고 귀국하여 대학에서 가르칠 때 케나드 선교사의 영어교육 방법을 사용하였다.

이처럼 피나는 노력으로 이 당시 일본 유학생 가운데 눈솔처럼 영어 회화를 잘하는 사람이 없었다. 와세다고등학원에 다닐 때 영어 시간에 있었던 일화 한 토막은 눈솔의 영어 실력이 어떠했는지, 또 그 때문에 어떤 봉변을 당했는지 말해 준다. 영어 시간에 교사가 일본인 학들에게 질문하여도 제대로 답하지 못하면 마지막으로 "데이쿤(鄭君)!" 하고 눈솔을 지목하여 질문의 화살을 그에게 돌리곤 하였다. 그래서 같은 반의 학생들은 한편으로는 그의 영어 실력을 부러워했지만, 다른 한편으로는 그를 적잖이 시기하기도 하였다.

한 번은 반에서 다과회를 하면서 여흥으로 장기 자랑을 하였다. 눈솔은 한국어로 「아리랑」을 부르자 여러 학생이 손뼉을 치며 기뻐하였다. 그러나 그 때 일본인 학생 하나가 갑자기 교단 앞으로 걸어 나오더니 대뜸 눈솔의 뺨을 갈기며 "마나이키나 야쓰(건방진 놈)!" 하고 욕설을 퍼부었다. 눈솔이 한국어로 노래를 부르고, 그것도 조선의 전통 민요를 불렀기 때문이다. 북받치는 분노를 참다못한 그의 눈에서는 구슬 같은 눈물이 쏟아져 내렸다. 그러자 일본인 반장과 부반장이 뛰어나와 뺨의 때린 학생을 끌고 교실 밖으로 나가 혼내 주었다. 눈솔이 나중에 알게 된 사실이지만 그 학생은 조선에서 경성중학(지금의 서울중학)을 졸업한 뒤 고등학원에 입학한 것이었다. 이 사건이 있은 뒤 그 일본인 학생은 전학을 했는지 눈솔은 두 번 다시 그를 볼 수 없었다.

이 조그마한 사건은 눈솔의 삶에서 자못 중요한 역할을 하였다. 그가 전공 분야를 바꾸는 중요한 계기가 되었기 때문이다. 한학을 하던 사람이 흔히 그러했듯이 눈솔의 아버지도 한약방을 경영하면서 침술도 함께 하였다. 그래서 그는 둘째아들이 의학을 전공하기를 은근히 바랐고, 눈솔도 일찍부터 아버지의 의중을 모르지 않았다. 그러나 중학교에 다니면서 눈솔은 이공계통을 전공할 생각이었지만 수학에 자신이 없어 포기하고 와세다고등학원에 들어가서는 정경과를 택하였다. 눈솔이 정경과를 택한 데는 민족의식이 한몫 하였다. 중국 청나라의 마지막 왕의 사촌 헌원(憲原)이 같은 반에서 공부하고 있었다. 헌원을 중심으로 눈솔과 일본 학생 몇몇이 '우시오노카이(潮の會)'라는 단체를 만들었다. 고등학생 나름대로 아시아 민족의 발전을 도모하기 위한 단체였다.

그런데 바로 그 무렵 「아리랑」 사건이 일어났다. 이 사건을 계기로 눈솔은 학부에 입학할 때 정경과에서 영문학으로 전공을 바꾸었다. 이 점과 관련하여 그는 일본인을 정치와 경제로써 이길 수 없으니 어학으로 이기려고 마음먹었다고 밝힌다. 이 경험을 회고하여 눈솔은 「영어 잘해 뺨맞고」라는 글을 쓴 적이 있다. 물론 그가 전공을 바꾼 데는 시간이 지나면서 자신의 소질이 외국어에 있다는 사실을 발견한 것이 훨씬 더 큰 몫을 했을 것이다. 전공을 바꾼 것과 관련하여 눈솔은 "내가 영어를 택하자 양주동도 나를 따라 영어를 하게 됐었다"[5]고 말한 적이 있다. 실제로 양주동은 제일와세다고등학원에 다닐 때 처음에는 불어를 전공하다가 영어로 전공을 바꾸었다. 그러나 양주동이 자신을 따라 전공을 바꾸었다는 눈솔의 언급은 조금 과장한 데가 없지 않다.

한편 이 무렵 눈솔은 영어뿐만 아니라 야학 활동에도 힘을 쏟았다. 방학이 되면 고향 언양으로 돌아와 식민지 조국을 위하여 나름대로 계몽 활동을 하였다. 이 당시 언양에는 여성 교육이 미흡하였다. 언양공보는 1923년에 첫 여학생 9명을 9회 졸업생으로 배출했을 뿐이다. 정규 학교가 아닌 야학도 크게 다르지 않아서 여성을 대상으로 하는 여자야학과 부인야학이 없었다. 그래서 눈솔이 주축이 되어 1923년 4월 언양공보 여자부 교실에서 '언양여자야학'을 처음 개설하였다. 학생은 70여 명으로 보통학교 여자부 담임선생 김덕수와 눈솔의 스승 서주식이 가르쳤다. 같은 해 7월 김홍경과 오무근 등 유지 40여 명이 참석한 가운데 제1회 '언양여자야학회' 수료식을 거행하였다. 또한 1924년 1월 김덕수 교사가 '언양여자청년회'를 조직할 때 눈솔은 여자청년회의 취지를 설명하기도 하였다. 회원 30여 명에 임원으로

---

5) 정인섭, 「나의 교우록」, 155쪽. 눈솔은 텔레비전 방담에서 한문에 능통한 양주동이 최근 한자 교육을 강화하자는 주장에 맞서 이의를 제기한다. 그동안 여러 방면에서 한글에 깊은 관심을 기울이던 눈솔은 모든 국민에게 한자를 강요하는 것은 무리라고 지적한다. 심지어 그는 이름을 한자어로 적은 명함은 아예 받지 않는다고 밝히기도 한다.

는 회장에 김덕수, 간사에 눈솔의 누나 정덕조, 회계는 이순연이 맡았다.

눈솔 정인섭의 영어와 영문학에 관한 관심은 와세다대학에 입학해서도 그대로 이어졌다. 고등학원에서 친하게 지내며 영어회화회에서 활약하던 멤버들이 같은 대학에 입학하여 거의 그대로 활동을 이어나갔다. 이 무렵 눈솔이 옥스퍼드대학 출신이요 시인인 젊은 영국인 교수 레이먼드 밴토크를 만난 것은 여간 큰 행운이 아니었다. 눈솔은 "마침 그때 젊은 영국인 교수 '백토크'라는 분이 나를 퍽 좋아해서 그의 통역 노릇도 해주고 항상 따라다니면서 그의 출판 일도 돌보아 주었다"[6]고 말한다. 파머가 눈솔에게 음성학의 영감을 불어넣어 주었다면 밴토크는 그에게 영문학의 영감을 불어넣어 주었다.

그러나 이 무렵 눈솔이 밴토크 교수한테서 받은 도움도 그가 준 도움 못지않게 무척 컸다. 눈솔은 그동안 수집해 온 세계 동화와 민담을 한데 묶어 『세계 동화집(Fairy Tales from Many Countries)』이라는 영문 저서 두 권을 편찬하여 출간할 계획이었다. 그러나 대학생 신분, 그것도 조선인 유학생 신분으로서는 그의 책을 선뜻 출간해 줄 출판사가 있을 리 없었다. 그런데 마침 밴토크

---

6) 앞의 글, 75~76쪽. 눈솔은 이 영국 교수의 이름을 '백토크'로 잘못 기억하고 있다. 그러나 그의 실제 이름은 'Raymond Bantock'이므로 '레이먼드 밴토크'로 표기하는 것이 정확하다. 눈솔이 다른 글에서는 '밴토크'로 표기하는 것을 보면 그의 실수라기보다는 출판사 편집자의 실수일 가능성을 배제할 수 없다. 밴토크와 정인섭의 관계에 대해서는 김욱동, 『외국문학연구회와 『해외문학』』(서울: 소명출판, 2020), 98~100쪽 참고.

가 간다의 유명 출판사 산세이도(三省堂)의 출판 담당자 히라이 시로(平井四郎)를 통하여 영어 교과서를 내기로 교섭 중이었다. 눈솔의 사정을 안 밴토크는 자신의 이름으로 출간하고 서문에 눈솔의 편찬이라는 사실을 밝히기로 하였다. 두 사람은 말하자면 공동 편집의 형식을 취하였다.

눈솔이 편찬한 이 책이 마침내 출간되자 밴토크는 제일와세다고등학원에서 교재로 사용하였다. 이 소식이 학교에 널리 알려지면서 와세다대학 신문 1면에 '외국어 천재 정인섭 군'이라는 제호로 그에 관한 기사가 크게 실렸다. 언양에서 서주식이 눈솔의 아버지에게 알린 소식이 바로 이 신문 기사 내용이다. 이 무렵 눈솔은 영어 회화 못지않게 세계 민담이나 설화, 신화, 동화에도 꽤 깊은 관심을 기울였다.

이 무렵 독해력이나 문해력은 몰라도 적어도 회화 실력으로 말하자면 눈솔을 따라갈 사람이 별로 없었다. 회화뿐만 아니라 독해력이나 문해력에서도 그는 누구 못지않았다. 뒷날 그가 국제무대에서 크게 활약할 수 있었던 것도 따지고 보면 이 영어 실력 때문이었다. 1932년에 『삼천리』 잡지는 「문단잡화(文壇雜話)」라는 글을 실은 적이 있다. 이름을 밝히지 않은 필자는 조선 문인 중에서 누가 외국에 능한지 밝혀 관심을 끌었다.

문인들의 외국어에 대한 능력을 조사하여 보면 서항석(徐恒錫) 씨는 독일어에 능하고 양주동 씨[는] 불란어(佛蘭語)에 능하고 에쓰페란토엔 김억(金億) 씨요 영어에는 춘원(春園), 요한(耀翰), 수주(樹州), 회월(懷月) 씨 등이 제일지(第一指)에 들 것이다.[7]

---

7) 「문단잡화(文壇雜話)」, 『삼천리』 4권 10호(1932), 93쪽.

서항석은 도쿄제국대학에서 독문학을 전공하였고 양주동은 와세다대학에서 영문학으로 전공을 바꾸기 전까지는 불문학을 전공하였으니 각각 독일어와 프랑스어에 능한 것은 당연하다. 또한 게이오의숙(慶應義塾)에서 영문학을 전공하다 중퇴한 안서(岸曙) 김억은 이 무렵 에스페란토에 남달리 깊은 관심을 기울이면서 그 보급에 앞장섰다. 그러나「문단잡화」의 필자가 영어에 능한 문인으로 이광수(李光洙), 주요한(朱曜翰), 변영로(卞榮魯), 박영희(朴英熙)를 첫손가락에 꼽는 것은 조금 의외다. 물론 그들이 영어를 잘 한 것은 사실이지만 첫손가락에 꼽을 만한 수준은 아니었기 때문이다. 더구나 그 명단에 눈솔을 제외한 것이 여간 놀랍지 않다.

와세다대학에서 영문학을 전공하는 동안 눈솔은 동료 학생들은 말할 것도 없고 교수들로부터도 칭찬을 많이 받았다. 가령 셰익스피어 연구의 대가 쓰보우치 쇼요(坪内逍遙)를 비롯하여 요코야마 유사코(横山有策), 히다카 다다이치(日高只一), 다니자키 세이지(谷崎精二), 히나쓰 코노스케(日夏耿之助) 등이 당시 일본에서 내로라하는 영문학 교수들이 그의 영어 실력을 높이 평가하였다.

눈솔 정인섭은 메이지대학 예과에서 공부하고 있던 형 인목과 함께 간다구(神田區) 수이도바시(水道橋) 근처 집에 방을 얻어 자취하였다. 그런데 이곳은 도쿄 시내를 순환하는 고가전철 쇼센(省線)이 지나간다. 또한 철교 다리 아래로 유명한 헌책방 거리를 내려가다 보면 조선 기독교청년회관(YMCA)이 있다. 간다의 헌책방 거리 가까이 산다는 것은 평소 책을 좋아하는 눈솔에게는 무척 소중한 경험이었을 것이다.

조선 기독교청년회관은 바로 몇 해 전 재일본 조선인 유학생들이 2·8독립선언을 부르짖은 곳이다. 눈솔은 언젠가 "1920년대 동경 유학생에게는 두 가지 마음의 본향이 있었다. 그 하나는 간다쿠에 있는 YMCA고, 또 하나는 동경유학생학우회 잡지 『학지광(學之光)』이었다"[8]고 술회한 적이 있다. 눈솔은 1926년에 이 잡지에 두 차례에 걸쳐 최근 영국 시단에 관한 논문과 영국 극작가 버나드 쇼의 『인간과 초인』(1903)에 관한 논문을 발표하였다. 눈솔이 이 무렵 아일랜드 극작가 쇼에 관심을 기울인 것은 앞에서 언급한 밴토크 교수가 와세다대학 영문과에서 쇼에 관한 강의를 했기 때문이다. 또한 1925년 노벨 문학상을 받은 쇼는 동아시아에서도 꽤 관심을 끌고 있었다.

한편 이 무렵 조선 유학생들에게 조선 기독교청년회관이 차지하는 몫은 무척 컸다. 조선총독부에서는 우시고메쿠(牛込區)에 조선인 유학생을 위한 기숙사를 경영했지만 조선인 학생들에게는 별로 인기가 없었다. 간다 근처의 청년회관에서는 조선인 유학생 주최로 학술 강연회나 시국 강연회가 자주 열렸다. 눈솔은 도쿄제국대학의 김준연(金俊淵)과 도쿄여자고등사범학교의 최의순(崔義淳) 같은 연사들이 웅변을 토하는 것을 보고 감개무량했다고 회고한다. 물론 일본 경관이 임석하고 있어 연사들이 자유롭게 의견을 펼칠 수는 없지만 그래도 식민지 조국의 비전을 제시하는 내용이 주류를 이루었다.

기독교회관에서는 비단 학술적인 강연만 열리는 것은 아니어서 성악가나 무용가가 공연을 할 때도 있었다. 그중에서도 눈솔이 두고두고 기억하는 무대는 다름 아닌 윤심덕(尹心悳)의 공연이었다. 짙은 화장에 화려한 옷을 입

<hr>

8) 정인섭, 「나의 유학 시절」, 65쪽.

고 무대에 올라간 그녀는 "우렁차고 아름다운 목소리로" 노래를 몇 곡 불렀는데 그중 관중으로부터 갈채를 가장 많이 받은 노래는 한국 최초의 대중가요로 꼽히는 「사의 찬미」였다. "광막한 황야에 달리는 인생아 / 너의 가는 곳 그 어대이냐"로 시작하는 이 노래는 루마니아의 작곡가 이오시프 이바노비치의 「다뉴브강의 잔물결」을 가창곡으로 편곡하여 윤심덕이 직접 가사를 붙인 것으로 이 무렵 조국을 잃은 한민족의 정서를 한껏 표현하였다.

윤심덕에 대하여 눈솔은 "그녀는 눈이 유달리 큰 편이었고, 얼굴은 약간 길쭉한데 키는 중키로 좀 날씬하게 생긴 아름다운 여인이었다"[9]고 기억한다. 또한 눈솔은 "윤심덕이 「사의 찬미」를 부를 때는 어쩐지 그녀의 목소리가 우렁차게 떨려 모두들 어리둥절했고, 앙코르를 받아 두 번째로 그 노래를 불렀을 때는 그녀는 기뻐서 그런지, 무언가 느낀 바가 있어 그런지는 몰라도 눈물 겨워했다"[10]고 말한다. 실제로 1926년 8월 윤심덕은 눈솔의 와세다대학 영문과 선배 김우진(金祐鎭)과 함께 현해탄에서 투신자살하였다. 윤심덕이 김우진을 처음 만난 것은 1921년 도쿄로 일본 유학생들이 결성한 순례극단 '동우회(同友會)'에서였다.

이 무렵 눈솔은 젊은 조선 학생으로 총각 신세를 면치 못하고 있어 늘 외로움을 느꼈다. 일본 여학생들은 앞에 언급한 밴토크 교수를 좋아하였다. 특히 와세다대학에서 그다지 멀지 않은 메지로(目白)여자대학에 재학 중인

---

9) 앞의 글, 66쪽. 눈솔은 이 공연 때 근처 자리에 도쿄여자고등사범학교에 다니던 박순천(朴順天)과 뒷날 최두선(崔斗善)과 결혼하는 김영순(金永順)이 앉아 있었다고 회고한다.
10) 앞의 글, 66~67쪽. 눈솔은 김우진이 와세다대학 영문과를 졸업한 해가 1920년이라고 말하지만 실제로는 1924년이다. 또한 눈솔은 윤심덕의 YMCA 공연도 1920년으로 기억하지만 아마 그 이후일 가능성이 크다.

일본인 여학생 둘이 자주 영국인 교수를 찾아 왔다. 이 두 여학생이 밴토크와 산세이도 출판사 직원과 데이트할 때면 눈솔도 함께 하여 영어 회화를 익히는 한편 "청춘의 정열을 속으로만 불태웠다"고 고백한다.

눈솔은 언젠가 자신에게는 염복(艶福), 즉 여자 복이 없다고 말한 적이 있다. 그 원인이 어디 있는지는 자신도 잘 알지 못한다고 말한다. 그러나 도쿄에서 유학하는 동안 그는 여러 번 젊은 여성을 만나 '사귈' 기회가 있었다. 염복이 없는지는 잘 모르겠지만 여성에 관한 눈솔의 태도는 지금 기준으로 보더라도 사뭇 적극적이라고 할 수밖에 없다.

열일곱 살 때 언양에서 만난 박 양과의 첫사랑은 접어두고라도 눈솔은 와세다고등학원 2학년 때 뒷날 무용가로 세계적인 명성을 얻는 최승희(崔承喜)를 만났다. 1923년에 일본의 유명한 현대 무용가 이시이 바쿠(石井漠)가 경성에서 공연하여 큰 인기를 끌었다. 이때 그녀의 오빠 최승일(崔承一)이 소파 방정환과 상의하여 여동생을 도쿄의 '이시이 바쿠 무용연구소'에 보내기로 하였다. 눈솔은 "이러는 동안 이시이 바쿠의 제1회 무용 공연에서 한국 소녀의 춤을 보고 감격해서, 아시이 씨의 집을 찾아가 그 소녀를 만났고, 그로부터 내 가슴에는 그를 그리워하는 마음이 깃들이게 되었다"[11]고 밝힌다.

눈솔이 말하는 '한국 소녀'는 다름 아닌 최승희를 가리킨다. 그는 조선인으로서 최승희를 일본에서 맨 처음 만난 사람은 아마 자신일 것이라고 말한다. 그가 무용연구소에서 최승희를 처음 만났을 때 그녀의 나이는 겨우 열여섯 살이었다. 그 뒤 최승희는 와세다대학에서 러시아 문학을 전공하던 눈

---

11) 정인섭, 「깜박이는 별들」, 『버릴 수 없는 꽃다발』(서울: 이화문화사, 1968), 34쪽. '이시이 바쿠의 제1회 무용 공연'이라는 구절이 조금 애매하다. 이시이는 이미 경성에서 공연할 만큼 일본에서 여러 번 무대 공연을 했기 때문이다. 그렇다면 최승희가 공연한 첫 무대라는 뜻으로 해석할 수 있다.

솔의 후배 안막(安漠)과 교제하다가 그와 결혼하기에 이른다. 눈솔은 최승희가 "그 후 안막의 공산주의에 동조하여 해방 후 얼마 안 가서 월북한 것은 참으로 불행한 일이라 하겠다"[12]고 밝힌다.

정인섭이 한때 연모했던 최승희와 그녀의 오빠 최승일. 최승희는 눈솔의 와세다대학 영문과 후배 안막과 결혼하였다.

그런데 눈솔이 최승희에게 느낀 감정은 단순히 조국의 젊은 예술가 지망생에 대한 관심 이상이었던 것 같다. 열여덟 살 청년 눈솔에게 최승희는 무척 매력적으로 보였다. 그래서 첫눈에 그의 가슴에 그녀를 "그리워하는 마음이 깃들이게" 되었던 것이다. 그녀를 두고 눈솔은 "두 번째 알게 된 소녀"라고 말한다. 여기서 '알다'라는 동사를 연정을 품는다는 의미로 받아들여도 크게 틀리지 않는다. 「사랑의 미련」에서 눈솔은 "나는 아마도 여성에게 잘 속는 팔자인가 보오. 내가 젊었던 대학 시절에 연정을 느끼던 여성이 나를 배반하고 행방을 감췄는데, 그녀가 나중에 일약 유명한 무용가가 되었다고, 끝내 나를 뒤돌아보지 않았던 일을 기억하오"[13]라고 말한다. 누가 보더라도 여기서 그가 말하는 '그녀'란 최승희를 가리킨다. 그러나 눈솔이 최승희에게 느끼던 감정은 '짝사랑'이었을망정 사랑의 '배반'으로는 볼 수 없을 것이다.

---

12) 정인섭, 「사랑의 미련」, 162쪽.
13) 앞의 글, 177쪽.

눈솔이 최승희 다음으로 '사귄' 여성은 일본인 여학생 후지와라 아키코(藤原晶子)다. 이 무렵 와세다대학에서는 여학생들에게 입학을 허가하지 않아서 후지와라는 청강생 자격으로 강의를 듣고 있었다. 다른 여학생들과는 달리 그녀는 귀족형의 모습으로 일본 옷을 즐겨 입고 다녔다. 두 사람은 학교 캠퍼스와 근처 공원을 자주 산책하였고, 눈솔이 형과 자취하는 도쿄 교외 도쓰카하라(戶塚原) 들판까지 산책할 때도 있었다. 그러던 어느 날 눈솔은 후지와라의 아버지로부터 학생 신분으로 남녀가 교제하는 것은 바람직하지 않으니 자기 딸과 교제를 끊어 달라는 편지를 받는다. 눈솔은 후지와라의 아버지가 학생 신분을 이유로 내세웠지만 실제로는 자신이 조선인이라는 사실 때문이라고 곧바로 알아차린다.

눈솔이 '사귄' 세 번째 여성은 메지로여자대학에 다녔다는 조선인 학생이다. 1926년 늦가을 외국인들과의 파티에 참석한 눈솔은 이 대학의 일본 여교수로부터 '박○순'이라는 조선인 여학생이 영문학을 공부하고 있다는 말을 듣고 학교 근처 하숙집으로 그녀를 찾아간다. 눈솔은 한 살 연상인 그녀에 대하여 "전체적으로 내가 얻은 인상은 성질이 좀 후덕해 보이지만 어딘가 신념이 있어 보이는 여인이었다. 애교와 미소는 엿보이지 않았다. 그러나 그만하면 괜찮은 여성이라고 생각했다"[14]고 말한다.

어찌 되었든 '박'이라는 여성은 여름 방학 때 귀국하여 결혼한 뒤 다시는 도쿄로 돌아오지 않았다. 「깜박이는 별들」이라는 글에서도 눈솔은 "그때 나

----

14) 앞의 글, 167쪽. 눈솔은 여성의 미모에 은근히 끌리는 편이어서 박 양의 외모에는 크게 끌리지 않은 것 같다. 가령 누이동생 복순의 소개로 알게 된 통영의 한 여성 '김 양'에 대하여 눈솔은 "약간 미소를 띠며 부드러운 목소리로 시원스럽게 말을 건네는 그녀의 모습은 과연 슬기롭고 아름다운 귀인이었다"고 말한다. 몇 해 뒤 눈솔은 이 여성의 여동생과 결혼한다. 정인섭, 「나의 유학 시절」, 96쪽.

는 한창 낭만적이어서 메지로여자대학 영문과에 다니는 박이라는 한국 여학생을 알게 되었지만, 여름방학 중에 그는 귀국하여 다른 남자와 결혼하고 말았다"[15]고 말한다. 이렇게 실연당하다시피 한 눈솔은 밤이 늦도록 도쓰카 하라 벌판이나 조시가야(雜司谷) 묘지를 헤매면서 슬픔을 달랬다. 그녀는 귀국하기 전 눈솔이 읽던 책 속에 「어린 나비」라는 시 한 편을 적은 종이쪽지를 남기고 갔다.

그대의 주신 보랏빛
시들어가는 꽃잎 사이에
어여쁜 어린 나비가
고요히 잠들어 있나이다

꿈도 꽤 짙었는지
얇다란 날개조차 늘어뜨리고
죽은 듯 붙어 있는
오오, 연두빛 나비!

이슬도 없는 스러진 꽃이
그래도 그의 잠자리이랍니다
피기 전 바스러진 이 가슴이
그래도 그대의 것이오니까?

15) 정인섭, 「깜박이는 별들」, 34~35쪽.

아직도 어린 연두빛 나비

첫 눈물에 고달픈 그대인데도······[16]

"시들어가는 꽃잎"이니 "죽은 듯 붙어 있는"이니 "이슬도 없는 스러진 꽃이"니 하는 구절처럼 이 작품은 쇠락과 상실과 죽음을 노래한다. 특히 셋째 연의 "피기 전 바스러진 이 가슴이 / 그래도 그대의 것이오니까?"라는 마지막 두 행에서도 엿볼 수 있듯이 이 시는 누가 보아도 비극적 사랑을 읊은 작품이다. 시적 화자는 피화자(被話者)인 '그대'를 사랑한 것 같다. 그러나 작품 끝에 적어 놓은 '1927년 6월 28일 새벽 6시에'라는 구절을 보면 그녀는 일찍부터 눈솔과의 사랑이 결실을 맺지 못하게 될 것을 미리 예감한 듯하다.

눈솔은 미처 눈치 채지 못했지만 1925년 1월 '박○순'이라는 여성은 이광수의 추천으로 『조선문단』에 단편소설 「추석 전야」를 발표하면서 문단에 데뷔하였다. 그때 이광수는 그녀의 작가적 능력을 격찬하였고, 이 일을 계기로 두 사람은 가까워졌다. 스물한 살의 처녀로 열두 살 연상의 기혼인 이광수를 좋아한 사실만으로도 그녀의 자유분방한 성격을 엿볼 수 있다. 몇 년 뒤 모윤숙(毛允淑)이 춘원을 좋아하면서 시작된 삼각관계는 이 당시 문단의 화제였다. 어찌 되었든 '박○순'은 오빠의 친구인 김국진(金國鎭)과의 혼인 문제 등 개인 사정으로 1929년에 서둘러 귀국할 수밖에 없었다.

눈솔과 헤어지고 나서 10여 년 뒤 '박○순'은 '박화성(朴花城)'이라는 필명으로 장편소설 『백화(白花)』를 『동아일보』에 연재하였다. 눈솔은 그녀의 이름을 끝까지 밝히지 않지만 지금까지 그가 밝힌 여러 정황만 가지고도 그

---

16) 앞의 글, 168쪽.

여성이 본명은 박경순(朴景順)으로 뒷날 소설가로 활약하는 박화성이라는 사실을 충분히 짐작할 수 있다. 다만 눈솔은 박화성이 다닌 학교를 메지로 여자대학으로 잘못 기억하고 있을 뿐이다. 박화성은 니혼(日本)여자대학교 영문학과를 3년 다니다가 중퇴하였다. 그녀는 김국진과 이혼한 뒤 천독근(千篤根)과 결혼하여 소설가 천승세(千勝世)와 영문학자 천승걸(千勝傑)을 비롯한 자식을 낳았다. 박화성은 1930년대를 대표하는 여성 작가로 여성을 억압하는 유교 질서의 가부장제에 맞서고 사회적 모순을 폭로했다는 평가를 받는다.

이렇게 박화성한테서 실연당한 것에 대하여 눈솔은 뒷날 한 살 많은 그녀가 자기를 "철없는 소년"으로 생각한 모양이라고 말하였다. 실연 이후로 눈솔은 여성보다는 남성과의 친교를 더 중요하게 생각하였다. 이 무렵 같은 대학에 다니던 이헌구(李軒求)와 방을 얻어 함께 자취하고 있었다. 이헌구에 대하여 눈솔은 "그는 마음이 부드럽고 이해성이 많아 우정을 즐길 수 있었다"고 밝힌다. 그러면서 눈솔은 "그의 동향인 김광섭(金珖燮)을 알게 된 것도 그땐가 생각된다. 이성에서보다 동성이 더 믿음성 있다는 경험을 한 것도 이때였다"고 말한다.[17]

와세다대학 유학 시절 눈솔 정인섭은 단순히 영어나 영문학 공부에만 전념하지 않았다. 그는 영어와 영문학의 전공 분야 밖의 분야에서도 눈부시게

---

17) 정인섭, 「깜박이는 별들」, 35쪽.

정인섭과 함께 제일와세다고등학원과 와세다대학에 다닌 무애 양주동. 뒷날 양주동은 번역 문제를 두고 외국문학연구회와 논쟁을 벌였다.

활약하였다. 와세다고등학원과 와세다대학 시절 눈솔은 마치 약방의 감초와 같아서 크고 작은 여러 모임에 참여하였다. 실제로 그가 직접 또는 간접 참여하지 않는 유학생 모임이나 단체는 거의 없다시피 하였다.

예를 들어 눈솔이 와세다고등학원에 다닐 때 한 가지 주목해 볼 것은 양주동과 함께 동창회 회보 『알(R)』을 만들었다는 점이다. 조선인 유학생들이 몇 번 모인 자리에서 동창회 회보를 만들면 어떻겠느냐는 의견이 나왔다. 그러자 불문과 3학년에 재학 중이던 양주동이 나서 자기가 편집을 맡겠다고 하였다. 양주동은 '알'을 회보의 제호로 하자고 제안하면서 알이야말로 모든 생명의 근원이고 또 그것에서 새로운 세대가 부활한다고 설명하였다. 양주동에 대하여 눈솔은 "그는 이미 한국 문단에 진출하려고 야심이 만만하던 때라 나와 문학 이야기와 문단에 대한 잡담을 가끔 했다"[18]고 말한 적이 있다. 눈솔보다 두 살 위인 양주동은 가끔 눈솔의 하숙집으로 찾아와 눈솔이 쓴 시 작품을 읽고 조언을 해주기도 하였다. 양주동은 동창회보를 편집하면서 원고를 모

18) 정인섭, 「나의 유학 시절」, 『못 다한 인생』, 47쪽.

으다가 원고가 부족하면 자신이 직접 써 넣었다.

양주동에 이어 눈솔이 『알』을 맡아 계속 발간하였다. 물론 인쇄하여 만들 형편이 안 되어 등사로 직접 만들어 배포하였다. 김광섭은 1927년에는 『알 (R)』에 「모기장」이라는 시를 발표하였다. 그러나 원고가 제때에 들어오지 않으면 눈솔도 양주동처럼 어쩔 수 없이 직접 써서 채워 넣을 수밖에 없었다. 눈솔은 새벽 배를 뜻하는 '효주'라는 필명으로 「키스」라는 글을 써서 이 회보에 실었다. 단편소설이랄지 아니면 환상적인 성격이 강한 수필이랄지 장르적 성격이 모호한 작품이었다.

눈솔은 『알』을 맡아 편집할 무렵 소설가 나빈(羅彬) 나도향(羅稻香)과도 사귀었다. 이 무렵 나도향은 도쿄에서 방랑생활을 하고 있었다. 그래서 그는 쓰루마키초에 있는 눈솔의 하숙집에 가끔 찾아와 밤늦게까지 문학 이야기를 나누다가 자고 가기도 하였다. 눈솔은 그가 이미 폐결핵으로 몰골이 형편없었다고 밝힌다. 나도향은 눈솔에게 그야말로 "눈물겨운 모습으로" 그가 연정을 품고 있던 여성에게 실연당할 것 같다고 호소하기도 하였다. 그러면서 그는 그녀를 만나고 나오면서 썼다는 시 한 편을 읊조렸다.

창문 밖의 두 버들가지
나만 혼자 매어 두고 왔소
바람에 그대 창문 두들기면
내 맘인가 생각하소[19]

---

19) 앞의 글, 48쪽. 눈솔은 다른 글에서는 나도향이 즉흥적으로 지었다는 이 시를 다르게 기억하여 적는다. "창밖에 늘어진 버들가지를 / 나만 매어두고 왔소. / 행여나 바람 불면 / 그대 창문 두드릴까 하여." 정인섭, 「나의 교우록」, 『이제는 하고 싶은 이야기』, 156쪽.

이 작품에서는 당나라 때 시인 설도(薛濤)가 지은 「봄날의 소망(春望詞)」
이라는 시가 떠오른다. "마음을 함께 한 님과는 맺어지지 못한 채, 하릴없이
풀매듭만 짓고 있구려(不結同心人 空結同心草)." 김억이 「동심초(同心草)」라는
제목으로 번안하고 김성태(金聖泰)가 곡을 붙여 유명해진 작품이다. 작품의
소재나 이미지, 주제에서 나도향의 작품은 설도나 안서의 시와 비슷하다.
눈솔은 나도향이 짝사랑하는 여성이 다름 아닌 최의순이라는 사실을 알아
차렸다. 그러나 눈솔은 또한 그녀가 이미 아오야마학원에서 유학하던 진장
섭(秦長燮)과 사랑하는 사이라는 사실도 잘 알고 있었다. 그래서 눈솔은 차마
나도향에게 이 사실을 알릴 수가 없었다. 이러한 일이 있고 얼마 뒤 나도향
은 1926년에 스물다섯 살의 젊은 나이로 폐결핵으로 요절하고 말았다.

눈솔보다 한 살 위인 진장섭은 경기도 개성 출신으로 '학포(學甫)' 또는
'금성(金星)'이라는 필명으로 활약한 아동문학가다. 아오야마학원을 마친 뒤
진장섭은 도쿄고등사범학교 영문과를 졸업하였다. 최의순과 사귀게 된 것
도 같은 학교 같은 학과에서 공부했기 때문이다. 사범학교를 졸업한 뒤 고
등학교 교사로 활동하였고, 색동회 조직에도 관여하였다. 그는 일제 강점기
에 강한 민족의식과 투철한 항일 사상으로 무장되어 있었던 것으로 알려져
있다. 동화와 수필을 많이 창작했지만 한국 전쟁 때 원고를 모두 잃어버려
작품집을 내지는 못하였다.

나도향이 짝사랑하던 여성은 앞에서 잠깐 언급한 최의순으로 뛰어난 실
력뿐만 아니라 미모로도 유명하였다. 도쿄고등사범학교에서 영문학을 전
공한 그녀는 색동회 회원인 진장섭과 결혼한 뒤 귀국하여 개벽사(開闢社)와
『동아일보』 학예부 기자로 근무하였다. 이 무렵 최의순은 기자로서 여러모
로 큰 관심을 모았다. 가령 『별건곤(別乾坤)』 1929년 12월호에는 「동아·조

선·중외 3신문사 여기자 평판기」라는 흥미로운 기사가 실려 있다.

지금 잇는 세 신문 중에는 동아일보 최의순 군이 제1구군이요, 그 다음이 중외일보사의 김말봉(金末峯) 군이며, 제일 뒤진 분이 조선일보사의 윤성상(尹聖相) 군이다. 세 분이 아울러 '미세스'인데 공통되는 견실성이 있으며 그의 학력에 있어서는 수염 난 남기자들의 간담을 서늘케 하는 굉장한 분들이니, 최의순 군은 동경여자고등사범 출신, 김말봉 군은 동지샤(同志社)대학 영문과 출신, 윤성상 군 역시 고등사범 출신으로 신문기자 노릇을 하지 않아도 넉넉한 살림을 할 사람들이 의논이나 한 것같이 일제히 팔을 걷고 나선 점에 주목할 필요가 있다.[20]

위 인용문에서 "수염 난 남기자들"이라는 구절이 유난히 눈에 띈다. 식민지 조선처럼 아직도 서슬 퍼런 유교 질서에서 가부장제가 큰 힘을 떨치던 시대, 기자는 주로 남성이 맡기 때문에 '남기자'로 유표화(有表化)하지 않는 것이 언어적 관습이다. 그런데도 필자는 군이 '남' 자를 붙여 말한다. 이 글을 쓴 필자는 "사회의 제일선에 서서 악전고투하는 신문기자 노릇을 하는 아낙네가 세 신문사에 다 각기 한 분씩 계시다는 것은 어쨌든 기쁘고 든든한 노릇"[21]이라고 결론짓는다.

비단 『별건곤』만이 아니고 『삼천리』도 1937년 1월호에 「장안 신사숙녀 스타일 만평」이라는 제목으로 복혜숙(卜惠淑)과 '복면객(覆面客)'의 흥미로운

---

20) 「동아·조선·중외 3신문사 여기자 평판기」, 『별건곤』 1929년 12월호, 18쪽.
21) 앞의 글, 20쪽.

대담 기사를 실었다. 복면객이 복혜숙에게 "황신덕이고 최의순이고 김자혜(金慈惠)고 하는 부인기자들은 스타일이 어떤고?"라고 묻는다. 그러자 복혜숙은 이렇게 대답한다.

여자 스타일이야 자네 같은 사내가 보아야 잘 알지. 초록동색이라고 내가 알 수 있나? 그러나 제 눈에 안경이라고 황신덕이는 양장하지 말 일, 김자혜는 차라리 날신한 몸에 유선형 소질이 있은즉 아모쪼록 양장할 일, 최의순이는 원체 바탕이 미인인데다가 걸음거리 곱고 뒷맵시 고와서 양장도 어울리고 검정치마 흰저고리 받쳐 입으면 여학생 풍으로도 어울리고 머리 쪽찌고 긴치마 발뒤꿈치에 질질 흘리며 노랑갓신 받쳐 신은 고전적 아씨 되어도 어울리고, 아마 역대 부인기자 중 남버 원이야![22]

복혜숙의 말대로 이 무렵 여기자 중에서 최의순만큼 스타일에서 으뜸인 여성이 없었다. 그녀는 양장이면 양장, 검정 치마에 흰 저고리 같은 전통 의상이면 전통 의상, 무엇을 입든 썩 잘 어울린다는 것이다. 사정이 이러하다면 나도향이 최의순을 짝사랑하여 상사병에 걸린 것도 그다지 무리는 아닌 듯하다.

이 무렵 눈솔 정인섭은 최의순의 남편 진장섭이 참여한 '색동회'에도 깊이 관여하였다. 1923년 3월 도쿄의 도요(東洋)대학에서 문화학을 전공하던 방정

22) 복혜숙·복면객, 「장안 신사숙녀 스타일 만평」, 『삼천리』(1937. 1), 106쪽.

환은 그의 하숙집에서 진장섭, 손진태, 강영호(姜英鎬), 고한승(高漢承), 정순철(鄭順哲), 조준기(趙俊基), 정병기(丁炳基) 등 8명이 조선 최초의 어린이 운동 단체인 색동회를 조직하였다. 그리하여 그들은 "동화 및 동요를 중심으로 하고 일반 아동 문제까지 포함할 것"이라는 깃발을 내걸고 1922년 5월 1일 도쿄 역전 만세이바시(萬世橋)에서 마침내 '색동회' 발회식을 거행하였다.

방정환은 이보다 앞서 1921년 5월 '천도교 소년회'를 조직하여 어린이 계몽 활동을 벌이는 한편, 그해 8월 『개벽』 잡지 3호에 '어린이'라는 용어를 처음 써서 어린이의 위상을 높였다. '어린이'는 '어린아이'와는 뜻이 같을지는 몰라도 그 함축적 의미에서 사뭇 다르다. 전자에서는 단순히 어른과 비

1926년 4월 색동회 회원들이 도쿄에서 찍은 기념 사진. 뒷줄 왼쪽부터 마해송, 정인섭, 손진태. 앞줄 왼쪽부터 조재호, 진장섭.

교하여 나이가 어리다는 의미보다도 어린이를 독립적 인격체로 간주한다는 의미가 크다. 1923년 1월 방정환은 어린이를 위한 동화 대회와 가극 대회를 열기도 하였다. 같은 해 3월 30일에 열린 두 번째 모임에서는 윤극영(尹克榮)이 이 단체에 가담하면서 그 이름을 '색동회'로 하자고 제의하였다. 도쿄고등사범학교에 재학 중이던 조재호(曺在鎬)가 회원으로 가입한 4월에 열린 셋째 모임에서 그 모임의 이름으로 정식으로 '색동회'로 결정하였다. 그해 5월 1일 마침내 색동회는 발회식을 거행하고 회원들이 기념사진까지 찍었다. 오늘날 5월 5일을 어린이날로 정한 것은 바로 그 때문이다.

와세다대학에서 역사학을 전공하던 손진태는 일 년 후배인 정인섭에게 색동회에 가입하도록 권유하였고, 정인섭은 이에 선뜻 응하였다. 잇달아 윤극영, 조재호, 최진순(崔晉淳), 마해송(馬海松) 등도 색동회에 가담하면서 회원의 수가 점차 늘어났다. 손진태는 눈솔이 이미 산세이도 출판사에서『세계동화집』을 발간하고 일본에서 발간하는 유명한 잡지『향토 연구』에 일본어로「조선의 향토 무용」이라는 논문을 기고한 사실을 잘 알고 있었다. 손진태는 이 사실을 색동회 회원들에게 알리고 이즈음 경성에 돌아가 방정환에게도 눈솔을 적극 추천하였다. 눈솔은 방정환에게『세계동화집』두 권을 보내주었고, 마침내 1924년 여름방학 때 귀국하여 경성으로 방정환을 방문하였다. 미리 전보를 받은 방정환이 최승희의 오빠 최승일과 통영에 사는 최규용(崔圭用)과 함께 경성역으로 눈솔을 마중 나온 것을 보면 눈솔을 얼마나 극진히 대접했는지 알 만하다. 방정환에 대하여 눈솔은 "그가 손병희(孫秉熙) 선생의 사위로 발탁된 데는 그만한 인격과 자격이 있음을 나는 깨달았다"[23]

23) 정인섭,「나의 유학 시절」, 53쪽.

고 밝힌다.

눈솔은 한 달 남짓 경성에 머무는 동안 개벽사로 방정환을 자주 방문하여 『어린이』 잡지 출간과 어린이 운동을 지켜보는 한편, 동덕여자고등보통학교에서 음악 교사를 하고 있던 정순철을 비롯한 색동회 회원들을 만나기도 하였다. 눈솔이 언양에서 첫사랑 박 양을 만날 무렵 고향에 여성을 위한 야학과 강습소를 열고 소년회와 소녀회를 조직하고 동극 「수선화」를 직접 집필하여 소년소녀들에게 연극을 공연하도록 했다는 것은 이미 앞 장에서 언급하였다. 이렇게 동극에 평소 관심이 많던 눈솔은 『어린이』에 동극을 실어 아동문학의 지평을 넓히는 데 이바지하였다. 이 무렵 동극은 동시나 동요, 동화와 비교하여 별로 알려지지 않은 장르였다.

가령 방정환은 동화 구연과 강연에 남다른 재능을 보였다. 윤극영은 「반달」, 「고드름」, 「설날」 같은 동요를 작곡하여 식민지 조선의 어린이들에게 미래에 대한 꿈을 키워 주었다. 정순철도 윤극영처럼 「까치야」, 「물새」, 「갈잎피리」 같은 동요를 지어 초등학교에 널리 보급하였다. 조재호와 마해송은 흥미진진한 동화를 써서 어린이들의 상상력을 한껏 자극하였다. 손진태는 역사나 민담에 기초를 둔 동화를 발표하여 관심을 끌었다. 그들과는 달리 눈솔은 동극을 써서 널리 알렸다. 말하자면 색동회 회원들은 어린이 문학 운동을 펼치면서 분업을 했던 셈이다.

그런데 눈솔이 이렇게 어린이 운동에 깊이 관여한 데는 평소 어린이를 좋아한 것 말고도 방정환의 영향이 적지 않았다. 조국을 빼앗긴 일제 강점기에 어린이는 여성처럼 이중 삼중으로 억압을 받았다. 가정은 물론이고 일반 사회, 심지어 학교에서도 어린이의 순수한 동심을 제대로 이해하면서 올바른 아동 교육을 하지 못하였다. 그러나 방정환은 "씩씩한 어린이가 됩시다. 그리고 서로 사랑하고 도와 갑시다"라는 구호 아래 뜻을 같이하는 동지들과 함께 어린이 운동을 전개하였다. 그는 일찍이 어린이들이 장차 한민족을 책임질 일꾼이 될 것으로 굳게 믿고 그들을 참다운 정신으로 길러야 한다고 생각하였다.

더구나 색동회에서는 방정환이 주축이 되어 경성뿐만 아니라 전국에 걸쳐서도 소년회와 소녀회 조직을 확대하였다. 1926년에 그가 언양을 방문한 것도 그곳 소년회 행사에 참여하기 위해서였다. 이렇게 그는 소년회를 위한 행사라면 어디든지 마다하지 않고 찾아가 격려하였다. 또한 색동회는 유치원 보모를 양성하는 교육 기관인 경성보육학교를 경성 청진동에 설립하여 경영하는 한편, 아동 문학가들과 예술가들을 길러내는 데도 온 힘을 쏟았다. 일제 당국은 이러한 사실을 알고 있으면서도 막상 드러내놓고 간섭할 구실을 찾을 수 없었다. 이 무렵 어린이 운동은 일제에게 눈엣가시와 같았다.[24]

방정환은 사람들 앞에서 구성지게 이야기를 들려주는 남다른 재주를 타고났다. 그래서 그는 이 재주를 어린이를 위하여 한껏 펼치기로 마음먹었다. 이 점과 관련하여 눈솔은 "그가 제일 잘하던 것이 동화인데 그는 동화를 통해서 어린이와 부녀자나 기타 어른들까지 웃기고 울리기도 하며, 또는 용기를 북돋우어 주었다"[25]고 말한다. 눈솔의 말대로 이 무렵 어린이 사랑은 곧 나라 사랑과 크게 다름없었다. 이렇게 방정환은 어린이 운동을 민족 운동의 일환으로 간주하였다. 그는 앞에서 잠깐 밝혔듯이 기미년 독립만세 운동의 주동자 33인 중 한 사람인 손병희의 사위였다는 사실을 상기하는 것이

24) 정인섭, 『색동회 어린이 운동사』(서울: 학원사, 1975) 참고.
25) 정인섭, 「어린이 사랑, 나라 사랑」, 『못다한 인생』, 110쪽.

좋을 것이다. 눈솔은 방정환의 "아동예술을 통한 민족적 부르짖음"에 뜻을 같이했던 것이다.

눈솔만큼 색동회에 그렇게 헌신적인 사람도 찾아보기 힘들다. 1967년 6월 눈솔은 색동회 회원으로 아직 생존해 있던 조재호, 윤극영, 진장섭, 이헌구와 상의하여 방정환 사망 이후 시들어간 색동회를 다시 일으켜 세우기로 마음 먹었다. 1971년이 소파 탄생 70년 주년이 되므로 그것을 기념하기 위하여 '소파 동상 건립추진회'를 결성하고 그해 7월 마침내 남산 안중근 열사 기념관 서남쪽 산비탈 공원에 소파 방정환 동상을 세우기에 이르렀다.

눈솔과 진장섭의 관계는 몇 십 년 뒤로까지 계속 이어진다. 외국어대학 대학원 원장으로 있던 눈솔은 한때 그를 일본어 강사로 초빙한 적이 있다. 1975년 어느 날 눈솔은 그와 함께 점심을 먹었고, 먹은 음식이 잘못 되었는지 진장섭은 그 뒤로 몸이 아프더니 일어나지 못하고 그만 불귀의 객이 되었다고 무척 애석해 하였다. 눈솔이 진장섭을 일본어 강사로 초빙한 것은 아마 도쿄 유학 시절 친분과 귀국 후 색동회 활동을 같이하여 친분이 두터웠기 때문일 것이다. 또한 진장섭은 일찍이 일본어에도 관심이 많아 「고대 일어(日語) 형성과 한어(韓語)의 영향」이라는 논문도 썼다.

그러나 눈솔이 그에게 일본어 강사 자리를 마련해 준 것은 무엇보다도 진장섭의 생활이 이 무렵 무척 어려웠기 때문이다. 남달리 지조가 있고 민족의식이 투철한 진장섭은 일제 강점기는 물론이고 해방 후에도 아마 현실과 타협하기 무척 어려웠을 것이다. 그에게도 가난은 부끄러운 대상이 아니라 불편한 것에 지나지 않았을지도 모른다. 오죽하면 진장섭은 아동문학과는 거리가 멀어도 한참 먼 『백만 인의 일어회화 레코오드북』(성문사, 1969)까지 출간하였을까? 이 무렵 그가 생활 수단으로 삼을 수 있던 것은 이렇게 일본어밖에는 없었다. 눈솔도 그의 딱한 사정을 아마 잘 알고 있었을 것이다. 색동회에서 활약한 마해송의 아들로 시인인 마종기(馬鍾基)는 무리한 활동으로 1931년에 일찍 사망한 방정환의 가족을 비롯하여 「반달」의 작곡가 윤극영과 진장섭 같은 색동회 회원들이 해방 뒤 가난에 찌들어 있었다고 회고한다. 그나마 고등학교 교장을 역임한 조재호나 대학 교수를 하는 두어 사람만이 그런대로 겨우겨우 살아갔다는 것이다.[26)

눈솔이 이렇게 어린이 운동에 깊이 관여한 데는 개인적인 이유도 한몫하였다. 이 당시 유교 집안이 흔히 그러하듯이 그의 부모는 아들을 낳기를 간절히 바랐지만 뜻대로 되지 않고 오히려 잇달아 딸만 다섯 낳았다. 그래서 눈솔의 어머니가 시부모와 남편한테서 받은 시집살이와 마음고생이 적지 않았다. 어렸을 적부터 이러한 광경을 목격하며 자란 눈솔은 어린이에 대한 관심이 무척 남달랐다. 눈솔은 「친척과 자식들」이라는 글에서 일가친척과 자식에 관하여 비교적 자세히 언급한다. 은퇴한 후의 생활과 관련하여 그는 며느리와 손자손녀들이 일주일에 한 번씩 집에 찾아오는 것이 무척 즐겁다고 말한다. 그러면서 그는 "원래 내가 어린이를 좋아하고 현재도 '색동회' 회장직을 맡아 있는 만큼, 나의 손주가 오면 나도 천진한 어린이가 되어 그들의 동무가 되어 주고, 같이 노래도 부르고 동요에 맞추어 춤도 춘다"[27)고 밝힌다. 눈솔의 이 말은 액면 그대로 받아들여도 조금도 무리가 없다. 그처럼 어린이 사랑을 입으로만 부르짖지 않고 구체적인 실제 행동으로 옮기는 사람도 아마 찾아보기 쉽지 않기 때문이다.

---

26) 마종기·루시드 폴(조윤석), 『사이의 거리만큼, 그리운』(서울: 문학동네, 2014), 84~85쪽.
27) 정인섭, 「친척과 자식들」, 147쪽.

이 무렵 눈솔이 어린이들에게 보인 관심은 일본 교포 어린이들을 위하여 벌인 잔치에서도 엿볼 수 있다. 좀 더 나은 삶을 위하여 식민지 조국을 떠나 일본에 건너가 사는 교포들이 수만 명에 이르렀다. 그러나 생활 전선에서 고달프게 살아가다 보니 그들은 자녀들의 가정교육에 어쩔 수 없이 소홀할 수밖에 없었다. 조선의 아이들은 이러한 열악한 환경으로도 모자라 일본 아이들에게서 멸시를 받기도 하였다. 이러한 사실을 누구보다도 일찍 깨달은 박춘금(朴春琴)은 '상애회(相愛會)'라는 단체를 조직하여 교포 어린이들을 도우려고 하였다.

이즈음 도쿄에서 신학을 전공하던 한 조선인 학생이 후카가와(深川)와 혼조(本所)에 사는 조선 어린이를 위한 기독교 일요학교를 열었다. 색동회 회원 조재호는 1926년 가을부터 이 일요학교에 관계하여 어린들에게 동화나 재미있는 이야기 등을 들려주었다. 이것이 계기가 되어 색동회 회원들은 돈을 조금씩 모아 불우한 어린이들을 위하여 신년 축하 잔치를 열어주자는 데 의견을 모았다. 새해 첫날 우에노(上野) 공원에 모인 어린이와 부모가 무려 1백여 명에 이르렀다. 눈솔을 비롯하여 조재호, 진장섭, 손진태, 마해송, 이헌구 같은 색동회 회원은 물론이고 회원이 아닌 이선근과 김명엽 등도 참가하여 어린이들을 즐겁게 해주었다. 이 밖에도 뒷날 휘문고등학교 교장이 되는, 도쿄고등사범학교 박물과에 다니던 또 다른 이헌구, 쓰다여자영학숙(津田女子英學塾)에 다니던 임효정(林孝貞), 그리고 마해송의 누나 마복순(馬福順) 등도 이 모임에 참여하였다. 이 모임을 회고하면서 눈솔은 이렇게 말한 적이 있다.

아이들에게 재미있는 이야기도 들려주고, 점심을 먹인 후에는 행렬을 지어

우에노 공원 안에 있는 동물원에 데리고 가서 여러 가지 재미있는 새와 동물을 구경시켰다. 이들 교포 어린이들은 모두 처음으로 이 동물원을 와 보았다고 하면서 내내 신기한 눈초리로 기쁨을 감추지 못했다. 우리들은 그 천진한 어린이들의 모습을 보고 아직도 학생의 신분이었지만 그 시절은 젊은 혈기에 민족적 사명감을 느껴 모두 선구자의 심경을 갖고 있었다. 외국에서 설움 받는 것은 그들이나 우리나 다를 것이 없다고 생각하고 새해 새아침에 눈시울 적셨다.[28]

식민지 지배를 받는 주민으로서 일본 제국주의자들에게서 직접 간접으로 설움을 당하는 것은, 눈솔의 말대로 어린이들이나 도쿄에서 청운의 꿈을 품고 유학하는 젊은 지식인들이나 매 한 가지였다. 이 무렵 경성에서 활약하던 방정환은 도쿄에서 열린 교포 어린이 설날 잔치 소식을 전해 듣고 무척 기뻐하며 색동회 회원들의 노고를 치하하였다.

뒷날 눈솔은 윤극영에 이어 1974년에 색동회 5대 회장을 맡았다. 색동회에서는 1985년부터 어린이 운동가로서 큰 업적을 남긴 눈솔을 기리기 위하여 '눈솔상'을 제정하여 시상하고 있다. 눈솔은 어떤 직함보다도 '색동회 회장'이라는 직함을 즐겨 사용하였다. 그가 사망한 뒤 색동회에서 그를 기려 기념비를 세운 것만 보아도 그가 평생 얼마나 어린이 운동에 헌신했는지 잘 알 수 있다.

눈솔 정인섭 선생은 1905년 음력 6월 2일, 경남 울주군 언양면 서부리에서

---

28) 정인섭, 「나의 유학 시절」, 63~64쪽.

태어나 1983년 9월 16일 서울 반포동에서 78세를 일기로 세상을 떠났다.

눈솔 선생은 대학 교수로서, 한글학자 영문학자로서, 문인으로서 우리나라 교육과 문화 발전에 크게 공헌하였고, 세계 펜대회, 국제언어학대회 등에 한국 대표로 참가하여 국위를 선양하였다. 이러한 공로로 1972년에는 국민 훈장 모란장을 받았다.

그러나 그 무엇보다도 선생은 어린이를 사랑하고 어린이를 위해 살다갔으니 눈솔은 소파와 더불어 영원히 잊을 수 없는 어린이 운동의 선구자이다.

눈솔 선생은 일찍이 1923년 일본 유학시절에 소파 방정환 선생과 손잡고 색동회 동인이 되어 어린이 운동에 앞장섰고, 1974년부터 색동회 회장 일을 맡아 눈을 감는 날까지 나라 사랑, 어린이 사랑에 몸과 마음을 바쳤으니 어찌 그 고마움을 잊을 수 있으랴!

생전에 뜻을 같이하던 우리 색동회 회원 일동은 눈솔 선생의 빛나는 업적과 거룩한 마음을 여기 굳은 돌에 새겨 영원히 기념하고자 한다.

1983년 11월 20일
색동회
눈솔기념비건립위원회

일본 유학 중 눈솔 정인섭이 한 일 중에서도 '한빛회' 설립에 참여한 일은 도저히 빼놓을 수 없다. 1919년의 기미년 독립만세 운동과 1923년 9월 1일에 일어난 간토(關東) 대지진 때 일본인이 조선인들에게 저지른 만행은 일본에 유학 중인 조선인 유학생들에게 새삼 민족적 자각을 불러일으켰다. 9월 1일은 새 학기가 시작하는 날이지만 눈솔은 등록금과 여비가 아직 마련되지 않은 데다 이 무렵 도쿄에서 이상백과 배구 연습을 무리하게 한 탓인지 폐침윤에 걸려 고향 언양에서 휴양하고 있었다. 그러나 도쿄에서는 간토대지진에서 비롯한 혼란을 잠재우기 위하여 일제는 거짓 선전으로 조선인들을 잔인하게 학살하였다. 이렇게 일제에게 당하고만 살 수 없다는 생각이 젊은 지식인들을 중심으로 싹트기 시작하였다. 눈솔은 "민족의 앞날을 위해 뿌리 깊은 저력으로 정치·경제·문화의 세 갈래에서 공통분모를 찾아 비밀결사 '한빛' 모임을 구체적으로 마련한 것이 1925년 초였다"[29]고 말한다.

한빛회는 와세다대학에 유학 중인 조선인 학생들을 중심으로 결성된 비밀결사 조직 중의 하나다. 한빛회를 결성하는 데 가장 주도적인 역할을 한 유학생은 이 대학의 정치경제학부에서 경제학을 전공하던 우촌(牛村) 전진한(錢鎭漢)이었다. 경상북도 문경의 극빈 가정에서 태어난 그는 어린 시절 온갖 고생을 하며 서울로 고학을 와 독학한 뒤 미육영회의 동경 유학생으로 선발되어 와세다대학에 입학한 것으로 알려져 있다. 이렇게 가난한 집안에서 태어나 고학하는 만큼 전진한은 누구 못지않게 사회의식이 투철하였다.

한빛회를 조직하는 데는 와세다대학의 이선근의 역할도 적지 않았다. 러시아 문학을 전공하다 역사학과로 전과한 이선근은 고등학교 시절부터 의협심에 불타던 인물이었다. 또한 '대원군(大院君)'이라는 별명에서도 엿볼 수 있듯이 그는 동료 유학생들 사이에서 지도력을 인정받았다. 눈솔은 "이선근은 박력이 있었다. 그가 중심이 되어 동경진재(東京震災) 뒤에 민족 사상이

---

29) 앞의 글, 57쪽. 한빛회에 대해서는 김욱동, 『외국문학연구회와 『해외문학』』, 20~23쪽 참고.

투철한 사람들을 모아 '한빛회'를 만들었다"[30]고 말하는 것을 보면 한빛회 조직에 그의 역할이 적지 않았다는 것을 알 수 있다.

한빛회에서 핵심적인 역할을 한 유학생으로는 전진한과 이선근을 비롯하여 와세다대학의 함상훈(咸尙勳), 김원석(金源錫), 메이지대학 정치경제학과에 재학 중인 박준섭(朴俊燮), 도요대학 문학부의 이시목(李時穆), 릿쿄(立敎)대학의 김용채(金容采), 도쿄제국대학 상과대의 권오익(權五翼) 등이 있었다. 모두 100여 명에 이르는 회원들은 하나같이 정치와 경제 방면에 깊은 관심이 있었다.

그런데 한빛회에 가담한 회원들은 비단 정치와 경제를 전공하는 사회과학도들에 그치지 않고 인문학과 자연과학의 여러 분야 학도를 두루 망라하고 있었다. 가령 자연과학 분야에서는 와세다대학 이공학부의 김윤기, 김봉집(金鳳集), 김노수(金魯洙), 유한상(柳漢相), 그리고 도쿄고등공업학교의 유동진(柳東璡), 임일식(林日植), 농업대학의 이세한(李世煥), 지케이(慈惠)의과대학의 박용하(朴龍河) 등이 한빛회 회원으로 참여하였다.

한편 문학 전공 유학생들로는 와세다대학 문학부의 이선근과 정인섭을 비롯하여 서원출(徐元出), 임태호(林泰虎), 진태완(陣泰琬), 호세이대학 문학부의 이하윤(異河潤)과 홍재범(洪在範), 도쿄고등사범학의 강재호와 김명엽, 아오야마학원의 장용하(張龍河), 그리고 도쿄외국어학의 함대훈(咸大勳) 등이 한빛회에 참여하였다. 이 밖에도 1923년 와세다대학 영문과를 졸업하고 영국으로 건너가 1924년 런던대학 경제과에서 수업한 뒤 다시 프랑스로 가서

---

30) 정인섭, 「나의 교우록」, 『이제는 하고 싶은 이야기』, 156쪽. 정인섭, 「해외문학파를 전후한 외국문학의 수용」에서도 거의 같은 내용을 적었다. 『이렇게 살다가』(서울: 가리온출판사, 1982), 240~241쪽.

유학하고 있던 공진환(孔鎭恒)도 한빛회의 멤버로 활약하였다.

다양한 회원 명단에서도 볼 수 있듯이 한빛회는 조국의 자력갱생과 민족 해방이라는 깃발 아래에 한데 모였을 뿐 이 모임의 목표를 어떤 특정 분야에 국한시키지는 않았다. 물론 이 모임을 결성한 핵심 멤버들이 주로 정치경제학부에 적을 두고 있는 유학생이었던 만큼 아무래도 정치와 경제 그리고 사회 분야에 초점을 두고 있었던 것은 사실이다. 그러나 한빛회에서는 문학을 비롯한 인문학과 과학기술 분야에도 관심을 게을리 하지 않았다. 눈솔의 지적대로 한빛회 회원들은 "전공은 각각 달라도 그 공통분모는 민족 소생의 실질적 선구자가 되겠다"[31]고 다짐하고 있었다. 한마디로 한빛회는 근대 학문의 모든 분야를 총망라하고 있었던 셈이다.

한빛회가 좀 더 구체적인 윤곽과 체계를 잡기 시작한 것은 1925년 초엽이었다. 그 이전만 하여도 뜻을 같이하는 친구들이 모여 조국의 장래를 걱정하고 해결책을 토론하는 동호인 모임 수준에 지나지 않았다. 그러다가 같은 해 10월 도쿄 시내에서 조금 벗어나 있던 김윤기의 집에서 회원들이 모두 한자리에 모여 동호인적인 모임에서 벗어나 좀 더 체계적인 조직으로 만들자고 하였다. 뜻을 같이하는 100여 명의 회원 중 몇 명이 참석했는지는 지금으로서는 알 수 없지만 참석한 회원들은 이 모임을 좀 더 체계적으로 조직해야 한다는 데 뜻을 같이하였다.

이 자리에서 한빛회는 좀 더 효율적으로 활동하기 위하여 (1) 정치와 경제, (2) 과학과 기술, (3) 어학과 문학의 세 분야로 나누었다. 정치와 경제, 과학과 기술, 그리고 문학과 예술은 마치 삼각형의 세 모서리와 같아서 어느

---

31) 정인섭, 「나의 유학 시절」, 55쪽.

한두 모서리만 가지고서는 기능을 발휘할 수 없다. 세 모서리가 모두 있을 때 비로소 삼각형은 삼각형으로서의 기능을 제대로 발휘할 수 있다.

　정치 분야에 관심 있는 회원들은 이 무렵 대학생들을 중심으로 관심을 끌던 후쿠모도 가즈오(福本和夫)의 공산주의 이론을 연구하면서 그 이론의 허구성을 지적하는 데 관심을 기울였다. 그들의 활동은 한림(韓林)과 송언필(宋彦弼) 등이 '일월회(一月會)'를 조직하고 도쿄에 한글 인쇄소 동성사(同聲社)를 경영하면서 공산주의를 선전하던 시도를 막으려는 방책이기도 하였다. 한빛회 회원들은 우파적 입장에서 자칫 개인의 자유를 억압하고 독재의 도구로 악용될 수 있다는 점에서 공산주의를 반대하였다. 그러나 그들은 일본 제국주의처럼 자본가에 의한 일당의 사회 지배 또한 크게 우려하였다. 한마디로 그들은 자본주의와 공산주의 사이에서 조화와 균형을 꾀하려 하였다. 이를 이론화하고 실천하기 위하여 회원들은 기관지를 만들려 하였고, 이러한 노력의 결과가 바로 1926년 봄에 발간된 『한빛』이라는 잡지다. 회원들은 이 잡지를 발판으로 삼아 한편으로는 공산주의의 전파를 차단하고 다른 한편으로는 제국주의를 경계하였다. 그러면서 민족갱생과 조국의 자주독립을 도모하려고 하였다.

　뒷날 '노동자의 대변인' 또는 '노동자의 아버지'로 일컫는 전진한은 경제 문제에 관심 있는 한빛회 회원들과 함께 일본 제국주의의 착취를 막고 말살되어 가고 있던 민족 경제를 소생시키기 위하여 '협동조합운동사(協同組合運動社)'라는 하부 단체를 만들었다. 이 단체의 결성에는 전진한의 친형인 전준한(錢俊漢)도 함께 참여하여 일본 제국주의의 착취로 고통 받고 있는 노동자와 농민을 위한 활동을 전개하였다. 이 무렵 도쿄 유학생들은 ML당을 중심으로 한 사회주의자들과 협동조합운동사를 중심으로 한 민족주의자들의 두 부류로 나누어져 있었다. 그런데 신간회 운동이 일어나 일본 지부를 설치할 때 ML당과 협동조합운동사가 서로 경쟁을 벌였다. 이때 이론적 체계가 탄탄한 협동조합운동사가 ML당을 누르고 주도적인 역할을 하여 관심을 끌었다.

전진한을 중심으로 전개된 협동조합운동사가 경제 분야에서 자유 민주주의를 실현하려고 했다면, 농업대학의 이세환을 중심으로 일부 회원들은 '농우연맹(農友聯盟)'을 결성하여 농업 분야에서 개혁을 시도하였다. 이 무렵 이세환은 일본 최초의 사립 도쿄농업학교로 설립되어 1925년에 도쿄농업대학으로 승격한 이 대학에서 농학을 전공하고 있었다. 전공에 걸맞게 그는 이 무렵 일제에 수탈당하고 있던 식민지 조국의 농민들의 생활을 개선하는 데 온 힘을 쏟았다.

한편 한빛회 회원 중에서 과학과 기술 분야를 전공하던 유학생들은 그들 나름대로 '민족 소생의 실질적 선구자'로서의 역할을 하려고 노력하였다. 정치와 경제와 농업에 관심 있는 회원들이 한빛회의 하부 조직으로 협동조합운동사와 농우연맹을 만든 것처럼, 과학과 기술에 관심 있는 회원들은 '고려사이언스클럽'이라는 하부 조직을 만들었다. 그들은 이러한 조직을 통하여 일본 식민주의의 굴레에 묶여 서구 근대화에서 뒤처진 조국의 과학과 기술을 발전시키려고 애썼다. 이 클럽의 회원들은 방학이 되면 귀국하여 '고려공업회'라는 이름으로 전국을 순회하며 강연하여 아직 과학과 기술에 대한 지식이 부족한 일반인들에게 과학 지식을 보급하는 데 앞장섰다.

'외국문학연구회'는 한빛회의 세 번째 하부 조직으로 1925년과 1926년에 걸쳐 설립되었다. 그 명칭에서도 볼 수 있듯이 이 연구회는 와세다대학과 호세이대학에서 외국어와 외국문학을 전공하던 유학생들이 주축이 되었다. 그중에서도 특히 와세다대학에서 영문학을 전공하던 눈솔, 같은 대학에서 러시아 문학을 전공하던 이선근, 호세이대학에서 영문학과 불문학을 전공하던 이하윤 세 사람이 핵심적 역할을 맡았다. 이 세 사람 말고 그 밖의 창립 회원으로는 김진섭(호세이대학 독문학), 손우성(호세이대학 불문학), 김명엽(김석향, 도쿄고등사범학교대학 영문학), 김준엽(김온, 도쿄외국어대학 러시아 문학) 등이었다. 2차로 영입하여 회원이 된 유학생으로는 정규창, 이헌구, 홍재범, 김한용, 장기제, 이홍종, 함일돈, 유석동 등이 있었다. 3차로는 이병호, 함대훈, 김광섭, 이홍진 등이 연구회에 가입하였다. 연구회에 직접 참여하지는 않았지만 뜻을 같이하는 '동반자' 회원들까지 합치면 외국문학연구회 회원 수는 줄잡아 30여 명에 이르렀다.

1930년 12월 연말을 맞아 경성에 모인 외국문학연구회 회원들. 앞줄 왼쪽부터 김상용, 정규창, 김온, 이선근, 유동석, 이하윤, 홍일오. 뒷줄 왼쪽부터 정인섭, 김한용, 김진섭, 이형우, 장기제.

외국문학연구회와 관련하여 이 모임에서 주도적인 역할을 한 눈솔 정인섭은 "어문학을 연구하던 회원들이 1925년 초에 '외국문학연구회'를 조직하여 각각 그들이 전공하는 외국어와 외국문학을 충실히 연구하고 소개함으로써 한국에 새롭고 진정한 국제적 수준의 문학적 양식을 제공하려고 했다"[32]고 밝힌 적이 있다. 그러나 한빛회의 하부 조직인 만큼 식민지 조국의 현실을 자각하고 문화 분야에서 앞으로 올 조국 광복을 준비하려고 하였다. 다양한 문화권의 문학을 전공하면서 세계정신을 호흡하는 젊은이들이 설립한 단체이니 만큼 국제적이고 코즈모폴리터니즘적인 성격을 띨 수밖에 없었다.

외국문학연구회 회원들은 1927년 1월 기관지 『해외문학』 창간호를 발간하였다. 이 잡지는 일제의 식민지 문화정책에 따라 이 무렵에 조선과 일본에서 우후죽순처럼 쏟아져 나온 잡지 중에서도 여러모로 눈길을 끌기에 충분하였다. '창간 권두사'에서는 연구회가 지향하는 목표와 임무를 분명하게 볼 수 있다. 다섯 개 항목 중에서 세 항목은 다음과 같다.

○ 무릇 신문학의 창설은 외국문학 수입으로 그 기록을 비롯한다. 우리가 외국문학을 연구하는 것은 결코 외국문학 연구 그것만이 목적이 아니오 첫째에 우리 문학의 건설, 둘재로 세계문학의 호상 범위를 넓히는 데 잇다.

○ 즉 우리는 가장 경건한 태도로 먼저 위대한 외국의 작가를 대하며 작품

---

32) 정인섭, 「나의 유학 시절」, 56쪽. 외국문학연구회는 일정한 형식을 갖춘 조직체가 아니었기 때문에 창설된 연도가 정확하지 않다. 여러 회원들의 기록이나 회고에 따르면 이 연구회는 한빛회의 하부 조직으로 1924년 말엽의 준비 기간을 거쳐 1925년 초엽부터 모이기 시작하고 1926년도 초엽에 이르러 좀 더 체계적인 모임으로 조직된 듯하다. 1926년 9월부터 기관지 『해외문학』을 준비했다고 말하는 것을 보면 활동은 이미 그 전에 시작됐다고 볼 수 있다.

을 연구하여써 우리 문학을 위대
히 충실히 세워노며 그 광채를 독
거 보자는 것이다. 이에 우리는 우
리 신문학 건설에 압셔 우리 황무
한 문단에 외국문학을 밧어 드리는
바이다.

○ 이런 의미에셔 이 잡지는 세상
에 흔이 보는 엇더한 문학적 주의
하에 모힌 그것과 다르다. 제한된
일부인의 발표를 위주로 하는 문예
잡지, 동인지 그것도 아니다. 이 잡
지는 엇던 시대를 획하야 우리 문
단에 큰 파동을 일으키는 쓷 잇는
운동 전체의 기관이다. 동시에 주
의나 파분을 초월한 광범한 그것이
아니면 안 된다.[33)

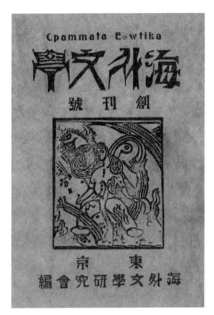

1927년 1월 외국문학연구회가 그 기관지로 간행
한 『해외문학』 창간호 표지. 연구회 회원 김온이
표지를 고안하였다.

위에 인용한 첫 번째 선언에서는 외국문학연구회의 임무와 목표를 가장
뚜렷이 엿볼 수 있다. 이 연구회는 단순히 외국문학을 소개하는 역할을 뛰
어넘어 궁극적으로는 조선문학의 발전에 이바지하겠다는 의지를 분명하게
밝힌다. 뒷날 눈솔은 1931년 1월 『조선일보』에 발표한 「조선 현문단에 소

---

33) '창간 권두사', 『해외문학』 창간호(1927. 1), 1쪽.

(訴)함」에서 "외국문학의 연구와 그 수입은 여하한 사회를 물론하고 극히 필요한 역할을 하고 있다. 이 커다란 사실은 이미 세계 각국의 문학사가 증명하고 있을 뿐 아니라……"[34]라고 좀 더 강조하여 다시 지적한다. 세계 문학사를 보면 자국의 문학은 어디까지나 외국문학을 연구하고 수입하는 데서 발전했다는 말이다.

두 번째 선언에서 외국문학연구회가 "가장 경건한 태도로 먼저 위대한 외국의 작가를 대하며 작품을 연구하여서"라고 말하는 것은, 지금까지 흔히 그래 왔듯이 중역(重譯) 방식을 탈피하고 외국문학 작품에서 직접 번역하겠다는 의지를 드러내는 것이다. 이제까지는 일본인이 일본어로 번역한 외국문학 작품을 다시 한국어로 번역하는 중역 방식을 취해 왔다. 물론 어쩌다 중국인이 중국어로 번역한 것을 한국어로 중역하기도 했지만 일본 제국주의의 식민지 지배를 받으면서 조선에서 번역은 일본어를 통한 중역이었다고 하여도 크게 틀리지 않는다. 그 누구보다도 이러한 중역 방식의 한계를 절실히 느낀 연구회 회원들은 직역(直譯) 또는 원역(原驛) 방식의 전통을 굳건히 세우겠다는 원대한 포부를 밝힌다. 또한 연구회 회원들은 직역뿐만 아니라 외국문학 작가와 작품을 연구하는 데도 좀 더 전문적이고 학구적으로 해야 한다고 생각하였다.

외국문학연구회가 내세운 이러한 목표와 임무에 대하여 눈솔은 뒷날 좀 더 분명하게 밝힌다. 그는 지금까지 해오던 관행으로써는 한국문학이 세계문학의 대열에 참여할 수 없다고 지적한다. 특히 외국문학 작품의 번역과 연구는 앞으로 획기적으로 바뀌지 않으면 안 된다.

<hr />

34) 정인섭, 『한국문단논고』(서울: 신흥출판사, 1959), 93쪽.

이들이 주장하는 바는 한국문학을 세계적인 국제적 수준에까지 높이려면 한국문학의 전통적 바탕에 만족하지 말고, 그와 동시에 세계 각국의 문학을 올바르게 수입시켜 일반에게 이것을 이해시켜야 한다고 생각했다. 그런데 그 당시 한국 문단에서는 각 외국어나 외국문학의 전공자가 아닌 사람들이 일본말로 된 번역물이나 연구서를 그대로 또는 소잡(騷雜)하게 한국말로 번안해서 대가(大家)인 양 소개하는 것이 보통이었다. 이래서는 외국문학을 진정하게 이해할 수가 없으니, 외국문학을 정확하게 번역한다든지, 또는 외국문학의 가치를 참되게 해설해야 하는데 이것은 오로지 외국문학을 전공하는 사람들이 해야 한다는 것을 주장하고, 또 이러한 임무를 이 '외국문학 연구회'가 져야 한다는 것이었다.[35]

눈솔의 이러한 주장은 이 무렵 조선의 번역자들이나 외국문학 연구가들의 비위를 거스르게 했을지 모른다. 어떤 의미에서는 외국문학 번역과 연구를 오직 전문가에게만 맡기자는 그의 주장은 자칫 배타적으로 비칠 수도 있다. '수입'이라는 용어에서는 매판 지식인의 그림자가 어른거리기도 한다. 그러나 이 무렵 번역이나 연구 관행에 비추어보면 그의 주장에 일리가 없지 않다. 지식과 정보를 돈을 두고 사고판다는 21세기의 정보화 시대에 이르러서도 눈솔의 주장은 별로 낡았다는 느낌이 들지 않는다. 의학 분업 문제를 둘러싸고 한때 "약은 약사에게 진료는 의사에게!"라는 구호가 유행했듯이, 외국문학의 번역이나 연구도 외국문학을 전공한 사람이 맡아야 한다는 것은 어찌 보면 당연한 노릇이다. 연구회 회원들은 "번역은 외국문학 전공자

35) 정인섭, 「나의 유학 시절」, 57~58쪽.

에게!"라는 구호를 부르짖었다.

세 번째 선언에서 연구회는 그 기관지 『해외문학』이 이 무렵 식민지 조선에서 우후죽순처럼 쏟아져 나온 기존의 다른 잡지나 동인지와는 성격이 다르다고 말한다. 그들 잡지는 거의 하나같이 민족주의건 사회주의건 어떤 특정한 문학적 입장의 깃발 아래 모였다. 그러나 연구회가 간행하는 잡지는 이러한 이념의 한계를 극복하여 제3의 길을 가겠다는 것이다. 뒷날 연구회가 '중간파'니 '신흥문학'이니 '소시민적 부르주아 그룹'이니 하고 비판을 받은 것은 바로 그 때문이다. '해외문학파'라는 명칭도 외국문학연구회 회원이 붙인 것이 아니라 카프 진영 문학가들이 이 연구회를 얕잡아 부른 이름이었다. 눈솔이 말하는 '포섭적 종합성'을 목표로 삼던 연구회는 좀 더 넉넉한 안목으로 세계문학의 관점에서 조선문학의 위상을 높이려고 하였다. 민족문학과 세계문학 사이에서 균형과 조화를 꾀하는 것이야말로 "시대를 획하야 우리 문단에 큰 파동을 일으키는 뜻 있는 운동"이 되기 때문이다.

1927년 7월 제2호를 마지막으로 아쉽게도 종간하고 말았지만 『해외문학』이 한국 문학사와 번역사에 끼친 영향은 참으로 크다. 이 모임과 그 기관지는 뒷날 근대기 한국 번역 문학사에서 이정표 역할을 맡았다. 만약 그 암울하던 일제 강점기에 외국문학연구회와 그 기관지가 없었더라면 번역 문학, 더 나아가 한국문학은 그만큼 초라하고 빈약했을 것이다.

눈솔은 외국문학연구회 회원 중에서도 연구회 설립과 『해외문학』 발간에 주도적인 역할을 하였다. 처음 일곱 명으로 발족한 연구회를 외국문학 동료 연구자들을 설득하고 권유하여 연구회 회원의 수를 늘인 것도 눈솔이었고, 그 기관지를 편집하면서 글을 기고하고 원고를 모은 것도 눈솔이었다. 물론 다른 회원들의 역할도 작지 않았지만 특히 눈솔과 이하윤의 역할이 가장 컸다.『해외문학』 창간호 발간에 재정적 지원을 해주던 이은송(李殷松)이 아나키즘 운동에 연루되어 체포되면서 잡지를 계속 낼 수 없게 되자 사비를 털어 제2호를 낸 것도 다름 아닌 눈솔이었다.

이렇게 눈솔이『해외문학』 2호 발간을 재정적으로 후원할 수 있었던 것은 1927년에 조선 민간 설화집『온도루야와』를 출간하여 상당한 인세를 받았기 때문이다. 이 책은『세계 동화집』에 이어 그가 일본에서 일본어로 출간하는 두 번째 책이었다. 눈솔은 와세다고등학원 시절부터 방학 때 귀국하면 시골 마을을 순회하면서 강연도 하고 밭 매는 마을 아낙네들이나 사랑방 머슴들로부터 옛날이야기를 많이 듣고 수집하였다. 이러한 고담을 '순수한 형태로' 그대로 보존하려면 기록에 남겨야 한다고 생각한 눈솔은 그동안 머릿속에 새겨두었던 이야기를 원고지에 적기 시작하였다. 그의 말대로 외국문학연구회의 참다운 임무나 사명은 단순히 외국문학 작품을 '수입'하는 것에 그치지 않고 한 발 더 나아가 조선의 문학과 문화를 외국에 '수출'하는 데 있기 때문이다. 이렇게 조선의 전래 설화를 기록하는 과정에서 의문이 생기거나 묘한 곳이 있으면 그는 같은 대학에서 역사학을 전공하던 손진태와 상의하고 자문을 구하기도 하였다.

이렇게『온도루야와』에 실린 99편 중 눈솔이 직접 채록한 전설, 신화, 동화, 우화, 우스갯소리 등은 무려 43편에 이르렀고, 그중 29편은 울산에서 채록한 것이다. 울산에서 채록한 이야기는 부모와 형제 등 가족한테서 들은 것이 대부분을 차지한다. 이 책에 호랑이에 관한 설화나 전설이 유난히 많은 것은 눈솔이 멀게는 고헌산·석남산·간월산 3대 태산, 가깝게는 화장산과 봉화산 같은 산악 지형을 배경으로 하는 언양에서 태어나서 자랐기 때문이다. 눈솔은 이 책에『홍길동전』,『장화홍련전』,『전우치전』 같은 고전소설을 세 개 덧붙였다.

　원고를 일본어로 마련한 눈솔은 영어와 영시를 강의하던 이다 도시오(飯田敏雄) 교수에게 보여주었다. 며칠 뒤 원고를 읽은 이다는 눈솔에게 재미있는 원고니 출판하는 것이 좋겠다고 권하였다. 그러자 눈솔은 '한국 냄새가 담뿍 나게' 『온도루야와』라는 제목을 붙여 이다 교수가 소개해 준 니혼(日本)서원과 출판 계약을 맺었다. 이슬람 문화권에 '천일야화'가 있고 일본에 '다다미야와(たたみ夜話)'가 있다면 조선에는 『온도루야와』가 있다고 할 수 있다.

　눈솔은 일본어 원어민이 아니어서 아무래도 일본어 표현에 어색한 데가 있을 터다. 어색한 표현은 'K.E.S.S.' 영어 회화 클럽 회원인 두 일본인 친구가 기꺼이 도와주었다. 눈솔은 특히 한자어 오른쪽에 일본 가나(假名)로 발음을 다는 것이 무척 힘이 들었다고 회고한다. 이 책의 서문은 일본 상징파 시인의 거두로 영시를 가르치던 히나쓰 고노스케(日夏耿之助)와 눈솔이 친하게 지내던 영국인 교수 레이먼드 밴토크가 썼다. '아일랜드 문예부흥'을 염두에 둔 듯이 밴토크는 서문에서 이 책이 앞으로 조선의 문예부흥 운동에 크게 이바지할 것이라고 내다보았다. 1927년 3월 이 책은 초판이 출간되자마자 즉시 매진되어 이틀 뒤 3쇄 출간에 들어갈 정도로 인기를 끌었다. 눈솔은 원고료로 100원을 받았는데 이 액수는 당시 화폐 가치로는 꽤 상당한 돈이었다.

　밴토크가 『온도루야와』의 서문에서 눈솔의 작업을 아일랜드 문예부흥에 빗댄 것은 지극히 옳다. 실제로 눈솔은 이 무렵 영문학 작품을 읽으면서 아일랜드 문학에 심취해 있었다. 식민지 조선의 지식인으로서 그는 조선과 아일랜드의 유사점을 발견했기 때문이다. 이 점과 관련하여 눈솔은 영문학 책을 읽다가 아일랜드 민족의 비애가 영국의 속국인 데서 비롯하는 것을 깨달았다. 또한 그는 일본의 식민지 지배를 받는 조선도 아일랜드와 같은 운명이라고 생각하였다.

그래서 눈솔은 이 문예부흥 운동을 촉발한 계기가 바로 윌리엄 버틀러 예이츠가 시작한 아일랜드의 민간 전설의 발굴이라고 판단하고 영어로 된 그의 『애란 고담집』을 읽었다. 그러면서 눈솔은 자신도 식민지 조선에 문예부흥을 일으키겠다고 다짐하였다. 눈솔이 민족문학과 민족문화에 처음 눈을 뜬 것은 바로 영국의 자치령 아일랜드의 문학과 그 문예부흥이었다.

방학이 되면 고향으로 돌아와 전설, 민화 등을 수집하는 게 나의 취미였다. 그것은 켈트 민족 특유의 신화·전설을 주제로 삼아 에이레의 문예부흥에 크게 공헌한 예이츠의 영향을 받았기 때문이었다. 나도 예이츠처럼 우리나라의 신화나 전설 민화 등을 문학으로 승화시켜 우리의 문예부흥을 꿈꾸고 있었던 것이었다.[36]

눈솔의 작업이 예이츠가 시작한 아일랜드 문예부흥에 뿌리를 두고 있음을 알 수 있다. 그렇다면 그가 간행한 『온도루야와』는 '한국 고담'에 해당하는 셈이다. 실제로 그는 이 책의 내용을 보충하여 영국에서 영어로 출간할 때 속표지에 그의 글씨로 '우리 고담'이라는 제목을 덧붙여 놓았다. 뒷날 이 두 책은 지금도 전 세계에서 통용되고 있는 '아르네-톰슨 설화 색인표'에 한국 자료로서는 유일하게 등재되어 있다.

---

36) 정인섭, 「외길 한평생」, 『이렇게 살다가』, 144쪽. 눈솔은 「조선민속학회」, 『버릴 수 없는 꽃다발』, 250 쪽에서도 이와 비슷한 내용으로 말한다.

도쿄에서 외국문학을 전공하는 조선인 유학생들이 외국문학연구회를 발족하고 『해외문학』을 간행할 즈음 그들에게는 문학이나 학문과는 조금 거리가 있는 또 다른 계획이 있었다. 이 무렵 일본의 대도시를 중심으로 인기를 끌던 서양식 다방을 경성에 여는 것이었다. 1925년 여름 연구회 회원들은 방학을 맞아 모두 귀국하였다. 한반도 각지에 흩어져 있는 고향을 방문하고 돌아온 그들은 대부분 서울에 다시 모였다. 이렇게 경성에 자주 모인 회원들로는 눈솔 정인섭, 이하윤, 김진섭, 손우성, 이선근, 김명엽(석향) 등이었다.

그러던 어느 날 이선근이 눈솔에게 미국 하와이에 거주하는 '현(玄)'이라는 젊은 여성이 귀국하여 무슨 사업을 하고 싶다고 하는데 무슨 좋은 사업이 없겠느냐고 물었다. 현은 종로 견지동에서 '부인기예사'라는 여성 용품 상점을 경영하고 있던 이선근의 누이 이경지와 잘 아는 사이였다. 눈솔은 이 무렵 미처 모르고 있었지만 '현'은 독립운동가요 하와이에서 감리교 목사로 있던 현순(玄楯)의 딸 현미옥(玄美玉, 앨리스 현)이었다. 뒷날 한국에서는 좌익이나 북한 첩자, 북한에서는 미국 스파이로 취급받은 그녀는 북한에 입국했다가 박헌영 숙청 사건에 연루되어 그곳에서 비운을 맞았다.

눈솔은 이선근에게 경성에 최초의 끽다실(喫茶室), 즉 다방을 차리는 것이 어떻겠느냐고 제안하였다. 그러지 않아도 연구회 회원들이 자주 만날 수 있는 장소를 물색하던 중이었다. 뒷날 이 일을 회상하며 눈솔은 "그때 마침 해외문학파 그룹이 사실상 한 덩어리가 되어 한국에 새로운 '루네상스' 운동을 일으키려는 판이었기 때문에 그들이 기분 좋게 자주 만날 수 있는 장소가 필요하니 다방을 차리라고 했다"[37]고 회고한다. 그래서 회원들은 현미옥을 만나보고 그녀를 설득하여 마침내 한국 최초의 다방으로 꼽히는 '카카듀'의 문을 열게 되었다.

　현미옥은 안국동 네거리에서 관훈동 쪽으로 내려가는 곳에 2층집 아래층을 얻어 다방을 차렸다. 굳이 이곳을 다방의 위치로 택한 것은 이 무렵 일본인들의 상권은 을지로 남쪽 진고개인 반면, 조선인들의 상권은 종로통을 중심으로 형성되어 있었기 때문이다. 다방의 이름은 김진섭의 제안에 따라 '카카듀'라고 정하였다. 오스트리아의 극작가 아르투르 슈니츨러의 작품에 『초록 앵무새(Der grüne Kakadu)』라는 희곡이 있어 그 이름을 따서 그렇게 붙인 것이다. 작품 제목뿐만 아니라 작품의 내용도 다방에서 일어난 사건을 다루고 있어 다방의 상호로는 썩 잘 어울렸다. 또한 이 다방의 이름은 청량음료나 독한 술을 마신 것처럼 상쾌한 느낌을 주는 '카카~'라는 소리에 '아듀' 할 때의 그 '~듀' 소리가 한데 어울려 독특한 음성적 효과를 자아내기도 하였다. 한마디로 '카카듀'는 이 다방의 이름으로는 그야말로 안성맞춤이었다.

안석영이 그린 현미옥(앨리스)의 캐리커처. 그녀는 경성 관철동에 조선 최초의 다방 중 하나인 '카카듀'를 열었고, 이곳은 외국문학연구회 회원들의 집합소였다.

　눈솔은 '카카듀' 다방에서 지배인 비슷한 역할을 맡았다. 또한 그로테스크한 간판이며 실내장식도 모두 그가 맡았다. 테이블은 검은색에다 그 위에 까는 보자기도 상복을 만드는 누런 삼베를

----

37) 정인섭, 「해외문학파와 다방 카카듀」, 『이제는 하고 싶은 이야기』, 55쪽.

길게 끊어 늘어뜨렸고, 계산대 뒷벽에는 그가 소유하고 있던 오광대 탈바가지를 달고 그 속에 붉은색 전구를 집어넣어 환상적 분위기를 한껏 자아내었다. 계산대 한쪽에는 역시 그가 비장하고 있던 한 자 길이의 천하대장군을 장식품으로 앉혀 놓았다. 마담 역할을 하던 현미옥을 돕기 위하여 눈솔은 메뉴의 정가표나 광고 표어까지 만들 정도로 적극적이었다. 원래 커피만 팔게 되어 있었지만 밤에는 단골손님들에게 몰래 위스키도 팔았다. 손님이 없는 늦은 밤 시간에는 외국문학연구회 회원들은 촛불을 켜놓고 술을 마시면서 그들만의 조용한 시간을 갖기도 하였다.

눈솔은 자기보다 한 살 위인 현미옥을 은근히 좋아했지만 그녀는 오히려 김진섭에게 관심을 두는 눈치였다고 회고한다. 눈솔에 따르면 외국문학연구회 회원 중에서 김진섭이 가장 나이가 많은 데다 "키가 늘씬한 미남자"였다. 그래서 현미옥이 김진섭을 좋아한 것 같다고 말한다. 이 무렵 '카카듀'에는 문인과 예술가들이 자주 출입하는 장소였다. 이하윤은 '카카듀' 다방을 외국문학연구회 회원들의 '공적 집회소'라고 불렀지만, 눈솔은 그곳을 연구회 '동인들의 소굴'과 다름없었다고 말한다. 도쿄의 하숙집을 이곳에 옮겨다 놓은 것과 같았기 때문이다. 몇 달 뒤 영화감독 이경손(李慶孫)이 이 다방에 자주 출입하자 현미옥은 그를 사촌오빠로 소개하였다. 턱시도 차림으로 그는 손님들에게 차를 대접하는 등 현미옥과 가까워지면서 결국 '카카듀'는 문을 닫고 말았다.[38]

---

[38] 민족주의자였던 현순은 3·1운동 직전 어떤 임무를 띠고 중국 상하이(上海)로 향하였다. 그곳에서 현순은 유학생들의 중심인물이었던 박헌영을 만나게 되고, 박헌영은 자연스럽게 현순의 딸 미옥과 아들 피터를 만나 교분을 쌓았다. 북한에서 박헌영을 처형할 때 기소장에는 현미옥이 "1920년 상해 시절 박헌영의 첫 애인"이었으며 미국의 스파이로서 박헌영의 도움으로 북한에 입국해 스파이 활동을 했다

이렇게 '카카듀' 다방에서 현미옥을 처음 만나 알고 지내던 눈솔은 해방 후 그녀를 다시 한 번 만났다. 남한에서는 '한국의 마타하리'로, 북한에서는 '박헌영의 애인'으로 알려진 현미옥은 냉전의 희생양이었다. 눈솔은 "그 후 현 앨시[앨리스]는 20년 동안 전연 소식이 없더니 해방 직후 미군 대위의 여군복을 입고 서울에 와서 내가 남대문통에서 경영하던 '영어 문학사'라는 번역소에 찾아와 반가이 만났으나 지금은 어디 사는지 알 수 없다"[39]고 밝힌다. 1945년 말엽 현미옥은 미군정의 민간 통신검열단 소속으로 한국에 들어왔지만 북한 첩자로 몰려 추방되었다. 미 군정청 관리들이나 남한 정치가들은 그녀를 의혹의 눈초리로 바라보았다. 그도 그럴 것이 현미옥의 눈에 비친 남한은 과거 혁명동지였던 박헌영과 여운형이 탄압받는 '반동적' 세계였기 때문이다. 다시 미국으로 돌아가 진보 운동에 관여하던 현미옥은 그동안 자신이 꿈꾸던 '이념과 사상의 모국' 북한의 평양으로 들어간다. 그러나 해방 후 사회주의 북한은 그녀가 생각하던 그러한 이상향이 아니었다. 북한 당국은 그녀를 결국 이질적이고 위험한 인물로 간주하여 박헌영 숙청 때 미국 스파이 혐의를 씌워 제거하였다.

눈솔 정인섭은 『온도루야와』 출간에서도 볼 수 있듯이 어렸을 적부터 전

고 나온다. 그러나 현미옥의 신분과 행적에 관해서는 아직도 자세히 밝혀져 있지 않다. 김욱동, 『한국계 미국 이민 자서전 작가』(서울: 소명출판, 2012), 269~280쪽 ; 정병준, 『현앨리스와 그의 시대』(서울: 돌베개, 2015), 275~311쪽 참고.

39) 정인섭, 「나의 유학 시절」, 『못다한 이야기』(서울: 휘문출판사, 1986), 62쪽.

래동화를 비롯하여 전설이나 민담, 옛날이야기 등을 무척 좋아하였다. 그는 한마디로 동화 속에서 살면서 어린 시절을 보내다시피 하였다. 그도 그럴 것이 위로는 다섯 누나에 아래로 누이동생 하나를 두었기 때문이다. 특히 셋째누나 덕조는 말재주가 뛰어나 눈솔에게 옛날이야기를 많이 들려주었다. 이 분야에 관한 눈솔의 취향이나 관심은 유학 시절뿐만 아니라 뒷날 귀국한 뒤에도 그대로 이어진다. 손진태도 눈솔의 『온도루야와』에 자극을 받아 조선에 전해 내려온 신화, 전설, 우화, 돈지설화, 민담 등 154편의 자료를 수집하여 『조선민담집』(도쿄 향토연구사, 1930)을 출간하였다. 손진태는 이 책을 발간하기 전 이미 1927년 8월부터 15회에 걸쳐 잡지 『신민(新民)』에 국문으로 「조선민족 설화의 연구」라는 글을 연재한 바 있다.

다방 '카카듀'를 열 무렵 눈솔이 1925년에 이미 오광대 탈바가지를 소장하고 있었다는 것은 이 무렵 그가 그만큼 한국 민속예술에 관심이 있었음을 뜻한다. 실제로 그는 1928년 8월 진주 유치원에서 말뚝이 춤을 추는 강석진의 구술을 받아 처음으로 진주오광대를 채록하여 학계에 발표하여 주목을 받았다. 또한 정인섭은 그가 '카카듀' 다방의 장식품을 사용한 천하대장군은 통영의 나전칠기 집에서 눈과 코, 입 등에 나전을 박아서 어떤 상점에서 장식으로 사용하던 것을 구입하여 소장하고 있던 물건이었다. 이렇듯 눈솔은 외국문학을 전공하면서도 조선의 문학과 문화에도 게을리 하지 않았다.

일본 유학이 거의 끝날 무렵 눈솔은 색동회와 민속 연구에 이어 이번에는 이 둘을 결합한 듯한 '세계아동예술전람회' 행사를 마련하였다. 물론 이 행사에서 가장 핵심적 역할을 한 사람은 이헌구지만 눈솔의 역할도 작지 않았다. 평소 어린이에 관심이 많은 이헌구는 그동안 그의 스승인 와세다대학 불문과 교수요 일본의 유명한 동요 시인인 사이조 야소(西條八十)와 일본 서

화협회 회장이면서 일본의 유명한 아동 화가인 다케이 다케오(武井武雄)의 도움으로 그동안 세계 여러 나라의 어린이 그림을 수집해 왔다. 1928년 초엽 이헌구는 이렇게 수집한 자료를 가지고 여름방학에 귀국하여 전국을 순회하면서 전람회를 열 계획이었다. 이 무렵 눈솔은 와세다대학 근처에서 방을 얻어 이헌구와 함께 자취를 하고 있어 그와는 아주 가까운 사이였다.

이헌구의 이 계획에 눈솔과 와세다대학 한 해 후배인 김광섭이 함께 참여하기로 하였다. 눈솔은 자기보다 두 학년 아래인 이헌구, 한 학년 아래인 김광섭과 아주 친하게 지냈다. 이 세 사람은 가히 '외국문학연구회의 삼총사'로 부를 만하다. 눈솔은 언제가 "우리 3인은 학년은 다르지만 나이는 꼭 같은 동갑이어서 의형제같이 지냈다"[40]고 회고한 적이 있다. 그들은 마치 의형제처럼 1928년 7월부터 한 달가량 부산과 동래, 양산, 마산, 통영, 진주 등 경상남도 일대를 차례로 돌며 순회 전람회를 열었다.

눈솔은 경성에 올라와 어린이사로 방정환을 찾아가 전람회에 관하여 보고하였다. 그러자 방정환은 1928년 8월 조재호와 진장섭 등 색동회 회원 여섯 명을 모아 회의를 열고 이헌구가 상경하는 대로 색동회와 어린이사의 공동 주최로 경성에서 '세계아동예술전람회'를 열기로 합의하였다. 그래서 그해 10월 마침내 색동회와 어린이사 공동 주최로 천도교 기념 강당에서 전람회를 열었고, 이 전람회는 그야말로 대성공을 거두었다. 눈솔은 전람회가 열리기도 전에 전국적으로 큰 관심을 불러일으켰다고 말한다.

당시 신문 지상을 통해 도쿄에 있는 '외국문학연구회'가 작품을 제공했다는

40) 정인섭, 「시신(詩神)과 사신(死神)의 갈등」, 『이제는 하고 싶은 이야기』, 169쪽.

기사와 더불어 대대적인 선전을 개시해서 '개회도 되기 전에 대인기인 국제적 대전람회'라는 제목 아래 그 내용을 자세히 설명했다. 그랬더니 각 지방에서 수학여행을 이용해서 이 전람회 구경을 오겠다는 신청이 쇄도했다. 안국동과 제동 네거리에는 커다란 광고탑이 세워졌고, 시내 곳곳에 포스터가 붙었으며 삐라도 뿌려졌다.[41]

세계아동예술전람회에는 이헌구가 수집한 작품에 이렇게 어린이사와 한 일간신문사에서 모집한 국내 아동 작품까지 합쳐 수천 점의 작품을 전시하였다. 이헌구에 따르면 이 전람회에서는 모두 10부분과 특별 부분으로 나누어 작품을 전시하였다. 열흘 동안 열 예정이었던 전시회는 기간을 연장하고 낮 시간에 관람할 수 없는 관객을 위하여 밤에도 열 정도로 대단한 인기를 끌었다. 7만 8천 명이 넘는 사람들이 관람한 것으로 집계되었다. 이 무렵 경성 인구가 36만 정도였으니 무려 20퍼센트 넘는 사람들이 관람한 셈이다. 방정환은 『동아일보』에 기고한 「세계아동예술전을 마치고!」에서 이 전람회가 한국 어린이 운동에서 그야말로 획기적 사건이었음을 밝힌다.

어린 사람들이 성인 되어갈 때에 전적 생활을 잘 파지(把持)해 갈 밑천을 짓기 위해서는 예술 생활에 관한 도야가 그 대부분이라 하여도 좋은 만큼 중대한 것이지마는, 조선에서는 그것을 전혀 모르고 (혹은 잊어버려) 왔습니다. 이 점에 심절(心絶)히 느끼는 것이 있어서 우리는 좋은 참고와 많은 충동을

41) 정인섭, 「나의 유학 시절」, 97쪽.

이바지하기 위하여 이번에 세계아동예술전람회를 계획한 것이었습니다.[42]

더구나 색동회는 전람회를 찾아온 어린이들을 위하여 특별 여흥 프로그램을 마련하는 등 이 전람회의 효과를 극대화하려고 온갖 노력을 아끼지 않았다. 가령 방정환은 어린이들에게 동화를 구연하였고, 유치원 원아들의 율동, 배재학당 음악대의 연주, 천도교 소년회의 찬조 음악 경연 등을 곁들여 한껏 흥을 돋웠다. 이 전람회는 한마디로 어린이들을 위한 한바탕 풍성한 잔치와 다름없었다.

그 이듬해 1929년 7월과 8월에도 이헌구와 김광섭은 무려 40일 동안 함경북도 회령, 청진, 나남, 경성, 어랑, 동면, 길주, 성진 등을 돌며 전람회를 개최하였다. 이 두 사람은 심지어 북간도 룽징(龍井)을 찾아가 그곳에 사는 교민 어린이들을 위하여 전람회를 열기도 하였다. 정인섭이 이 행사에 합류하지 못한 것은 아마 이 무렵 와세다대학을 졸업하자마자 연희전문학교 교수로 임용된 지 얼마 되지 않아 무척 바쁜 시간을 보내고 있었기 때문일 것이다.

1928년 4월 눈솔은 김진섭과 함께 이하윤의 결혼식에 참석하기 위하여 경기도 강화도를 방문하였다. 이하윤은 호세이대학 졸업을 앞두고 강화도 출신의 아가씨와 결혼을 하였다. 눈솔은 이하윤과 외국문학연구회에서 활약하고 『해외문학』을 편집하면서 친했지만 귀국 후 펜클럽 한국본부에서 함께 일하면서 더욱더 가까워졌다. 이 무렵만 하여도 강화도에 가려면 나룻배를 타고 가야 하는 등 교통이 무척 불편하였다.

강원도 이천이 고향인 이하윤이 한반도 서쪽 강화도에 사는 아가씨를 어

42) 앞의 책, 427쪽에서 재인용.

1928년 정인섭과 김진섭이 이하윤의 결혼식에 참석하기 위하여 강화도를 방문하고 세 친구가 함께 전등사를 찾아갔다.

떻게 만나 결혼까지 하게 되었을까? 눈솔에 따르면 한 해 전 봄 이하윤은 호세이대학 한 해 후배 김건칠(金建七)의 집에 김진섭과 함께 놀러간 적이 있다. 마침 건칠의 동생이 경성 병원에 입원하여 어머니가 경성에 가 있는 바람에 여동생 건숙이 오빠의 친구들을 접대하였다. 이미 결혼하여 경성에 살림을 차린 김진섭은 총각인 이하윤을 건숙과 인연을 맺어 주려고 하였고, 이 일이 잘 되어 마침내 이듬해 봄 강화도 성당에서 결혼식을 올리게 된 것이다. 강화도에 머무는 동안 이하윤은 한 해 전과 마찬가지로 친구들과 함께 고구려 소수림왕 때 아도화상(阿道和尙)이 창건했다는 유서 깊은 전등사를 찾아가기도 하였다.

여기서 한 가지 흥미로운 것은 눈솔이 이하윤의 술버릇을 언급하는 대목이다. 눈솔은 "그는 술을 좋아했고 술을 마시면 주사가 있었다. 술이 취하면 큰소리로 욕설을 퍼부으며 성질을 내서 어느 때는 겁이 나기도 했다. 그는 술 때문인지 간경화증으로 몇 해 전 작고했다"[43]고 회고한다. 술을 전혀 못

---

43) 정인섭, 「나의 교우록」, 157쪽. 한편 김진섭은 "동경의 학창생활에서 얻은 또 한 조각의 감미로운 추

하던 눈솔로서는 이하윤의 주사가 무척 기이했을 것이다. 한편 김진섭도 이하윤 못지않게 술을 좋아했지만, 눈솔에 따르면 김진섭은 술을 마실수록 얼굴이 창백해지고 말이 점잖아지는가 하면, "술이 취할수록 냉정한 능변가(能辯家)"가 되기도 했다는 것이다.

눈솔은 도쿄 유학 시절 어느 유학생보다도 그야말로 눈부시게 활약하였다. 와세다대학을 졸업할 당시 그의 나이 겨우 스물네 살밖에 되지 않았다. 조국이 일제의 식민지로 전락한 암울하고 '궁핍한' 시대를 산 젊은이라지만 도저히 상상할 수 없을 만큼 성숙한 모습을 보여주었다. 세계아동예술전람회와 관련하여 뒷날 눈솔은 "젊은 시대의 청춘을 이런 예술 운동에 바치고 있었다. 그때의 우리 용기는 하늘을 찌를 듯했고, 우리의 나래는 세계를 나는 것 같았다"[44]고 회고한다.

이렇게 하늘을 찌를 듯 자신감 넘치고 의욕에 넘치다 보면 젊은이들은 실수를 할 때도 없지 않다. 눈솔도 예외가 아니어서 동료 유학생들로부터 때로는 조금 지나친 데가 있다는 평가를 받기도 하였다. 재기 발랄하고 재치 있는 그로서는 더더욱 그럴 가능성이 클 것이다. 이하윤은 『해외문학』 시대를 회고하는 글에서 "정인섭은 정력과 의욕이 왕성한 영어영문학도로 이미 일문(日文)으로 한국의 동화와 전설을 소개하는 『온도루야와』를 저술하였으며, 조대(早大)에서 영문학을 강의하던 레이먼드 밴톡[밴토크]과[와] 영문

억은 신주쿠(新宿)의 한구석에 검게 서 있는 절깐 쇼코인(聖高院)의 밀실에서의 會飮(회음)이니 여기는 노(老) 대학생이요 철학자인 홍일오(洪一悟)가 자취를 하고 있었는데, 나는 학우인 손우성(孫宇聲), 이하윤(異河潤), 장기제(張起悌), 이홍직(李弘稙) 등의 제군과 같이 종종 이곳에 모여 노 대학생의 명(名)요리인 '콘·비-푸'제(製)의 장국을 안주로 술을 마시면서 조선을 말하고 인생을 논하고 철학, 문학을 이야기하곤 했다"고 회고한다.
44) 정인섭, 「나의 유학 시절」, 95쪽.

『세계동화선집』을 편역한 종횡무진의 재사, 영어 회화도 능통하였거니와 그의 독특한 위트와 유우머는 언제나 도가 지나치는데 애교가 있었다"[45]고 말한 적이 있다.

이 문장의 마지막 구절에는 가시가 돋쳐 있다. '애교가 있다'는 말보다는 아무래도 '도가 지나치다'라는 말에 방점이 찍혀 있는 듯하다. 나이가 한 살 어린 이하윤의 눈에도 눈솔의 행동에는 조금 지나친 데가 있어 보였다. 외국문학연구회 회원 중 눈솔과 동갑인 이선근은 '대원군'이라는 별명에 어울리게 품위가 있고 지도자다운 데가 있었다. 눈솔이 조금 지나친 것은 위트나 유머에서만은 아니었다.

이 무렵 눈솔의 모습이나 옷차림도 그의 표현을 빌리면 여간 '보헤미안적'이 아니었다. 머리카락은 남달리 길게 길렀고, 넥타이 대신 일본어로 '지리멘'이라고 하는 쪼글쪼글한 하늘색 천을 길게 끊어서 목에 걸고 두 줄을 새끼줄처럼 비비꼬아 한 매듭을 맨 뒤 그 끝을 조끼 속에 고정시켰다. 예복처럼 새까만 윗저고리에 바지는 밭고랑처럼 파진 코르덴바지를 입었다. 구두도 이색적으로 베이지색, 모자는 차양이 넓은 중절모에 손에는 옛날 노인들이 들고 다니던 붉은색이 도는 갈색 지팡이를 짚고 다녔다.

겉모습이나 옷차림이야 어찌 되었든 눈솔은 10대 후반에서 20대 후반에 이르기까지 10여 년을 일본에서 유학하며 젊음을 보냈다. 그는 현해탄 건너 서양문명의 교두보라고 할 도쿄에서 대학 시절 누릴 수 있는 청춘을 한껏 구가하였다. 그의 말대로 그의 용기는 하늘을 찌를 듯하고 젊음의 날개는 창공을 나르며 세계를 호흡하는 것 같았는지는 몰라도 그는 여전히 한낱 식

---

45) 이하윤, 「나와 『해외문학』 시대」, 『이하윤 선집: 평론·수필』(서울: 한샘, 1982), 182쪽.

민지 지식인에 지나지 않았다.

와세다대학 재학 중 눈솔이 영향을 받은 교수는 비단 쓰보우치 쇼요나 요코야마 유사쿠 같은 셰익스피어 연구가에 그치지 않았다. 눈솔은 전공 분야를 떠나 문학 사상 전반에 걸쳐 자기에게 가장 큰 영향을 끼친 교수로 불문학 전공 교수 요시에(吉江)를 꼽는다. 이 무렵 와세다대학에는 '요시에'라는 이름의 불문학자가 요시에 다카마쓰(吉江喬松)와 요시에 고간(吉江孤雁) 두 사람이 있어 눈솔이 과연 누구를 언급하는지 알 수 없다. 그러나 전후 맥락으로 미루어보면 그는 요시에 다카마쓰를 언급했을 가능성이 크다. 프랑스에 유학한 그는 유럽의 근대사조에 뿌리를 둔 문예 비평을 주창하여 자못 큰 관심을 끌었다.

문학 사상과 관련하여 눈솔이 요시에 다카마쓰 교수한테서 배운 것은 문학의 발전 과정에서 변증법을 이용한다는 점이다. 요시에는 유럽 문학이 그동안 정명제·반명제·종합명제의 세 단계에 따라 발전해 왔다고 주장하였다. 그러나 눈솔은 요시에의 변증법적 이론을 받아들이되 그의 학설을 조금 수정하고 보완하였다. 즉 눈솔은 세 단계에 그가 말하는 '영명제(零命題)' 한 가지를 추가하여 네 단계로 설명하였다. 그래서 그는 한국문학을 비롯한 세계문학의 변증법적 체계를 '종합명제 → 정제명 → 반명제 → 영명제'의 순환으로 파악하였다.

눈솔이 와세다대학 영문과를 졸업할 때 제출한 논문은 「햄리트의 광기」였다. 그가 셰익스피어 작품을 졸업 논문으로 택한 것은 아마 이 무렵 이 대학 영문과에는 셰익스피어 연구자들이 유난히 많았기 때문일 것이다. 그동안 주인공 햄릿의 광기를 두고 두 가지 학설이 크게 엇갈렸다. 한쪽의 학자들은 덴마크의 왕자가 정말로 미쳤다고 주장하였고, 다른 쪽 학자들은 그는 실제로 미친 것이 아니라 다만 미친 척할 뿐이라고 주장하였다. 그런데 눈솔의 논지는 양비론적으로 햄릿이 미친 것도 아니요 그렇다고 미치지 않은 것도 아니라고 주장하였다. 다시 말해서 햄릿의 정신 상태는 그가 놓여 있는 상황이나 환경에 따라 달라진다는 것이다.

1929년 3월 눈솔 정인섭은 졸업 논문 심사를 무사히 통과하고 마침내 와세다대학 영문과를 졸업하였다. 일본 유학 시절 눈솔은 『주역(周易)』에서 말하는 '잠룡(潛龍)'처럼 그동안 하늘을 높이 날아오를 날을 기다리며 물속에 잠겨 있었다. 눈솔은 이제 물속에서 나와 용처럼 하늘을 높이 날 차례다. 힘찬 비상을 위하여 그는 현해탄을 건너 조국에 첫발을 내디뎠던 것이다.

4

경성(1929~1950)

눈솔 정인섭은 1929년 3월 와세다대학 영문과 졸업을 앞두고 있었지만 다른 동료나 선후배 유학생들과는 달리 마음이 느긋하였다. 겉으로 내색하지는 않았어도 그는 그의 말마따나 속으로 "빙글빙글 웃고" 있었다. 그도 그럴 것이 그는 이미 몇 달 전에 졸업하는 대로 곧바로 연희전문학교 전임강사로 부임하기로 이미 내정되어 있었기 때문이다. 눈솔보다 한 해 선배인 양주동은 진작 고국의 문단에 시인과 문학비평가로서의 이름을 올려놓고 있었지만 마땅한 직장을 아직 얻지 못하고 있어 적잖이 불안하였다. 물론 얼마 뒤 그도 "빙글빙글 거리며" 눈솔을 찾아와 평양의 숭실전문학교에 취직됐다는 소식을 전하였다.[1]

----

1) 눈솔의 연희전문학교 취직과 관련해서는 정인섭, 「나의 교우록」, 『이제는 하고 싶은 이야기』(서울: 신원문화사, 1980), 155쪽; 정인섭, 「나의 유학시절」, 『못다한 인생』(서울: 휘문출판사, 1986), 92쪽 참고.

1920년대 말엽과 1930년대 초엽 식민지 조선에는 대학이 별로 없었다. 1924년에 일본 제국의 여섯 번째 제국대학으로 설립된 경성제국대학이 있었지만 이 학교 교수 자리는 감히 넘볼 수 없었다. 미국 선교사가 세운 연희전문학교와 순수하게 한민족의 손으로 설립한 보성전문학교 같은 전문학교에서 조선인 교수를 채용하였다. 그나마 전문학교 교수 자리는 내로라하는 대가들이 거의 대부분 차지하고 있어 조선인이 대학 교수 자리를 얻기란 눈솔의 표현대로 "하늘에서 별을 따는 것처럼" 무척 어려웠다. 가령 외국문학연구회 회원 중 호세이대학 독문과를 졸업한 김진섭이 1927년 3월 가장 먼저 귀국했지만, 그는 대학 강단이 아닌 경성제국대학 도서관 촉탁으로 근무하였다. 김진섭은 해방 뒤 미 군정청 시절에는 경성중앙방송국 편성과장을 맡아 방송인으로도 일하다가 태평양 전쟁이 끝난 뒤에야 비로소 서울대학교 중앙도서관장을 거쳐 서울대학교와 성균관대학교에서 독문학 교수로 재직하였다.

외국문학연구회에서 활약한 또 다른 회원 김명엽(석향)도 마찬가지였다. 도쿄고등사범학교에서 영문학을 전공한 그는 대학이 아닌 배재보통고등학교에서 영어 교사로 부임하는 한편 경성 기독교청년회관(YMCA)에서 영어를 가르쳤다. 김명엽의 형제로 '김온'이라는 필명을 사용한 김준엽도 도쿄외국어학교에서 러시아 문학을 전공한 뒤 귀국했지만, 대학에서 자리를 잡지 못한 채 안톤 체홉을 비롯한 러시아 문학 작품을 번역하는 데 온 힘을 쏟았다. 눈솔과 같은 해에 졸업하는 이하윤도 졸업을 한 해 앞두고 경성에서 취직자리를 알아보고 있는 중이었다.

다른 외국문학연구회 회원들보다 조금 뒤늦게 1931년에 학업을 마치고 귀국한 이헌구는 사정이 더더욱 어려웠다. 본디 조선의 사정이 어려운데다 미국에서 촉발된 세계 경제 대공황의 여파가 이제 동아시아, 그중에서도 식민지 조선까지 그 손길이 뻗쳤기 때문이다. 와세다대학에서 불문학을 전공한 이헌구는 귀국하자마자 평소 알고 지내던 이광수를 찾아가 진로를 상의하는 등 여기저기 취직자리를 알아보았지만 사정은 그렇게 녹록하지 않았다. 이헌구는 귀국 직후부터 3년 동안 중앙보육학교와 경성보육학교에서 교사로 근무하였고, 1936년부터는 『조선일보』의 학예부 기자로 근무하였다가 이 신문이 폐간하자 일제 말기에는 아예 침묵을 지키며 칩거하였다. 이처럼 귀국한 유학생들이 그나마 전공을 살려 택한 차선책은 일간신문사, 잡지사, 또는 방송국 등에서 근무하면서 번역과 창작을 하다가 기회가 있을 때마다 학교로 자리를 옮기는 것이었다.

1927년에 귀국한 김진섭을 시작으로 1929년 봄에는 눈솔을 비롯하여 이선근, 이하윤, 손우성, 장기제, 유치진, 김한용, 서항석, 조희순 등이 속속 귀국하였다. 1931년에는 함대훈, 박용철, 이헌구 등이, 1932년 봄에는 김광섭이 잇달아 귀국하면서 외국문학연구회는 도쿄에서 경성으로 베이스캠프를 옮긴 것과 크게 다름없었다. 그들은 경성에서도 자주 만나 도쿄에서 시작한 문학 활동을 계속 이어나갔다.

1929년 4월 눈솔이 연희전문학교에 교수로 취직한 것은 이 무렵 극히 이례적이라고 할 만큼 대단하였다. 그때 그의 나이 겨우 만 스물네 살밖에 되지 않았다. 그의 표현을 빌리면 한낱 "새파란 청년"에 지나지 않았는데도 눈솔이 이렇게 교수에 발탁된 데는 그만큼 대학을 졸업하기 전부터 일본의 유학생 사회에서는 말할 것도 없거니와 식민지 조국의 학계에서도 명성이 자자했기 때문이다. 이미 영문으로 『세계 동화집』 두 권과 일문으로 『온도루야화』를 출간한 데다 영어를 유창하게 구사한다는 소문이 널리 퍼졌기 때문이다.

안석영이 그린 정인섭의 캐리커처. 눈솔은 스물네 살의 젊은 나이로 연희전문대학에 교수로 부임하여 학생들에게 큰 인기를 끌었다.

더구나 눈솔이 연희전문에 취직하는 데는 그의 탁월한 능력 말고도 주위 사람들의 도움도 적지 않았다. 예나 지금이나 사회에 첫발을 내딛는 사람에게는 주변 사람들의 적극적인 도움은 때로 큰 힘이 되기도 한다. 대구고등보통학교 동기 동창생 사공환은 히로시마고등사범학교를 졸업한 뒤 경성의 중동학교에서 교편을 잡고 있었다. 여기저기서 눈솔의 소문을 듣고 있던 이 학교의 교장 최규동(崔奎東)은 사공환을 통하여 눈솔을 만나 대학을 졸업하면 중동학교에 교사로 와 달라고 부탁하였다.

한편 2년 전 도쿄제국대학 상과대학을 졸업하고 연희전문학교 교수로 가 있던 손봉조(孫奉祚)는 눈솔을 연희전문으로 데려가려고 하였다. 어느 날 손봉조는 경성 가회동 언덕에 있는 사택으로 눈솔을 초대하여 저녁식사를 대접하며 그의 의향을 물었다. 물론 이 일은 손봉조 혼자서 결정한 것은 아니고 유억겸(俞億兼)의 뜻에 따른 것이었다. 유길준(俞吉濬)의 둘째아들인 유억겸은 1922년에 도쿄제국대학 법학부를 졸업한 뒤 연희전문 교수로 근무하면서 학감, 오늘 날의 교무처장에 해당하는 직책을 맡고 있었다. 유억겸도 눈솔의 영어 실력에 관한 소문을 듣고 있었음에 틀림없다.

눈솔은 와세다대학을 졸업하는 대로 곧바로 연희전문에 가기로 약속하였다. 사정이 이러하니 졸업을 앞두고 그는 기분이 좋아서 '싱글벙글' 하고 다닐 수밖에 없었을 것이다. 눈솔은 1929년 4월 연희전문에 부임하여 1946년 3월까지 20년 가깝게 교수로 근무하였다. 눈솔이 연희전문에 교수로 가기 전에 이미 백낙준(白樂濬), 정인보(鄭寅普), 최현배, 이묘묵(李卯默) 같은 쟁쟁한 학자들이 학생들을 가르치고 있었다. 눈솔보다 한 해 먼저 태어난 이양하(李揚河)는 1930년에 도쿄제국대학 영문과, 1931년에 같은 대학 대학원을 수료하고 1934년부터 연희전문학교에서 강의하다가 1945년에 경성대학 문과 교수로 자리를 옮겼다.

눈솔 정인섭이 와세다대학을 졸업하고 연희전문학교 교수로 부임할 무렵 그의 말대로 "유학생 티"가 그대로 남아 있었다. 더구나 그는 아직 총각 신세를 면치 못하고 있었다. 이 무렵 외국문학연구회 회원들을 비롯한 친구들은 거의 대부분 결혼하였다. 1928년 봄 이하윤의 결혼식에 참석하기 위하여 김진섭과 함께 강화도를 방문한 눈솔은 독신은 자신밖에 없다고 말하면서 아쉬움을 털어놓은 적이 있다. 열두 살도 되지 않아 고향 언양을 떠나 외지에서 십여 년을 지낸 온 눈솔로서는 다른 친구들처럼 아늑한 결혼의 보금자리가 무척 부러웠을 것이다.

이 무렵 눈솔은 제동 입구 근처 구식 기와집에 친구들과 함께 하숙하고 있었다. 눈솔은 대문에 들어서면 바른쪽 큰 문간방에 유숙하고 있었고, 그 다음 왼쪽으로 꼬부라져 인접한 단칸방에는 손우성이 투숙하고 있었다. 또 그 다음 왼쪽에 잇달아 있는 방으로 약간 들어가 있는 단칸방에는 김진섭이 한 해 전부터 묵고 있었다. 그리고 손우성 방과 마주 보는 동쪽 건넌방에는 이하윤이 투숙하고 있었다. 한빛회와 외국문학연구회에서 활동한 친구들이 도쿄의 하숙방이나 자취방을 경성에 옮겨다 놓은 것 같았다. 네 사람은 서로 직장은 달랐어도 같은 집에서 살다 보니 틈만 나면 서로 어울리며 허물없이 지냈다. 이 네 사람 중 오직 눈솔만이 미혼이고 나머지는 모두 기혼이었지만 사정이 있어 경성에서 하숙을 하고 있었다. 그 당시 이 하숙집은 조선총독부의 감시를 받고 있었다. 일본 유학을 한 젊은이 네 사람이 한 집에 하숙한다는 것만으로도 일본 경찰의 의심을 받기에 충분하였다. 더구나 눈솔이 근무하는 연희전문이 주목 받고 있는 데다 하숙생 모두 한빛회와 외국문학연구회의 중심인물들이었다.

이 무렵 눈솔의 친구들은 그에게 여성을 소개해 주려고 하였다. 가령 동덕여자고등학교 교사로 근무하던 최의순은 자기 학교 졸업생 중에서 늘 푸른색 치마를 입고 다녀 '블루 스커트'라는 별명의 여학생을 중매하려고 하였다. 색동회 동인 중 한 사람은 눈솔에게 자기 여동생을 소개하였다. 그런가 하면 눈솔은 윤치호의 딸과 결혼할 뻔한 적도 있었다.

이럴 즈음 눈솔이 결혼을 염두에 둘 만큼 진지하게 생각한 아가씨가 한 사람 있었다. 친구의 집에 초대받아 갔다가 눈솔이 우연히 만나게 된 친구의 처제였다. 그런데 어느 날 갑자기 그녀가 하숙집으로 눈솔을 찾아왔다. 눈솔은 급히 그녀를 문간방으로 안내하였다. 그도 그럴 것이 그때 연희전문 교수로 근무하고 있었던 만큼 그는 공연히 소문이 나지 않도록 각별히 신경을 쓰지 않을 수 없었기 때문이다. 다른 친구들이 눈치 챌까 싶어 두 사람의 신을 방안에 들여놓고 그가 외출할 때면 그러하듯이 바깥문까지 닫아 놓고 방안에서 나지막한 목소리로 이야기를 나누고 있었다. 눈솔은 그 아가씨와는 잘 아는 사이였지만 그동안 바빠서 자주 교제할 기회가 없었다. 그런데 그 아가씨는 며칠 뒤에 결혼하게 됐다는 소식을 알리려고 찾아온 것이다. 언니와 형부의 권유로 다른 남성에게 시집가기로 결정이 되어 눈솔에게 인사 겸 작별하기 위해서 찾아왔다는 것이다.

그런데 이런 저런 이야기를 주고받고 있는 중에 갑자기 바깥덧문이 왈칵 열리더니 일본인 형사가 방안을 둘러보았다. 그는 아무 말 없이 방안을 둘러보더니 별 이상이 없다는 듯이 다시 문을 닫아주고는 그냥 돌아가 버렸다. 형사가 돌아가자 눈솔은 안심하고 다시 바깥문을 닫고는 언양의 시골집에서 가지고 온 곶감을 꺼내 둘이서 같이 먹고 있었다. 바로 그때 이번에는 이하윤이 외출했다가 돌아와서 안마당에서 눈솔을 불렀다. 눈솔은 문을 열고 바깥으로 나갔고, 이하윤은 눈솔의 입술에 묻은 흰 가루를 보고 이상하게 생각하며 무슨 가루냐고 물었다. 그래서 눈솔은 그저 곶감가루라고 대답하지만 이하윤은 빙글빙글 웃고만 있었다. 그 아가씨가 돌아간 뒤 이하윤은 입술에 묻은 것은 곶감가루가 아니라 여자의 분이라고 놀려댔다.

이 소문이 다른 친구들에게도 퍼져 김진섭과 손우성도 이하윤의 말에 동조하여 친구들과의 모임에서까지 곶감가루 이야기를 꺼내면서 눈솔을 놀려대곤 하였다. 이하윤은 사망하기 전까지도 외국문학연구회 회원들이 모이는 날이면 늘 이 곶감가루 이야기를 끄집어내어 일동을 한바탕 웃기는 버릇이 있었다. 그럴 때면 눈솔은 이것이 모두 도쿄 유학 시절의 우정이 얽히고설킨 허물없는 사이였기 때문이 아니겠는가 하고 오히려 달갑게 받아들이곤 하였다.

　그런데 눈솔은 이 곶감가루 이야기의 주인공 아가씨를 그녀가 결혼한 뒤에도 못내 잊지 못하였다. 그 후 1년쯤 지나 눈솔은 경부선 기차 안에서 그녀를 우연히 만났다. 그녀는 벌써 아이를 낳아 안고 있었다. 눈솔이 기차 안에서 아기를 안아주고, 서울역 광장에서 작별하고는 다시 만나지 못하였다. 그녀에게 몇 번이나 편지를 쓰려고 했지만 이미 남의 아내가 된 사람에게 그럴 수도 없는 노릇이었다. 그래서 눈솔은 그러한 애틋한 심정을 한 편의 시로 지어 색동회 동인 정순철에게 부탁하여 작곡하게 한 것이 바로 「가을밤」이라는 노래다.

> 가슴에 그려둔 그 사람에게
> 편지 쓰려는 가을밤이여
> 창 밑에 훌쩍이는 명(命) 짧은 실솔
> 애처로운 가곡이 가슴에 젖네.[2]

　'실솔(蟋蟀)'이란 귀뚜라미를 가리키는 한자어로 예로부터 시나 문장에 자주 등장한다. 옛사람들도 흔히 귀뚜라미 소리에 그리운 마음이나 서러운 감정을 실으려고 하였다. 조선 후기의 가객 안민영(安玟英)도 "님 그린 상사몽(相思夢)이 실솔의 넋이 되어 / 추야장 깊은 밤에 님의 방에 들었다가 / 날 잊고 깊이 든 잠을 깨워볼까 하노라"라고 노래하지 않았던가. 다만 귀뚜라미의 구

---

2) 정인섭은 이 「가을밤」을 『여성지우(女性之友)』(1929년 12월)에 처음 기고했다가 다시 『신여성』 7권 10호(1933)에 실었다. 정인섭, 『산 넘고 물 건너』(서울: 정음사, 1968), 51쪽.

슬픈 울음이 누구를 향해 있느냐가 다를 뿐이다. 눈솔의 작품에서 시적 화자는 '가슴에 그려둔' 여성에게 편지를 쓰려는 가을밤에 귀뚜라미의 울음소리는 들으며 세월의 덧없음을 떠올린다. 한편 안민영의 작품에서 화자는 귀뚜라미의 넋이 되어서라도 사랑하는 님의 방에 들어가 잠을 깨우고 싶어 한다.

눈솔은 사랑하던 여성에게 차마 편지를 쓰지 못하고 대신 시를 읊어 마음을 달래기도 하지만 용기를 내어 편지를 쓴 때도 있다. 그의 「소식 없는 여인」이라는 글은 사랑하던 여성에게 보내는 편지 형식으로 되어 있다. 두 번이나 편지를 보내도 답장이 없어 마지막으로 쓰는 편지가 바로 이 글이다. 그는 이 글에서 "남국의 천장 선풍기 밑에서 맺어진 애수가 애정으로 변한 것을 나는 어찌할 수 없었소. 그것이 높은 산을 찾아 올라가면서, 파초나무에 피어 있던 바나나 꽃송이처럼 넌지시 익어갔고, 태평양의 서늘한 바람은 우리들의 애정을 더욱 무르익게 했을 따름이오"[3]라고 솔직하게 고백한다. 여기 '남국'이란 두말할 나위 없이 하와이를 말한다. 하와이에 이어 두 사람은 다시 서울에서 만나 종로, 남대문, 퇴계 네거리를 누비며 사랑을 나눈다.

눈솔이 이렇게 드러내놓고 사랑을 고백하는 여성이 과연 누구인지 지금으로서는 자세히 알 수 없다. 다만 "어떤 의미에서는 나의 제자"라고도 할 수 있다고 말하는 것으로 보아 정확히 제자라고는 할 수 없어도 제자와 비슷한 관계인 듯하다. 그런데 이렇게 이국에서 핀 순정이 "함박꽃 같이" 활짝 피었지만 두 사람의 사랑은 그다지 오래 가지 못하였다. 갑자기 그녀는 서울을 떠나 가버렸기 때문이다. 이러한 갑작스러운 이별에 대하여 눈솔은 "그대는 젊은 여성이었고, 나는 갱년기의 신사였음이 이 작별의 원인이

---

3) 정인섭, 「사랑의 미련」, 175쪽.

었을 것이오"⁴⁾라고 말한다. 그러면서 자신을 빅토르 위고의 『레미제라블』 (1862)에서 나이 어린 코제트를 사랑하는 장발장에 빗댄다. '로맨스 그레이' 란 한낱 자신처럼 실연한 갱년기 지성인을 위로해 주는 용어일 뿐 현실에서 는 이루어질 수 없는 헛된 꿈이라고 조소 섞인 말투로 회고한다. 눈솔은 그 여성을 향하여 "잔인하고도 무정한 그대!"라고 섭섭한 말을 전하면서도 여 전히 건강하게 잘 지내기를 빌어 마지않는다.

눈솔의 시 중에는 마음속에 애틋하게 그리는 여성을 염두에 두고 지은 작품이 무척 많다. 예를 들어 「어느 여인의 죽음」은 눈솔이 사랑하던 한 여 성의 때 이른 죽음을 두고 쓴 작품이다. 첫 연 "오래 오래 사랑하다가 / 둘이 서 살아 보자고 / 얼마나 굳게 맹세했던가"를 보면 두 사람의 사랑이 여간 예사롭지 않았다는 사실을 알 수 있다. 이 여성은 일찍 남편을 여의고 그동 안 자식을 키우며 열심히 살다가 '불치 병'에 걸려 지금 죽음을 눈앞에 두고 있다. 사랑하던 사람을 떠나보내는 심경을 시적 화자는 "갈 사람은 가면 그 만이지만 / 남은 짝은 뻐꾹새가 되랴 / 적막한 산중의 산울림뿐"이라고 노 래한다. 마지막 연에 이르러 그는 "영원한 시간과 무한한 공간 / 그 속에서 못다한 인생 / 너도 가고 나도 가야지"라고 결론짓는다.⁵⁾ 눈솔은 '못다한 인 생'이라는 구절을 자서전의 제목을 삼았다. 또 "너도 가고 나도 가야지"라는 구절은 「산들바람」의 "아, 너도 가면 이 맘을 어이 해"와 맞닿아 있다. 그런 가 하면 이 구절은 "기러기 울어 예는 하늘 구만리 / 바람이 싸늘 불어 가을 은 깊었네"로 시작하는 박목월(朴木月)의 「이별의 노래」의 후렴구 "아, 아, 너

---

4) 앞의 글, 176쪽.
5) 정인섭, 「너도 가고」, 『못다한 인생』, 196쪽.

도 가고 나도 가야지"와 똑같다. 물론 이 구절은 아일랜드 민요 「아 목동아」에 나오는 "너도 가고 또 나도 가야지"와 비슷하기도 하다.

눈솔이 지은 작품 중에서도 「홍초(紅草)」라는 작품은 비교적 잘 알려진 시로 꼽힌다. 홍초란 다름 아닌 흔히 정열을 상징하는 붉은 칸나 꽃을 가리키는 이름이다.

홍초 입술은 불꽃을 뿜는다
지축 정렬의 분화구인 양
더운 여름의 태양을 삼킬 듯이
정원에서 하나의 불개가 되다

미련의 입술이
새빨간 꿈을 머금고
이제 파란 마차를 탄 채
내 우울을 싣고 간다

홍호는 파도 소리가 그리워
담장 너머로 귀가 쫑긋
내 시선은 하나의 불꽃이 되어
수평선 위에 은방울을 그린다[6]

....
6) 정인섭, 『산 넘고 물 건너』, 67쪽.

이 작품에는 시각 이미지를 비롯하여 청각 이미지와 동적 이미지로 가득 차 있다. 그래서 이 시를 읽는 독자들은 이렇게 온갖 감각에 호소하는 이미지 덕분에 마치 바닷가 오두막에 서서 파도가 넘실거리는 바다를 바라보고 있는 느낌이 든다. 실제로 눈솔은 1933년 여름 원산 송도원 해수욕장에서 영감을 얻고 이 작품을 지었다. 눈솔은 송전에 사는 문학청년 오시영의 친구 집에서 머물고 있었고, 마침 그 집에는 경성 학예사에 근무하는 최옥희라는 젊은 여성도 함께 머물고 있었다. 최옥희는 눈솔이 경성보육학교에서 한때 가르친 일이 있던 제자이기도 하였다.

눈솔에 따르면 최옥희는 '대단히 낭만적인 여성'이어서 해수욕장에서 함께 수영을 하는 등 남자 셋과 '명랑하게' 사귀었다. 그런데 최옥희는 집에 돌아와서는 마당 한구석에 붉게 피어 있는 칸나 꽃 옆에 서서 멀리 원산 바다 수평선을 물끄러미 바라보는 버릇이 있었다. 눈솔은 "그녀는 항상 입술에 새빨간 립스틱을 바르고 있어, 그 모습이 마치 칸나 꽃의 진홍빛 화변(花邊)과 같이 보였고, 그녀의 양장한 모습이 칸나 꽃의 빳빳한 줄기와 같아 나는 「홍초」라는 시를 지어 보았다"[7]고 말한다.

눈솔은 최옥희를 "대단히 낭만적인 여성"이라고 했지만 낭만적인 것으로 말하자면 눈솔도 최옥희 못지않고, 어떤 의미에서는 눈솔이 훨씬 더 낭만적이라고 할 수 있다. 특히 그의 여성관은 '낭만적'이라고밖에는 달리 표현하기 어렵다. 물론 결혼 후 배우자에 충실했지만 그의 마음속에는 늘 여성에 대한 애틋한 미련과 아쉬움이 앙금처럼 남아 있었다. 물론 그가 그리는 여성은 피와 살을 지닌 살아 숨 쉬는 실제 여성이라기보다는 차라리 추

7) 정인섭, 「원산 송도원과 문평 바다」, 『이제는 하고 싶은 이야기』, 116~117쪽.

상적인 여성의 이미지로 보는 쪽이 훨씬 더 옳을지 모른다.

산들바람이 산들 분다
달 밝은 가을밤에
달 밝은 가을밤에
산들바람 분다
아, 너도 가면 이 맘을 어이해[8]

웬만큼 한국 가곡을 아는 사람이라면 금방 알아차릴 만한 「산들바람」의 첫 연이다. 가을밤에 부는 산들바람이 '산들' 부는 것은 그다지 새롭다거나 이상하다거나 할 것이 없다. 그러나 눈길을 끄는 것은 시적 화자가 달 밝은 가을밤에 부드럽게 부는 산들바람에 누군가를 그리워하며 마음을 어찌할 수 없다는 점이다. 여기서 피화자(被話者) '너'는 두말할 나위 없이 여성일 것이다. 풍요의 계절 가을도 지나고 나면 이제 곧 쓸쓸한 겨울이 다가올 것이고, 화자는 피화자마저 그의 곁을 떠나고 나면 허전하고 텅 빈 마음을 어떻게 주체해야 할지 몰라 한다.

눈솔은 언젠가 「산들바람」을 창작하게 된 과정을 회고한 적이 있다. 연희 전문 교수 시절 눈솔은 동료 교수 중에서도 작곡가 현제명(玄濟明)과 가장 가깝게 지냈다. 그러던 어느 날 현제명은 눈솔에게 조금 '산뜻하고 달콤한' 노래를 작곡하고 싶으니 시 한 편 지어달라고 부탁하였다. 그래서 눈솔이 지은 시가 「산들바람」이다. 그는 "이때 내 마음속에는 잊혀지지 않는 여인들

<hr>

8) 정인섭, 『산 넘고 물 건너』, 49쪽.

의 추억과 나와 같이 경성제대 부속병원에 입원했다가 1931년 7월 30일에 사망한 소파 방정환(그는 고혈압, 나는 감기 몸살)을 생각했다. 이 노래는 현제명 씨의 작곡으로 이미 세상에 널리 알려져 있는 줄 안다"[9]고 밝힌다.

눈솔이 마침내 결혼한 것은 연희전문 교수로 근무한 지 2년쯤 지난 뒤로 이 무렵 그에게 결혼은 무척 남다른 의미가 있었다. 그는 결혼과 관련하여 "애정 생활이란 것은 그 사막 속의 오아시스와 같은 것으로 느껴진다. 그만큼 결혼이란 것은 인생의 가장 중요한 행사로 생각된다"[10]고 잘라 말한다. 결혼 당시 눈솔의 나이 갓 26세, 신부의 나이는 눈솔보다 여섯 살 적은 겨우 20세에 지나지 않았다. 물론 신랑과 신부 모두 지금 기준으로는 나이가 적은 것 같지만 이 무렵 관행에는 오히려 늦었다고 볼 수도 있다. 눈솔은 취직한 지 얼마 되지 않아 생활 기반도 든든하지 않은 탓에 결혼할 생각이 별로 없었다. 그러나 그의 아버지는 회갑이 되는 해에는 반드시 둘째 아들 눈솔을 결혼시켜야겠다고 단단히 마음먹고 있어 눈솔도 어쩔 수 없이 결혼할 수밖에 없었다. 눈솔이 결혼한 지 며칠 뒤 그의 아버지는 흐뭇한 마음으로 회갑 잔치를 벌였다.

눈솔의 신부는 그와 혼담이 오가다 그가 이 일 저 일로 미루는 바람에 놓친 통영 여성 김부근의 여동생 김두리(金豆理)였다. 기다리다 못해 이미 결혼한 여성은 눈솔의 여동생 복순의 경성여자고등보통학교 동창이었다. 평소 오빠의 배필을 물색하고 있던 복순은 같은 반 반장 김부근을 염두에 두고 있었다. 김부근은 얼굴도 예쁘고 성격도 좋은 데다 공부까지 잘하는 학생이

9) 정인섭, 「연전 시절」, 『못다한 인생』, 202쪽.
10) 정인섭, 「결혼」, 『못다한 인생』, 152쪽.

1931년 3월 경상남도 신정 (통영시 서초동) 신부집에서 전통 결혼식을 올리고 찍은 결혼 사진.

었다. 그 당시 교내 일본인 교사들 사이에서는 일본의 미인 구조 다케코(九條武子)와 닮았다고 할 정도였다. 1927년 봄 김부근의 아버지는 언양으로 찾아와 눈솔에 대해 알아볼 정도로 혼담이 꽤 오간 사이였다.[11] 1928년 가을 눈솔이 이헌구와 김광섭과 함께 경성에서 세계아동미술전람회를 열 때 찾아온 경성여자고등보통학교 여학생이 바로 김부근의 여동생 김두리였다.

언니로부터 전해 들어서 눈솔에 대해 이미 알고 있던 김두리는 그에게 적잖이 호감을 느낀 것 같다. 눈솔은 도쿄에서 그녀에게 일본 잡지를 보내

---

11) 김부근 집안에서는 눈솔 집안에서 혼담에 진전이 없자 단념하고 다른 곳에서 혼처를 찾았다. 김부근은 경성여자고등보통학교를 졸업한 뒤 통영에 내려와 있다가 모교 교장 다카모도 지다카(高本千鷹)의 중매로 경성제일고등보통학교를 마치고 경성제국대학에서 의학을 전공한 '오(吳)'라는 외과의사와 결혼하였다.

주었고, 그녀는 눈솔에게 손수 수놓은 액자를 선물로 보내주면서 두 사람 사이에 애정이 싹트기 시작하였다. 눈솔은 이상하게도 마음이 '미련의 여상(女像)'의 동생에게로 끌려가는 것을 느꼈다고 고백한 적이 있다. 1928년 겨울 눈솔은 부산에서 경성행 기차를 타고 용산역에 내려 김두리를 만났다. 그로부터 3년 뒤 눈솔은 그녀와 결혼하기에 이르렀다.

눈솔의 처가 김 씨 집안은 충무공(忠武公) 이순신(李舜臣)의 부관으로 통영에서는 그런대로 이름난 가문이었다. 장인 회정(晦亭) 김기환(金淇驩)은 일찍이 일본의 메이지대학 법학과와 주오(中央)대 경제학과를 졸업하고 귀국한 뒤 농사와 어장 일을 하다가 1910년 한일 합방 이후 충렬사 원장으로 재직하며 충무공 연구에 전념하여 6권에 이르는 방대한 『이순신 세가(世家)』(1940)를 집필하였다. 이 책이 다시 간행될 때 눈솔은 서문을 써서 장인의 업적을 기렸다.

1931년 결혼식을 올린 눈솔은 제동 하숙집에서 나와 광화문 근처 당주동에 있는 친구 김병학(金秉鶴)의 사랑채에 신혼의 보금자리를 마련하였다. 신혼살림이라고는 하지만 두 칸 자리 조그마한 방 하나로 생활하기에는 어려움이 많았다. 그래서 책은 마루에 가져다놓고 방은 커튼으로 막아 한쪽을 서재로 사용하기도 하였다. 눈솔은 첫날밤 아내와 세 가지 약속을 하였다.

첫째, 서로 사랑하되 건강에 주의하여 오래 오래 살자.
둘째, 선비로서 교육에 종사하니 큰 부자가 될 욕심을 갖지 말자.
셋째, 아들 셋, 딸 둘 합하여 5남매를 두자.[12]

12) 정인섭, 「결혼 때의 맹세와 현재」, 『못다한 인생』, 182쪽.

두 사람은 이 세 가지 약속을 그런대로 모두 지킨 셈이다. 눈솔은 요즈음 기준으로는 조금 일찍 사망했지만 78세에 세상을 떠났고, 그의 아내는 그보다 훨씬 더 오래 살았다. 평생 교육자로 산 눈솔은 이렇다 할 재산을 모으지 못하고 평범하게 살았지만 자식 여섯을 모두 대학교육을 시킬 정도는 되었다. 그런데 세 번째 약속은 참으로 흥미롭다. 눈솔은 하필 왜 아들 셋, 딸 둘을 두려고 했을까? 첫날밤 침실의 원앙침 양쪽 베개머리에는 색실로 수놓은 그림이 있었다. 그 그림에는 원앙새 두 마리 밑에 새끼가 위쪽에 세 마리, 아래쪽에 두 마리가 있었다. 여전히 가부장적 남호선호 사상에 젖어 있던 눈솔은 새끼 세 마리를 아들로 생각하고 두 마리를 딸로 해석했던 것이다. 외국문학을 전공하고 외국문학연구회에서 활약한 그는 딸을 낳으면 그 이름을 서양의 열강 이름을 따서 구슬 '옥(玉)' 자를 돌림으로 영옥(英玉), 미옥(美玉), 난옥(蘭玉), 덕옥(德玉), 노옥(露玉)으로 정해 놓고 있었다. 또 아들을 낳으면 해양으로 진출시키겠다는 생각에서 바다 '해(海)' 자를 넣어 짓기로 하였다.

눈솔은 첫 아이와 둘째 아이가 계집애로 태어나자 계획대로 '옥' 자를 넣어 이름을 지었다. 그러나 셋째로 태어난 아이가 아들이어서 '해룡(海龍)'이라고 이름을 지었다. 그 뒤 넷째 아이도 다섯째 아이도 딸이었고, 여섯째로 아들이 태어났다. 이 아들은 두 살도 되기 전에 병으로 사망하였고, 일곱째 아이로 또 아들이 태어났지만 그 아이도 홍역을 앓다가 폐렴으로 사망하였다. 끝으로 낳은 막내아들이 해준(海駿)이다. 이렇게 눈솔 부부는 모두 8남매를 낳았지만 살아남은 아들 둘에 딸 넷을 합쳐 여섯 자녀를 두었다.

눈솔의 아내 김두리는 남편의 동반자로서 여러모로 큰 힘이 되었다. 오늘날과는 사정이 달라서 일제 강점기는 말할 것도 없고 불과 몇십 년 전만

하여도 교수는 박봉에 시달려야 하였다. 교수 급여로 여덟 식구를 부양하고 자식들을 교육시키기 어려워지자 아내가 발 벗고 나서 경제적으로 남편을 도왔다. 눈솔이 조선어학회 사건으로 옥고를 치를 때는 아내가 경성대학 병원 조산학과를 다녀 면허를 받아 생계를 도왔으며, 영국과 일본에서 생활할 때는 편물과 타자 기술을 배워 내조하였다. 뒷날 눈솔은 아내가 여성이라기보다는 남성 못지않은 수단과 활동력을 자랑했다고 회고한다. 그러면서 그는 "당신은 어떤 때는 모나리자로 생각되기도 하고, 어떤 때는 아베마리아의 모습을 당신에게서 찾으려 하기도 하오"[13]라고 고백한다. 눈솔이 아내를 성모마리아에 빗대는 것은 쉽게 이해가 가지만 모나리자에 빗대는 것은 선뜻 이해가 가지 않는다. 신비한 미소를 짓는 모나리자는 흔히 불가사의한 여성으로 받아들이기 때문이다.

여성관에 관한 한 눈솔은 도쿄에서 서양 학문을 공부했으면서도 여전히 봉건적인 유교 질서의 영향권에서 완전히 벗어나지 못하였다. 가령 그가 남녀관계를 봄날의 꽃과 나비에 빗대는 것부터가 가부장적이요 남성 중심적이라는 비판을 모면하기 어렵다.

젊은 청춘 남녀의 사랑이란 것은 봄의 나비와 꽃같이 항상 낭만적이어서 한 마리의 나비와 한 포기의 꽃만이 있는 자그마한 화원에서 연연한 정이 서로 맴돌고 있었다. 그러기에 그 나비는 다른 꽃이 눈에 보이지 않았고, 또 그 꽃은 다른 나비를 부러워하지 않았다.

그러나 시간이 흘러가서 정신과 육체가 자라날수록 봄의 꽃과 나비는 여름의

---

13) 정인섭, 「아내에게 보내는 편지」, 『못다한 인생』, 194쪽.

무더운 현실을 만나 그 야들야들한 정서는 좀 서먹서먹한 분위기를 갖기도 했다. 그리하여 나비는 여름에 새로 피는 젊은 꽃봉오리를 탐내 다른 화원으로 헤매기도 하고, 또 가을이 되면 때늦게 난만한 먼 산의 단풍을 넌지시 즐기려 하기도 했다. 또 남의 집 창문 안에서 가꾸는 향기로운 국화를 쳐다보기만 하고 감히 가까이 날아갈 수 없는 나비의 신세임을 자탄하는 수도 있었다.[14]

눈솔의 지적처럼 예로부터 동양에서는 여성을 아름다운 꽃에, 남성을 꽃을 찾는 나비에 빗대어 왔다. 화접도(花蝶圖)에서 볼 수 있듯이 꽃이 있는 곳에는 늘 나비가 있게 마련이다. 그런데 문제는 나비는 얼마든지 날아다닐 수 있지만 꽃은 한자리에 계속 머물러 있을 수밖에 없다는 데 있다. 그래서 새봄이 지나 여름이 되면 나비는 화려하게 핀 여름 꽃을 탐내고, 이러한 태도는 가을이 되어서도 크게 다르지 않다. 남의 집안에서 키우는 국화에 눈독을 들이면서 감히 그 탐스러운 꽃에 앉을 수 없는 신세를 한탄한다. 판소리 「춘향가」의 한 대목에서도 이몽룡은 춘향에게 "너는 죽어 꽃이 되되 / 벽도홍 삼촌화가 되고 / 나도 죽어 범나비 되되 / 춘삼월 호시절에 / 니 꽃송이를 내가 덥쑥 안고 / 너울너울 춤추거드면 / 니가 날인 줄을 알려므나"라고 노래한다. 그러자 춘향은 곧바로 "화로(花老) 허면 접불래(蝶不來)라 / 나비 새 꽃 찾아가니 / 꽃 되기는 내사 싫소"라고 대꾸한다.

더구나 눈솔은 이렇게 상대에게 처음 품었던 연정이 달라진 것을 정신과 육체의 성장 탓으로 돌린다. 다시 말해서 나비(남성)가 철이 들면서 어쩔 수 없이 다른 꽃(여성)을 좋아할 수밖에 없는 것은 자연의 순리에 따르는 것

---

14) 정인섭, 「결혼 때의 맹세와 현재」, 『못다한 인생』, 182쪽.

이라는 논리다. 이 점과 관련하여 눈솔은 "이러한 마음과 육체의 유동성은 나비라는 남성적인 생태에서 생기는 원천적인 습성이라 할 수 있으나, 꽃은 그 자리를 옮기지 못하는 피동적인 본성에서 변덕이 있을 수 없는 것이다"[15]라고 잘라 말한다. 이러한 태도는 생물학적 결정론에 빠져 있다는 비판을 받기에 충분하다.

위 인용문에서 눈솔은 '화로접불래'를 청춘남녀의 일반적 경향으로 간주하지만 실제로는 상당 부분 그 자신에게 해당한다. 앞에서 지적했듯이 눈솔은 결혼 전에는 말할 것도 없고 결혼 후에도 여러 여성을 가슴에 품으면서 아내 김두리와 비교하면서 미련을 갖기도 하고 후회하기도 하였다. 물론 그는 결혼 생활에 만족하기도 했다고 털어놓기도 한다. 그러나 그때는 그의 삶에서 녹음방초의 계절이 모두 지나고 삶의 겨울철에 접어들 무렵이다. 눈솔은 "아무리 여러 꽃으로 순례하여 여로를 즐기려는 나비도 겨울이 오면 그 활용이 멈추는 것이니, 이때는 자기가 맨 처음 시작한 결혼 전의 첫사랑을 그리워하기도 하고, 또는 자기의 보금자리로 정해진 아내의 온실에 나래를 내려뜨리고 안식의 잠으로 되돌아가기도 하는 법이다"[16]라고 밝힌다.

눈솔의 여성에 대한 '낭만적' 태도가 그의 아내에게는 자칫 마음의 상처를 주기도 하였다. 남편이 바람을 피우는 것보다 '정신적 외도'가 더 치명적이라고 생각하는 여성이 적지 않다. 눈솔은 결혼을 "영원한 수수께끼"라고 말하기도 하고 "사막의 오아시스"에 빗대기도 하였다. 그러나 수수께끼는 영원히 풀리지 않을 수도 있고, 사막의 오아시스도 물이 마를 때가 있을지

---

15) 정인섭, 「결혼 때의 맹세와 현재」, 『못다한 인생』, 183쪽.
16) 앞의 글, 183쪽.

도 모른다. 눈솔은 연애와 결혼을 회고하면서 "결혼을 하고 나서 생각할 때 과거에 알던 여러 여성과 비교를 해보는 일도 많고, 미련·후회·단념·만족 등등의 심리가 바람결같이, 또는 구름같이, 꿈같이 왔다 갔다 하는 것을 느낀다"[17]고 솔직하게 고백한다.

물론 눈솔의 아내 김두리도 남편 못지않게 이러한 심적 변화를 느꼈다. 다만 그녀는 그러한 감정을 드러내놓지 않고 속으로 삭혔을 뿐이다. 눈솔은 한편으로는 아내의 인내심에 경의를 표하고, 다른 한편으로는 자신의 행동을 '원천적인 근성'으로 합리화한다.

나와 나의 아내와의 사랑의 숨바꼭질도 앞에서 말한 꽃과 나비의 관계에서 예외일 수가 없었다. 초기와 중기와 그 말기에 있어서의 과정은 역시 1년에 춘하추동의 계절이 있듯이 그 분위기의 조절에 변화가 있었다고 본다. 그러나 그 율동의 주체성은 항상 남자로서의 원천적인 근성에 기인한 것이었지만, 남편으로서의 테두리와 기본자세는 일정한 궤도를 넘지 않았다는 데서 아내는 항상 그 과정의 다양성에 잘 적응해 주었고, 우리 가정은 그 안전성을 보존해 왔다고 본다.[18]

눈솔이 결혼 생활을 '사랑의 숨바꼭질'에 빗대는 것이 무척 흥미롭다. 그의 말대로 그가 가정의 '안전성'을 보존할 수 있었던 것은 바로 숨바꼭질 놀이처럼 살았기 때문일지도 모른다. 숨바꼭질 놀이의 비결은 숨는 사람은 술

<hr>

17) 정인섭, 「결혼」, 『못다한 인생』, 152쪽.
18) 정인섭, 「결혼 때의 맹세와 현재」, 184쪽.

래가 자기를 찾아주기 바라고 술래는 상대방이 쉽게 찾지 못하게 숨는 데 있다. 이렇게 숨고 찾는 과정에서 타성에 젖기 쉬운 결혼 생활에서 긴장의 끈을 팽팽하게 유지시켜 줄 수도 있을 것이다.

이십대 중반의 젊은 교수 눈솔 정인섭은 연희전문에서 그야말로 이색적인 존재였다. 학생들 중에는 눈솔과 나이가 비슷하거나 오히려 나이가 더 많은 사람들도 있었다. 그가 맡은 강의는 문과에서는 문학개론, 영문학, 셰익스피어, 영어 교수법 등이었고, 상과에서는 영어와 영작문이었다. 오늘날처럼 아직 영문학이 분과학문으로서 면모를 갖추기 전이어서 그는 영문학을 비롯한 영어와 영문학 일반을 두루 가르쳤다. 더구나 그는 조선인 학생들에게 외국문학인 영문학 과목을 식민지 종주국 언어인 일본어로 강의해야 하는 이중삼중의 고통을 겪었다.

평소 눈솔의 생활 태도가 그러하듯이 그는 연희전문에서도 모든 일에 열성적이었다. 특히 그는 정력적인 강의로 학생들한테서 큰 인기를 끌었다. 그의 강의를 들은 학생 중에는 시인 윤동주(尹東柱)와 뒷날 연세대학교 영문과 교수로 근무한 유영(柳玲)이 있다. 윤동주를 회고하는 글에서 유영은 눈솔의 강의와 관련한 한 토막의 일화를 소개한다.

동주는 교실과 서재와는 구별이 없는 친구다. 달변과 교수 기술과 박학으로 명강의를 하시는 정인섭 선생님에게는 누구나가 매혹되는데, 학기말 시험에 엉뚱하게도 작문 제목을 하나 내놓고 그 자리에서 쓰라는 것이다. 밤

새워 해 온 문학개론의 광범위한 준비가 다 수포로 돌아갔다. 억지춘향으로 모두 창작 기술을 발휘하기에 정신이 없었다. 그래서 필자 역시 진땀을 빼며 써냈더니 점수가 과히 나쁘지 않아 천만 다행이라고 안심하고 말았는데, 나중에 보니까 동주는 바로 그 제목의 그 글을 깨끗이 옮겨서 신문 학생란에 발표하였다. 제목은 「달을 쏘다」라는 것이다. 여기서 우리들 모두가 말 없는 동주에게 멋지게 한 대 맞고 말았다. 이렇게 보면 그는 교실과 하숙방, 그리고 생활 전부가 모두 그의 창작의 산실이었다.[19]

위 인용문에서 무엇보다도 눈에 띄는 것은 눈솔의 강의가 학생들에게 "달변과 교수 기술과 박학으로 명강의"로 받아들여졌다는 점이다. 그는 평소에도 청산유수처럼 말을 쏟아내는 달변가인 데다가 비단 영문학에 그치지 않고 여러 분야를 자유롭게 넘나드는 박학다식한 학자였다. 또한 눈솔은 때로는 조금 '엉뚱한' 데가 있어 이렇게 문학개론 시험에 학생들의 예상을 뒤엎고 즉흥적으로 이론이 아니라 작품을 창작하게 하기도 하였다.

유영이 말하는 학기말 시험이란 간도 룽징(龍井)의 광명중학교를 졸업한 윤동주가 1938년 4월 연희전문학교에 입학하여 첫 학기에 눈솔의 '문학개론' 과목을 수강하고 나서 치른 시험을 말한다. 이 시험에서 유영은 "진땀을 빼며 써"내서 그런지 강의 성적이 "과히 나쁘지 않아" 다행이었다고 말한다. 그러나 윤동주가 받은 성적은 70점으로 그리 높은 점수는 아니었다.

이렇게 시험 성적은 그다지 좋지 않았는지 모르지만 윤동주는 이 시험에서 훌륭한 문학 작품 한 편을 남겼다. 윤동주의 삶에서 연희전문학교 시절

---

19) 유영, 「연희전문 시절의 윤동주」, 『나라사랑』 23집 (1976), 122~127쪽.

은 문학 창작의 산실과 다름없었고, 이 산실에서 산파 역할을 한 교수 중 한 사람이 바로 눈술이었다. 위 인용문에서 윤동주가 기고했다고 유영이 말하는 '신문 학생란'이란 『조선일보』 '학생 문예란'을 말한다. 윤동주는 「달을 쏘다」라는 글을 1938년 10월 이 신문에 투고하였고, 이 신문은 그 이듬해 1월에 그것을 실었다.

> 그 찰나(刹那) 가을이 원망스럽고 달이 미워진다. 더듬어 돌을 찾어 달을 향하야 죽어라고 팔매질을 하엿다. 통쾌(痛快)! 달은 산산(散散)히 부서지고 말엇다. 그러나 놀랏든 물결이 자저들 때 오래 잔허 달은 도로 살아난 것이 아니냐, 문득 하늘을 처다보니 얄미운 달은 머리 우에서 빈정대는 것을—
> 나는 곳곳한 나무가지를 고나 띠를 째서 줄을 메워 훌륭한 활을 만들엇다. 그리고 좀 탄탄한 갈대로 활살을 삼아 무사(武士)의 마음을 먹고 달을 쏘다.[20]

윤동주가 거의 유일하게 남긴 산문 작품이라고 할 「달을 쏘다」의 마지막 부분으로 한 편의 산문시에 가깝다. 흔히 '히노마루(日の丸)'로 일컫는 일장기(日章旗)는 붉은 해로 일본을 상징하지만, 여기서 달도 좀처럼 무너뜨릴 수 없는 일본 제국주의를 상징한다. 예로부터 일본 신화에는 '쓰쿠요미(月読)'라는 달의 신이 전해내려 온다. 윤동주는 일본 제국주의라는 달을 쏘려 하다가 끝내 해방을 몇 달 앞두고 후쿠오카(福岡) 형무소에서 옥사하였다. 이 글의 마지막 구절에 대하여 김응교(金應敎)는 "'달을 쏘다'라는 문장은 허망한 현실에서 끝까지 포기하지 않고 버티겠다는 다짐을 뜻합니다. 마지막 구

20) 윤동주, 「달을 쏘다」, 『조선일보』(1939. 1. 23).

절이야말로 그의 당찬 저항을 응축한 표현입니다"[21]라고 지적한다.

연희전문학교에 재직하는 동안 눈솔은 학생들뿐만 아니라 마을 사람들과도 친하게 지냈다. 평소 전설, 민담, 설화, 신화 등에 관심이 많은 그는 마을 사람한테서 옛날이야기를 듣거나 그들에게 옛날이야기를 들려주었다. 눈솔의 큰아들 해룡은 한 일간신문과의 인터뷰에서 "연희전문에 재직할 당시 저녁이 되면 집 안마당에는 항상 이웃 노인들과 어린이들이 모여 선친의 이야기 구연을 들었다"고 회고한다. 그러면서 그는 "당시 선친의 우리 설화에 대한 집착이 그런 방법으로 표출됐으며 그런 열정이 있었기에 한국 구비문학의 토대를 마련할 수 있었던 것으로 여겨진다"고 밝힌 적이 있다.[22] 눈솔은 어떤 의미에서 한국 최초로 스토리텔링을 소개한 인물로 보아도 크게 틀리지 않는다.

눈솔 정인섭은 비단 문학과 전설이나 민담에 그치지 않고 한 발 더 나아가 영어 교육에도 자못 깊은 관심을 기울였다. 그의 관심은 연희전문학교에 부임하기 바로 직전부터 이미 시작되었다. 눈솔은 1928년 11월 17일부터 12월 2일까지 열 번에 걸쳐 『조선일보』에 「당면한 영어과 문제를 논함」이라는 글을 나누어 발표한다. 조선총독부 학무국이 식민지 종주국 일본에서처럼 조선에서도 영어 교수 시간을 줄이는 방안을 발표하자 이에 대한 반론으

21) 김응교, 『나무가 있다: 윤동주 산문의 숲에서』(서울: 아르테, 2010), 94쪽.
22) 「눈솔 정인섭을 아십니까?」, 『울산제일일보』(2009. 11. 19).

로 그가 쓴 글이다. 눈솔은 영어 교육 시간을 단축한 일본을 언급한 뒤 "그들에게는 그래도 반세기 동안이란 현대 문화의 향상 시기가 잇섯고 그 내용의 형식이 잇섯스니" 그런 일을 생각할 수 있을 것이라고 먼저 운을 뗀다. 그러고 난 뒤 그는 "이 문제를 만일 조선 대상으로 생각해 본다면 말할 수 업는 긴장을 늦기게 된다"고 잘라 말한다. 그러면서 그는 "우리 조선 사회의 문화 형식을 위하야는 이제부터 모든 것이 출발점이라면 외국어의 절대 필요를 부르짓지 않을 수 업는 것이다"라고 주장한다.[23]

눈솔은 이미 근대화를 이룩한 일본은 몰라도 적어도 식민지 조선에서는 영어가 근대 문명으로 나아가는 발판이라고 인식하였다. 이 무렵 영어는 지금처럼 세계어나 국제어로서의 위치를 누리고 있지도 않았다. 그런데도 백여 년 전 그가 이렇게 영어의 중요성을 역설했다는 것이 여간 놀랍지 않다. 연희전문에서 강의하기 시작한 지 몇 달 뒤 그는 다시 한 번 영어 교육의 중요성을 강조한다.

일본어만을 통하야 우리의 완전한 세계의 문화 구성이 가능한가? 어학은 언어 그 자체에 목적이 잇는 것이 아니라 그것을 선용하는 데 잇다. 우리 조선 사회의 문화 형식을 위하야는 이제부터 모든 것이 출발점이라면 외국어의 절대 필요를 부르짓지 안홀 수 없는 것이다.[24]

23) 정인섭, 「당면한 영어과 문제를 논함 (7)」, 『조선일보』(1928. 11. 24).
24) 정인섭, 「영어 교수법의 신국면: 전람회 개최에 제(際)하야 (3)」, 『조선일보』(1929. 6. 1). 눈솔의 이러한 태도는 여러모로 일본 근대화의 주역 후쿠자와 유키치(福澤諭吉)의 태도와 비슷하다. 본디 난가쿠(蘭學)를 배운 후쿠자와는 1857년에 막 개항한 요코하마(橫浜)를 방문했을 때 겪은 경험을 털어 놓은 적이 있다. 그는 네덜란드 말로써는 상점 간판조차 읽을 수 없다는 사실을 알아차린다. 그래서 그는 "양학자(洋學者)로서 영어를 알지 못하면 어떤 것도 아무것도 통하지 못한다"는 사실을 깊이 깨닫고 그 뒤

물론 식민지 지배를 받는 주민으로서 종주국 언어인 일본어를 습득하는 것은 아마 필수적일지도 모른다. 대한제국이 종말을 고하던 무렵 통감부는 초등학교용 일어독본을 펴내고 이과 과목 교과서마저 일본어로 편찬하였다. 그러자 1906년 6월 6일자 『대한매일신보』는 "한국 유년에게 일문 교과서를 익히게 하는 것은 어린아이의 뇌수를 뚫고 저 소위 일본 혼이라 하는 것을 주사하고자 함이다"라고 꼬집었다. 한일합병을 하고 난 뒤 일제는 1911년 조선교육령을 선포하야 "보통교육은 보통의 지식 기능을 주고, 특히 국민 된 성격을 함양하며, 국어(일본어)를 보급함을 목적으로 한다"고 천명한다. 이로써 조선어를 제외한 모든 과목의 교과서는 일본어로 발행되고, 행정과 법률 관련 문서도 일본어로 작성되면서 조선말은 국어의 지위를 잃고 일상에서만 쓰이는 생활어로 전락하고 말았다. 또한 일제는 영어마저도 조금씩 교수 시간을 줄여나가기 시작하였다.

그러나 눈솔은 일본어 못지않게 중요한 것이 영어라고 지적한다. 특히 영어는 영국과 미국 및 그 연방국의 언어로서만이 아니라 국제어로서 위치도 자못 크다고 말한다.

과연 영어의 국제적 지위는 크다. 구주(歐洲)의 제(諸) 국어 중에 1801년에는 노어가 최다수를 점하얏드니 1921년부터는 영어가 제일위를 점하게 되엇다. 국제적 보조어로서 에스페란트[토]가 잇지마는 아직도 국부적에 불과하고 그러한 언어의 창조 이면에는 현대인의 언어 난을 스스로 증명하는 바가 잇다.

....
영어를 배우기 시작하였다.

그러나 모든 문화의 실제적 운행에서 잇서서 영어에 비할 째가 아니다.[25)]

눈솔은 이러한 상황에서 영어 교육을 줄이기는커녕 오히려 중학교가 아닌 보통학교(초등학교)부터 확대하여 가르쳐야 한다고 지적한다. "특히 조선의 지적 추구의 사정에 있서서는 보통학교에 입학한 째부터 이중삼중의 언어 난에 ××하고 중등 정도의 학과에 잇서서는 영어라는 괴물을 면대(面對)하게 되어 있다"[26)]고 말한다. 일제의 검열에 걸려 '××'로 처리된 말이 무엇인지는 알 수 없지만 일제의 교육 정책에 거슬리는 말일 것임이 틀림없다. 보통학교 학생들이 '이중삼중의 언어 난'에 놓여 있다는 것은 조선어와 일본어를 함께 배우면서 겪는 혼란을 일컫는 듯하다. 이렇게 언어 습득에서 혼란을 겪다가 중학교에 들어오면 이번에는 '영어라는 괴물'을 만나게 된다는 것이다.

1930년대 초엽 눈솔 정인섭은 영어 교육에 이어 영어 교수법에도 크게 이바지하였다. 그는 일본에 건너가 가이타쿠샤(開拓社)를 비롯한 외국어 교재 출판으로 유명한 출판사를 방문하여 중고등학교와 전문학교 영어 교재를 수집하였다. 또한 영어와 일반 언어 연구 서적, 영어 교수법 교재 등을 수집하기도 하였다. 눈솔은 그러한 교재와 서적 수백 종을 한 곳에 모아 중동

25) 정인섭, 「영어 교수법의 신국면: 전람회 개최에 제하야 (3)」, 『조선일보』(1929. 6. 1).
26) 정인섭, 「영어 교수법의 신국면: 전람회 개최에 제하야 (2)」, 『조선일보』(1929. 5. 30).

학교에 이어 연희전문학교에서 일주일 '영어 교수 전람회'를 열었다. 이 전람회에는 전국에서 영어를 가르치는 많은 교사들이 참관하였다.

그러나 이러한 일은 눈솔 혼자서는 기대하는 성과를 달성하기 어렵다. 그래서 그는 오늘날의 '한국영어영문학'의 모태라고 할 '조선영문학회(朝鮮英文學會)'를 조직하고 『영어문학』이라는 잡지를 출간하여 식민지 조선에서 영어영문학 연구를 좀 더 본격적인 궤도에 올려놓으려고 하였다. 영어를 학습하기에 급급한 나머지 이 무렵 영어와 영문학을 가르치는 교사들이나 교수들에게는 토론하고 연구 성과를 공유할 기관이나 단체가 아직 없었다. 그래서 그는 일본 도쿄에서 해마다 열리는 일본영문학회에 참여하여 그 조직과 활동과 연구 상황을 살폈다. 이 무렵 조선인 학자로 이 학회에 참석한 사람은 눈솔 한 사람밖에는 없었다.

눈솔은 방금 앞에서 언급한 조선영문학회를 만들고 그 기관지 『영어문학』을 출간하였다. 이 잡지는 한성도서주식회사가 1932년 6월 창간호를 발행하였다. 이 잡지의 제호는 당시 연희전문의 학감인 유억겸이 붓글씨로 쓰고, 영어는 그 무렵 연희전문 부교장 호러스 H. 언더우드가 영어 필기체로 'English Literature at Home and Abroad'라고 썼다. 영어 제호를 보면 이 잡지가 영문학 연구를 단순히 조선에 국한하지 않고 국제적 차원에서도 취급하려고 했다는 사실을 알 수 있다.

그런데 『영어문학』 창간호의 내용이 무척 흥미롭다. 윤치호의 「조선 최초 영어 학습 회고담」이라는 글이 무엇보다도 먼저 눈길을 끈다. 별로 학계에 알려져 있지 않은 이 글은 윤치호 연구에 소중한 사료가 될 수 있다는 점에서도 그 의의가 크다. 일본과 중국과 미국에서 유학한 그는 연희전문과는 인연이 깊다. 1920년에 이 학교의 이사를 역임하였고, 1941년 12월부터 이듬해 8월까지 4대 교장의 직책을 맡았다. 이 회고담에서 윤치호는 1881년에 정부에서 일본의 문물제도를 시찰시키려고 어윤중(魚允中), 홍영식(洪英植), 박정양(朴定陽), 조병직(趙秉稷) 등 12신사를 일본에 파견한 일, 그때 각각의 신사는 수행원 2인을 수반한 일, 열여섯 살밖에 되지 않던 자신이 유길준과 함께 어윤중의 수행원으로 일본에 간 일 등을 비교적 상세하게 기록한다. '신사 유람단'이란 한국사 용어 수정안에 따라 지금은 '조사 시찰단(朝士視察團)'으로 부르는 바로 그 시찰단을 말한다.

동경에 가서 나는 집 떠날 때 선친이 소개하여 주신 영국 공사 서기관 사토(佐藤) 씨를 영국 공사관에서 비밀히 찾아보았다. 그때 그는 나에게 영어 학습을 권하면서 자신이 가르쳐주겠다고 했다. 나는 혼자 결정할 수 없어 돌아와 어윤중, 홍영식 양씨에게 의논하니까 홍 씨는 "영어를 배우다니 그것은 국금(國禁)을 범하는 일인즉, 절대 안 될 일이라"고 하였다. 그 후에 어윤중 씨가 나를 조용히 불러 말하기를 "걱정 말고 비밀히 배우라"고 권면을 하여 주었으므로 배울 기회만 기다리고 있었던 중이었다.[27]

일본에 체류하면서 윤치호는 일본이 동아시아 국가 중 가장 빠르게 서양 문물을 받아들여 근대국가로 발전하고 있는 모습을 목격하고 나서 문명개화가 거역할 수 없는 시대정신이라는 사실을 깨달았다. 그래서 그는 독학으로 일본어 공부를 시작하였다. 그러나 그는 서양의 흉내를 내는 일본보다도 차라리 문물의 종주국인 서양에 더 관심이 많았다. 윤치호가 영어를 배우고

27) 정인섭, 「최초로 영어문학지 발간」, 『이제는 하고 싶은 이야기』, 67쪽.

싶었던 것은 바로 그 때문이었다. 그러나 이 무렵에는 영어를 배우는 것이 국법을 어기는 것이었다니 여간 놀라운 일이 아니다. 유치원부터 영어를 배우려고 하는 오늘날 영어 학습 과열과 비교해 보면 금석지감(今昔之感)을 금할 수 없다. 국법을 중시하는 홍영식과는 달리 어윤중은 윤치호처럼 서구문물을 받아들이기 위해서는 영어를 배우는 것이 필수적이라고 생각하였다.

눈솔은 위의 단락을 인용하고 난 뒤 윤치호가 마침내 어떻게 영어를 배우게 되었는지 자세히 설명한다. 눈솔에 따르면 "윤치호 씨는 1882년에 동경제대 법과학생 궁강항태랑이 거기 영어 교사로 와 있던 '페네로사'(?)의 집에 안내하여 이 교사의 부인에게서 처음으로 ABC를 배웠으며 또 그 학생의 소개로 신전내무(神田乃武)에게 2주일가량 교과서 없이 구두로 영어로 배우고 임오년 조선병변 관계로 중지하고 말았다"[28]는 것이다.

눈솔의 착오인지 윤치호 자신의 착오인지는 몰라도 이 부분에 이르러서는 실제 사실과 조금 차이가 난다. 여기서 눈솔이 언급하는 '페네로사'란 미국의 유명한 동양학자로 미국과 일본을 잇는 문화 대사라고 할 어니스트 페놀로사(Ernest Fenollosa)를 말한다. 하버드대학교를 졸업한 뒤 그는 일본에 건너가 도쿄제국대학의 철학과 교수로 부임하는 한편, 일본 문화에 심취하여 제국박물관의 큐레이터가 되었다. 페놀로사는 단순히 미국인으로 일본인 대학생들에게 영어를 가르치는 '영어 교사'가 아니라 엄연한 철학 교수였다.

페놀로사 교수의 첫 번째 아내가 엘리자베스 굿휴 밀레트 페놀로사(Elizabeth Goodhue Millett Fenollosa)로 윤치호는 바로 이 미국인 여성한테서 영어 알파벳부터 배우기 시작하였다. 또한 윤치호는 이와 더불어 도쿄제국대학

---

28) 앞의 글, 67쪽.

영어 강사 간다 나이부에게서 영어 회화를 배웠다. 미국 사립 명문 앰허스트대학을 졸업한 간다는 뒷날 일본에 돌아와 '간다 영어 독본'과 '산세이도 영화(三省英和)사전' 등으로 유명한 영학자요 영어 학습 전문가로 이름을 떨쳤다.

윤치호는 임오군란으로 영어 학습을 중단할 수밖에 없었다. 더구나 그의 아버지 윤웅렬(尹雄烈)이 이 군란의 책임자로 지목되어 일본으로 망명하여 아들과 함께 보냈다. 그러나 1882년 말엽 윤치호는 김옥균의 권고에 따라 이듬해 1월부터 귀국 전까지 네 달 동안 요코하마 주재 네덜란드 영사관의 서기관 레온 폴데르에게 영어를 배우고, 윤치호는 폴데르에게 한국어를 가르쳤다. 이때 윤치호가 사용한 영어 교재는 "Primer" 1권이었다. 또한 윤치호는 프랑스인 건축가 폴 사르다에게 영어를 배우기도 하였다.

1882년 5월 조미수호통상조약(朝美修好通商條約)에 따라 미국 정부는 루시어스 H. 푸트를 초대 조선 미국공사로 임명하였다. 공사가 조선에 부임하여 가는 도중 도쿄에 잠시 들러 조선인 통역관을 구하였다. 이때 일본 외무대신 이노우에 가오루(井上馨)와 후쿠자와 유키치(福澤諭吉)가 조선인으로 영어를 할 줄 아는 사람은 윤치호 한 사람밖에 없다고 하였다. 그래서 윤치호는 푸트의 통역관 자격으로 귀국하였다.

윤치호는 일본에서 겨우 네 달 배운 영어 실력으로 통리교섭통상사무아문(統理交涉通商事務衙門)의 주사로 임명되어 고종과 푸트와 개화파 사이에서 교량 역할을 하였다. 1년 반 남짓 지난 뒤 갑신정변이 일어났고, 윤치호는 이 정변에 직접 가담하지 않았지만 정변의 주역인 김옥균·박영효 등과 각별히 친밀했기 때문에 신변의 위협을 느끼고 1885년 1월 상하이로 망명하였다. 미국 총영사의 알선으로 미국 남감리교회와 관련된 중서서원(中西書

院)에 입학하여 1888년 8월까지 3년 6개월 동안 영어를 비롯하여 체계적인 근대 교육을 받았다.

✿

눈솔 정인섭이 이렇게 영어 교육을 강조했다고 한국어에 소홀히 했다는 말은 전혀 아니다. 오히려 그는 누구보다도 한글에 깊은 관심을 기울였다. 외국문학을 전공한 사람이 국문학에 자의식을 느끼며 관심을 기울이듯이, 외국어를 공부한 사람도 국어에 자의식을 느끼며 관심을 두는 법이다. 1927년 7월 눈솔이 편집을 맡아 간행한 『해외문학』 2호에는 「한글 사용에 대한 외국문학 견지의 고찰」이라는 제목의 좌담회 기사가 실려 있다. 이 좌담회를 제안한 사람은 다름 아닌 좌담의 사회를 맡은 눈솔이었고, 좌담회에는 김진섭처럼 학업을 마치고 이미 귀국했거나 이런저런 사정으로 참석하지 못한 회원을 뺀 나머지 외국문학연구회 회원들이 모두 참석하였다.

예나 지금이나 외국어나 외국문학을 전공하는 사람들은 거의 언제나 자국어와 자국 문학에 첨예하게 자의식을 느끼게 마련이다. 정인섭은 한국어와 그것에 기초한 한국문학은 이제 외국어나 외국문학을 전공한 사람들이 이 문제를 깊이 있게 생각해야 할 단계에 이르렀다고 밝힌다.

제2기 '르네쌍스'에 들어간 우리 사회는 발서 일본화된 피상적 문헌으로서 만족치 안고 직접으로 세계 문화를 흡취하고저 하는 타율적 일면과 향토적 독자성을 밝히려는 운동의 일부, 즉 '한글'이란 자율적 표기와의 양면이 접촉하는 곳에 그 목표가 잇스니 환언하면 우리 자신의 입장 견지는 한 발을 외국에 두고 또 한 발을 내지에 둔 것이니깐 이러한 처지에 잇는 자로서 조선 문자 표기의 근원적 자유성을 어느 정도까지 응용하고 그 효과가 엇덜가 하는 문제일가 합니다.[29]

위 인용문에서 정인섭이 1927년 현재 한국 사회가 '제2기 르네쌍스'에 진입했다고 말한다는 점에 주목해 볼 필요가 있다. 그렇다면 한국의 제1기 르네상스는 과연 언제 일어났을까? 이 물음에 대한 답은 '직접으로'라는 부사에 들어 있다. 첫 번째 르네상스란 조선이 일본을 매개로 '간접적으로' 서구 근대 문명과 문화를 받아들인 것을 뜻한다. 그러니까 이제 조선은 외국 문명과 문화를 일본을 거치지 않고 '직접' 받아들여야 하는 단계에 이르렀다는 말이다. 정인섭은 바로 이러한 상황에 외국문학 전공자의 고뇌가 있다고 지적한다. 이를테면 한 발은 외국에 두고 다른 한 발은 자국에 두고 있는 현실에서 외국문학 전공자들은 한글 표기를 비롯한 문제에 고심하지 않을 수 없기 때문이다.

눈솔이 한글에 좀 더 깊이 관여하기 시작한 것은 연희전문학교에 재직하고 나서부터다. 그는 최현배의 권유로 1930년에 한글학회에 회원으로 정식 가입하였다. 한글학회의 역사는 십여 년 전 1921년 12월로 거슬러 올라간다. 주시경(周時經)의 제자들이 모여 '조선어연구회'를 조직하고 1931년에 '조선어문의 연구와 통일'을 위한 기관으로 그 이름을 '조선어학회'로 바꾼 뒤 다시 '한글학회'로 고쳤다. 그러므로 눈솔은 조선어학회 때부터 본격적

---

29) 「해외문학 좌담회: 한글 사용에 대한 외국문학 견지의 고찰」, 『해외문학』 2호(1927. 7. 1), 60~61쪽.

으로 활약했다고 볼 수 있다.

눈솔은 1933년 487회 한글날에 발표한 '한글 맞춤법 통일안'을 마련하는데 이바지하였다. 물론 이 통일안을 마련하는 데는 국어학자들의 공로가 컸지만 눈솔 같은 외국어 전공 학자의 기여도 적지 않았다. 좀 더 구체적으로 말해서 원안 작성에 참여한 위원은 권덕규(權悳奎), 김윤경(金允經), 박현식(朴顯植), 신명균(申明均), 이극로(李克魯), 이병기(李秉岐), 이윤재(李允宰), 이희승(李熙昇), 장지영(張志暎), 정열모(鄭烈模), 최현배, 정인섭 등 12인이었다. 그 뒤 김선기(金善琪), 이갑(李鉀), 이만규(李萬珪), 이상춘(李常春), 이세정(李世禎), 이탁(李鐸) 등 6인이 증원되어 모두 18인이 되었다.

위원들은 1932년 12월 25일부터 1933년 1월 4일까지 개성에서 원안을 심의하여 제1독회를 마치고 이를 수정위원에게 맡겨 수정안을 만들었다. 이때 수정위원은 권덕규, 김선기, 김윤경, 신명균, 이극로, 이윤재, 이희승, 장지영, 최현배, 정인섭 등 10인이었다. 눈솔에 따르면 1차 모임 때 개성 갑부 공탁(孔濯)의 초청으로 개성에 가서 1주일 동안 밤낮으로 토론을 하였다. 위원들은 다시 1933년 7월 25일부터 8월 3일까지 서울 화계사(華溪寺)에서 검토하여 제2독회를 마친 뒤 정리위원 9인(권덕규, 김선기, 김윤경, 신명균, 이극로, 이윤재, 이희승, 최현배, 정인섭)에게 맡겨 그 최종안을 마련하였다. 이렇게 3년여에 걸쳐 125회의 회의를 거듭한 결실이었다. 위원 중에서 오직 눈솔만이 외국어와 외국문학을 전공한 사람이었을 뿐 나머지 위원들의 대부분은 국어학자들이거나 국학을 연구하는 학자들이었다.

조선어학회에서 눈솔의 역할이 가장 돋보이는 것은 '한글 맞춤법 통일안'에 이어 '외래어 표기법 통일안'을 만들 때다. 이 점과 관련하여 그는 "이것은 내가 36년 덴마크에서 열린 '국제언어학자대회'에 참석하여 여러 권위자와 국내 일반 여론을 들어 확정된 것을 41년에 공포한 것이다"[30]라고 말한다. 그가 여기서 언급하는 대회란 1936년 8월 코펜하겐에서 열린 4차 국제언어학자대회를 말한다. 이 무렵 외국어를 전공한 눈솔만큼 외래어 표기법 통일안을 만드는 데 안성맞춤인 인물도 찾아보기 힘들었다. 한글에 무척 관심이 많은 데다 영어와 일본어 같은 외국어에 능통하기 때문이다.

국제언어학자대회에 참석하고 돌아온 뒤 눈솔은 신여성 몇 사람으로부터 축하를 받았다. 그는 경상북도 성주의 명문 출신인 이완석(李完錫)을 통하여 신여성 몇 사람을 알게 되었다. 이완석은 도쿄 유학 시절부터 눈솔을 알고 지내던 사람으로 그 당시 종로구 화동 경기고등보통학교 후문 근처 큰 집에 살고 있었다. 안채 건넌방에는 한때 눈솔이 청진동의 경성보육학교에서 가르친 적이 있고 지금은 학예사를 경영하는 최옥희가 살고 있었다. 그녀는 이원석과 눈솔을 벚꽃이 만발한 우이동으로 초청하여 야유회를 열어 주었다. 최옥희는 이 야유회에 자기 친구들을 몇 명 초대하였다. 그중에는 이 무렵 조선에서 제일 미인이라는 영화배우 문예봉(文藝峰)을 비롯하여 시인 모윤숙(毛允淑), 일간신문 기자 이명운, 이명운의 친구 심재순(沈載淳), 그리고 귀족 집안 출신이라는 '민' 여사도 참석하였다. 지금은 창경원 벚꽃이 유명하지만 그 시절에는 우이동 계곡의 벚꽃이 훨씬 더 풍취가 있었다.

여기서 잠깐 한국어의 로마자 표기법과 관련하여 매큔-라이샤워 표기법을 살펴보는 것이 좋을 것 같다. 1937년에 미국인 선교사 조지 매큔과 미국의 일본학 및 한국학 학자 에드윈 라이샤워가 만든 이 표기법은 한국어를 전자(轉字)하기보다는 발음을 서양 언어에 가깝게 나타내도록 한 방법이다.

---

30) 정인섭, 「한글과 한국문학」, 『이제는 하고 싶은 이야기』, 60쪽.

그런데 이 두 사람은 한글의 로마자 표기법을 만들면서 한글 학자였던 최현배, 김선기, 정인섭 세 사람의 도움을 받았다. 영국의 저명한 한국학 학자 제임스 그레이슨은 매큔-라이샤워 표기법을 아예 '최-정-김(Ch'oe-Chŏng-Kim) 표기법', 줄여서 'CCK 표기법'이라고 부르자고 제안하기도 하였다.

그런데 매큔과 라이샤워는 최현배보다는 눈솔의 주장에 손을 들어주었다고 볼 수 있다. 한국어의 유성음과 무성음 문제를 두고 최현배와 눈솔은 그동안 의견이 활시위처럼 팽팽하게 엇갈렸다. 눈솔은 그동안 서양어처럼 한국어에도 유성음과 무성음이 존재한다는 사실을 여러 실험 기구를 통하여 입증해 왔다. 그러나 최현배는 눈솔의 주장을 좀처럼 받아들이려고 하지 않았다. 한국어는 유성음과 무성음이 서양어처럼 뚜렷하게 구분되지는 않지만 전혀 그러한 구별이 없다고 말하기도 어렵다. 어찌 되었든 매큔과 라이샤워는 한국어 로마자 표기법을 만들면서 유성음과 무성음을 구분 지었다. 방금 앞에 언급한 '최-정-김 표기법'에서 격음(거친소리) 뒤 또는 음절 사이를 구분할 때 서양 문자권에서 직관적인 문장 부호로 사용하는 아포스트로피(')를 쓴다.

눈솔은 최현배와 함께 연희전문학교에 근무할 무렵 어떤 때는 같

한글학자 외솔 최현배. 그는 눈솔처럼 울산 출신인데다 연희전문학교에서 같이 근무했지만 한글 표기 문제로 눈솔과 자주 부딪혔다.

은 사무실을 쓰면서 한글 문제를 두고 의견을 나누었다. 비록 11년이라는 나이 차이가 있지만 두 사람은 같은 울산 출신이라서 누구보다도 동향 의식을 느꼈을 것이다. 그런데도 눈솔과 외솔은 자신의 주장을 굽히지 않아 언성을 높일 때도 있었다. 최현배는 학교를 '배움터'로, 비행기를 '날틀'로 사용할 것을 주장했지만, 눈솔은 굳이 그렇게까지 할 필요까지는 없고 한글로 그냥 '학교'와 '비행기'로 표기하면 된다고 생각하였다.[31] 두 사람은 토박이말 사용법보다는 모르긴 몰라도 아마 외래어 표기법 문제를 두고 서로 의견이 엇갈렸을 것이다. 가령 최현배는 'b'와 'd'를 각각 'ㅃ'와 'ㄸ'로 발음하고 표기하려고 한 반면, 눈솔은 'ㅂ'와 'ㄷ'로 발음하고 표기하려고 하였다. 두 사람 모두 성격이 대쪽 같기 때문에 좀처럼 상대에게 자신의 견해를 양보하려고 하지 않았던 것이다.

이렇게 때로는 의견이 대립했는데도 눈솔은 최현배가 국어 운동에 끼친 영향이 참으로 크다고 지적하면서 그를 자못 존경한다. 한글을 중심으로 그가 펼친 운동은 문맹 퇴치를 비롯한 일종의 브나로드 운동일 뿐만 아니라 배달민족의 얼을 살리기 위한 민족운동이기도 하기 때문이다. 눈솔은 외솔의 국어 운동에 대한 신념과 이 분야에서 그가 이룩한 거의 업적을 '금자탑'으로 부른다.

외솔은 화려한 사교를 하지 않고 오직 외로운 학의 울음소리같이 넌지시 낮은 목소리로 외쳤지마는, 거기 대한 반응은 항상 신비로운 파도처럼 전파됐

---

31) 눈솔은 '배움터'나 '날틀' 같은 순우리말 사용을 꺼려하면서도 자신은 '모음' 대신에 '홀소리', '자음' 대신에 '닿소리', '경음(硬音)' 대신에 '된소리'라는 용어를 사용함으로써 일관성에서 벗어난다는 비판을 받을 만하다. 또한 그는 자신의 아호나 필명을 '설송(雪松)'에서 '눈솔'로 바꾸기도 하였다.

고 또한 효과적이었다. 옛 동기 중에는 한두 사람이 반기를 들고 파문을 일으키기도 했으만, 그것은 대개 외곽 지대에서 빙빙 돌았을 뿐, 한글 전용 운동의 아성을 무너뜨리지는 못했다. 이것은 외솔의 인격과 그 권위의 힘입은 바 많다.[32]

눈솔이 최현배의 목소리를 "외로운 학의 울음소리"에 빗대는 것이 무척 흥미롭다. 『주역(周易)』에도 학은 밤에 운다(鶴鳴在陰)고 하였다. 여기에서 말하는 학은 벼슬에 나서지 않은 재야의 군자와 현인을 일컫는다. 그래서 그러한 인물을 흔히 학명지사(鶴鳴之士)라고 한다. 그리고 보니 최현배의 호가 '외솔'이고 정인섭의 호가 '눈솔'인 것이 예사롭지 않다. 들판에 외롭게 서 있건 눈을 맞으며 서 있건 두 사람은 소나무처럼 지조를 지키며 자신의 주의주장을 좀처럼 굽히지 않으려고 했을지 모른다.

이렇게 조선어학회에서 최현배와 함께 활약한 눈솔은 1942년 10월에 일어난 '조선어학회 사건'으로 곤욕을 치른다. 조선어학회는 1940년에 조선총독부에 『조선어대사전』 출판을 허가받았고, 1942년에 원고를 출판사에 넘겨 간행할 예정이었다. 그러나 이른바 '홍원 사건'으로 한글사전 편찬은 중단되었고 원고와 서적은 모두 압수되었다. 조선어학회 사건은 일제가 사전 편찬에 서기로 참여하던 지리 교사 정태진(丁泰鎭)에게서 강제로 조선어학회가 민족주의 단체로서 독립운동을 하고 있다는 자백을 받아내면서 시작되었다. 일제는 1942년 10월부터 1943년 4월까지 조선어학회 핵심 회원과 사전 편찬을 후원하는 찬조 회원 33명을 검거하였다. 그들에게는 치안유

32) 정인섭, 「국어 운동과 외솔의 위치」, 『이제는 하고 싶은 이야기』, 64쪽.

1942년 조선어학회 사건으로 옥고를 치른 33인. 아랫줄 중앙에 눈솔의 모습이 보인다.

지법의 내란죄를 적용하였고, 재판 과정에서 이윤재와 한징(韓澄)은 옥사하였으며, 이극로, 최현배, 이희승, 정인승, 정태진 5명은 실형 선고를 받았다. 이 사건으로 조선어학회의 활동은 사실상 중단되었다. 눈솔은 취조관의 고문으로 최현배가 머리에 피를 흘리는 것을 목격하였다. 그런데도 최현배는 끝까지 굽히지 않고 버티어 다른 회원들과 함께 함흥 형무소까지 예심에 붙여졌다가 해방과 더불어 겨우 풀려났다.

일제는 뒤늦게 눈솔을 주모자 중 한 사람으로 지목하여 홍원 경찰서 유치장에 감금하였다. 그는 "나도 제3차 검거에서 이은상(李殷相), 이인(李仁), 서민호(徐珉濠) 씨 등과 같이 끌려갔다"[33]고 회고한다. 그러나 눈솔이 체포된 것은 1942년 12월 23일에 있은 4차 검거 과정에서였고, 그때 눈솔과 함께 검거된 사람은 이은상과 이인을 포함하여 서승효(徐承孝), 안재홍(安在鴻), 김양수(金良洙), 장현식(張鉉植), 윤병호(尹炳浩) 등 모두 8명이었다. 서민호는 그 이듬해 3월에 5차에 검거되었다.[34]

조선총독부는 1942년 10월 1일 1차로 이윤재, 최현배,이희승을 일제히 서울에서 검거하여 함경남도 홍원으로 압송하였다. 그런데 눈솔은 이윤재와 같이 홍원 감옥에 수감되었다. 눈솔이 회고하는 이윤재의 감옥 생활이 흥미롭다.

이윤재 선생은 담배를 그렇게 좋아했다. 그래서 일본인 간수들은 그를 골리려고 일부러 피우던 담배를 창살 밑에 떨어뜨리고 가곤 했다. 한 번은 내가 그 담배를 주어 그에게 전하려 했더니 멀찌기서 지켜보고 있던 간수가 달려와서 나를 마구 두들겨 패기도 했다.[35]

평소 담배를 피우지 않던 눈솔은 당시 이윤재처럼 담배를 그토록 애호하

33) 정인섭, 「한글과 한국문학」, 『이제는 하고 싶은 이야기』, 61쪽.
34) 1943년 3월 5일 김도연(金度演)이 검거되고 그 이튿날 6일에 서민호가 검거되어 모두 홍원경찰서에 유치되었다. 1933년 3월 말부터 4월 1일까지 신현모(申鉉謨)와 김종철(金鍾哲)은 불구속으로 심문을 받았다.
35) 정인섭, 「나의 교우록」, 161쪽.

는 사람들의 심리를 전혀 이해할 수 없었고 지금도 이해가 잘 되지 않는다고 말한다. 그러면서 그는 안타깝게도 이윤재가 끝내 감옥에서 사망하고 말았다고 회고한다. 눈솔은 이윤재가 평소 두루마기를 즐겨 입고 다녔고, 평생 "가난하고 청백하게" 살다가 세상을 떠났다고 말한다.

이왕 조선어학회 사건과 감옥 이야기가 나왔으니 회원 중 이희승이 감옥에서 어떻게 지냈는지 알아보는 것도 흥미롭다. 눈솔이 자기보다 무려 아홉 살이나 많은 이희승과 가깝게 된 것은 외래어 표기법 통일안 기초위원을 같이 하면서부터다. 그 무렵 눈솔은 연희전문학교에 근무하고 있었고, 이희승은 길 하나 건너 이화여자전문학교에 근무하고 있었다.

> 그분의 식사법은 유명하다. 그분은 전에 위장병으로 고생했었는데 그때부터 음식을 오래 씹는 습관을 길렀다. 그래서 밥 한 숟갈을 1백 번씩 씹는다는 것이다. 일본에 한번 같이 간 일이 있었는데 우유를 마실 때 어디선지 이가 부딪치는 '딱딱' 소리가 들렸다. 돌아보니 그분이 우유를 씹고 있었다. 그분은 냉수까지 씹어 삼키는 분이었다. 그분은 또 신문 한 장, 휴지 한 장을 버리지 못하는 꼼꼼한 성격의 소유자였다.[36]

이희승의 이러한 식습관은 그동안 잘 알려져 있었지만 이렇게까지 엄격한지는 눈솔의 글에서 처음 드러난다. 한글 전용 문제에서 눈솔과 이희승은 서로 의견이 엇갈렸다. 그래서 두 사람이 만나면 서로 농을 주고받으면서도 한글 문제에 대해서는 서로 말하기를 피하고 있었다.

---

36) 앞의 글, 162쪽.

그런데 눈솔이 33인의 한 사람으로 홍원 사건에 연루된 데는 그동안 '한글 맞춤법 통일안', '외래어 표기법 통일안', '한글사전 편찬'보다는 오히려 1936년 8월 덴마크 코페하겐에서 열린 4차 국제언어학자대회에 참석한 일이 빌미가 되었다. 일제는 이때 눈솔이 외국 학자들과 교류한 것을 민족운동으로 판단하여 조선어학회 사건에 연루시켰다. 물론 눈솔이 이 대회에 참석한 학자들에게 한글의 우수성을 설파한 것은 사실이지만, 그것을 민족운동으로 몰아세운 것은 어느 모로 보아도 무리가 아닐 수 없다. 특히 일제는 이 학회를 후원해 준 사람이 누구인지, 회의에서 조선 독립에 대하여 언급했는지, 온양에서 열린 한글 표준어 사정회에서 어떤 정치적 활동이 있었는지 등과 관련하여 심문했지만 그는 고문을 받으면서도 끝까지 자백하지 않았다. 눈솔은 중동학교 교장 최규동을 비롯한 몇몇 사람한테서 여비를 지원받았지만, 고문을 받으면서도 끝내 이 사실을 털어놓지 않았다.

조선어학회가 펼친 한글 운동은 일제의 식민지 정책에 맞선 문화적 민족운동인 동시에 사상적 독립운동이었다. 한 나라에 고유한 언어는 곧 그것을 사용하는 민족의 얼과 다름없다. 일제가 조선총독부를 통하여 온갖 수단과 방법을 동원하여 한글 운동을 탄압한 이유가 바로 여기에 있다. 한글을 없애버림으로써 한민족의 얼을 말살하려고 하였다. 일제는 태평양 전쟁을 치르고 있던 시기라서 내선일체(內鮮一體)를 더욱 강조하였다. 그러나 일제 강점기에 한글 운동은 비록 지하에서나마 쉬지 않고 계속되었다. 해방 후 감옥에서 풀려난 조선어학회 회원들은 조선어학회를 재건하고, 한글날 행사를 부활시켰다. 그리고 일제의 탄압으로 결실을 맺지 못한 한글사전 편찬 작업도 1945년 10월 서울역 창고에서 일제에 압수되어 분실되었던 사전 원고를 되찾으면서 다시 추진되었다. 조선어학회는 마침내 1947년 한글날을 맞아 『조선말 큰사전』 1권을 간행하였으며, 이후 1957년 6권 발간을 마지막으로 한글사전 편찬을 모두 마무리 지었다. 이러한 일련의 작업에 눈솔의 역할이 작지 않았다.

조선어학회 사건으로 옥고를 치른 한글학회 회원들은 '십일회'라는 모임을 만들어 가끔 모여 홍원 사건 시절의 추억을 새로이 하였다. 이 모임의 이름을 '십일회'라고 지은 것은 아마 1차 검거 대상이 모두 11명이었기 때문인 듯하다. 눈솔은 이 모임에 가끔 참석하여 국제대회에서 한글의 우수성을 널리 알린 이야기를 되풀이했다고 회고한다. 앞에서 언급한 이원석은 눈솔이 옥고를 치른 것을 위로해 주려고 우이동 벚꽃놀이에 이어 친구 몇 명과 함께 금강산으로 여행을 가기도 하였다.

조선어학회와 영어문학회에서 활약한 눈솔 정인섭은 1935년 4월 좁게는 음성학, 더 넓게는 언어학을 좀 더 체계적으로 연구하기 위하여 '조선음성학회(朝鮮音聲學會)'를 조직하였다. 한편 이 무렵 조선어학회 회원으로 활약하던 눈솔은 조선음성학회를 설립하면서 좀 더 구체적인 목표를 염두에 두고 있었다. 첫째, 그는 '외래어 표기법 통일안'을 만드는 데 필요한 바탕을 마련하려고 하였다. 외래어 표기법과 음성학은 마치 샴의 쌍둥이처럼 떼려야 뗄 수 없이 서로 연관되어 있다. 둘째, 그는 1935년 7월 영국 런던대학교에서 열릴 예정인 제2차 국제음성학대회에 조선 대표로 참가하려면 학회의 배경이 필요하다고 판단하였다.

조선음성학회 설립에 중심적 역할을 한 사람은 눈솔이지만 이하윤과 김상용도 학회의 간사로 활약하였다. 이하윤이 이 학회에 깊이 관여한 것은 눈솔과는 외국문학연구회 시절부터 절친한 사이였기 때문이다. 그러나 시인 월파 김상용과 음성학회와는 언뜻 관련이 없어 보이지만 전혀 관련성을 찾아볼 수 없는 것은 아니다. 가령 1920년대 중엽 릿쿄대학교에서 영문학을 전공하던 김상용은 이 무렵 아오야마학원 영문과에 다니던 박용철과 함께 외국문학연구회의 '동반자' 회원이었다. 1927년에 귀국하여 곧바로 이화여자전문학교 교수로 근무한 김상용은 문학 못지않게 어학에도 관심이 많았다. 전공으로 보나 근무처로 보나 눈솔은 김상용과 자주 만났을 것이다. 또한 김상용은 이하윤과 함께 경성제일고등보통학교에 다닌 적도 있어 세 사람은 이런저런 방식으로 서로 엮일 수밖에 없었다.

조선음성학회는 서울 중앙기독교청년(YMCA) 회관에서 방금 앞에서 언급한 세 간사 외에 최현배를 비롯하여 김윤경, 이극로, 이희승, 홍기문(洪起文), 방종현(方鍾鉉), 박승원(朴勝源), 손경수(孫景壽), 김선기(金善琪), 이숭녕(李崇寧), 김성수(金性洙), 서항석, 이헌구, 함대훈, 양주동, 조용만, 김억 등 20여 명의 발기로 창립되었다. 발기인들을 보면 조선어학회 회원과 외국문학연구회 회원의 두 부류로 크게 나뉜다. 나머지 사람들도 이 두 단체에 직접 회원으로 활약하지는 않았어도 적어도 직접 또는 간접으로 관련을 맺고 있었다. 이 두 단체와 비교적 무관한 김억은 이 무렵 에스페란토에 관심이 많았다. 또 김성수는 최현배를 비롯한 조선어학회 학자들에게 은밀하게 자금을 지원해 주었다. 김성수는 『동아일보』를 창간한 뒤 문맹퇴치 운동에 관심을 두는 한편, 조선어학회 회원들과 연계하여 한글 문법을 발전시키는 데 많은 노력을 기울였다.

특히 조선음성학회는 조선어학회의 하부 조직이라고 할 만큼 서로 깊이 연관되어 있었다. 조선음성학회의 사무실을 조선어학회 안에 두었다는 것만 보아도 알 수 있다. 그러나 조선음성학회에서 책임자가 되어 누구보다도 눈에 띄게 활약한 사람은 다름 아닌 눈솔이었다. 광복 후 1948년 8월 '한국음성학회'로 명칭을 바꾸고 눈솔이 회장으로 학회를 이끌어 오다가 1983년에 사망하면서 유명무실해졌다. 그러던 중 1976년에는 '대한음성학회'가, 1996년에는 '한국음성과학회'가 창립되면서 조선음성학회의 전통을 이어받았다.

조선음성학회는 언어학의 분과 학문인 음성학을 학술적으로 연구하기 위한 단체로 출발하였다. 창립 이후 수시로 연구회나 강연회를 개최하여 이 무렵 황무지와 다름없던 음성학을 널리 알리는 데 힘썼다. 예를 들어 1935년 9월 김상용은 '언어 심리와 외국어 학습'이라는 제목으로 발표하였고, 손경수는 '희랍어 음에 대하여'라는 제목으로 강연하였다. 같은 해 김선기는 제1차 국제음성학자대회에 참가하여 한국어 자음에 관한 논문을 발표하였다. 같은 해 12월 489회 한글 기념으로 조선음성학회는 조선어학회와의 공동 사업으로 조선어 독본을 레코드로 만들어 보급하기도 하였다. '오케-교육 레코드'라는 이름으로 보급한 이 레코드는 한국 최초의 음성교육 레코드로 평가받는다. 다만 조선음성학회에서 정기적인 학술지를 발간했다는 기록은 없다.

더구나 조선음성학회는 제2차 국제음성학대회에서 발표할 『조선어 음의 만국 음성부호 표기(The International Phonetic Transcription of Korean Speech-Sounds)』라는 영문 소책자를 펴냈다. 이 소책자를 집필한 회원으로는 정인섭·이극로·이희승 세 사람이었다. 앞에서 잠깐 언급했듯이 눈솔은 한글 문제와 관련하여 이희승과 견해가 달랐다. 모르긴 몰라도 아마 조선어 음을 국제 음성부호로 표기하는 문제를 두고 서로 의견이 엇갈렸을 것이다. 뒷날 1973년에 눈솔은 독자적으로 『국어음성학연구』라는 저서를 출간하였다.

　음성학이나 외래어 표기법과 관련하여 눈솔이 이룩한 업적 중 하나는 실험을 통하여 한국어의 음성적 특성을 밝혀냈다는 점이다. 그는 도쿄외국어대학, 오사카상과대학, 일본 항공연구소 등을 방문하여 실험 기계로 직접 한국어 음성을 실험하였다. 이러한 실험을 거쳐 눈솔은 한국어의 경음이 '강한 무성음'이라는 사실을 과학적으로 증명하였다. 그래서 그는 약한 유성음인 영어 자음 'b·d·g'를 한국어의 강한 경음으로 발음해서는 안 된다고 주장하였다.

> '뽀이'니 '떼스크'라는 발음을 해서 안 된다면 그 대안은 과연 무엇일까? 한글의 'ㅂ·ㄷ·ㄱ' 등은 초성에는 무성음이지마는, 유성음 다음에 연달아 나올 때는 유성화 되어 영어와 꼭같이 된다. 그러니 이 연한 소리라는 점과 유성화 되다는 점에서 예사소리로 '보이', '데스크', '굿'으로 표기하는 것이 옳다고 생각한다.[37]

1920년대와 1930년대만 하여도 영어 'boy'는 '뽀이'로, 'bus'는 '쩌스'로, 'girl'은 '껄'로 표기되기 일쑤였다. 심지어 '모던 뽀이'는 부르기 쉽게 줄여서 '모 뽀'로, '모던 껄'은 '모껄'로 통하였다. 한 일간신문에는 "모뽀, 모껄이 되려면 몸치장에 얼마가 드나?"라는 기사까지 실릴 정도였다. 이 무렵 인기를 끌던

37) 정인섭, 「최초로 영어문학지 발간」, 『이제는 하고 싶은 이야기』, 66쪽. 정인섭, 「외길 한평생」, 『이렇게 살다가』(서울: 가리온 출판사, 1982), 157쪽.

삽화가 석영(夕影) 안석주(安碩柱)의 만문만화(漫文漫畵)를 보면 이러한 표기법을 그다지 어렵지 않게 만나게 된다. 조선총독부가 1936년에 경성에 사교댄스를 금지시키자 사람들이 그 당시 경무국장에게 "서울에 딴스홀을 허(許)하라"는 탄원서를 올리기도 하였다.

더구나 한글 로마자 표기법을 제정하는 데도 눈솔의 기여가 적지 않았다. 그는 일본 귀족원 회원이요 도쿄제국대학 명예교수로 '일본어 로마자 보급회' 회장인 다나카다테 아이키쓰(田中舘愛橘)를 직접 만나 자문을 구하기도 하였다.[38] 그는 일본에서 널리 사용되던 이른바 '헵번식' 표기법에 맞서 다른 표기법을 주장하여 관심을 끌었다. 좀 더 음성학에 무게를 싣는 헵번식과는 달리 다나카다테 표기 방식은 음소에 무게를 실었다. 전자는 일본 문부성과 철도청의 지지를 받은 반면, 후자는 일본 육군성과 해군성의 지지를 받았다.

그는 내가 질문한 '한글 로마자 문제'에 대하여 그의 의견을 솔직히 말하고는 'ㄱ·ㄷ·ㅂ'을 초성·중성·종성 등의 위치에 따라 그 음이 'k'와 'g', 't'와 'd', 'p'와 'b'로 각각 두 가지씩 기록할 필요가 없이 하나씩으로만 정하는 것이 옳다는 것이다. 'ㄱ·ㄷ·ㅂ'이 무성·유성으로 넘나드는 것은 그 나타나는 장소에 따라 일정해 있으니 각기 이음(異音)을 표시하지 말고 하나의 음

---

38) 정인섭, 「대회에 참석하여」, 『못다한 인생』, 251쪽. 눈솔은 이 학자의 이름을 '다나카다테(田中舘愛橘)'로 표기한다. '아이키쓰'라는 그의 개인 이름을 표기하지 않은 것은 그렇다고 하여도 '橘' 자는 '橘' 자가 되어야 한다. 눈솔이 실수했거나, 아니면 눈솔이 제대로 표기한 것을 출판사 편집자가 잘못 적었을지도 모른다.

소로만 표기해도 된다는 것이다.[39]

눈솔은 다나카다테의 제안을 받아들여 음성에 기초를 둔 표기법보다는 음소에 기초를 둔 표기법을 받아들였다. 눈솔이 직접 제작한 엑스레이, 카이모그래프, 오실로그래프 등으로 얻은 실험 사진 결과와 이극로가 실험한 인공구개(人工口蓋) 그림을 첨부하여 만든 것이 바로 앞에서 언급한 『조선어음의 만국 음성부호 표기』라는 소책자다. 눈솔은 이 소책자를 1935년 7월 런던에서 열리는 2차 국제음성학대회에서 발표하고 배포할 예정이었다. 그러나 이 무렵 해외여행 수속이 아주 복잡한 데다 비용 문제 때문에 그는 이 계획을 포기하는 대신 프랑스 파리에서 유학하던 김선기에게 소책자를 보내면서 조선음성학회 회원 자격으로 대회에 제출하도록 하였다. 김선기는 연희전문학교에서 눈솔로부터 음성학을 배웠고, 조선어학회에서도 일을 본 적이 있어 여러모로 적임자였다.

2차 국제음성학대회에 직접 참가하지 못한 눈솔 정인섭은 1936년 8월 덴마크의 수도 코펜하겐에서 열리는 4차 국제언어학자대회에는 반드시 참석하려고 만반의 준비를 갖추었다. 이 회의의 회장은 덴마크의 언어학자로 영어 문법에 관한 연구로 잘 알려진 오토 예스페르센 교수여서 눈솔로서는 더더욱 참가하고 싶었다. 그래서 눈솔은 한글 음성기호, 외래어 표기, 로마

---

39) 앞의 글, 252쪽.

자 표기 등 세 문제를 다룬 논문을 영어로 집필하여 타자본으로 수백 부 준비하였다. 그러나 오늘날과는 달라서 이 무렵 해외여행은 여간 힘든 것이 아니어서 눈솔은 여러 사람한테서 크고 작은 도움을 받지 않을 수 없었다.

이 무렵 조선총독부에서는 조선인에게 좀처럼 여권을 발급해 주지 않았다. 그래서 그는 영국에 영어 연구를 하러 간다는 목적으로 여권을 발부 받기로 하고, 조선민속학회에서 함께 활약하던 일본인 학자 이마무라 도모(今村鞆)에게 부탁하기로 하였다. 눈솔은 이마무라와 가장 친하게 지내던 송석하를 데리고 그의 집을 방문하여 여권 발급을 부탁한 결과 두 달 만에 겨우 여권을 발급 받을 수 있었다. 이번에는 여비가 큰 문제였지만 월급에서 푼푼히 모아둔 5백 원과 중동학교 교장 최규동의 보조금 5백 원에 다른 사람들로부터 약간의 보조금을 받아 해결하였다.

눈솔은 '잊지 못할 스승'으로 대구고등보통학교 시절의 은사 박관수를 꼽았지만 그 못지않게 최규동에 대한 존경도 대단하다. 눈솔은 몇몇 재산가를 찾아가 여비를 부탁해 보았지만 실패하였다. 그러나 최규동은 박봉을 털어 눈솔의 여비를 보조해 주었다.

나의 학술을 이해해 주시는 분도 그분이었고, 민족 문화에 대한 나의 열(熱)을 짐작하는 분도 그분이었고, 일정하(日政下) 모든 객관적 정세가 어려울 때이지마는 언제든지 마음을 놓고 우리 민족을 위해 상의할 수 있는 분도 그분이었고, 내 일신상의 문제에 대해서 항상 현명한 판단과 자시를 해 주신 분도 그분이었지만, 이 여행의 가장 난관이던 노잣돈의 해결에 서광을 베풀어 주신 분도 그분이었다. 주야로 헤매 다니던 나를 보고 하루는 오백 원이 든 종이뭉텅이를 주시면서 "이것을 보태 쓰라"고 하셨다. 그때 돈으로는 큰돈이다. 나는 당장에 구슬 같은 커다란 눈물이 두 눈에서 흐르지 않았던가! 그때가 바로 당시 서울 갑부의 한 사람에게서 박정한 모욕을 당한 직후가 아니던가![40]

눈솔이 여행비의 일부로 최규동한테서 받은 돈 500원은 그의 말대로 이당시 구매력으로 보면 큰돈이었다. 눈솔이 월급에서 생활비로 쓰고 몇 해동안 저축해 둔 돈이 겨우 500원이었다. 물론 최규동의 기부금은 한낱 화폐가치로써는 환산할 수 없는 것으로 일제 강점기에 기성세대가 젊은 조선 지식인에 거는 기대요 희망이요 격려였다.

눈솔은 최규동을 "인격적으로 지도해 주신 분"으로 그로부터 받은 은혜를 평생 잊지 않았다. 눈솔은 최규동으로부터 직접 가르침을 받은 것은 아니지만 사회인이 되면서 그가 "마음에 사무치도록 숭배하는 스승"이 되었다고 고백한다. 그러면서 눈솔은 "말할 수 없이 부끄러운 일, 양심에 허락되지 않는 일을 저질렀을 때도 서슴지 않고 이것을 말하여 그분의 높으신 비판과 충고와 판단을 받았다. (…중략…) 그러기에 그분은 나의 어버이 같았고, 스승 중에서도 가장 믿음직한 성자의 모습을 나에게 주었다"[41]고 밝힌다.

눈솔은 코펜하겐에 기선을 타고 가면 두 달 넘게 걸리므로 항로 대신 시베리아 대륙 열차를 타고 가기로 하였다. 소련을 통과하기 위한 비자는 당시 중앙일보사 사장이던 여운형(呂運亨)에게 부탁하여 해결하였다. 경성역에서 눈솔을 배웅해 준 사람은 가족 외에 연희전문 학감 유억겸, 최규동, 여

---

40) 정인섭, 「만주의 나그네길」, 『버릴 수 없는 꽃다발』, 103쪽.
41) 정인섭, 「존경하는 스승」, 『버릴 수 없는 꽃다발』, 288쪽.

운형의 동생 여운홍(呂運弘), 여행비 일부를 보조해 준 문상우(文尙宇)와 이지송(李芝松), 조선어학회의 이극로, 외국문학연구회와 극예술연구회의 동료 회원 서항석, 이헌구, 김광섭, 김병학 등이었다. 그들 중 일부는 눈솔에게 '축붕정만리(祝鵬程萬里)'라고 쓴 오색 테이프 한끝을 잡게 하여 기차가 플랫폼을 떠날 때 바람에 나부끼도록 하였다. 이렇게 눈솔을 열렬히 환송해 준 것을 보면 이 당시 젊은 지식인에 대한 배려나 애정이 어떠했는지 짐작할 수 있다. 기차가 해주를 지날 때 눈솔은 해주 유치원에서 일하던 누이동생 정복순을 만나 전송을 받기도 하였다.

이 국제언어학자대회에는 대회 위원장인 오토 예르페르센 교수를 포함하여 음운학의 세계적인 권위자인 러시아 태생의 오스트리아 언어학자 니콜라이 트로베츠코이, '앵글릭'이라는 새로운 영어 철자법을 주창하여 관심을 끈 스웨덴의 로베르트 자크리슨 교수 등이 참가하여 대회를 더욱 빛냈다. 이 대회에서 눈솔은 한글이 조직적이고 유기적인 음성학적 특성을 지닌 과학적 언어라는 점을 강조하였다. 또한 그는 인도유럽어가 굴절어고 중국어가 고립어인 반면, 한글은 첨가어라는 언어적 특성도 설명하였다.

눈솔 정인섭은 한글 운동 못지않게 극예술 운동에도 크게 이바지하였다. 이 무렵 외국문학연구회 회원들은 문학예술에서 무대예술로 관심을 돌리고 있었다. 그래서 그들은 1931년 7월 경성에서 신극 운동 단체 '극예술연구회'를 조직하였다. 극예술연구회 조직과 관련하여 정인섭은 한 인터뷰에서 "1931년, 해외문학파들이 세계문학을 소개하는 데는 출판보다 연극이 호소력이 있다고 생각, 무대예술로 승화시킨 겁니다"[42]라고 말한 적이 있다. 그의 말대로 출판을 통한 문화 전파는 글을 읽을 수 있는 독해력이 없이는 불가능하였다. 그러나 이 무렵 조선은 문맹률이 아주 높았다. 한편 연극은 독해력과는 상관없이 거의 누구나 관람할 수 있다는 장점이 있었다. 이렇게 일반대중에게 좀 더 가까이 다가가려면 활자매체를 통한 문학보다는 아무래도 종합예술인 연극이 안성맞춤이었을 것이다. 눈솔은 극예술연구회를 어디까지나 외국문학연구회의 '자매단체'로 간주하였다.

극예술연구회는 1938년 3월 일본 제국주의가 강제로 해산시킬 때까지 침체된 식민지 조선의 연극에 그야말로 싱그러운 바람을 불러일으켰다. 조선에서는 예로부터 연극을 '광대놀이'라고 하고 배우를 '광대'라고 하여 천시하는 경향이 있었다. 초창기에는 '신파극'이라고 하여 오락성이 강한 상업적이고 대중적인 연극이 유행하였다. 그러나 서양문학을 전공하고 또 일본에서 연극이 큰 비중을 차지하고 있는 것을 목도한 외국문학연구회 회원들은 이 무렵 그 누구보다도 연극의 중요성을 깊이 깨닫고 있었다. 그들은 대중적인 신파극을 순수한 정통 '신극'의 단계로 끌어올리려고 하였다. 연극의 사회적 역할을 깨닫고 있던 연구회 회원들은 이헌구처럼 "극예술은 인류 문화의 총화"라는 생각을 품고 있었다. 이 점과 관련하여 이헌구는 "우리가 극예술 운동을 제창하며 신극 수립을 목표로 하는 것도 결국은 이러한 전 조선적 귀일(歸一)된 문화운동의 일익으로서의 출현에 불과하다"[43]고 밝힌 적이 있다.

이렇게 조선 사회에서 공연 연극이 절실하다고 느낀 외국문학연구회는

---

42) 정인섭, 「만나고 싶었습니다」, 『이제는 하고 싶은 이야기』, 205쪽.
43) 이헌구, 「극예술 운동의 현 단계」, 『이헌구 선집』, 385쪽.

네 달 동안 극예술연구회의 목표와 임무, 구체적인 실천 방향 등을 심도 있게 논의하였다. 이 연구회의 창립에는 김진섭, 정인섭, 이하윤, 이헌구, 장기제, 조희순, 함대훈을 비롯한 연구회 회원 거의 모두가 참여하였고, 여기에 그동안 문학 쪽보다는 연극 쪽에 더 큰 관심을 기울이던 서항석과 유치진을 비롯하여 도쿄제국대학에서 영문학을 전공하고 돌아온 최정우 등 도쿄 유학생들도 가담하였다. 외국문학연구회 회원들은 연극계 선배인 윤백남과 홍해성을 영입하여 모두 12명의 동인으로 출범하였다. 그들은 7월 4일 당시 경성 종로의 한 음식점 2층을 빌려 극예술연구회 창립총회를 열었다.

극예술연구회는 흥행을 목표로 한 대중연극에 맞서 순수 연극을 천명하였다. 극예술연구회는 "극예술에 대한 일반의 이해를 넓히고, 기성극단의 사도(邪道)에 흐름을 구제하는 동시에 나아가서는 진정한 의미의 우리나라에 신극을 수립하는" 것을 창립 목적으로 삼았다. 또한 상업주의에 따른 신파극 위주의 연극 풍토를 개혁함으로써 한국 신극이 나아가야 할 방향을 뚜렷이 설정하였다. 한마디로 연구회는 1920년대의 토월회(土月會)가 신파극을 극복하기 위하여 이룩한 공적을 이어받아 신극 운동을 본격화시켰다. 정인섭은 "이 극예술 운동은 한국 연극 사회에서 토월회 이후 처음으로 가장 획기적인 신극 운동이었다. 그 구성 인사와 규모와 실력으로 보아 한국의 신극 수립은 실로 여기서 이루어졌다고 해도 과언은 아니다"[44]라고 주장한다.

극예술연구회는 산하 직속 극단으로 '실험무대(實驗舞臺)'를 조직하였다. 실험무대는 그 이름에서도 엿볼 수 있듯이 상업적이고 영리적인 목적을 철저히 배격한 채 오직 올바른 신극을 정착시키는 데 온 힘을 쏟았다. 실험무

---

44) 정인섭, 「나의 유학시절」, 『못 다한 인생』, 103쪽.

대는 윤백남을 비롯하여 홍해성, 유치진, 서항석이 주로 연출을 맡았다. 한편 무대 경험이 없는 다른 연구회 동인들도 여러 형태로 적극적으로 참여하였다. 뒷날 이하윤은 "일보(一步) 함대훈(咸大勳)은 우리 '실험극장'의 명배우(?)의 한 사람"[45]이었다고 회고한 적이 있다. 함대훈은 배우로서 연기를 했을 뿐만 아니라 니콜라이 고골, 막심 고르키, 안톤 체홉 등 러시아 극작가들의 작품을 번역하고 연출하기도 하였다. 극예술연구회 회원들은 일정한 배역이 없어도 무대에 출연하는 것은 말할 것도 없고 연극 팸플릿을 돌리고 포스터도 붙이고 입장권도 팔고 받는 일을 하였다. 심지어는 연극이 끝난 뒤 장내 정리에 이르기까지 연구회 회원 모두가 분담하였다. 적자가 나면 회원들이 조금씩 돈을 모아 적자를 메꾸기도 하였다.

더구나 연구회 회원들은 세브란스병원이 있던 남대문 근처 호러스 호튼 언더우드(한국명: 元漢慶) 선교사가 소유하고 있던 2층 양옥집을 무상으로 빌려 사무실 겸 교육장으로 사용하였다. 남대문에서 남산에 올라가는 길에 위치한 이 자리는 옛날에는 어성정(御成町)으로 부르던 곳으로 지금은 밀레니엄 힐튼호텔이 자리 잡고 있다. 이 무렵 연희전문학교 교장인 언더우드는 아마 눈솔의 요청으로 이 붉은 벽돌 건물을 빌려주었을 것이다.

극예술연구회는 크게 세 가지 점에서 한국 연극계에 크게 이바지하였다. 첫째, 외국문학연구회의 취지에 걸맞게 극예술연구회는 외국 희곡 작품의 번역과 공연에 힘썼다. 1932년 5월 제1회 시연회로 니콜라이 고골의 『검찰관』을 홍해성이 연출하여 무대에 올렸다. 공연 장소는 이 무렵 서울에서 제일 크다는 조선호텔 맞은편 상공회의소 2층 강당이었다. 남자 주인공 역은

45) 이하윤, 「나와 『해외문학』 시대」, 『이하윤 선집: 평론·수필』, 195쪽.

이웅(李雄)이 맡았고, 여자 주인공은 역은 김수임, 김복진, 김영옥 등이 맡았다. 함대훈, 이헌구, 이하윤, 박용철, 이무영 등이 무대에 올라와 박수갈채를 받기도 하였다. 공연에 앞서 이 작품의 각본이 일제의 검열을 받는 과정에서 어려움을 겪은 것으로 전해진다. 이 무렵 언론에서는 1923년 토월회의 제2회 공연 이후 "10년 만에 보는 최대의 수확"이라고 호평하였다.

이후 극예술연구회가 공연한 작품으로는 1932년 6월 제2회 라인하르트 괴링의 『해전(海戰)』, 1933년 7월 제4회 조지 버나드 쇼의 『무기와 인간』, 1934년 4월 제6회 헨리크 입센의 『인형의 집』, 1934년 12월 제7회 안톤 체홉의 『앵화원(櫻花園)』 등이 있다. 이 밖에도 1936년 2월 제9회 레프 톨스토이의 『어둠의 힘』, 1936년 12월 제13회 칼 쉰헤르의 『신앙과 고향』, 1937년 1월 제14회 듀보스 헤이워드 부부의 『포기』, 1937년 4월 제16회 레프 톨스토이 원작의 『부활』 등을 무대에 올렸다. 톨스토이 작품을 시작으로 연구회에서는 "난삽(難澁)하고 침통한" 북유럽 희곡에서 벗어나 좀 더 상업주의적 성향이 뚜렷한 작품을 공연하기 시작하였다. 홍해성이 1934년 말 『앵화원』 연출을 마지막으로 극예술연구회를 떠나 상업 극단인 동양극장으로 옮겨 간 뒤에는 유치진과 서항석이 극단 운영을 맡았다.

둘째, 극예술연구회는 번역극에 이어 창작극의 개발에도 노력하였다. 연구회 동인들 사이에서 외국 작품 공연이 자칫 "고답적 입장에서 대중을 멀리하고" 있을 뿐만 아니라 "조선의 감정에 맞지 않는다"는 비판이 일어나기 시작하였다. 그래서 유치진을 필두로 이무영, 이광래, 이서향(李曙鄕) 등의 신인 극작가들이 나타나 창작극의 새로운 지평을 열었다. 1933년 2월 제3회 공연으로 유치진의 『토막(土幕)』을 무대에 올려 호평을 받았다. 이 기간의 주요 공연 작품으로는 1935년 1월 제8회 이무영의 『한낮에 꿈꾸는 사람들』, 1936년 4월 제10회 이광래의 『촌선생』, 1936년 5월 제11회 유치진의 『자매』, 1936년 9월 제12회 유치진이 각색한 『춘향전』, 1937년 2월 제15회 유치진의 『풍년기』 등이 있었다. 마지막 작품은 유치진의 작품 『소』를 제목을 바꾸어 공연한 것이다. 이렇듯 극예술연구회는 아직 걸음마 단계에 있던 한국의 극문학에 크게 이바지하였다.

극예술연구회는 총 24회의 정기공연 동안 장막극과 단막극을 합쳐 모두 36편을 무대에 올렸다. 그중 번역극이 24편, 창작극이 12편으로 번역극이 압도적으로 많았다. 창작극 가운데는 유치진의 작품이 6편으로 가장 많았다. 그런데 번역극 중에서도 절대 다수가 북유럽 중심의 근대 사실주의 연극이었다. 연구회는 서구 근대 사실주의를 도입하여 조선 신극에 기틀을 마련했다는 평가를 받는다. 그러나 극예술연구회가 창립하면서 기치로 내세웠던 창작극의 토착화라는 목표에는 미치지 못하였고, 유치진 한 작가에만 치중되어 있다는 한계가 있었다.

셋째, 극예술연구회는 연극배우를 직업적으로 전문화하는 데 이바지하였다. 앞에서 방금 언급했듯이 연구회에서는 여름방학을 이용하여 극예술 강습회를 열고 연구생을 모집한 뒤 1931년 11월 직속극단인 '실험무대'를 조직하였다. 이처럼 신인 연기자를 모집한 것은 동인들이 기성배우를 기용하지 않는다는 당초의 방침을 고수했기 때문이다. 이 무렵 연극 강좌를 듣고 실기 연습을 위하여 찾아온 사람 중에는 뒷날 연극배우나 문인으로 활약하는 이웅, 김복진, 모윤숙, 노천명, 김수임, 김영옥, 윤태림, 박상익 등이 있었다. 이 밖에도 박용철, 이무영, 최봉칙, 이해남, 윤석중, 김정환, 유형목, 최영수, 심재홍, 현정주, 이석훈, 장서언, 김진수, 이진순, 이해랑, 김동원, 이광래 등도 극예술연구회에 직접 또는 간접 참여하였다. 그 이름만 보아도 뒷날 연극계는 물론이고 다른 문화 분야에서도 활약한 사람들이 눈에 띈다.

눈솔은 극예술연구회 설립에 깊이 관여하는 한편, 대학을 중심으로 학생극 운동에도 관심을 기울였다. 이 무렵 그는 연희전문에서 홍해성 연출로 이광수가 번역한 톨스토이의 『어둠의 힘』을 무대에 올렸다. 또한 정인섭이 직접 번역하고 연출을 맡아 헨리크 입센의 『바다의 부인』을 연희전문 입구 돌계단에서 야외극으로 공연하였다. 현재 연세대학교의 노천극장은 바로 이때 야외극을 위하여 세운 것이다. 이것이 출발점이 되어 전문학교를 중심으로 학생극이 점차 퍼져나갔다.

이렇게 극예술연구회가 학생극 운동에 앞장서자 프롤레타리아 문학 진영의 임화(林和)가 학생극에 남달리 예민한 반응을 보였다. 그도 그럴 것이 젊은 학생들이 참신하게 무대에 서는 만큼 그 파급 효과가 무척 컸기 때문이다. 이렇게 위협을 느끼자 프로문학 진영에서도 학생극단을 만들어 공연하기 시작했지만 극예술연구회의 학생극에는 크게 미치지 못하였다. 이 점과 관련하여 뒷날 눈솔은 "내가 극예술 운동을 할 때 조선프롤레따리아 문학가동맹(카프)의 '신건설'이라는 극단이 학생들에게 침투해 들어왔다. 그때 신극단과 우리는 서로 대립 관계에 있으면서도 일제로부터 탄압은 같이 받았다"[46]고 회고한다.

1931년에 극예술연구회는 눈솔의 기획으로 연희전문학교 학생회 주최로 천도교 기념관에서 극예술 대강연회를 연 적이 있었다. 이때 연구회 회원 대부분이 연사로 나설 정도로 학생들의 연극 활동에도 깊은 관심을 기

---

46) 정인섭, 「나의 교우록」, 163쪽. 눈솔의 언양 집에서 태어난 신고송이 이 무렵 극예술연구회에 맞서 임화와 함께 프롤레타리아 연극 운동을 전개하였다.

울였다. 이 강연회에서 이하윤은 「애란의 신극 운동」이라는 제목으로, 함대훈은 러시아 희곡 문학에 대하여 강연하였다. 한마디로 이 연구회는 이론과 공연 모두에 관심을 기울이려고 하였다. 일차적으로는 무대 공연에 힘을 쏟았지만 그 못지않게 연극 이론 쪽도 게을리 하지 않았다.

극예술연구회의 활동과 관련하여 한 가지 눈여겨볼 것은 일제의 검열로 무대에 올리기로 예정된 몇몇 작품을 미처 공연하지 못했다는 점이다. 일본 제국주의가 문화 탄압을 통하여 식민지 통치의 고삐를 바짝 조이기 시작하면서 연극 작품을 엄격히 검열하였다. 예를 들어 이미 6회 공연 때 존 골즈워디의 『은연상(銀煙箱)』이 검열에 저촉되어 공연이 좌절된 데 이어 8회 공연으로 예정된 유치진의 『소』도 검열을 통과하지 못하였다. 『소』 대신 선정된 심재순의 『줄행랑에 사는 사람들』, 한태천(韓泰泉)의 『토성랑(土星娘)』, 아일랜드 극작가 숀 오케이시의 『쥬노와 공작(孔雀)』 등도 하나같이 검열을 통과하지 못하였다. 일제의 탄압은 비단 이것으로 그치지 않고 더 나아가 연극 동인들을 자주 소환하여 심문하였고 심지어 투옥까지 시켰다. 어떤 예술 단체보다도 극예술연구회는 일제로부터 사상 단체로 지목받고 있었기 때문이다. 그래서 연구회는 1938년 3월 어쩔 수 없이 막을 내릴 수밖에 없었다. 동인 중 서항석과 유치진만이 남아 '극연좌(劇演座)'로 재출발했지만 이마저도 1939년 5월 해산되고 말았다.

눈솔 정인섭은 외국문학연구회 회원들을 중심으로 극예술연구회를 조직한 지 한 해 뒤인 1932년 4월 '조선민속학회'를 조직하였다. 그러나 한국 최초의 민속학회인 이 학회를 설립하는 데 가장 핵심적 역할을 한 사람은 처음 발의하고 재정적 지원을 약속한 송석하였다. 송석하는 눈솔과는 같은 언양 출신이요 언양보통학교의 동창인 데다 일본 유학 시절에도 서로 친하게 지냈다. 송석하는 눈솔의 형 인목의 부산공립상업학교 일 년 후배다. 송석하의 누이동생은 눈솔의 누이와 동창생이어서 네 사람은 서로 잘 알고 지내던 사이였다. 한편 손진태는 경상남도 동래군 출신으로 눈솔보다 다섯 살 많지만 도쿄상과대학에 다니다가 중퇴하였다. 눈솔이 통영 여성과 결혼하면서 두 사람은 더욱 가까워졌다. 한 일간신문에서는 '조선민속학회 창립 잡지 조선민속 발간'이라는 제호로 기사를 실어 학회 창립을 널리 알렸다.

> 만근(輓近) 학계에 대두하야 사학, 고고학, 인류학, 예술 등 다른 문화과학과 밀접한 관계를 가진 민수학(民修學 [民俗學])에 대하야 그 자료 채집, 연구 발표 외 국학계와의 연락 기관이 업슴을 늣기든 학계 인사들이 금반 조선민수학회를 발기하고 일반의 입회를 환영한다 하며 5일에는 기관지 '조선민속'을 발행할 터인 째 발행소는 안국동 52요 편[집]인은 당분간 송석하 씨가 담임한다 한다. 발기인은 손진태, 백낙준, 이선근, 최진순, 유형목, 정인섭, 송석하.[47]

이렇게 세 사람이 조직한 조선민속학회는 이어 경성제국대학의 일본인 교수 아키바 다카시(秋葉隆)와 조선총독부 촉탁으로 조선의 민속을 연구하던 이마무라 도모가 가담하면서 모두 다섯 회원으로 늘어났다. 이마무라는

---

47) 『동아일보』(1931. 4. 21).

'조선 민속학계의 장로'로 부를 정도로 이 분야에서 이름을 떨쳤다. 그러나 위 신문 기사에서 볼 수 있듯이 백낙준, 이선근, 최진순, 유형목 같은 조선인 학자들이 학회에 참여하였다. 이 연구회는 회칙 제2조에서 "본회는 민속학에 관한 자료의 탐채(探採) 급(及) 수집을 하며, 민속학 지식의 보급 급 연구자의 친목교순(親睦交詢)을 주(主)하고 병(並)하야 외국 학회와의 연락 및 소개를 함"을 내세웠다. 한마디로 민속자료를 수집하여 정리하고, 외국과의 교류하며, 민속학을 널리 보급하는 것을 주요 목적으로 삼았다.

조선민속학회는 1933년 1월부터 계간지로 『조선민속(朝鮮民俗–KOREAN FOLK-LORE)』을 발간하기 시작하였다. 창간호와 2호는 송석하의 재정적 후원으로 순조롭게 발간되었지만 3호부터는 여러 난관에 부딪혀 2호가 발행된지 무려 6년이 지나서야 겨우 발행되었다. 아키바를 발행인으로 나온 3호는 이마무라의 고희 기념으로 발간하였다. 그나마 이 잡지는 4호를 끝으로 종간되고 말았다. 조선민속학회는 일제 강점기에 줄잡아 8년 동안 활약했지만 한국 민속학 연구에 끼친 영향은 참으로 크다. 이 연구회는 뒷날 한국민속학회를 비롯하여 문화인류학회가 태어나는 데도 산파 역할을 맡았다.

그런데 조선민속학회와 관련하여 1938년 3월에 찍은 사진 한 장은 여러 모로 눈길을 끈다. 이 무렵 경성 시내의 고급 식당 '태서관'에 조선인 학자들과 일본인 학자들이 한 자리에 모여 회식하는 모습을 찍은 사진이다. 기모노 차림의 이마무라 도모가 한 중앙에 자리 잡고 앉아 있고, 그를 중심으로 왼쪽에는 경성제대 법문학부 교수 아카마쓰 지조(赤松智城)와 조선총독부 민속조사 담당관이자 관방 민속학의 대표 인물인 무라야마 지준(村山智順)이, 오른쪽 바로 옆에는 '조선민속학의 일인자'로 일컫던 경성제대 교수 아키바 다카시가 차례로 앉았다. 바깥 쪽 자리에는 조선인 세 명도 함께 앉아

1938년 3월 경성의 한 음식점에 모인 일본인 민속 연구자들과 한국인들 학자들. 한 중앙에 이마무라 도모가 앉아 있고 그의 왼쪽에 아카마쓰 지조, 무라야마 지준, 그의 오른쪽에 아키바 다카시가 앉아 있다. 조선인으로는 정인섭, 손진태, 송석하가 보인다.

있다. 아키바 옆에는 손진태 보성전문학교 교수와 정인섭 연희전문학교 교수가, 무라야마의 왼쪽 옆 말석에는 조선민속학회를 실질적으로 이끌었던 송석하가 각각 자리하였다.

일본을 떠나 식민지 조선에서 활약하는 일본인 네 명과 식민 본국에서 유학한 조선인 학자 세 명이 함께 앉아 회식하는 이 장면에 민속학에 관심 있는 학자들이 모인 자리일 뿐 군이 어떠한 특별한 의미를 부여할 필요는 없을지도 모른다. 그러나 이 사진을 좀 더 찬찬히 뜯어보면 볼수록 식민지 종주국 학자들과 피식민지 학자들의 팽팽한 긴장감을 엿볼 수 있다. '지배 담론'이나 '식민 담론'을 보여주는 것일까, 아니면 지배 담론에 맞서는 '저항 담론'이나 '민족 담론'을 보여주는 것일까? 대척 관계에 있는 이 두 담론을 이항 대립적으로 받아들여야 할까, 아니면 그 사이에서 균형과 조화를 찾아야 할까?

서양에서 문화 인류학이나 민속학은 흔히 식민지를 지배하기 위한 담론을 만드는 과정에서 발전하였다. 제국주의 열강들은 "식민지를 아는 것이 곧 식민지를 지배하는 것"이라는 명제를 내걸고 이 분야 학자들을 내세워 현재 식민지로 지배하고 있거나 앞으로 식민지로 삼을 지역의 민속 문화를 철저히 연구하였다. 비록 정도의 차이는 있을망정 19세기 말엽에서 20세기 초엽에 걸쳐 서양 선교사들이 조선 민속과 문화에 관심을 기울인 것도 이와 무관하지 않다.

포르투갈어 '콤프라도르(comprador)'는 흔히 외세의 정치·경제·무역에서 착취를 매개해 주는 경제적 부역자를 일컫는 말이다. 특히 동아시아나 동남 아시아 지역에서 유럽 본사의 이익을 위하여 활동하는 현지인 지사 임원들을 그러한 용어로 부른다. 그러나 이러한 '매판(買辦)'은 비단 정치나 경제뿐만 아니라 지식 분야에도 얼마든지 적용할 수 있다. 이른바 '매판 지식인들'은 그동안 제국주의의 지배 담론이나 식민 담론에 직접 또는 간접 관여함으로써 식민주의를 더욱 공고히 하는 데 적잖이 이바지해 왔다. 겉으로 드러나 있지는 않지만 태서관에서 찍은 사진은 식민 담론 또는 지배 담론, 민족 담론 또는 저항 담론 사이의 긴장을 엿볼 수 있다는 점에서 소중하다. 어떤 의미에서 이러한 긴장과 갈등에서 바로 조선 민속학이 발전해 왔다고 하여도 크게 틀리지 않을 것 같다.

그러나 달리 생각해 보면 일본 제국주의는 조선어학회와 조선어사전 편찬을 민족 운동의 일환으로 간주한 것처럼 조선민속학회와 기관지 『조선민속』도 이와 같거나 비슷한 차원에서 간주하였다. 잡지 3호에 이르러서는 발행인이 일본인으로 바뀌고 한국어 대신 일본어로 발간되었다. 그러다가 4호를 끝으로 일제의 압력에 따라 잡지마저 마침내 아예 폐간되기에 이르렀다. 조선총독부에서는 아마 이 학회와 잡지를 식민지 정책에 도움이 되기보다는 오히려 위협이 된다고 판단했기 때문일 것이다.

눈솔은『조선민속』창간호에 당시 그동안 학계에 아직 보고되지 않은 소중한 오광대 대본을 기고하였다. 편집자 송석하가 쓴 것으로 보이는 '편집 후기'에서 필자는 "정인섭 씨가 논문을 못 쓰시고 자료만 보내시고, 이선근 씨 역시 한증(汗蒸)에 관한 논문을 쓰신다는 것이 밋거러 지니 사실 한때 눈이 캄캄하였습니다"[48]라고 말한다. 눈솔이 편집자에게 보낸 자료는 다름 아닌 그가 1928년에 진주에서 직접 채록한「진주 오광대 탈놀음」이다. 창간호에는 한국 최초의 탈춤에 관한 논문이라고 할 송석하의「오광대 소고(小考)」라는 논문도 함께 실려 있다.

잘 알려진 바와 같이 영남 지역에서 낙동강을 중심으로 동쪽에서는 '야유(夜遊)' 또는 '들놀음'이 전승되어 온 반면, 낙동강 서쪽에서는 '오광대'가 전승되어 왔다. 송석하는 1934년 정월대보름에 진주를 방문하여 오광대를 직접 관람하고 그해 4월 열흘에 걸쳐『동아일보』에「남선(南鮮) 가면극의 부흥 기운: 진주 인사(人士)의 성의적 기도(企圖)」라는 제목으로 진주 오광대를 소개하는 글과 사진을 실어 주목을 받았다.『조선민속』창간호에는 눈솔과 송석하의 글 말고도「산대가면」,「양주 별산대 가면극 일 장면」,「김해 오광대 면(面)」,「통영 오광대 면 이엽(二葉)」등 여러 삽화가 실려 있어 오광대 연구뿐만 아니라 탈춤 연구 전반에도 그야말로 소중한 자료로 평가받는다.[49]

48) '편집후기',『조선민속』창간호(1933년 1월). 눈솔의 채록본 끝에는 "1928년 8월 14일 - 진주 유치원에서 강술자(講述者) 진주시 중안동 비봉동 265. 말뚝이 역 강석진 씨"라는 구절이 적혀 있다.
49) 오광대를 비롯한 한반도에 전승해 온 탈춤에 관해서는 김욱동,『탈춤의 미학』(서울: 현암사, 1996) 137~158쪽 참고.

자칫 그냥 지나쳐버리기 쉽지만 눈솔 정인섭은 번역가로서의 역할도 작지 않다. 그는 한국문학 작품을 번역하여 외국에 널리 알린 최초의 번역가 중의 한 사람으로 꼽힌다. 1936년 8월 국제언어학자대회에 참석한 뒤 그는 곧바로 영국과 아일랜드를 방문하였다. 영문학을 전공했지만 영국이나 미국이 아닌 일본에서 공부한 그로서는 영문학의 본고장을 직접 방문하고 싶었을 것이다. 그래서 눈솔은 1936년 9월 초 저녁 코펜하겐에서 기선을 타고 파도가 거친 북해를 횡단하여 영국 동남부 항구 하위치에 도착하여 곧바로 기차를 타고 런던에 갔다. 처음 영국에 도착하여 그는 "내가 전공하는 한 분야가 영어·영문학이니 처음으로 보는 영국의 풍물에는 무엇이든지 뜻 깊고 또한 친밀함을 느꼈다"[50]고 회고한다. 영국 문인들이 묻혀 있는 웨스트민스터 사원을 시작으로 그는 작가 클럽 등 주로 문인들과 관련 있는 유적이나 박물관, 생가를 방문하였다.

　　평소 윌리엄 셰익스피어를 좋아하던 눈솔은 스트랫퍼드온에이번으로 그의 생가와 기념 극장을 방문하였다. 그는 조선에서 가지고 간 현철(玄哲)이 번역한 『베니스의 상인』을 셰익스피어 도서관에 기증한 것이 "무엇보다도 자랑스러운 일"이었다고 밝힌다.[51] 눈솔이 셰익스피어 기념 극장을 방문했을 때는 『리어 왕』을 공연하고 있었다. 그 어려운 대사를 청산유수처럼 줄줄 외며 멋진 연기를 하는 데 그는 놀라지 않을 수 없었다. 눈솔은 영국 중서

---

50) 정인섭, 「영국문학 순례」, 『이제는 하고 싶은 이야기』, 25쪽.
51) 여기서 눈솔은 번역자나 작품을 착각하고 있는 것 같다. 『베니스의 상인』을 처음 번역한 사람은 천원(天園) 오천석(吳天錫)으로 4막 1장이 1920년 9월 『학생계』에 실렸다. 현철은 『하믈렛도(햄릿)』를 번역하여 1921년 5월부터 이듬해 12월까지 『개벽』에 연재하였다. 눈솔이 도서관에 기증했다는 번역서가 오천석의 번역서를 말하는 것인지, 현철의 번역서를 말하는 것인지 분명하지 않다.

부 지방으로 올라가 이번에는 영국 낭만주의의 산실이라고 할 호반 지역을 방문하였다. 윌리엄 워즈워스가 살던 집과 그가 산책하던 오솔길을 걸으면서 눈솔은 '나의 인생에서 잊을 수 없는 감격'을 맛보았다.

눈솔은 영국에 머무는 동안 세계적인 음성학자로 런던대학교 교수로 재직하던 대니얼 존스를 만났다. 존스는 이 무렵 새로운 표기법을 창시하고 음성학을 보급하였으며, 음운론의 발달과 발음 교육에 크게 이바지하여 영국파 실용 음성학 전통을 확립하였다. 또 눈솔은 옥스퍼드대학교와 케임브리지대학교를 방문하여 영국의 대학 제도 등을 살폈다. 눈솔은 이렇게 영국의 명문 대학을 방문한 것이 그의 "학문에 커다란 수확"이었다고 밝힌 적이 있다.

한편 눈솔은 런던의 영국시인협회를 방문하여 한국시를 영어로 번역한 작품을 프린트를 하여 제본한 것을 보여주면서 출간 여부를 모색하였다. 이 영문 번역은 눈솔이 강의하면서 틈틈이 시간을 내어 한 작업으로 이 무렵 연희전문에서 가르치던 미국인 선교사 로스코 C. 코엔의 도움을 많이 받았다. '고언(高彦)'이라는 한국 이름을 사용하던 코엔은 연희전문학교에서 성서학을 비롯하여 음악을 가르쳤다. 또한 눈솔은 이 무렵 연희전문 졸업생 김병서가 창작한 영시 중 몇 편 골라서 프린트본에 수록하기도 하였다. 런던대학교에 보관되어 있던 이 프린트본의 제목은 "Best Modern Korean Poems Selected by Living Authors"로 되어 있고, 역자로는 'R. C. Cohen', 'I. S. Jung', 'B. S. Kim' 세 사람으로 되어 있다.[52] 그리고 발행 연도와 발행처는 1936년 'The

---

52) 눈솔은 1930년대까지만 하여도 영문 이름을 'I. S. Jung'으로 표기하였다. 그러나 이 책의 저자(김욱동)가 수강한 영문학 강의에서 눈솔은 유럽인들이 자기 이름을 '융'으로 발음하므로 'In-sob Zong'으로 표기하게 되었다고 밝힌 적이 있다. 'B. S. Kim'이란 김병서를 말한다.

Korean English Literature Society'로 되어 있다.

눈솔이 영국시인협회에 보여준 원고 중 일부가 이 협회에서 발행하는 계간지 『영국시』에 발표되었다. 이 일과 관련하여 정인섭은 "한국 현대시가 조직적으로 해외의 문예지에 실린 것은 아마도 이것이 처음일 것으로 생각된다"[53]고 회고한 적이 있다. 실제로 1937년경에 한국 번역가가 한국 시를 영어로 번역한 작품이 외국의 유수 잡지에 발표된 것은 이번이 처음이었다.

눈솔은 영국에 이어 이번에는 아일랜드와 스코틀랜드를 방문하였다. 와세다대학 유학 시절 외국문학연구회에서 활약하던 때부터 그는 아일랜드 문예부흥에 자못 큰 관심을 보였다. 오죽했으면 유학 시절 친구들이 그를 두고 '조선의 예이츠'라고 했을까? 이 무렵 아직 일본 제국주의의 식민지 지배를 받고 있던 만큼 아일랜드에 대하여 눈솔이 느끼는 감회는 무척 남달랐다. 그는 아일랜드 문예부흥의 산실인 아베 극장을 방문하였다. 이 극장에서 마침 무대 장치를 하던 윌리엄 버틀러 딸을 만나 그녀의 소개로 예이츠를 곧바로 방문할 수 있었다. 눈솔은 즉시 더블린에서 버스를 타고 40분 달려 한적한 교외로 예이츠를 만나러 갔다.

예이츠의 아내가 현관에서 눈솔을 맞아 예이츠가 있는 2층 방으로 안내해 주었다. 예이츠는 몸이 불편하여 침대에 누워 있다가 반신을 일으켜 눈솔과 인사를 주고받았다. 예이츠는 그에게 일본 문인을 두서너 사람 알고 있지만 한국인으로 그를 방문한 사람은 눈솔이 처음이라고 말하였다. 그러자 눈솔은 "선생께서 좋은 문학을 창조하셔서 먼 곳에 있는 우리들도 많은

53) 정인섭, 「한국시를 영역 외국에 소개」, 『이제는 하고 싶은 이야기』, 85쪽.

영감을 얻게 되는 것을 무한히 감사하는 바 올씨다"[54]라고 대답하였다.

눈솔이 이렇게 예이츠를 방문한 데는 일찍이 노벨 문학상을 받은 세계적인 시인을 만나고 싶은 이유도 있었지만, 그보다는 그에게 부탁할 좀 더 실제적인 일이 있었다. 그는 예이츠에게 방금 앞에서 언급한 한국 시 번역 프린트를 보여주고 그것에 대한 서문을 써줄 것을 부탁하려고 하였다. 그러자 예이츠는 한국 현대시 몇 편 읽은 뒤 소감을 아내에게 타자기로 받아 치도록 하였다. 이 글에서 예이츠는 "나는 당신이 영역한 현대 조선 시인집을 보여주신 데 대해 대단히 감사하는 바입니다. 출판해 줄 사람을 구하는 대 조곰이라도 어려움이 있으리라고는 생각되지 않습니다. 소녀와 빗과 반지에 대해서 쓴 당신 자신의 자미(滋味) 있는 소곡이 있습니다그려"[55]라고 적었다. 뒷날 정인섭은 자신이 영어로 번역한 한국 현대 시인들의 작품을 『대한 현대시 영역 대조집』이라는 제목으로 출간하였다. 이 책에는 100명에 이르는 현대 시인들의 작품 125편이 원문과 영어 번역이 실려 있다.

번역가 말고도 문학평론가로서 눈솔 정인섭의 역할도 눈여겨보아야 한다. 외국문학연구회 회원들은 유학을 마치고 귀국한 뒤 전공 분야인 외국

---

54) 정인섭, 「아일랜드 여행」, 『이제는 하고 싶은 이야기』, 29쪽.
55) 정인섭, 『대한 현대시 영역 대조집』, 문화당, 1948, 4쪽. 위에 인용한 번역문은 정인섭이 직접 번역한 것이다. 예이츠가 언급하는 작품은 눈솔의 「비밀」이라는 작품으로 "허트러진 머리를 / 곱게 빗은 후에는 / 보내주신 적은 빗을 / 꽂었습니다"로 시작한다. Wook-Dong Kim, "William Butler Yeats and Korean Connections," ANQ, 32: 4 (2019), 244~247; Wook-Dong Kim, *Global Perspectives on Korean Literature* (London: Palgrave Macmillan, 2019), 255~260 참고.

문학에 얽매이지 않고 비교적 자유롭게 자신들의 소질과 취향에 맞게 창작 활동을 전개하였다. 가령 1926년에 『시대일보』에 「잃어버린 무덤」을 발표하면서 시인으로서 문단에 데뷔한 이하윤은 1930년에 김영랑·박용철·정지용·정인보와 함께 『시문학』 동인으로 참가하였다. 1939년에 그는 첫 시집 『물레방아』를 비롯하여 외국 번역 시집을 여러 권 출간하였다. 한편 김진섭은 한국 문단에 수필 문학의 새 지평을 활짝 열었다. 1947년에 첫 수필집 『인생예찬』, 1948년에는 두 번째 수필집 『생활인의 철학』을 출간함으로써 그는 한국 수필 문학을 본격적인 궤도에 올려놓는 데 크게 이바지하였다. 이헌구는 감정이나 인상에 치우친 비평을 지양하고 좀 더 객관적이고 논리적으로 자신의 논지를 전개해 나감으로써 한국 문단에 문학비평의 위상을 한 단계 높여 놓았다. 그런가 하면 함대훈은 번역가와 소설가로서 위치를 확고히 하였다.

그러나 눈솔은 전공 분야인 영어와 영문학에 충실하면서도 일간신문과 잡지에 문학 평론을 기고하여 한국 문단을 좀 더 세계적인 위상에 올려놓으려고 노력하였다. 앞에서 이미 언급한 영어 교육 관련하여 『조선일보』 기고에서도 볼 수 있듯이 눈솔은 연희전문학교에 부임하자마자 신문과 잡지에 글을 기고하기 시작하였다. 1927년 3월 양주동은 『동아일보』에 몇 차례에 걸쳐 「문예비평가의 태도」라는 꽤 긴 글을 기고하였다. 이 글에서 그는 『해외문학』에 실린 외국문학연구회 회원들의 번역을 문제 삼으면서 일련의 논쟁이 벌어졌다. 양주동이 주로 제기하는 문제는 경문체(硬文體) 번역과 그가 '축자적 직역(逐字的 直譯)'이라고 말하는 축역 방식이다. 다시 말해서 그는 연구회 회원들이 독자들이 읽기 쉽도록 부드러운 연문체(軟文體)로 옮기는 대신 딱딱하고 생경한 문체로 옮겼다고 비판한다. 또한 회원들은 시 작품을 번역하면서 너무 글자 그대로 축어적으로 번역한 나머지 그 의미가 애매할 때가 있다는 것이다. 그런가 하면 양주동은 '비어(非語)', 즉 자국에서 좀처럼 쓰지 않는 생소한 어휘를 사용한다고 지적하기도 한다. 양주동의 비판에 대하여 이하윤과 김진섭 같은 연구회 회원들이 반론을 제기하면서 논쟁은 인신공격에 가까울 정도로 가열되었다.

외국문학연구회에서 활약한 눈솔도 동료 회원들이 비판 받는 것을 옆에서 가만히 지켜보고만 있을 수 없었다. 그래서 그는 이하윤과 김진섭을 측면으로 지원하면서 양주동을 비판하고 나섰다. 눈솔은 「『해외문학』의 창간」이라는 글에서 정인섭은 김진섭이 왜 생경한 어휘나 구문을 구사할 수밖에 없는지 그 이유를 밝힌다. 눈솔은 한국어에는 "원문의 세밀한 맛을 전할 만한 적당한 역어(譯語)가 부족한 것은 사실이다"[56]라고 먼저 운을 뗀다. 그렇다면 어떻게 부족한 어휘를 메꿀 것인가? 그는 이렇게 부족한 어휘를 보충하고 풍부하게 만드는 방법은 다름 아닌 외국문학 작품을 번역하는 일이라고 지적한다. 그는 이렇게 번역하는 과정에서 자국어에는 없는 신조어나 외래어, 심지어 비어 같은 것이 생겨나는 것은 마땅하다고 주장한다. 이하윤이나 김진섭이 그러하듯이 눈솔도 일본문학에서 그 구체적인 예를 찾았다.

> 금일의 일본 문학과 자매 예술이 발달된 것도 메이지 유신(明治維新)의 수입적 정신과 해외문학의 영향이 많은 힘을 준 것이다. 메이지 초년의 일본 문학의 형식과 내용을 현재의 그것에 비할 때에 외국문학의 영향이 위대한

---

56) 정인섭, 「『해외문학』의 창간」, 『한국문단논고』(서울: 신흥출판사, 1959), 18쪽.

힘을 가지고 있다는 것을 가히 알 수 있을 것이요, 양기(兩期)의 역본(譯本)을 비교할 때도 얼마나 일본어가 초년기보다 풍부해졌는가를 명백히 발견할 수 있을 것이다. (…중략…) 그만큼 일문(日文)이 발달되었다는 것은 외국문학의 영향이 심각함을 승인하지 않을 수가 없다.[57]

눈솔이 메이지 유신을 분수령으로 일본어의 어휘가 풍부하게 되었다고 주장하는 것은 지극히 타당하다. 비단 일본뿐만 아니라 한국, 심지어 한자 종주국 중국에서조차 메이지 시대 일본에서 새로 만들어낸 용어를 그대로 가져다 사용하고 있는 실정이기 때문이다. 특히 학술 전문용어의 거의 대부분은 메이지 시대 학자들이 만들어낸 것이라고 하여도 크게 틀리지 않다. 오늘날의 번역 연구나 번역학 이론에서도 신조어 창조는 번역이 맡는 중요한 기능 중 하나로 인정받는다.

눈솔은 「번역 예술의 유기적 직능」이라는 글에서도 양주동이 문제 삼은 비어를 다시 들고 나오면서 외국문학연구회 동료 회원들을 측면 지원하였다. 양주동의 이름을 직접 언급하지는 않지만 누가 보더라도 양주동이 『해외문학』에 실린 번역체를 문제 삼은 비평을 염두에 두고 썼음을 쉽게 알 수 있다.

[아동과 시인]은 기성의 표현 수단에 결핍과 부자유를 느낄 때 얼마라도 새로운 음성과 표현 형식을 창조한다. 상식적 문학자로서 보면 거기에 수다(數多)한 비어(非語) 비슷한 것이 있고 비문(非文) 비슷해 보이는 요소가 들

---

57) 앞의 글, 18쪽.

어 있는 듯해 보이겠지마는 상상력이 풍부하고 이해력이 강렬한 이는 그것을 능히 감득(感得)할 수 있는 것이다. (…중략…) 문화 정도가 미진한 사회가 그 사회에 없던 다른 신요소를 수입할 때 거기에는 신작(新作)된 별명칭(別名稱)이 생길 것이요, 외국의 사상 예술을 조선화(朝鮮化)할 때 이때까지 듣지 못했던 신어와 또는 외래어를 사용하게 됨은 당연지사라 아니할 수가 없다. '신어 창조'는 외부에 대한 자기의 철저한 해방이요 협소에 대한 탈출이다.[58]

제목에서도 엿볼 수 있듯이 눈솔은 놀랍게도 번역을 예술의 반열에 올려놓는다. 지금까지 적지 않은 이론가들은 번역의 위치를 낮게 보아 원문 텍스트의 '복제품'이나 '그림자'로 파악해 왔다. 그러나 눈솔은 원문 텍스트가 예술이라면 번역도 예술이라고 주장한다. 이러한 맥락에서 눈솔은 외국 작품을 자국어로 옮길 때 번역자가 어쩔 수 없이 신조어를 만들어 사용할 수밖에 없다고 지적한다. 신조어를 창조하는 것이 자국어를 타락시키는 것이 아니라 오히려 편협한 국수주의의 굴레로부터 벗어나는 길이라고도 말한다. 그러면서 눈솔은 번역문에서 '비어'나 '비문'을 제대로 이해하지 못하는 양주동이야말로 "상식적 문학자"가 아닐뿐더러 "상상력이 풍부하고 이해력이 강렬한" 문학자는 아니라고 넌지시 폄하해 버린다.

눈솔은 번역 논쟁에 이어 이번에는 문학의 이념을 둘러싼 논쟁에도 깊숙

---

58) 정인섭, 「번역 예술의 유기적 직능」, 『한국문단논고』, 56쪽. 이 신어 창조의 문제와 관련하여 그는 이 무렵 자주 쓰이던 '모단·걸'을 한 예로 들었다. 영어 'modern girl'이라는 말을 한국어로 어떻게 달리 표현할 수 있겠느냐고 반문한다. "만일 어떠한 신어로서 그 전의(全意)를 전할 수 있다면 그러한 신어가 재래의 우리말에 없다 하더라도 그 신어를 사용함에 무슨 주저가 있으랴" 하고 물었다. 위의 글, 57쪽.

이 관여한다. 1920년대 말엽에서 1930년대에 걸쳐 문단에서는 프롤레타리아 문학을 부르짖는 카프 진영과 민족주의에 기초를 둔 문학 진영 사이에 치열한 논쟁이 벌어졌다. 이 과정에서 외국문학연구회는 카프문학 진영과 민족주의 문학 진영 양쪽에서 '부르주아적'이니 '중간파적'이니 하는 비판을 받았다. 이 점과 관련하여 눈솔은 "서울에서는 좌익들도 우리를 질시하고 우익에서도 못마땅하게 생각했었다"[59]고 지적한다.

물론 민족문학 진영에서는 나름대로 세계문학에 관심이 있는 데다 문학관에서도 대척 관계에 있지 않은 외국문학연구회에 카프문학 진영처럼 그렇게 반감을 보이지는 않았다. 다만 연구회 활동을 '중간파 운동'이라고 비판하고 독일 관념론의 영향을 받은 김진섭의 난해한 문체를 문제 삼았을 따름이다. 그래서 연구회에서도 민족문학의 한계를 지적하는 데 그쳤을 뿐 두 진영 사이에서는 외국문학연구회와 카프문학 진영 사이에서 볼 수 있는 치열한 논쟁은 없었다. 그러나 눈솔은 좀 더 양비론적 입장에서 카프문학 진영과 함께 민족문학 진영의 한계를 지적한다. 외국문학을 전공하는 젊은 유학생들로서는 우파문학을 돌아보아도, 좌파문학을 돌아보아도 어느 쪽에도 만족할 수가 없었기 때문이다.

그 당시 한국문학은 이광수, 김동인, 염상섭 등을 중심한 민족문학의 주류에 의하여 좌우되고 있었던 것이나, 그들이 외국문학의 수준에 비하면 아직도 거리가 멀고 또 일면으로 좁은 보수적 또는 국수적인 테두리에 머뭇거리고 있었기 때문에 구미문학 사조에 대해서 옹졸함에 만족할 수 없었던 이들

59) 정인섭,「나의 교우록」,『이제는 하고 싶은 이야기』, 158쪽.

외국문학 전공학도들은 타면으로는 1925년에 결성된 카프(한국프롤레타리아문학동맹)의 문학 이론과 사조가 너무 형식적이요, 공식적인 마르크스의 계급의식에 급급함에 불만을 느꼈다.[60]

눈솔은 민족주의 문학이 보수적이고 국수주의적이라는 점에서 한계가 있다면 계급을 내세우는 프로문학은 형식적이고 공식적이라는 점에서 한계가 있다고 지적한다. 외국문학연구회는 서로 대립적인 이 두 문학 진영에 불만을 느끼지 않을 수 없다. 문학에서 변증법적 발전을 주장해 온 눈솔은 외국문학연구회가 카프문학과 민족주의 문학이라는 '정'과 '반'의 모순을 극복하고 지양하여 제3의 '합'에 이르려고 노력했다고 지적한다.

더구나 눈솔은 앞에 언급한 「조선 현 문단에 소함」에서 민족문학 진영이나 카프문학 진영이나 격변하는 국제정세에 무관심하다고 비판한다. 진정한 문학인이라면 세계정세를 호흡하여야 할 터인데 이 점에서 너무 소홀했다는 것이다. 그가 말하는 "낭만적 조숙과 퇴행적 조로"는 프로문학 진영보다는 아무래도 민족문학 진영에 더 걸맞은 지적이다. 눈솔은 민족주의 문학 진영 작가들에게 현 상태에 안주하지 말고 시대와 보조를 맞추어 독자에 앞서 진보하고 발전해야 한다고 역설한다.

눈솔은 「1935년의 문단론」에서도 카프문학 진영과 함께 민족주의 문학 진영을 날카롭게 비판한다. 그러면서 그는 오직 외국문학연구회만이 중립적 입장에서 조선문학이 나아갈 길을 올바로 제시했다고 주장한다.

---

60) 정인섭, 「나의 유학시절」, 『못다한 이야기』, 58쪽. 여기서 눈솔을 비롯한 문인들이 사용하는 '민족문학'은 정확한 용어로 볼 수 없다. '민족문학'은 '세계문학'의 대립 개념으로 '국민문학' 또는 '자국문학'과 같다. '카프문학'과 대립 개념으로는 마땅히 '민족주의 문학'이라고 불러야 한다.

예술파는 민족문학과 계급문학의 대립 가운데서 그 질식적 여명을 이어 왔고, 민족파는 그 전통적 의식을 고수하다가 역사물로 도피하고, 계급파는 공식적 정치 과제로 흥분하다가 자체 모순과 외부 정세로 몰락의 과정에 들어가게 되었다. 그동안 해외문학파는 예술파에 대해서는 사회적 관심 내지 문학의 문화적 의의를 말해 왔고, 민족파에 대해서는 편협한 퇴영적 전통에서 해방된 세계적 호흡의 필요를 역설해 왔고, 계급파에 대해서는 그 기계적 현실 유리의 국제주의에 도전하는 동시에 예술적 완성과 한국의 특수성을 고려해야 된다고 해 왔다.[61]

위 인용문에서 눈솔이 민족주의 문학과 계급문학 외에 제3의 '예술파'를 언급하는 것이 흥미롭다. 지금까지 문단에서는 민족주의 문학과 계급주의 문학 두 진영을 주로 언급해 왔기 때문이다. 여기서 눈솔이 말하는 '예술파'란 김동인이 이광수의 민족주의나 계몽주의 문학에 맞서 순수문학 운동을 부르짖은 예술지상주의 문학을 말한다. 그렇다면 이 무렵 조선문단은 (1) 민족주의 문학 진영, (2) 계급주의 문학 진영, (3) 예술주의 문학 진영, (4) 외국문학연구회 진영 등 무려 네 계파로 나뉘는 셈이다. 그러나 프로문학 진영의 관점에서 보면 민족주의 문학 진영을 비롯하여 예술파 문학 진영이나 외국문학연구회 문학 진영이나 크게 차이가 없다. 프로문학 진영을 제외한 나머지 세 진영은 하나같이 부르주아 세계관과 문학관과 깊이 관련되어 있기 때문이다.

눈솔의 관점에서 보면 이 무렵 조선 문단을 양분하여 민족주의 문학과

프로문학의 이항대립으로만 보려는 것은 그렇게 바람직하지 않을뿐더러 실제 사실에도 잘 들어맞지 않는다. 1920년대 중엽부터 1930년대에 이르는 조선 문단의 현실에 비추어보면 어떤 의미에서 눈솔의 분류 방식이 훨씬 정확하다. 눈솔은 외국문학연구회가 그동안 한국 문단의 이 세 진영의 한계를 지적하며 그 대안을 제시해 왔다고 지적한다. 연구회 회원 중에서도 이 문제에 유달리 깊은 관심을 기울인 사람은 다름 아닌 눈솔이었다.

일본 유학 후 귀국하여 눈솔 정인섭은 그동안 여러 분야에 걸쳐 눈부시게 활약했지만 그의 삶에서 가장 큰 오점을 남긴 것이 바로 친일 행위다. 친일 행위와 친일파의 기준, 범위나 대상 설정 등에 대해서는 그동안 적잖이 논란이 있어 왔다. 자발적으로 친일 행위에 가담했는가, 아니면 타의에 의하여 어쩔 수 없이 친일 행위에 가담할 수밖에 없었는가? 드러내놓고 일제에 협력한 명시적 친일 행위인가, 아니면 간접적으로 일제에 협력한 묵시적 친일 행위인가? 또한 정지용처럼 "친일도 배일도 못한" 채 "산수에 숨지 못하고 호미도 잡지 못한" 문인들은 과연 어떻게 되나? 이러한 모든 문제가 흔히 친일과 반일을 가르는 잣대가 된다.

눈솔의 친일 행위를 좀 더 정확히 알기 위해서는 무엇보다도 먼저 친일 행위에 관한 그 자신의 언급을 살펴보는 것이 좋다. 「사랑의 미련」이라는 글에서 뽑은 다음 인용문은 눈솔이 이 문제와 관련하여 직접 말하는 유일한 언급이므로 조금 길지만 그대로 인용하기로 한다.

홍원 경찰서에서 고생하다가 풀려 나온 후로 태평양 전쟁은 점점 일본에 불리하게 되어 갈 무렵이었다. 그때 조선총독부에서는 한국 문화인들을 동원하여 억지로 그들의 시국 강연에 참가케 했다. 나는 그들 일본 당국의 주선으로 만든 '조선문인협회(朝鮮文人協會)'의 지방 강연에 뽑혔다. 첫 번째로 이헌구 씨와 경성일보(일본말 신문)의 학예부장인 요시다 에이(吉田暎)와 함께 내려간 곳이 전남 광주였다.

나는 그곳에 도착하는 날짜와 시간을 전보로 C양에게 알렸다. 그랬더니 그녀는 나의 기대한 바대로 정거장에 마중 나왔다. 또 지정된 여관으로 안내받아 그녀와의 옛이야기를 속삭였다.

두 번째로 다른 문인들과 평양으로 동원되어 거기서 강연을 했다. 나는 그날 저녁 요리집 만찬회에 불려온 최라는 평양 기생이 풍기는 고전적 인상에 매혹되기도 하여 그녀의 사진에 서명을 받아 오늘날까지 간직하고 있는데 지금은 죽었는지 알 길이 없다. 그리고 세 번째 순회장은 함경도의 청진으로 김두헌 교수 등과 함께 갔다.[62]

눈솔의 친일 행위를 파악하려면 위 인용문을 좀 더 찬찬히 뜯어보아야 한다. 다시 말해서 행간에 숨은 의미를 읽어내지 않고서는 그의 의도를 제대로 알아차릴 수 없다. 첫머리에서 눈솔이 홍원 경찰서에서 고생하다가 풀려 나왔다는 것은 조선어학회 사건으로 9개월 동안 수감되었다가 '불기소 처분'으로 석방된 사실을 두고 하는 말이다. 조선어학회 활동이 민족운동의 일환으로 이루어진 만큼 이 사건에 연루되어 고초를 겪었다는 것은 가상한

62) 정인섭, 「사랑의 미련」, 『못다한 인생』, 172~172쪽.

일이다. 그러나 이 사건에 연루되어 옥고를 치른 한글 학자 중에 풀려난 뒤 눈솔처럼 일제에 협력한 사람은 거의 없었다.

눈솔의 지적대로 감옥에서 석방된 뒤로 태평양 전쟁이 일본에 점점 더 불리하게 돌아갔다. 1941년에 미국·영국·중국·네덜란드는 이른바 'ABCD 포위망'을 형성하여 일본에 석유를 포함한 전략물자 수출을 금지하였다. 당시 전체 석유 수입의 80퍼센트 이상을 미국에서 수입하던 일본으로서는 그야말로 치명적이 아닐 수 없었다. 일본의 전황이 점차 불리하게 돌아갔다면 눈솔은 일제에 협력하기보다는 오히려 반대해야 하는 것이 합리적이지 않았을까? 미당(未堂) 서정주(徐廷柱)는 광복 이후 반민족행위특별조사위원회에 소환되었을 때 "일본이 그렇게 쉽게 항복할 줄은 꿈에도 몰랐다. 못 가도 몇백 년은 갈 줄 알았다"고 말한 것으로 전해진다. 일제가 오래 가지 못할 것이라는 사실을 알면서 눈솔이 협조했다는 것은 그만큼 그의 행동이 친일에 가깝다는 증거다.

더구나 눈솔은 조선총독부가 "한국 문화인들을 동원하여 억지로" 시국 강연에 참가하도록 했다고 언급한다. 여기서 '억지로'라는 부사에 방점이 찍혀 있다. 눈솔은 자신의 의지와는 관계없이 총독부의 명령에 따라 조선의 젊은이들을 전쟁터로 몰아넣는 시국 강연회에 참가할 수밖에 없었다는 말이다. 눈솔은 계속하여 "나는 그들 일본 당국의 주선으로 만든 '조선문인협회'의 지방 강연에 뽑혔다"고 밝힌다. 여기서는 그가 언급하는 조선문인협회를 주목해야 한다.

조선문인협회란 언뜻 보면 식민지 조선에서 문학 활동을 하던 문인들이 모여 만든 단체인 것처럼 보인다. 그러나 이 협회는 오늘날의 '한국문인협회' 같은 단체와는 질적으로 다르다. 조선문인협회는 1939년 10월 경성 부민관에서 250여 명의 조선 문인이 모여 결성한 조선총독부 어용 문인단체이기 때문이다. 춘원 이광수를 비롯하여 김동환·김억·정인섭·유진오·이태준·사토 기요시(佐藤淸) 등이 이 단체의 발기인으로 참여하였다. 창립총회에서 회장으로 이광수, 간사로 박영희·이기영·유진오·김동환·정인섭·주요한 등과 세 명의 일본 문인이 선출되었다. 눈솔이 조선문인협회의 발기인과 간사로 활약했다면 단순히 이 협회에 회원으로 참여한 문인들과는 적잖이 차이가 난다. 조선문인협회의 친일 문화적 성격은 창립 결성회에서 발표한 성명서에 단적으로 드러나 있다.

우리들 문필에 종사하는 자는 무엇보다도 문필에 의하야 그 책임을 다하여야 될 줄 압니다. 이에 조선에 있어서 진실로 시국의 중대성을 인식하는 동지상합(同志相合)하야 '조선문인협회'를 결성하고 흥아(興亞)의 대업을 완성시킬 황군적(皇軍的) 신문화 창조를 위하야 용왕매진(勇往邁進)코저 맹세하는 바입니다.[63]

문학가는 문필에 책임을 다해야 한다고 천명하는 것은 지극히 옳다. 그러나 그러한 책임은 태평양 전쟁에서 일본이 승리를 거두도록 '황군적 신문화'를 창조하는 것과는 거리가 멀다. 조선문인협회는 1943년 4월 '조선하이쿠작가협회(朝鮮俳句作家協會)'와 '조선센류협회(朝鮮川柳協會)', 그리고 '국민시가연맹(國民詩歌聯盟)' 등의 단체와 함께 해체하고 '조선문인보국회(朝鮮文人報國會)'로 강화되어 다시 탄생하였다.

---

63) 김우종, 『한국 현대 문학사』(서울: 선명문화사, 1973).

눈솔이 총독부가 주선한 시국 강연에 어쩔 수 없이 참가할 수밖에 없었는지는 좀 더 따져보아야 한다. 이 무렵 눈솔은 연희전문 교수로 근무하고 있었고, 미국 선교사가 설립한 이 학교는 여러모로 총독부로서는 눈엣가시였다. 비록 그렇다고 하여도 눈솔은 이런저런 이유를 들어 시국 강연에 참가하지 않았을 수도 있었을 것이다. 물론 이헌구나 김두헌 같은 그의 친구들도 강연자로 참석한 것으로 보면 총독부의 제안이나 명령을 거부하기란 무척 어려웠을 것이다. 총독부가 명시적 또는 묵시적으로 문인들을 회유하기도 하고 협박하기도 했을 것이라는 것은 쉽게 미루어볼 수 있다.

눈솔의 「사랑의 미련」에서 인용한 글에서 또 한 가지 찬찬히 눈여겨볼 것은 눈솔이 친일 행위를 직접 언급하면서도 '친일 행위'라는 주제와는 거리가 먼 '사랑의 미련'이라는 주제와 관련한 글에서, 그것도 사랑의 기억을 더듬다가 우연히 지나가는 말로 언급한다는 점이다. 이러한 서술 전략은 다분히 의도적인 것으로 볼 수밖에 없다. 눈솔은 모두 광주·평양·청진 등 모두 세 차례에 걸쳐 시국 강연에 '동원'되었다.

그런데 강연에 참석할 때면 으레 여성이 등장하는 것이 흥미롭다. 전라남도 광주에서 눈솔은 경성에서 만난 적이 있는 C양을 만난다. 여기서 C양이란 이완석의 집 건너 방에 살던 최옥희를 말한다. 눈솔은 귀국 후 이완석과 자주 만나면서 종로 도화동에 있는 그의 집에서 처음 그녀를 알게 되었다. 최옥희는 일본의 여자대학에 다니다가 지금은 이화여자전문학교 가정과로 전학한, 눈솔의 표현을 빌면 '예쁘장한 여대생'이었다. 눈솔이 "그녀와의 옛 이야기를 속삭였다"고 말하는 것을 보면 두 사람은 보통 이상의 사이인 듯하다. 두 번째 평양 강연 때는 한 평양 기생의 '고전적 인상'에 매혹된 나머지 그녀의 사진에 서명을 받아 오늘날까지 간직할 정도였다. 그리고 세 번째 청진 강연 때도 예외가 아니어서 여관에서 식사를 돌보아주던 '젊은 함경도 아가씨'가 유달리 눈솔을 좋아해서 '나그네 설움'을 달래 주었다고 고백한다.

이렇게 눈솔이 친일 행위에 해당할 엄중한 시국 강연을 젊은 여성과의 인연이나 사사로운 문제와 관련지어 말하는 것은 다분히 논지를 흐리려는 의도임이 틀림없다. 눈솔은 청진 강연을 마치고 나서 혼자서 북쪽 주을 온천을 찾아간다. 아니나 다를까 이곳에서도 그는 같은 여관에 머물고 있던 김이라는 여성을 만나게 된다. 한복차림을 한 그 여성은 꽤 키가 크고 "약간 흐느적거릴 정도의 훤칠한 몸매"를 하고 있었다고 회고한다. 한마디로 조선총독부가 조선문인협회를 앞세워 마련한 강연이라고는 하지만, 눈솔이 휘발성 높은 사안인 시국 강연을 젊은 여성들과의 사랑 문제로 포장하려는 전략으로 볼 수밖에 없다. 이러한 과정에서 조선 청년들을 총알받이로 내모는 일본 제국주의의 만행과 이에 동조하는 시국 강연은 자못 낭만적 일화에 가려 제대로 보이지 않게 마련이다.

눈솔이 1939년에서 1942년 사이에 행한 친일 행위는 비단 조선문인협회의 창립 발기인과 간사를 역임하고 시국 강연에 동원된 것에 그치지 않는다. 그는 전선에 위문문 위문대 보내기, 지원병 훈련소 1일 입소, 신궁·신사 근로봉사, 내선작가 간담회 참여 등에도 깊이 관여하였다. 이와 더불어 눈솔은 조선총독부가 1940년 10월 '국민정신총동원조선연맹(國民精神總動員朝鮮聯盟)'의 후신으로 조직한 '국민총력조선연맹(國民總力朝鮮聯盟)'의 문화부 문화위원과 영화기획심의회 심의의원으로 활동함으로써 식민 통치와 침략 전쟁에 직접 또는 간접으로 협력하였다.

1948년에 민족정경문화연구소가 엮고 삼성문화사에서 발간한 『친일파

군상』에는 눈솔을 '피동적으로 끌려서 활동한 자'로 분류되어 있다. 그러나 그 뒤 시간이 점차 지나면서 눈솔의 친일 행동은 피동적 가담자라기보다는 '적극적' 가담자로 평가받기 시작하여 오늘에 이른다. 눈솔의 친일 활동은 '일제 강점하 반민족행위 진상규명에 관한 특별법' 제2조 제13와 제17호에 해당하는 친일반민족 행위로 규정되어 『친일반민족 행위 진상규명 보고서』와 『친일반민족 행위자 결정 이유서』에 관련 행적이 상세하게 기록되어 있다.

　연희전문학교 재학 시절 유난히 눈솔의 강의를 좋아하던 윤동주와 유영은 눈솔의 친일 행위에 크게 실망하였다. 1939년 10월 어느 날 하루 윤동주는 친구 유영과 함께 경성부립도서관에 다녀오는 길이었다. 그런데 부민관 앞에 카메라를 든 기자들과 사람들이 많이 모여 있었다. 유영이 조선문인협회 발족식이 열린다고 일러주자 윤동주는 "문인협회? 하긴 뭐 연맹이다, 협회다, 위원회다… 자고 나면 새로운 단체가 생겨나니 문인들도 뭔가 만들려 하겠지"라고 시큰둥하게 대꾸하였다. 유영이 내민 유인물에 '문필보국'이라는 큼직한 글씨가 먼저 윤동주의 눈에 들어왔다. 문필로써 국가, 즉 일본 제국주의에 충성을 다하겠다는 말이었다. 문인들 편에서 내선일체를 돕는 행위였다. 발기인 명단에서 눈솔의 이름을 발견한 그들은 충격을 받았다. 유영은 "정인섭 교수는 영문학에 대한 해박한 지식과 명쾌한 강의, 소탈한 말투와 격의 없는 행동으로 연전 학생들에게 인기 있는 젊은 교수였다"[64]고 밝힌다. 그러한 눈솔이 친일 행위에 가담한다는 것은 유영이나 윤동주에게는 크나큰 충격이 아닐 수 없었던 것이다.

64) 유영, 「연희전문 시절의 윤동주」, 『나라사랑』 23집 (1976년 여름호), 122~127쪽.

그렇다면 눈솔이 평소 좌우명 중 하나로 삼고 있는 다음 구절을 어떻게 받아들여야 할까? 여섯 개에 이르는 좌우명 중 다섯 번째로 그는 "일정 시대에 각국을 여행해 보고, 조국 없는 사람같이 불쌍한 사람이 없다는 것을 느꼈고, 독립 후 해외로 여행해 보고 민족에 대한 향수를 더욱 느꼈다. 종교적인 천당이나 극락을 사후에 지향하는 것보다, 현실적으로 민족의 광영을 소중히 해야 한다"[65]고 말한다. 이 좌우명을 친일 행위를 감추기 위한 위장으로 받아들여야 할지, 아니면 때늦은 후회로 받아들여야 할지 적잖이 망설여진다.

한편 눈솔의 친일 행위를 조금 지나치다 싶을 만큼 과장하는 사람도 없지 않다. 가령 일제 강점기 대한광복회 총사령을 역임한 독립운동가 박상진(朴尙鎭)의 후손 박중훈(朴中熏)이 대표적인 인물 중 한 사람이다. 그는 『역사와 경계』에 기고한 논문에서 1938년부터 시작된 눈솔의 친일 활동은 1941년에 일제가 미국을 침략하면서 시작된 태평양 전쟁과 그 이듬해 싱가포르가 함락될 즈음에 이르러 절정을 이루었다고 주장한다. 박중훈은 이 시기에 그가 보인 친일활동 유형으로 (1) 문필을 통한 친일활동, (2) 강연과 좌담회를 통한 친일 활동, (3) 일본군 위문, (4) 학병 지원과 신사 근로봉사 활동, (5) 친일단체 활동 등을 꼽는다. 박중훈은 눈솔의 친일 행위를 성격별로 (1) 식민지 지배와 침략 전쟁의 미화 및 선전, (2) 침략 전쟁 협조, (3) 민족정신의 말살 등 크게 세 가지로 나눈다. 박중훈이 눈솔이 친일 행위에 대하여 명시적으로 후회하거나 사죄하지 않았다는 비판은 귀담아 들어야 한다. 또한 눈솔의 친일 행위가 "단일한 친일이라고 치부하기에는 어려운, 여러 방면

---

65) 정인섭, 「흩어진 이삭들」, 『버릴 수 없는 꽃다발』, 312쪽.

에서 여러 해 동안 자발적인 활동을 반복하였다"는 그의 지적도 적잖이 설득력이 있다.[66]

그러나 박중훈의 주장 중에는 실제 사실과 적잖이 다른 점도 눈에 띈다. 첫째, 그는 정인섭의 친일 활동 저변에는 1936년 8월 덴마크 코펜하겐에서 열린 4차 국제언어학자대회 참석을 전후로 나타난 일제에 우호적인 언동에서 출발한다고 주장한다. 그러나 앞에서 이미 자세히 밝혔듯이 눈솔이 이 국제 대회에 참석한 것은 한글의 우수성을 세계 학자들에게 널리 알리기 위한 것이 주요 목적이었다. 조선어학회를 중심으로 펼친 한글 운동은 민족 운동의 일환이었다는 것은 새삼 말할 필요조차 없다. 눈솔은 일제 강점기에 한글 보존과 연구만이 조선인이 마지막으로 버티던 "우리 겨레의 희망이요 생명수"였다고 밝힌 적이 있다. 눈솔의 친일 행위는 아무리 그 시기를 일찍 잡아도 1938년 이전으로 거슬러 올라가기 어렵다.

더구나 박중훈은 눈솔이 4차 국제언어학자대회에 참석한 뒤에 이루어진 유럽 여행을 토대로 '일제의 나팔수 노릇'을 충실히 수행했다고 주장하지만 이 또한 받아들이기 어렵다. 북아일랜드에 대하여 눈솔은 "다블린시의 분위기와는 전연 달러서 [벨파스트] 시가지의 정돈이라던지 문화 설비가 훨씬 명랑해 보이고 상계(商界)도 훨씬 활발해 보인다"니 "영국 통치하에 있는 북방 정권이 더 부(富)하고 행복스럽다"니 하고 말한다.[67] 잘 알려진 것처럼

---

66) 박중훈, 「일제 강점기 정인섭의 친일 활동과 성격」, 『역사와 경계』(부산경남사학회), 89집(2013), 177~178, 199쪽.

67) 앞의 글, 183쪽. 또한 박중훈은 "대회 참석 후 이어진 3개월여에 걸친 서구, 중동, 동남아로의 여행은 그 자신의 안목을 높이는 계기가 되었지만, 그 경험을 일제의 황도주의 문학 이론 정립과 서양 문화의 비하에 주로 쓰게 되어 결과적으로는 일제의 의도대로 움직이고 말았다"(285쪽)고 주장한다.

가톨릭 신자가 절대적으로 많은 아일랜드와는 달리 스코틀랜드에서 건너온 개신교 신자가 많은 북아일랜드는 영국에서 독립하지 않고 영국의 일부로 그대로 남아 있었다.

그러다 보니 영국에서 갓 독립하여 신생국가로 발돋움하던 남부 아일랜드는 북아일랜드와 비교하여 사정이 열악할 수밖에 없었다. 아일랜드는 식민지 근대화론을 말하기에 그렇게 적절하지 않다. 인구 부족과 노동력 부족, 지리적 고립성으로 산업혁명 과정에서도 아일랜드는 빈곤한 농업 지역으로 남아 있었다. 올리버 크롬웰의 아일랜드 정벌 이후 농지의 대부분은 잉글랜드계 개신교 지주와 잉글랜드인 부재지주들의 소유이어서 대다수 아일랜드인은 빈곤한 소작농 신분이었다. 오죽 했으면 영국인들은 아일랜드인을 피부색깔은 희지만 아프리카 원주민과 같다고 하여 '하얀 흑인' 또는 '하얀 침팬지'로 불렀을까?

박중훈은 눈솔이 「애란 기행」에서 "식민 통치의 우월성을 강조함으로써 [식민지 주민의] 저항력을 무력화시키고 있다"[68]고 주장한다. 그러나 이 주장은 뒷받침할 만한 이렇다 할 근거가 없다. 눈솔이 북아일랜드가 남부 아일랜드보다 상업이 활발하고 생활이 조금 낫다고 묘사했다고 하여 영국 식민주의를 두둔하거나 지지하는 것으로 볼 수 없기 때문이다. 그는 오히려 아일랜드가 오랫동안 영국의 식민지 통치를 받아 왔으면서도 문학과 예술에서는 찬란한 꽃을 피웠다고 말한다. 그가 일찍이 일본 유학 시절부터 아일랜드에 애틋한 감정을 느낀 것은 바로 북대서양 섬나라에서 식민지 조선의 모습을 발견했기 때문이다.

---

68) 정인섭, 「애란 기행: 대서양 건너 고향으로」, 66, 71쪽.

아일랜드는 그 당시 아직도 영국의 보호국으로 있으면서도 어느 정도 자치의 요구가 관철됐던 때다. 그러나 오랫동안 영국 제국에 시달렸던 만큼 행정과 경제에 있어서는 고달프지마는 켈트 민족과 그 기질을 바탕으로 한 애란 문예부흥 운동은 큰 성공을 이루어서 영국 본토 사람들의 문학에 상당한 자극을 주고 있었다.[69]

위 인용문에서 키워드는 다름 아닌 '애란 문예부흥 운동'이다. 눈솔은 식민지 조선에서도 아일랜드가 이룩한 문예부흥 운동 같은 운동이 일어나도록 그 나름대로 노력하였다. 그가 연극 운동에 관심을 기울인 것도 어떤 의미에서는 이러한 노력의 일환이었다. 눈솔의 지적대로 켈트 문화에 기반을 두고 있는 이 문예부흥은 아일랜드인들이 민족의식에 눈을 떠 마침내 영국으로부터 정치적 독립을 쟁취하는 데 견인차 역할을 하였다. 더구나 애란 문예부흥 운동은 영국 문학에도 적잖이 영향을 끼쳤다. 실제로 윌리엄 버틀러 예이츠 같은 시인이나 제임스 조이스 같은 소설가, 존 싱 같은 극작가는 영국 문학에서는 좀처럼 찾아보기 어렵다.

박중훈이 범하는 가장 큰 오류는 눈솔의 친일 행위를 부각하려는 나머지 그의 행위를 왜곡하여 받아들인다는 점이다. 눈솔은 『온도루야화』의 서문 '반세기의 이야기'에서 "올해 정월부터 『해외문학』이라고 하는 월간지를 발행하고, 그 책임과 의의를 위해 힘쓰는 한편, 한쪽에서는 향토 연구회가 발의되어 가까운 시일 내에 발표할 예정이다. 현재 한국의 과거를 기점으

---

69) 정인섭, 「아일랜드 여행」, 『이제는 하고 싶은 이야기』, 28쪽.

로 해서, 올해부터 제2기 르네상스 시대로 접어 들어섰고…"[70]라고 말한다. 이에 대하여 박중훈은 "[눈솔이] 말하는 '올해부터 제2기 르네상스 시대'는 10여 일 전에 1926년 12월 23일 다이쇼(大正) 천황이 사망하고 아들 히로히토(裕仁)가 천황으로 등극한 사건을 가리킨다"고 지적한다. 그러면서 박중훈은 계속하여 "식민지 지배라는 암울한 현실은 물론 그 전해에 일어난 6·10만세운동의 여운이 채 가시지 않았음에도 새 천황 쇼와(昭和)는 물론이고 다이쇼 천황까지를 찬양한 수사였다"고 말한다.[71]

그러나 눈솔의 인용문을 좀 더 찬찬히 뜯어보면 박중훈이 의도적으로 오독하고 있음을 알 수 있다. 눈솔은 일본 유학 시절부터 이 '르네상스'니 '문예부흥'이니 하는 말을 입에 달고 살다시피 하였다. 예를 들어 눈솔은 경성에 '카카듀'라는 다방과 관련하여 "그때 마침 해외문학파 그룹이 사실상 한덩어리가 되어 한국에 새로운 '루네쌍스' 운동을 일으키려는 판이었기 때문에 그들이 기분 좋게 자주 만날 수 있는 장소가 필요하니 다방을 차리라고 했다"[72]고 회고한다. 또한 눈솔은 조선민속학회에 관련한 글에서도 자신의 책과 손진태의 『조선민담집』이 "한국의 민속 연구와 한국의 문예부흥의 토대가 되기를 바라고 있었다"니 "나는 이와 같이 한국의 '루네쌍스'를 위해서 민속의 개발을 주창했지만, 동시에 외국문학을 수입해야 된다는 입장에서 외국문학연구회란 것을 만들었다"니 하고 말한다.[73] 여기서 눈솔이 말

70) 정인섭, 「서(序): 반세기의 이야기」, 『溫突夜話』(東京: 三彌井書店, 1983), 19쪽. 이 책은 1927년 3월 도쿄의 니혼서원에서 처음 출간된 뒤 절판되었다가 1983년에 다시 출간되었다.

71) 박중훈, 「일제 강점기 정인섭의 친일 활동과 성격」, 184쪽.

72) 정인섭, 「해외문학파와 다방 카카듀」, 『이제는 하고 싶은 이야기』(서울: 신원문화사, 1980), 55쪽.

73) 정인섭, 「조선민속학회」, 『버릴 수 없는 꽃다발』(서울: 이화문화사, 1968), 252쪽.

하는 '한국의 문예부흥'과 '한국의 루네쌍스'란 『온도루야와』 서문의 '제2기 르네상스'와 같은 표현이다.

더구나 방금 앞에서 지적했듯이 이 무렵 눈솔만큼 그렇게 식민지 조선의 현실을 아일랜드의 현실과 같은 차원에서 보려고 한 지식인도 없었다. 눈솔이 "현재 한국의 과거를 기점으로 해서, 올해부터 제2기 르네상스 시대로 접어 들어섰고"라고 말하는 것은 외국문학연구회가 조직되고 그 기관지로 『해외문학』을 발간하고 이보다 조금 앞서 일본에서도 유명한 학술지 『향토연구』에 눈솔이 일본어로 「한국의 향토 무용」이라는 논문을 발표하며 『온도루야화』를 출간하여 조선의 민속과 설화를 널리 알린 것을 두고 이르는 말이다.

여기서 잠깐 『해외문학』 창간호에 실린 레이먼드 밴토크의 '창간 축사' 편지를 살펴보는 것이 좋을 것 같다. 와세다대학에서 영문학을 강의하던 그는 눈솔과는 이런저런 이유로 친분이 깊었다. 이 축하 편지에서 밴토크는 영국문학도 르네상스 시대는 말할 것도 없고 그 전후로도 외국문학의 영향을 많이 받으며 발전해 왔다고 말한다. 그러면서 그는 "그대들의 이 새로운 잡지가 조선의 문학 생활에 제20세기 루네싼쓰의 선구자가 되기를 희망합시다"[74]라고 결론 짓는다. 눈솔이 말하는 '르네상스'는 밴토크가 말하는 '루네싼쓰'와 크게 다르지 않아서 일제에게 빼앗긴 한민족을 다시 살려 내기 위한 제2의 도약을 의미할 뿐이다. 그러므로 눈솔이 '제2기 르네상스 시대' 운운한 것은 다이쇼 천황이 사망하고 그의 아들 히로히토가 천황으로 등극한 것과는 아무런 상관이 없다.

---

74) 레이먼드 밴토크, '창간 축사', 『해외문학』 창간호, 3쪽.

여기서 한 가지 유념해야 할 것은 눈솔이 자발적으로 친일 행위를 한 것은 맞지만 그렇다고 그 행위로 그의 업적 모두를 덮어 버리는 데는 문제가 있다는 점이다. 값비싼 포도주를 따다가 코르크 마개가 병 속으로 들어갔다고 가정해 보자. 포도주 전체를 버릴 것인가, 아니면 코르크 부스러기를 걸러내고 포도주를 마실 것인가? 이 책의 저자(김욱동)는 전자보다는 후자를 택하는 쪽이 바람직하다고 생각한다. 눈솔의 친일 행위는 분명히 밝혀냄으로써 후세에게 경종을 울려 마땅하지만, 그와 동시에 그가 이룩한 업적은 업적대로 인정해 주는 것이 타당할 것이다.

2014년에 울산시광역시에서는 '정명(定名) 600주년' 기념사업으로 울산발전연구원 울산학센터에 의뢰하여 '울산의 인물' 586명을 선정하였다. 처음 예비후보로 이름을 올렸던 인물 가운데 친일인명사전에 등재되었거나 친일 행적이 기록으로 남은 사람들 중에서 일본 고등계 형사로 악명이 높던 노덕술(盧德述)를 비롯하여 일본 정부로부터 다이쇼대례(大正大禮) 기념장과 쇼와대례(昭和大禮) 기념장을 수여받은 김철정(金澈禎), 이토 히로부미(伊藤博文) 통역관으로 활약한 송태관, 일제 강점기 관료를 지낸 손영목(孫永穆) 등 4명은 최종 선정 작업에서 제외되었다. 그러나 박관수, 신고송, 정인섭, 이종만은 친일 행동이 인정되지만 다른 업적이 크다는 이유로 '울산의 인물'로 선정되었다. 물론 이러한 선정을 두고 그동안 논란이 없었던 것은 아니지만, 눈솔을 비롯한 몇몇 인사를 명단에 포함한 것은 타당하다고 볼 수 있다.

눈솔 정인섭이 연희전문학교를 떠난 것은 일제의 식민지 통치에서 벗어난 지 몇 달 지난 1946년 3월이다. 그가 왜 교수직을 그만 두었는지 지금으로서는 자세히 알 수 없다. 다만 눈솔은 해방 직후 해외로 진출하여 국제무대에서 활약할 계획을 세우고 있었다고만 밝힐 뿐이다. 해방되자마자 연희전문에서 같이 근무하던 동료 교수들이 하나둘씩 학교를 떠났다. 예를 들어 유억겸은 문교장관으로, 이순택은 재무장관으로, 최순주는 한국은행 총재로, 최현배는 문교부 편수국장으로, 그리고 이묘묵은 주한미군사령관 겸 미군정청 군정사령관 존 하지의 통역으로 진출하였다. 유독 눈솔만이 신생국가를 설립하는 주역의 대열에 참여하지 못한 셈이다.

이와 관련하여 눈솔은 조선이 일제의 식민지에서 벗어나자마자 어떤 사람들은 관직을 꿈꾸고 어떤 사람들은 돈벌이를 계획하였다. 그는 "지위와 소유권이 뒤범벅되는 소용돌이 속에서 모두들 법석했다. 더구나 숨 가쁘던 상아탑을 뛰쳐나와 비약의 무대를 지향하는 사람들도 많았다"[75]고 회고한다. 눈솔도 상아탑을 나왔지만 연희전문의 동료 교수들과는 사뭇 다른 길을 갔다. 그는 해방 직후에 해외에 진출하여 국제무대에서 활약할 꿈을 꾸고 있었다고 밝히지만 이 무렵 마땅한 진로를 찾지 못한 것에 대한 변명처럼 들린다. 갑자기 해외 진출을 언급하는 것이 뜬금없기 때문이다.

이 무렵 눈솔은 도쿄 유학 시절부터 색동회와 조선소년연합회를 통하여 서로 잘 알고 지내던 아동문학가 김태오(金泰午)로부터 중앙여자대학의 법문학부 부장직을 제의받았다. 김태오는 임영신(任永信)이 운영하는 이 학교에서 부학장으로 있었다. 그는 처형인 임영신과 함께 1934년에 중앙보육학교를 인수하여 1945년에 중앙여자대학, 1948년에 중앙대학으로 개편하면서

---

75) 정인섭, 「해양 진출」, 『이제는 하고 싶은 이야기』, 81쪽.

주요 보직을 맡았다. 눈솔은 김태오의 제안을 받아들이되 학교 강의에만 얽매이지 않고 학교 밖의 다른 일도 자유롭게 할 수 있다는 약속을 받아냈다.

눈솔이 말하는 강의 외의 다른 일이란 '영어문학사'라는 번역 사무실을 운영하는 일과 교통부 해사국의 미국인 국장 존스의 고문 역할이었다. 1947년에는 해사국의 부국장에 임명되어 필리핀으로 출장을 가서 상륙용 함정(LST)을 여러 척 구입해 왔다. 그 뒤 눈솔은 대한해운공사의 고문으로 자리를 옮겼다. 이렇게 눈솔이 해사국이나 해운공사와 관련을 맺은 것은 그의 영어 실력 때문이었다. 해방 이후 그만큼 영어를 잘 하는 사람을 찾기 쉽지 않았다.

1948년에 눈솔은 해운공사의 석두옥(石斗鈺) 이사와 함께 홍콩으로 출장을 갔다. 남달리 지적 호기심이 많은 눈솔은 홍콩대학을 방문하여 영문학과 중국문학 교수들을 만났다. 그 자리에 있던 일간신문의 중국인 기자의 주선으로 눈솔은 그때 마침 홍콩을 방문하던 런던대학교의 '아시아·아프리카 연구원(SOAS)'의 극동학과 교수 월터 사이먼을 만나게 되었다. 독일 태생인 그는 1차 세계 대전 때 영국으로 망명하여 줄곧 런던대학교에서 중국 고전을 강의해 왔다. 그는 중국어는 말할 것도 없고 한국어에도 관심이 많았다. 특히 사이먼은 베를린대학교에 근무할 때 그곳에서 공부하던 한국인 유학생 이극로를 잘 알고 있었다. 그는 런던대학교에 중국어와 일본어 두 전공 분야가 있지만 앞으로 한국어 전공을 설치하려고 한다면서 그렇게 되면 교수로 올 의향이 없느냐고 물었다. 이 무렵 마땅한 직업이 없던 눈솔로서는 선뜻 그 제안을 받아들였다.

신생 대한민국 정부에서는 1945년 8월 이후 한국의 수역에 출입한 일이 있는 모든 일본 선박과 조선 치적선(置籍船)은 미 군정청에 귀속된다는 미군정 법령 제33호에 근거하여 1949년 4월부터 일본에 잔류 중인 대한해운공사(조선우선) 소속 선박에 대한 반환 교섭을 벌였다. 정부는 해운공사 사장 김용주(金龍周)를 대표로 하여 법무국장 홍진기(洪進基)와 해운국장 황부길(黃富吉) 등을 위원으로 하는 선박 사절단을 일본으로 파견하였다. 이때 눈솔도 사절단의 일원으로 일본에 건너가 맥아더 사령부를 상대로 반환 교섭을 벌였다.

1950년 2월 눈솔은 몇 해 전 홍콩에서 만난 월터 사이먼 교수로부터 편지 한 장을 받았다. 런던대학교의 '아시아·아프리카 연구원'에 한국어 전공이 설치되었으니 교수로 오지 않겠느냐는 반가운 소식이었다. 같은 해 4월 초에는 학교 당국에서 1950년 10월부터 1953년 9월까지 만 3년 극동학과 교수로 임명한다는 공식 서한과 함께 계약서를 보냈다. 눈솔은 조금도 주저하지 않고 그 초청을 받아들였다. 그도 그럴 것이 교통부 해사국이나 대한해운공사에 관계한 것은 학자로서는 일종의 '외도'와 다름없기 때문이다. 눈솔은 곧 외무부에서 여권을 받은 뒤 5월 마지막 월요일에 영국 공사관에서 비자를 신청하려고 준비하였다.

그런데 눈솔이 비자를 발급받으려고 한 날 바로 하루 전 6월 25일 일요일 새벽 한국전쟁이 일어났다. 이 무렵 신촌 대현동에 살고 있던 눈솔은 세 달 동안 홍제동 초가집에 숨어 살다가 9·28 서울 수복 때 가족들을 인천에서 해운공사의 피난선을 태워 부산으로 피난시켰다. 다시 문을 연 영국 영사관에서 가까스로 비자를 받은 눈솔은 그해 12월 서울중학교 교장 김원규(金元圭)와 함께 김포공항에서 비행기를 타고 일본으로 건너갔다. 그가 필리핀 마닐라를 거쳐 런던공항에 도착한 것이 12월 18일이었다. 계약서에는 10월 1일부터 근무하기로 되어 있었지만 눈솔은 무려 두 달 반이나 늦게 런던에 도착했던 것이다.

5

런던(1950~1956)

눈솔 정인섭은 1950년 10월부터 1953년 9월까지 런던대학교의 '동양 및 아프리카(SOAS) 연구원'에서 교수로 주로 한국학을 강의하였다. 여기서 '교수'로 표기했지만 미국식을 따르는 한국의 교수 직급 제도와 영국의 교수 직급 제도가 서로 다르다. 눈솔이 런던대학교에서 받은 정확한 직함은 'Professor'가 아니라 'Lecturer'였다. 이 'Lecturer'는 'Professor'와 그 아래 직급인 'Reader'의 다음 직급으로 굳이 한국 교수 직급과 관련 짓는다면 아마 전임강사에 해당할 것이다. 영국 대학에서는 학과장만이 '교수'라는 직함을 받고 과주임의 역할을 맡는다.

직급이야 어찌 되었건 고국에서 전쟁을 겪으며 힘겹게 살아가는 동료 교수들과 비교하면 눈솔에게는 여간 큰 행운이 아니었다. 그의 가족도 부산에서 피난 생활을 하다가 그 이듬해 큰아들 해룡이 영국에 건너갔고, 몇 달 뒤에는 나머지 여섯 식구도 모두 런던에 도착하였다. 여덟이나 되는 눈솔의 대가족이 런던에 모여 그의 말대로 "옹기종기" 살았다. 한국전쟁이 마침내 휴전에 들어갈 때까지 눈솔과 그의 가족은 전쟁의 고통과 참화를 피하여 외국에서 비교적 편안히 살 수 있었다.

눈솔이 영국을 방문한 것은 물론 이번이 처음이 아니었다. 1936년에 덴마크 코펜하겐에서 열린 4차 국제언어학자대회를 참석한 뒤 그는 영국과 아일랜드, 스코틀랜드를 방문한 적이 있다. 그러나 영국의 유명한 대학에서 3년 동안 한국학을 가르치는 것은 이번이 처음이었다. 와세다대학에서 영문학을 전공한 그로서는 영문학의 본산지 영국에서 거주하면서 한국학을 가르친다는 것은 큰 영광이요 자부심이 아닐 수 없었다.

눈솔은 한국전쟁이 일어나는 바람에 예정보다 세 달이나 뒤늦게 12월 18일에 런던에 도착하였다. 강의를 시작하기에는 너무 늦어 대신 눈솔은 극동학과 교수들을 상대로 한국어 특강을 하였다. 그들은 중국어나 일본어 같은 동아시아 언어 전공자들인 만큼 한국어에도 관심이 크기 때문이다. 그 다음 학기부터 눈솔은 한국어를 비롯한 한국학을 강의하였다. 좀 더 자세히 말하면 그는 한국어를 비롯하여 한국 문화, 한국사, 한국 음악, 동서문학 비교 같은 강의를 맡았다.

눈솔은 그때 가르친 학생 중에서 가장 기억에 남는 사람으로 케임브리지대학교 일본어학과에서 『만요슈(萬葉集)』에 나타난 고대 일본어 발음 연구로 박사학위를 받은 윌리엄 스킬런드를 꼽는다. 그는 이 당시 런던대학교 극동학과에서 한국어를 공부하고 있었다. 스킬런드는 한국어를 전공한 최초의 영국인으로 뒷날 런던대학교 극동학과 한국어 교수가 되었다. 한국의 근대소설에 관심이 많은 그는 여러 차례 한국을 방문하였다. 또한 스킬런드는 1977년에 '유럽 한국학회(AKSE)'를 창설하여 한국학 연구에 크게 이바지하였다.

눈솔 정인섭은 런던대학교에서 한국학을 강의하는 한편 이 대학의 대학원 음성학과에 입학하여 본격적으로 이 분야를 전공하였다. 1920년대와 1930년대에는 외국에서 학사 학위만 받아도 식민지 조선에서 교수로 취직할 수 있었다. 가령 이헌구, 이하윤, 김진섭, 손우성 같은 외국문학연구회 회원들도 눈솔처럼 석사 학위나 박사 학위 없이 오직 학사 학위만으로도 대학교수 자리를 얻을 수 있었다. 그만큼 이 무렵 외국에서 외국문학을 전공한 사람의 수가 적었다. 그러나 눈솔은 이왕 영국에 체류하고 있는 터라 석사 과정을 밟아 상위 학위를 받는 것이 좋겠다고 판단하였다. 특히 런던대학교의 음성학과는 이 무렵 세계적으로 명성을 떨치고 있었고, 조선어학회 회원으로 외래어 표기법과 로마자 표기법에 관심이 많던 눈솔로서는 이 대학에서 음성학을 좀 더 체계적으로 공부하고 싶었을 것이다.

눈솔은 1951년 3월 박사 과정에 정식으로 등록하였다. 그가 강의를 하면서 동시에 대학원에 적을 둘 수 있었던 것은 영국의 학제 때문이었다. 교과학습(코스워크) 중심의 미국 대학원과는 달리 영국 대학원에서는 과목 수강보다는 연구에 무게를 싣는다. 학제는 미국과 크게 다르지 않아서 석사 과정에 들어갈 수도 있고 직접 박사 과정에 들어갈 수도 있었다.

나는 박사 과정에 등록을 했다. 음성학과에 적을 두었는데 퍼드 과장 밑에 차석으로 있으면서 지도교수 스코트 씨를 가끔 찾아 그가 시키는 대로 나의 희망에 따라 강의도 듣고 리포오트도 썼다. 그는 내가 제출한 글을 세 번이나 퇴짜를 놓았다.

매주 6시간 정도를 듣는데 스코트 씨의 음성학 강의, 핸더슨 여사의 음소학 강의, 카니건 씨의 아프리카의 하우사(語) 등등, 그리고 조교가 지도하는 인공구개(人工口蓋)의 실험도 그 기구를 만들어 열심히 공부했다. 학기마다 과목도 다르고 시간도 달랐다. (…중략…) 그리고 과장 퍼드 씨는 일반 언어학 문제를 다루면서 그가 새로이 제창하는 프로소디(prosody)의 학생을 소개했다.[1]

위 인용문을 보면 앞에서 잠깐 언급한 영국의 교수 직급을 좀 더 쉽게 이해할 수 있을 뿐만 아니라 이 무렵 대학원 교육 방식도 잘 알 수 있다. 음성학 학과장 퍼드는 정교수인 'Professor'이고, 눈솔의 지도교수인 스코트는 'Reader'다. 눈솔이 제출한 보고서를 세 번이나 '퇴짜'를 놓은 것을 보면 스코트는 엄격한 교육자였던 것 같다. 음소학을 강의하던 핸더슨이나 아프리카어를 강의하는 카니건은 모르긴 몰라도 아마 눈솔처럼 'Lecturer'의 신분이었을 것이다. 이 전임강사에도 '일반 전임강사(Lecturer)'와 '상급 전임강사(Senior Lecturer)'로 나뉜다. 눈솔에게 인공구개 실험을 지도하던 조교는 전임강사보다 한 단계 아래 직급으로 흔히 '연구 조교(Research Assistant)' 또는 '연구 펠로우(Research Fellow)'라고 부른다.

이렇듯 눈솔은 대학원 과정에서 몇몇 강의를 듣고 시험을 치르는 한편 실험 같은 연구를 수행하였다. 2년 과정을 마친 1953년 9월 그는 마침내 런던대학교 음성학과를 수료하였다. 이해에 런던대학교와의 계약이 만료되어 일본 대학으로 옮겨가는 바람에 그는 미처 박사학위에 필요한 과정을 모

---

1) 정인섭, 「런던대학」, 『못다한 인생』(서울: 휘문출판사, 1986), 221~222쪽.

두 밟을 수 없었기 때문이었다. 눈솔이 이력서나 자기 소개서에 '졸업'이라고 쓰지 않고 대신 '수료'라고 쓰는 것을 보면 2년 동안 교육 과정만을 끝낸 것 같다. 만약 그가 대학원 석사 과정에 입학했더라면 '수료'가 아니라 정식으로 석사 학위를 받았을 것이다. 눈솔은 뒷날 귀국하여 1958년에 중앙대학교에서 명예문학박사 학위를 받았다.

♣

눈솔 정인섭은 극동학과에서 강의하고 대학원 과정을 이수하면서도 문학에 관한 관심도 게을리 하지 않았다. 가령 그는 일본 유학 시절부터 틈틈이 사 모은 책들을 한국전쟁 중에 모두 잃어버렸다. 그래서 그는 런던에 머무는 동안 런던에서 가장 큰 헌책방 '포일스'에 자주 들러 영문학 서적, 그중에서도 주로 현대 시집을 구입하였다. 영국 시인 중에서 눈솔이 가장 좋아하는 사람은 낭만주의를 대표하는 윌리엄 워즈워스였다. 눈솔은 세계의 모든 시인을 통틀어 이 영국 시인을 가장 위대한 시인으로 평가한다. 워즈워스에 대하여 눈솔은 "뭐니 뭐니 해도 그의 시는 소박하고 순한 자연스러운 호흡의 말과 문장으로 나의 마음을 깊이 감동시키기 때문이다"[2]라고 밝힌다. 언어학에 관심이 많은 눈솔로서는 시를 비롯한 문학 작품에서도 '자연스러운' 언어를 좋아하였다. 실제로 워즈워스는 될수록 고답적인 시어를 피하고 민중이 길거리에서 사용하는 친근하고 소박한 일상어를 구사하였다. 그래서 그런지 눈솔의 시를 읽다 보면 워즈워스의 작품과 닮은 데가 적지 않다.

2) 정인섭, 「자연과 인생」, 『이렇게 살다가』(서울: 가리온출판사, 1982), 55~56쪽.

워즈워스의 자연스러운 언어 구사도 구사지만 눈솔은 무엇보다도 그의 자연관에 매료되었다. 산촌과 농촌 마을 언양에서 태어나 자란 눈솔로서는 평생 자연을 노래한 영국 시인이 마음에 들었다. 자연을 생명을 지닌 유기적 독립체로 인식했다는 점에서 워즈워스와 눈솔은 서로 닮았다. 또한 워즈워스가 "어린이는 어른의 아버지"라고 노래할 정도로 어린이를 찬양한다는 점도 눈솔의 관심을 끌기에 충분하였다. 특히 눈솔은 워즈워스의 작품 중에서도 「어린 시절을 회상하고 얻은 불멸성의 암시에 관한 송가」라는 작품을 제일 좋아하였다. 눈솔은 이 송가야말로 "가장 감명 받고 일평생 [그의] 심금을 울리는" 작품이었다고 말한 적이 있다. 특히 그는 워즈워스가 "동심(童心)의 영원성"을 노래한 것에 무척 감동을 받았다.

더구나 이 무렵 눈솔은 영문으로 한국 문화와 관련한 저서를 집필하기도 하였다. 무엇보다도 먼저 그는 일본 유학 시절 일본어로 출간한 『온도루야와』를 영어로 번역하면서 그 내용을 보충하였다. 이 영문 저서를 위하여 그는 한국의 신화, 전설, 동화, 우화, 고대소설 등 모두 99편을 완성하였다. 눈솔의 강의를 듣던 오스트레일리아에서 유학 온 한 학생이 영어 원고를 다듬어 주면서 타이프로 작성해 주었다.

눈솔은 타자 원고 2부를 만들어 그중 한 부를 극동학과 주임교수 사이먼에게 보여주었다. 그랬더니 사이먼은 내용이 재미있다고 하면서 영국에서도 유명한 라우틀리지 키건폴 출판사를 소개해 주었다. 출판사는 눈솔의 원고를 검토한 뒤 선뜻 출간하였다. 그 책이 바로 눈솔을 세계에 널리 알린 『*Folk Tales from Korea*』(1952)다. 이 책의 출간과 관련하여 그는 "그 책이 나왔을 때 인세도 받을 만큼 받아서 아들 학비에 보태 썼지마는 그 책이 나왔을 때 나의 기쁨은 한량없었고, 또 여러 사람들에게서 칭찬도 많이 받았다"[3]고 회고한다.

실제로 서구 세계에 한국 문화를 처음 소개하는 이 책이 출간되자 여러 신문이나 잡지에서 관심을 가지고 호의적인 서평을 실었다. 예를 들어 영국의 대표적인 일간신문 『런던 타임스』는 '문예 부록'에 이 책에 관한 서평을 실었다. 특히 영국 노동당 기관지 『데일리 워커』에서는 흥미롭게도 홍길동에 관한 이야기를 '한국의 로빈 후드'로 소개하였다. 이 잡지는 노동자 계급을 대변하는 기관지인 만큼 탐관오리에 맞서 싸우는 의적 홍길동과 12~13세기경부터 영국에 전해져 내려오는 전설적인 의적 영웅 로빈 후드 사이에서 유사점을 발견한 것이었다.

영국에 이어 미국에서도 출간된 영문 저서 『Folk Tales from Korea』는 영국뿐만 아니라 대서양 건너 미국에서도 호평을 받았다. 가령 하버드대학교에서 일본학과 한국학을 가르치던 에드윈 라이샤워 교수는 『트리뷴』에 이 책의 서평을 기고하였다. 이 밖에도 오스트레일리아와 인도 등지에서도 눈솔의 이 책은 큰 관심을 끌었다. 한마디로 이 책은 그동안 서구에 '은자의 나라'로 알려진 한국의 문화를 전 세계에 널리 알리는 데 크게 이바지하였다. 이 책의 가치를 누구보다도 인정하는 극동학과의 사이먼 교수는 이 저서를 집필한 공로로 눈솔에게 문학박사 학위를 수여하도록 런던대학교에 건의했지만 대학 당국은 그러한 규정이 없다는 이유로 거절하였다. 물론 지금 이 책을 읽어 보면 출판사에서 서둘러 출간한 탓인지 번역이 서툴고 문법과 철자가 틀린 곳도 자주 눈에 띄는 등 부족한 점도 없지 않았다.

3) 앞의 글, 224쪽.

그러나 호사다마(好事多魔)라고 눈솔은 이 일로 곤욕을 치를 뻔도 하였다. 한국의 어느 일간신문에서 사설에 이 책에 실린 「산과 강」이라는 설화를 문제 삼고 나선 것이다. 이 이야기는 산과 강이 어떻게 하여 생겨났는지 설명하는 일종의 창조신화다. 이 신화에 대하여 눈솔의 말을 직접 인용하는 것이 좋을 것이다.

임금님이 어떤 거인에게 옷을 하사했더니, 그는 기뻐서 춤을 추는데 그 때문에 햇빛이 가리워져서 곡식이 잘 안 됐다. 그래서 그는 만주 벌판으로 추방당했는데, 거기서 흙과 바닷물을 많이 먹고 배출한 것이 큰 산이 되고, 앞뒤로 흘러내린 것이 두 개의 강이 됐다는 이야기였다.
그리이스 신화나 어느 민족의 창조신화에도 이아 비슷한 자연물 창조의 인격화가 허다하다. 그뿐 아니라 이 신화는 그보다 25년 전에 이미 역사가 손진태가 일본말로 지은 『조선민담집』에도 나와 있고, 나의 『온돌야화』에도 뚜렷이 적혀 있는 이야기다.[4]

위 인용문에서도 볼 수 있듯이 한국의 일간신문이 도대체 왜 산과 강과 관련한 창조신화를 문제 삼았는지 알 수 없다. 한반도가 아닌 만주를 신화의 배경으로 삼은 것을 문제 삼는다면 지나치게 국수주의적 발상이라고 아니할 수 없다. 오히려 만주는 한때 한민족이 살던 땅이었다. 그렇다면 여기서 큰 산이란 한민족의 영산 백두산을 말하고, 백두산에서 발원하는 두 강은 남서쪽으로 흐르는 압록강과 동쪽으로 흐르는 두만강을 가리키는 것으

4) 앞의 글, 224~225쪽.

로 볼 수 있다. 눈솔이 언급하는 신화는 중국의 창세신화인 반고(盤古) 신화에도 이와 비슷한 이야기가 나온다. 반고가 죽을 때 두 눈동자는 태양과 달이 되었고, 사지는 산, 피는 강, 혈관과 근육은 길, 살은 논밭, 수염은 벼로 피부는 초목이 되었다고 전해온다.

그런데 문제는 누군가가 이 신문 사설을 읽고 이승만 대통령에게 왜곡하여 보고했다는 데 있다. 이 당시 영국 공사로 와 있던 이묘묵은 눈솔에게 대통령이 이 문제로 그를 오해하고 있다고 귀띔해 주었다. 눈솔로서는 "너무나 어처구니없는 와전"이라고 아니할 수 없었다. 아니나 다를까 눈솔은 1953년 3월 2일자로 이승만한테서 편지 한 통을 받았다. 영문 타자기로 작성하고 이승만이 직접 서명한 편지 내용은 다음과 같다.

친애하는 정 교수

당신이 신문에서 오려 보내준 기사를 읽어 보아도 당신은 런던에서 학문에서 큰 성공을 거두고 있는 것 같습니다. 그것에 당신은 자부심을 느껴야 합니다. 일반적 상황이라면 당신이 학문적 성취에 만족할 때까지 그곳에 몇 년 더 머물러 있기를 바랄 터입니다. 그러나 우리는 지금 한국 역사에서 아주 중요한 전환기에 놓여 있어 당신 같은 서구 교육을 받은 유능한 지도자들이 절실히 필요합니다.

우리에게는 그러한 지도자들이 채워야 할 중요한 자리가 많이 있습니다. 그러니 당신이 숙고하여 가능한 빨리 귀국하기를 부탁드립니다. 우리는 이 문제를 서로 상의하여 당신이 가장 능력을 발휘할 수 있는 가장 적절한 자리를 찾아보도록 하겠습니다. 당신이 귀국하면 당신에게 어떤 일자리를 마련

March 2, 1953

Dear Professor Zong:

I received your good letter of January 14.

Even from the newspaper clipping you enclosed, your work in London seems a great scholastic success we ought to be highly proud of. Under ordinary circumstances, we would ask you to remain there for a number of years until you are quite satisfied with your own scholastic attainment. However, we are at a most important and transitional period of our history with a keen shortage of able and western-educated leaders.

We have many important places for such people to fill and I ask you to think it over carefully and return home as soon as you can. We will talk things over and find out what would be the most suitable place in which you can accomplish a great deal. We hope something can be arranged for you when you come home.

Sincerely,

Syngman Rhee

Professor Zong In-sob
School of Oriental and African
 Studies
University of London
London, W.C. 1

1953년 3월 경무대에서 이승만이 런던에 있는 눈솔에게 보낸 편지. 귀국을 종용하지만 눈솔은 이에 응하지 않았다.

해 주고 싶습니다.[5]

이승만의 말대로 "일반적 상황이라면" 눈솔에게 이보다 더 좋은 기회도
없을 것이다. 그러나 이묘묵이 해준 말을 기억하는 눈솔은 이 편지 내용을
의심하였다. '산과 강의 신화' 문제로 그를 고국에 소환하려는 것으로 판단
하였다. 눈솔은 대구고등보통학교 재학 때 교장이었다가 경성제국대학 조
선학과 교수를 거쳐 지금은 일본 덴리대학 교수로 있는 다카하시 도루에게
이 문제를 상의하였다. 그랬더니 다카하시는 눈솔에게 당분간 귀국하지 않
는 것이 좋겠다고 조언해 주었고, 눈솔은 은사의 충고를 받아들여 이승만의
제안을 무시하고 귀국하지 않았다. 이승만한테서 편지를 받은 일은 눈솔이
런던대학교에 근무할 당시 "잊을 수 없는" 일 중 하나였던 것이다.
　눈솔은 『*Folk Tales from Korea*』가 서구에서 관심을 끌자 이번에는 한국 현
대 작가들의 단편소설을 영어로 번역하기 시작하였다. 이 무렵 한국 문단
의 대부(大父)라고 할 이광수를 비롯하여 김동인, 염상섭, 현진건, 최정희, 함
대훈, 방인근, 전영택, 이무영, 안수길 등 작가 22명의 대표작을 골라서 영
역하였다. 그가 선정한 작가 중에서 함대훈은 조금 의외다. 눈솔은 함대훈
과 외국문학연구회와 극예술연구회에서 같이 활동하여 개인적으로 서로
잘 아는 사이다. 그러나 러시아 문학을 전공한 함대훈은 단편소설 작가라기
보다는 장편소설 작가다. 장편소설 중에서도 『폭풍전야』(1938), 『순정해협』
(1939), 『무풍지대』(1938), 『청춘보』(1947) 같은 남녀의 연애를 주제로 한 통속
소설을 쓴 작가로 잘 알려져 있다.

5) 앞의 글, 227쪽.

눈솔은 한국의 단편소설을 영어로 번역하여 「Modern Short Stories From Korea」라고 제목을 붙여 『Folk Tales from Korea』를 출간한 키건폴 출판사에게 타자 원고를 보여주었지만 출판사에서는 눈솔의 말을 빌리면 별로 "구미가 당기지 않는" 모양이었다. 그래서 이번에는 역시 영국의 유명한 출판사 맥밀런을 찾아가 출간을 문의해 봤지만 반응은 역시 마찬가지였다.

이러한 과정에서 눈솔은 중요한 사실 하나를 깨닫는다. 작품의 질 여부를 떠나 서구인들이 원하는 작품과 한국인이 원하는 작품이 서로 다를 수 있다는 점이다. 눈솔은 "서양 사람들이 우리에게 기대하는 것은 그 각도가 전혀 달랐다. 즉 그들은 우리가 서양 사람들의 것을 그대로 모방한다든지, 내용이 비슷한 것을 원하지 않고, 무언가 좀 색다른 것을 원하고 있는 듯했다"[6]고 말한다. 이 말은 한국문학 작품을 외국어로 번역하는 사람이라면 누구나 귀담아 들어야 할 소중한 충고다.

눈솔은 이 책의 출간과는 관계없이 여세를 몰아 한국시를 골라 영어로 번역하였다. 「A Pageant of Korean Poetry」라는 제목으로 영국에서 출간하려고 했지만 이때도 사정이 여의치 않았다. 이 두 책은 귀국한 뒤인 1958년에 이르러서야 국내에서 겨우 출간할 수 있었다. 눈솔은 이 영역 한국 시선으로 4회 번역 문학상을 수상하였다. 또한 그는 소설과 시에 이어 이번에는 『Plays from Korea』(1968)라는 희곡 작품을 번역하여 출간하였다. 그런가 하면 그는 한국문학 전반을 소개하는 영문 저서 『An Introduction to Korean Literature』(1970)를 출간하기도 하였다. 이 책에는 '서구 문학이 현대 한국문학에 끼친 영향에 특별히 주목한다'는 긴 부제가 붙어 있다.

....
6) 앞의 글, 226쪽.

런던에 머무는 동안 눈솔 정인섭은 학문 분야에서 활발하게 활동할 뿐만 아니라 한국을 널리 알리거나 잘못된 정보를 바로잡는 일에도 관여하였다. 예를 들어 한국전쟁이 한창이던 무렵 영중친선협회(英中親善協會)에서는 한국전쟁 전선을 시찰하고 돌아온 한 영국군 대위를 초빙하여 강연회를 연 적이 있다. 그런데 그 강연을 주최한 협회의 회장이 사회를 보면서 남한이 먼저 북한을 침범했다는 요지로 말하였다. 그러자 눈솔은 손을 들고 자리에서 벌떡 일어나 자기는 전쟁이 일어날 당시 서울에 있었고 북한군이 남한을 먼저 침범한 것을 직접 목격했다고 반박하였다. 실제로 6월 25일 아침 외출했다가 집에 돌아온 둘째 딸 미옥이 눈솔에게 신촌 네거리에 군인 지프차가 돌아다니면서 외출한 군인들에게 모두 즉시 부대로 복귀하라고 방송하더라는 소식을 전해 주었다. 눈솔은 곧 라디오 방송을 통하여 북한의 침략 소식을 들었다.

눈솔이 나중에 알게 된 사실이지만 영중친선협회의 회장은 중화인민공화국에 영사로 근무한 적이 있는 사람이었다. 아무래도 그는 남한 쪽보다는 중공 쪽이나 북한 쪽의 주장이 맞는다고 생각했을지 모른다. 그 회장은 런던대학교의 평의원 중의 한 사람으로 그런 일이 있은 뒤 극동학과의 주임교수에게 눈솔에 대하여 묻더라는 것이다.

눈솔은 중영 한국 공사로 있던 이묘묵과 함께 『런던 타임스』에 항의 서한을 보낸 적도 있다. 이 신문은 한 사설에서 한국전쟁 관련 기사를 쓰면서 한국이 강대국에 인접해 있어 자유 독립성을 유지하기 어렵기 때문에 차라리 과거처럼 강대국의 보호를 받는 쪽이 좋다고 썼다. 이 사설을 읽고 분개한 눈솔은 곧바로 공사관으로 이묘묵을 찾아갔다. 그래서 두 사람은 서로 상의하여 사설에 대한 반박문을 작성하여 신문사에 보냈다. 반박문 문구를 두고 신문사 측과 상의하다가 결국 신문사에서는 반박문을 게재하는 대신 사과문을 내는 것으로 합의하였다.

더구나 눈솔은 런던에 머물러 살거나 잠시 방문하는 한국인들을 만나 교제하기도 하였다. 가령 그 당시 영국에는 한국 대사관이 없고 그 대신 공사관이 설치되어 있었다. 초대 공사는 개화파 무신 윤웅렬의 서자이자 구한말의 개화 인사 윤치호의 이복동생인 윤치창(尹致昌)이었다. 그는 공관 건물 임대에서 현지 고용 직원의 임금, 그리고 외교 활동 경비에서 자동차 수리비까지 모든 경비를 개인의 재산으로 부담하였다. 그러나 정부로부터 아무런 지원이 없자 결국 윤치창은 1951년 5월 사직서를 제출하고 귀국하였다. 눈솔은 그가 공사 직을 그만두고 미국으로 떠날 때 그와 그 가족을 전송했다고 밝힌다. 그러나 윤치창은 일단 귀국했다가 그 뒤 미국으로 건너가 1960년 6월 뉴욕한인교회에서 뉴욕한인회를 창립하는 데 참여하였다.

윤치창의 후임 공사로 런던에 새로 부임해 온 사람이 바로 이묘묵이었다. 이묘묵은 눈솔과 함께 연희전문학교에서 교수를 지낸 터라 두 사람은 런던에서 아주 가깝게 지냈다. 이묘묵은 일요일이면 가끔 그의 가족과 눈솔을 데리고 교외로 점심식사를 하러 가거나 숲이 우거진 농원에서 함께 낚시를 하기도 하였다. 한국에서 문제가 된 『Folk Tales from Korea』를 외무부 탁송 우편으로 한국에 몇 부 보내준 사람도 다름 아닌 이묘묵이었고, 이 책의 내용으로 이승만이 오해하고 있다고 귀띔해 준 사람도 이묘묵이었다.

한편 눈솔은 1952년 7월 런던에서 열린 7차 국제언어학자대회에 참석하였다. 4차 대회에 참석할 때 겪은 온갖 고생과 수고와 비교해 보면 런던 대회 참석은 그야말로 누워 떡먹기였다. 이 대회에서 눈솔은 '한글·한문·일어의 글자 비교'라는 논문을 발표하였다. 이 논문에서 그는 한자나 일본 가나(仮名)와 비교하여 한글 자모가 훨씬 우수하다고 주장하였다. 그 근거로 그는 한글 자모는 로마자처럼 홀소리(모음)와 닿소리(자음)를 서로 분리할 수 있을 뿐만 아니라 아래받침(종성)까지 옆으로 풀어서 쓰면 타자기도 아주 쉽게 이용할 수 있다는 점을 들었다. 그러자 한글을 그렇게 풀어쓰기를 하려면 차라리 로마자로 대치하는 쪽이 더 편리하지 않겠느냐고 반론을 펴는 외국 학자가 있었다. 그의 반론에 눈솔은 이렇게 반박하였다.

종성을 아래로 붙여두는 것이 한글에는 어간(語幹)이 잘 구별되고, 또 낱말의 품사가 분명해져서 세계에서 오직 하나인 독특한 글자가 된다고 했다. 즉 표음(表音)과 표의(表意)를 겸하는 이상적인 글자로 하려면 현재대로 종성을 아래에 붙여 모아쓰기로 해야 된다는 것이다. 그리고 타자기는 그 특징에 알맞도록 연구해 내면 되지 않느냐 했다. 아닌 게 아니라 그 후 한글 타자기는 모아쓰기로도 이미 해결되어 있다.[7]

여기서 눈솔은 문자를 흔히 표음문자와 표의문자 두 유형으로 분류하지

---

7) 앞의 글, 225~226쪽. 눈솔은 다른 글에서는 이와는 정반대로 말한다. "나는 1952년 영국 런던에서 열렸던 제7차 세계언어학자대회에 출석하여 한글의 우수성을 강연하는 가운데 한글이 영어 자모와 같이 풀어쓰기를 할 수 있다고 자랑했더니 외국 학자들은 한글의 풀어쓰기를 반대하면서 모아쓰기를 해서 받침이 한데 묶여져야 어원을 잘 알 수 있으며 문법이나 글의 뜻이 시각적으로 빨리 해독될 수 있다고 했다. (…중략…) 그들은 한글이 모아쓰기로 하는 데 그 위대한 가치가 있다는 것을 지적했다"고 밝힌다. 그러면서 눈솔은 서양 것이라면 무엇이든 모방하는 것이 한국 문명의 발전이라고 생각했던 잘못을 깊이 깨달았다고 고백하기도 한다. 정인섭, 「읽기 어려운 전보문」, 『이제는 하고 싶은 이야기』, 265쪽.

만 표음 문자는 다시 '음절 문자'와 '음소 문자'로 세분할 수 있다고 말한다. 전자는 하나의 문자가 하나의 음절에 대응하는 경우인 반면, 후자는 하나의 문자가 하나의 음소에 대응하는 경우다. 한글은 음소 문자로, 일본어는 음절 문자로 분류한다. 예를 들어 '강'이라는 음절은 자음 'ㄱ'과 모음 'ㅏ'와 자음 'ㅇ'의 세 음소로 이루어져 있다. 한 언어 체계 안에서 음소의 수는 수십 개지만, 음절의 수는 적게는 수백에서, 많게는 수천 개나 된다. 그러므로 음절 문자는 음소 문자에 비해 글자의 수가 많이 필요하다. 그 때문에 언어학자들은 음절 문자보다는 음소 문자를 더 발달된 체계로 간주한다. 물론 일본어처럼 음절의 수가 많지 않은 언어에서는 음절 문자를 사용하여도 큰 불편은 없다.

또한 눈솔은 로마자처럼 한글 자모를 펼쳐 쓰지 않고 종성은 종성대로 모음 아래 붙여 두는 것이 어간과 품사를 구별하는 데 도움이 된다고 지적한다. 그의 말대로 세계의 모든 언어에서 오직 한글만이 초성(첫소리)·중성(가운뎃소리)·종성(끝소리)을 결합하여 독특한 음절을 만들어낼 수 있다. 더구나 한글 자모를 모아서 쓰기를 하여야만 표음문자(소리글자)와 표의문자(뜻글자)의 두 기능을 갖출 수 있다는 눈솔의 주장은 참으로 탁견이라고 아니할 수 없다. 표의문자인 중국어와는 달리 한국어는 대표적인 표음문자다. 그러나 눈솔은 한글이 모아쓰기를 통하여 표의적인 성격도 어느 정도 드러낼 수 있다고 지적한다. 눈솔은 구체적인 예를 들지 않지만, 가령 '산'이라는 낱말에서는 들판(ㄴ)에 숲(ㅅ)이나 나무(ㅏ)가 서 있다는 의미를 나타낼지도 모른다. 만약 '산'을 로마자처럼 'ㅅㅏㄴ'으로 풀어서 쓴다면 모아쓰기 할 때의 표의적 특징을 잃어버릴 것이다.

뒷날 눈솔은 「읽기 어려운 전보문」이라는 글에서 런던의 국제언어학자대회에서 발표한 내용을 다시 한 번 언급하면서 풀어쓰기를 하는 대신 모아쓰기를 할 것을 부르짖는다.

우리 민족 문화의 전통 중에서 가장 자랑스럽고 또 우수한 가치를 지닌 것은 한글이요, 또한 그 자모가 모아쓰기로 돼 있다는 것이다. 나는 새삼스럽게 한글의 닿소리의 글자 모습이 음성학적 진리에 가깝고 또 홀소리의 모습이 천지인(天地人)의 창조력의 상징을 하고 있다는 원리를 말하고자 하는 것이 아니다. 다만 그것들이 모아쓰기를 해야 빨리 표의를 겸한다는 것을 말하며 현재 체신부에서 풀어쓰기를 사용하는 전보문이 얼마나 불편하고 알기 어려울 뿐만 아니라 잘못 읽혀지기 쉽다는 것을 지적하고자 한다.[8]

눈솔은 그동안 한글 로마자 표기법을 두고 외솔 최현배와 많이 다투었는데 한글을 풀어쓰기로 할 것인가, 아니면 모아쓰기로 할 것인가 하는 문제를 두고도 의견이 서로 크게 엇갈렸다. 최현배는『글자의 혁명』(1947, 개정판 1956)에서 세로쓰기(종서) 대신 가로쓰기(횡서)를 주장한다. 적어도 이 점에서 최현배는 눈솔과 크게 다르지 않다. 눈솔도 그동안 가로쓰기를 줄기차게 주장해 왔기 때문이다. 다만 풀어쓰기를 할 것이냐, 모아쓰기를 할 것이냐를 두고는 두 사람의 견해가 서로 달랐다. 최현배는 풀어쓰기를 제안하면서 다른 풀어쓰기 주창자처럼 자음 'ㅇ'은 사용하지 않았다. 그가 궁극적으로 꿈꾸던 한글 글자의 혁명은 로마자와 비슷한 것이었다. 물론 그는 로마자를 그대로 사용하자는 주장에는 부당성을 지적하였다.

---

8) 앞의 글, 264~265쪽.

눈솔은 이 무렵 한글 기계화 작업에도 지대한 관심을 보여 하루 빨리 한글 타자기와 한글 텔리타이프를 개발해야 한다고 지적하였다. 안과의사 공병우(公炳禹)가 한국 최초로 '실용적인' 한글 타자기 개발에 성공했을 때 '한글 속도 타자기 보급회'라는 비공식 단체가 발족되었다. 최현배를 회장으로 하고 이광수를 비롯하여 백인제, 주요한, 정인섭 등 10여 명의 위원이 이 보급회에 참여하였다. 이 보급회가 중심이 되어 한글 타자기의 발명이야말로 한민족의 자랑이요 민족 문화의 획기적인 전환점이라고 널리 알리면서 한글 타자기 보급에 앞장섰다. 그 뒤 한글학회에 한글기계화연구소를 설치했을 때도 눈솔은 회장 최현배를 보좌하여 부회장을 맡았다.

이 무렵 눈솔 정인섭은 런던에서 고황경(高凰京)을 만나기도 하였다. 고황경은 일본의 도시샤대학을 졸업한 뒤 미국으로 건너가 미시건대학교 대학원에서 경제학을 공부하여 경제학 석사학위를 취득하였고, 박사 과정에 들어가 사회학을 전공하였다. 해방 후 고황경은 1949년에 미국으로 건너가 프린스턴대학교와 콜롬비아대학교에서 1년쯤 머물면서 인구 문제를 연구하였다. 그 뒤 '영국UN협회' 초청으로 1950년 여름부터 1956년 초까지 영국에 머물렀고, 눈솔이 고황경을 만난 것은 바로 그때다. 그녀는 여성 단체와 교회, 지방 자치단체의 초청으로 영국 각지에 순회강연을 하였다. 눈솔은 고황경을 "한국 소개의 순례자" 또는 "한국의 잔 다르크"라고 부른다.

이 무렵 눈솔이 런던에서 만난 사람 중에는 뒷날 국회의장을 지내고 교양잡지 『샘터』를 창간한 김재순(金在淳), 연희전문학교 동료 교수였다가 재무부 장관이 된 최순주, 고려대학교 총장이던 유진오, 대한해운공사 사장 김용주, 대구고등보통학교 동기 동창생 김두헌 교수 등이 있다. 눈솔은 그들을 런던의 환락가라고 할 소호 거리까지 안내하였다.

눈솔이 런던에서 만난 한국인 중에서 특별히 기억하는 사람은 신익희(申翼熙)와 김성곤(金成坤) 두 사람이다. 손원일(孫元一)과 김동성(金東成) 등과 함께 런던에 온 신익희는 런던대학교로 직접 눈솔을 찾아왔다. 눈솔은 신익희가 이때 "영국 정부의 초청으로" 영국에 왔다고 말하지만, 실제로 1953년에 대한민국 대표로 영국 여왕 엘리자베스 2세의 대관식에 참석하려고 런던에 온 것이었다. 그가 귀국했을 때 인도에서 조소앙(趙素昂)과 만났다는 의혹이 제기되었다. 신익희는 김구(金九)와 김규식(金奎植) 등과 함께 남북협상 참가 의사를 밝히자 여러 번 찾아와 그를 만류한 적이 있다. 이제껏 신익희를 한번도 만나본 적이 없던 터라 눈솔로서는 그의 방문이 자못 의외였다. 굳이 신익희가 자신을 찾아온 이유를 찾는다면 와세다대학 선후배 사이라는 정도였다. 또 중동학교 최규동 교장이 언젠가 눈솔에게 신익희를 언급하면서 앞으로 큰 인물이 될 사람이라고 말한 것으로 보아 최규동이 자기를 소개한 것일지도 모른다고 눈솔은 생각할 뿐이다.

어찌 되었든 눈솔은 신익희에 대하여 "정객이면서도 어딘가 학구적인" 데가 있어 보였다고 회고한다. 눈솔은 여러 날 나름대로 신익희를 안내하여 런던 이곳저곳을 데리고 다녔다. 그때 눈솔은 신익희로부터 무척 좋은 인상을 받았고 두고두고 좋은 추억으로 기억한다.

그때 내가 받은 인상으로는 그러한 지위에 있는 분으로서 어찌 그리 진실해 보일까 생각했다. 그는 성품이 시원스러웠고, 말하는 솜씨가 부드러우면서도 무게가 있었다. 나는 은연중에 그분을 존경하는 마음이 생겼다.

가끔 한 팔로 나의 등을 두들기며 미소 반, 찬사 반 민주주의적인 친절미를 보여주었다. 다른 두 분은 그래도 과거에 나와 면담한 일이 있는 사이건만, 이번 런던 방문 중에 나와는 한 번도 접촉을 못했다. 신익희 씨는 그전에 만난 일도 없는 초면인데도 나를 그렇게 찾아주신 데 대해서는 평생 그 고마운 뜻을 잊지 못한다.[9]

눈솔이 신익희에게서 발견한 "민주주의적인 친절미"란 아마 나이나 사회적 위치에 구애받지 않고 누구에게나 친절하게 대해 준다는 의미일 것이다. 물론 대학교수가 정치가보다 사회적 지위가 낮다는 말은 아니다. 신익희는 눈솔보다 나이가 열세 살이나 많은 데다 런던을 방문할 당시 민의원 의장이라는 중책을 맡고 있었다. 그런데도 그는 눈솔을 친절하게 대해 주었던 것이다.

이 무렵 동양통신사 사장이던 김성곤은 1952년에 핀란드에서 열린 헬싱키 올림픽에 참가했다가 귀국하는 길에 런던에 들러 눈솔을 찾았다. 그는 눈솔의 대구고등보통학교 후배로 서로 알고 지내던 사이였다. 눈솔은 신익희처럼 김성곤을 런던 명소로 안내하였다. 또한 김성곤과 함께 눈솔은 소련에서 살다가 1차 세계 대전 중 영국에 피난하여 지금은 런던 교외에서 사는 한국 교포 정섭의 가정을 방문하기도 하였다. 런던에서 항해사 공부를 하던 신성모(申性模)가 한때 이 집에서 기숙하였고, 눈솔도 그 집에 초대받아 밥과 김치를 대접받곤 하였다.

---

9) 정인섭, 「런던 안내」, 『이제는 하고 싶은 이야기』(서울: 신원문화사, 1980), 91쪽.

런던대학교와의 계약이 끝나기 몇 달 전 1953년 초 눈솔 정인섭은 미국 예일대학교로부터 강의를 해 달라는 초청을 받았다. 영국에 계속 머물러 있을까, 미국으로 갈까 망설이던 중 그는 대구고등보통학교의 은사로 지금은 덴리대학 조선학과에서 한국문학을 강의하던 다카하시 도루 교수로부터 연락을 받았다. 눈솔은 그동안 다카하시와는 이런저런 이유로 인연이 깊었다. 눈솔의 『온로두야화』와 『Folk Tales from Korea』를 높이 평가하던 다카하시는 한국인 제자를 덴리대학 조선학과 교수로 데려가고 싶어 하였다.

더구나 다카하시는 1953년 가을 학기에 젊은 미국인 학생 하나가 자기 밑에서 한국학을 연구하려고 올 예정이기 때문에 눈솔의 도움이 절실히 필요하였다. 그러면서 다카하시는 눈솔에게 3년 계약 기간 동안 주택과 월급 등 최고의 대우를 해 주겠다고 제안하였다. 또한 다카하시는 만약 눈솔이 원한다면 3년 계약이 끝난 뒤에도 계속 일본 대학에 머물러 있게 해 주겠다고 약속하였다. 이 무렵 여러 정황으로 미루어보면 눈솔로서는 아마 거절하기 어려운 제안이었을 것이다.

눈솔은 런던대학교와의 계약이 만료되는 대로 덴리대학으로 가기로 결심하였다. 큰아들 해룡은 더럼대학교 조선학과에 이미 입학하였다. 졸업 후 그는 덴마크의 조선회사에 취직해 있다가 귀국한 뒤에는 서울대학교 공과대학 조선학과 강사로 근무하였다. 해룡은 대한조선공사와 선주협회에서 근무하다가 부산에 삼공사라는 주식회사를 설립하여 선박 부속품 제작 사업에 뛰어 들었다. 2010년에 7회 조선의 날 기념행사에서 그는 지난 39년 동안 조선 기자재 국산화 및 관련 산업 육성에 매진한 공로를 인정받아 은

탑산업훈장을 받았다. 『한국해운신문』에 따르면 "정해룡 회장은 선진기술 도입과 독자 기술개발로 2009년 1,350억 원의 매출 달성을 이룩하는 등 조선공업 발전 및 무역수지 개선에 기여해 왔다. 또한 종업원 대상 이익 배분 제도 도입을 비롯해 복지증진, 노사 일체감 조성으로 기업의 이윤 환원과 (주)삼공사의 영속적 발전 기반을 구축하는 등 국가와 지역사회에 이바지 해 왔다는 평가를 받고 있다"[10]는 것이다. 한편 눈솔은 성장한 두 딸을 영국에 계속 남아 있도록 하였고, 평소 알고 지내던 고황경에게 그들을 돌보아 달라고 부탁하였다. 그 뒤 눈솔의 두 딸들은 미국으로 유학하여 사범대학을 마치고 교사가 되었고, 그들의 두 동생도 뒤에 미국에 건너가 그곳에서 결혼하여 정착하였다.

그런데 큰딸 영옥이 캔자스대학교에 재학하던 중 만나서 사귄 미국인 청년과 결혼하려고 하였다. 영옥에 따르면 그는 한국전쟁에도 참전한 일도 있어 여러모로 한국과 한국인을 잘 이해하는 젊은이였다. 그녀는 눈솔에게 편지를 보내 부모의 의사를 타진하면서 부모가 반대한다면 미국 청년의 청혼을 거절하겠다고 하였다. 눈솔은 둘째딸 미옥에게 편지를 보내 그 미국인 청년에 대하여 좀 더 자세하게 알아보라고 부탁하였고, 그녀는 알아본 결과 언니의 배우자로 손색이 없다는 답장을 보내왔다. 그래서 눈솔은 영옥에게 "너의 행복을 위해서 네가 가부를 선택하라"고 하였다. 눈솔은 "이렇게 되어 영문학 전공의 딸과 과학 전공의 미국 청년이 결혼하게 되었다. 물론 행복하게 지내고 있다"[11]고 말한다. 이 책의 저자(김욱동)가 미국에서 미옥한테

10) 『한국해운신문』(2010. 9. 14).
11) 정인섭, 「자녀 교육」, 『못다한 인생』, 115쪽.

서 전해들은 바로는 두 사람의 결혼은 뒷날 불행하게 끝나고 말았다.

이렇게 자식 문제가 어느 정도 해결되자 눈솔은 1953년 9월 말 아내와 어린 자식 셋을 데리고 런던 항구에서 일본행 기선을 탔다. 덴리대학에서는 약속한 대로 눈솔 가족에게 나라(奈良)시의 한적한 공원 옆 고급 주택을 제공해 주었다. 이곳에서 학교까지는 기차로 40분 정도 걸리는 거리로 교토와도 비슷한 거리였다. 8세기에 헤이조쿄(平城京)가 자리 잡았던 옛 도시인 나라는 눈솔의 말대로 일본 건국의 최초 수도여서 고적이 많을뿐더러 한국과도 인연이 깊은 곳이기도 하다.

다카하시 교수가 언급한 미국인 학생은 다름 아닌 에드워드 와그너였다. 지금은 사망했지만 그는 미국에서 한국사 연구를 개척한 선구자로 일컬을 만큼 한국 역사와 문화에 조예가 깊었다. 하버드대학교 재학 중 미 육군에 입대하여 근무한 뒤 이어 한국에서 미 군정청 문관으로 외교 업무를 담당하였다. 다시 하버드로 돌아가 학부 과정을 마친 뒤 동아시아 지역학 연구로 석사학위를 받았다. 곧바로 박사 과정에 입학한 와그너는 덴리대학 조선학과에서 다카하시 교수의 지도를 받으려고 일본에 왔던 것이다. 그가 일본을 택한 것은 지금 막 휴전협정에 들어간 한국이 혼란스러운 분위기라서 안정된 유학 생활을 할 수 없었기 때문이다. 다카하시가 왜 그렇게 눈솔을 덴리대학으로 데려가려고 했는지 그 까닭을 알 만하다. 자신이 부족한 부분은 눈솔이 채워줄 수 있었기 때문이다. 눈솔은 이 대학에서 주로 한국문학을 비롯하여 한국어 음성학, 한국어 음소학, 한국어 형태학, 한국어학사 등을 강의하였다.

와그너는 눈솔로부터는 한국어 언어학과 한국 현대문학 등을 배웠고, 다카하시로부터는 한국의 어문학을 배우면서 조선시대 당쟁에 관한 박사학위 논문을 준비하였다. 1959년에 와그너는 조선시대 사화를 주제로 박사학위 논문을 썼다. 그의 학위 논문은 1972년에 하버드대학교 출판부에서『사화(士禍): 조선 초기 정쟁(*The Literati Purges: Political Conflict in Early Yi Korea*)』으로 출간되어 한국 역사학계에서도 화제를 모았다. 그도 그럴 것이 와그너의 연구에 힘입어 조선의 민족성이 본디 당파적이라는 일본 제국주의의 식민사관을 넘어설 수 있었기 때문이다. 그는 조선시대에 빈번하게 일어난 사화가 당파성에 비롯한 것이라기보다는 오히려 권력 사이의 정치적 충돌이라고 해석하였다.

이 밖에도 눈솔 정인섭은 덴리대학에 근무하는 동안 자신의 연구 분야도 게을리 하지 않았다. 가령 그는 덴리대학 도서관에서 사들인 희귀본 도서를 읽으면서 서양 문학과 문화가 어떻게 일본에 수입되었는지 그 자취를 연구하였다. 또한 그는 음성 실험실에서 기계를 이용하여 그의 관심 분야 중 하나인 한국어 파열음을 연구하였다. 그런가 하면 나라·교토·오사카 등 관서지방의 일본어가 도쿄의 표준어와는 억양에서 다르다는 점을 밝혀내기도 하였다. 그에 따르면 도쿄 표준어의 낱말 억양이 수평조(水平調)인 반면, 관서지방 방언의 억양은 한 음절 안에 고저의 변동이 일어나는 변동조(變動調)다. 눈솔은 일본음성학회 고베(神戸) 지부 주최로 열린 학회에서 이 연구 결과를 발표하여 일본 학계의 주목을 받았고, 이 연구는 일본 학회지에 두 차례에 걸쳐 게재되었다.

눈솔은 1954년 봄 학기부터는 교토대학 대학원의 언어학과에서 한글 강좌를 맡기 시작하였다. 사립학교인 덴리대학과는 또 달라서 관립학교인 교토대학은 외국인 학자를 강사나 교수로 채용하는 데 절차가 여간 까다롭지 않았다. 이 무렵은 한국과 일본이 국교를 맺기 전이어서 더더욱 그러하였다. 일본 정부의 공식적인 허가를 기다리다 못하여 교토대학 측에서는 총장 명의로 눈솔에게 '외국인 강사' 자격증을 발급해 주었다. 눈솔은 이 학교에서 새로 구입한 소나그래프라는 기계로 음성 실험을 하였다.

이 무렵 눈솔은 교토 소재 미국공보원 원장으로 근무하던 그레고리 헨더슨을 만나기도 하였다. 헨더슨은 덴리대학에 초청되어 탑(塔)에 관하여 발표할 때 눈솔이 유창한 일본어로 통역해 주었다. 헨더슨이 교토에서도 같은 주제로 강연할 때도 그의 부탁으로 눈솔이 통역해 주었다. 헨더슨의 이론에 따르면 일본에는 나무가 많아서 목조탑이 많고, 한국에는 돌이 많아서 석탑이 많으며, 중국에는 나무와 돌이 모두 귀하여 흙을 구어 만든 기와로 탑을 쌓는다는 것이다. 눈솔은 헨더슨을 하버드대학교 교수로 언급하지만 실제 사실과는 조금 다르다. 그는 이 대학의 '존 K. 페어뱅크 동아시아연구소'의 연구원(Research Associate)이었다. 또한 눈솔의 착오인지 출판사 편집자의 실수인지는 알 수 없지만 '헨더슨'의 이름이 '헤더슨'으로 잘못 표기되어 있기도 하다.

눈솔이 교토와 나라현 덴리에서 만난 헨더슨은 일본뿐만 아니라 뒷날 한국에서도 널리 알려진 인물이다. '한대선(韓大善)'이라는 한국 이름을 사용한 그는 앞에 언급한 와그너와 비슷한 연배로 하버드대학교에서 학부와 대학원을 졸업하였다. 1948년에서 1950년, 1958년에서 1963년 두 차례에 걸쳐 그는 주한미국 대사관 문정관과 정무 참사관을 지냈다. 한국의 정치, 사회, 문화에 관심이 많던 헨더슨은 『한국: 소용돌이 속의 정치(*Korea: The Politics of the*

Vortex)』(1968)라는 저서를 출간하기도 하였다.

그러나 헨더슨은 조각가인 아내 마리아와 함께 한국 문화재를 닥치는 대로 수집한 사람으로 '악명'이 높다. 미국 비자를 받기 쉽지 않던 시절 그는 줄을 대거나 비자를 받으려는 사람들로부터 문화재를 선물로 받기도 하였다. 소설가 백사(白史) 전광용(全光鏞)의 작품 「꺼삐딴 리」에는 다음과 같은 구절이 나온다.

> 맞은편 책상 위에는 작은 금동(金銅) 불상 곁에 몇 개의 골동품이 진열되어 있다. 십이 폭 예서(隷書) 병풍 앞 탁자 위에 놓인 재떨이도 세월의 때 묻은 백자다. 저것들도 다 누군가가 가져다준 것이 아닐까 하는 데 생각이 미치자 이인국 박사는 얼굴이 화끈 달아옴을 느꼈다. (…중략…) 그는 자기가 들고 온 상감진사(象嵌辰砂) 고려청자 화병에 눈길을 돌렸다. (…중략…) 브라운 씨가 나오자 이인국 박사는 웃으며 선물을 내어 놓았다. 포장을 풀고 난 브라운 씨는 만면에 미소를 띠며 기쁨을 참지 못하는 듯 '쌩큐'를 거듭 부르짖었다.[12]

1962년 7월호 『사상계』에 실린 이 작품에서 주인공 이인국이 미국 이민 비자를 받으려고 미 국무부 직원에게 고려청자를 뇌물로 바치는 대목이다. 이 작품에 등장하는 브라운 씨가 다름 아닌 헨더슨이라고 보는 비평가들이 적지 않다. 이렇게 해서 헨더슨은 도자기를 비롯하여 불화, 불상, 서예, 전적류 등을 수집하여 미국으로 돌아갈 때 외교관 면책권을 이용하여 이삿짐 검

12) 전광용, 『꺼삐딴 리』(서울: 을유문화사, 2007), 161쪽.

사도 받지 않고 고스란히 가지고 갔다. 그래서 1970년대 한국에서 헨더슨의 수집품들의 밀반출 의혹이 제기되었지만, 그는 이러한 의혹에 부인으로 일관하였다. 1988년에 헨더슨이 사망하자 도자기 143점은 하버드대학교 아서 새클러 미술관에 기증되었다. 미술관에서는 1991년에 '하늘아래 으뜸 (First Under Heaven): 한국 도자기 컬렉션'이라는 제목으로 전시하여 큰 관심을 끌었다.

어느덧 눈솔이 덴리대학과 맺은 계약은 1956년 8월 말로 끝나게 되었다. 물론 교토대학과의 계약 기간은 아직 1년이 더 남아 있었지만 고국을 떠난 지 6년이 가까워오면서 그는 귀국하고 싶은 생각이 들기 시작하였다. 더구나 한국전쟁이 휴전에 들어간 지도 벌써 3년이 되면서 한국은 그 후유증에서 점차 벗어나고 있었다. 이 무렵 일본의 야마나시(山梨)현 고후(甲府)시에 살고 있던 다섯째 누나 복술도 눈솔에게 아무래도 귀국하는 것이 좋겠다고 조언하였다. 눈솔은 한국의 친척한테서 신촌 근처 대현동 집이 폭격으로 반쯤 허물어진데다 그나마 상이용사들이 살고 있다는 소식을 전해 들었다. 또 연희전문에 근무할 시절 사 놓았던 산비탈 땅에는 무허가 집들이 들어섰다는 소식도 들었다. 이러한 소식을 전해들은 눈솔은 "나의 재산을 찾아야 하겠다고 망향의 정이 가슴에 북받쳐 왔다"[13]고 회고한다. 남한테 빼앗긴 것과 다름없는 재산을 되찾아야겠다는 생각과 '망향의 정'이 서로 어떻게 연관되는지는 잘 모르겠지만 눈솔이 고국에 돌아가기로 마음을 굳힌 것만은 부정할 수 없는 사실이다. 그래서 눈솔은 마침내 아내와 세 자식을 데리고 고국을 떠난 지 6년 만에 고국에 돌아왔던 것이다.

---

13) 정인섭, 「조국을 생각하며」, 『이제는 하고 싶은 이야기』, 36쪽.

6

서울(1956~1983)

눈솔 정인섭이 일본에서 함께 지내던 가족을 데리고 고국 땅을 다시 밟은 것은 1956년 8월 20일쯤이었다. 이해 8월이라면 한반도가 그야말로 어수선 하던 때였다. 남한에서는 시·읍·면 의원을 뽑는 제2대 지방의회 의원 선거가 있었다. 이보다 세 달 앞서 이승만 대통령이 제3대 대통령 선거에서 3선에 성공하면서 자유당 장기집권의 길을 열어 놓았다. 한편 북한에서는 김일성 개인숭배와 1당 독재 체제의 폐해를 비판하는 세력을 반당·반혁명적인 종파주의자로 몰아 그들을 제거하려는 반종파 투쟁(反縱波鬪爭)을 광범위하게 전개하고 있었다.

이러한 정치적 사건과는 이렇다 할 관계없이 눈솔은 용산 근처 친척 집에서 두어 달 머물면서 전쟁 후의 어수선한 서울 생활에 적응하였다. 그는 상이군인회 회장이요 변호사인 친구 전봉덕(田鳳德)의 도움으로 대현동 집을 되찾아 겨우 방 하나를 수리하여 그곳에 새 보금자리를 마련하였다. 고국을 떠나 6년 동안 영국과 일본에서 생활해 온 그로서는 서울 생활에 적응하기란 그렇게 쉽지 않았을 것이다.

눈솔은 6년 전 영국 런던대학교 교수로 가면서 한국 대학과의 인연은 모두 끊긴 상태였다. 마지막으로 근무하던 중앙여자대학을 그만둘 때 부학장인 김태오와 상의하여 법문학부 부장 자리는 휴직으로 처리해 놓았지만, 전쟁 이후 이 학교는 종합대학 중앙대학교로 발전하는 과정에서 계약 관계가 흐지부지되었다. 이렇게 대학과의 인연도 모두 끊긴 상태에서 눈솔은 서울대학교 문리과대학에서 대우교수 자격으로 문학개론, 영어학, 최근 영문학 과목 등을 강의하였다.

그러던 어느 날 눈솔은 종로구 종각 근처 양식당 '미장' 그릴에서 서울대학교의 윤일선(尹日善) 총장과 점심식사를 하였다. 그런데 같은 방 다른 식탁에서 식사를 하고 있던 중앙대학교 총장 임영신이 눈솔을 보자고 하더니 중앙대 대학원 원장으로 오지 않겠느냐고 제안하였다. 임 총장의 제안을 선뜻 받아들인 눈솔은 그 이튿날부터 중앙대학교에서 재직하여 외국어대학 대학원 원장으로 자리를 옮기는 1968년까지 중앙대학에 근무하였다.

귀국 후 눈솔 정인섭이 교수로서 이룩한 업적 중 하나는 한국 대학에서는 지금껏 한 번도 개설하지 않은 새로운 강의를 열었다는 점이다. 그중에서도 운율학 강의는 아마 첫손가락에 꼽힐 것이다. 이 책의 저자(김욱동)도 1960년대 말 눈솔로부터 운율학 강의를 듣고 감명을 받았다. 지금도 시의 내용 못지않게 형식, 그중에서도 운율에 큰 관심을 기울이는 것은 그의 강의를 들었기 때문이다. 눈솔은 런던대학교의 '아시아·아프리카 연구원(SOASA)' 극동학과에서 강의하면서 대학원 박사 과정을 이수할 때 이 과목을 처음 들었다. 물론 이때 그가 수강한 운율학은 시보다는 음성학에 가까운 분야였다.

또한 눈솔은 이 무렵 비교문학에도 관심을 보였다. 영문학과 일본문학을 잘 알고 있기 때문에 비교문학 연구에 그보다 더 적합한 사람도 없을 것이다. 그는 문학이나 문화를 연구하되 늘 비교문학이나 비교문화의 관점에서 보려고 하였다. 눈솔은 일찍이 1940년 6월 『조선일보』에 「세계문학과 한국문학」이라는 글을 기고하여 식민지 조선에서 비교문학의 문을 처음 활짝 열었다. 그 뒤 일본에서 귀국한 후 그는 1958년 8월 다시 『서울신문』에 「비교문학과 동서문화 교류」라는 글을 기고하였다. 한국에서 비교문학 방법론이 본격적으로 논의되기 시작한 것이 1950년대 중엽이라는 점을 고려할 때 그는 이 분야에 선구적인 역할을 했다고 할 수 있다.[1] 1959년 6월 한국비교문학회가 창립되는 등 1960년대를 전후하여 한국 비교문학이 한 단계 높은 차원으로 발전하는 데 눈솔의 역할이 적지 않았다.

눈솔 정인섭은 한국에서 국제펜(PEN)클럽이 설립되는 데도 깊이 관여하였다. 일본 제국주의의 굴레에서 벗어나고 한국전쟁이 휴전에 들어간 뒤 한

---

1) 이 무렵 김동욱(金東旭)이 『중앙대신문』(1955. 5)에 「새로운 문학 연구의 지향」을, 이경선(李慶善)이 『사상계』(1955. 9)에 「비교문학 서설」을, 백철이 『조선일보』(1957. 1)에 「비교문학의 방향으로」를 기고하여 한국 문단과 학계에 비교문학의 필요성을 역설하였다.

국은 그 어느 때보다 국제사회와 문화적으로 교류해야 할 필요가 있었다. 그래서 1954년 9월 영국으로 국제펜클럽 본부를 방문하고 돌아온 모윤숙을 중심으로 몇몇 문인이 모여 펜클럽 한국본부 결성을 위한 발기인 모임을 가졌다.

그러고 난 뒤 곧바로 총회를 열어 초대 위원장에 변영로, 부위원장에 김기진과 모윤숙, 사무국장에 주요섭을 선출하였다. 국제펜클럽 한국본부는 세계에 널리 알려지지 않은 한민족의 예술과 문화를 소개함으로써 세계 각 문인들과 문화적으로 친선을 도모함을 목적으로 삼는다고 밝혔다. 또한 한국의 우수한 문학 작품을 번역하여 국제펜클럽을 통하여 세계 각국에 소개할 뿐만 아니라 더 나아가 한국의 고유문화와 전통문화 등을 교류하는 데도 목표를 두었다.

국제펜클럽 한국본부는 그 이듬해 1955년 6월 오스트리아의 수도 빈에서 열린 27차 세계대회에서 국제펜클럽의 회원국으로 가입하여 그해 7월에 정식으로 인준을 받았다. 이 대회에는 변영로, 김광섭, 모윤숙 세 사람이 참석하였고, 그 이듬해 영국 런던에서 열린 28차 대회에는 이헌구, 이하윤, 백철, 이무영 네 사람이 참석하였다.

그런데 국제펜클럽 한국본부를 설립하는 데는 일제 강점기에 활약한 외국문학연구회 회원들의 역할이 무척 컸다. 가령 눈솔을 비롯하여 이하윤, 이헌구, 손우성, 김광섭, 조용만 같은 연구회 회원들이 발기인으로 참여하였다. 연구회 회원이 아닌 문인으로 발기인에 참여한 사람으로는 변영로, 주요섭, 모윤숙, 김기진, 이무영, 양주동, 오상순, 이은상, 백철 등이었다. 국제펜클럽 한국본부를 발기할 무렵 눈솔은 아직 일본 덴리대학에 재직하고 있었지만 그에게 연락하여 그의 이름을 발기인 명단에 넣은 것만 보아도 이 무렵 그가 국제 문단이나 학계에서 얼마나 큰 위치를 차지하고 있었는지 쉽게 미루어볼 수 있다. 실제로 한국 문인 중에서 눈솔만큼 국제적으로 잘 알려진 인물도 찾아보기 어려웠다.

눈솔은 귀국한 이듬해 1957년에 국제펜클럽 한국본부의 제1~2대 위원장 변영로에 이어 제3대 위원장으로 선출되었다. 사무국장은 불문학자 최완복(崔完福)이었고, 사무차장은 시인 이인석(李仁石)이었다. 그해 9월 눈솔은 일본 도쿄에서 열린 29차 국제펜대회에 단장 자격으로 모윤숙을 비롯한 한국 대표 19명을 인솔하고 참가하였다. 도쿄 대회는 아시아 국가에서 열리는 최초의 대회여서 서구 문인들도 관심이 많았다. 일본 작가로서는 최초로 1968년 노벨 문학상을 받는 가와바타 야스나리(川端康成)가 이 대회의 위원장이었다. 의장단의 한 사람인 눈솔은 국제펜클럽 본부 회장과 가와바타와 함께 무대 단상에 앉아 있었다.

이때 눈솔은 「동서 문학의 교류」라는 제목으로 강연을 하였다. 그런데 강연하기로 예정된 바로 전날 밤 눈솔은 주일한국공사 최규하(崔圭夏)의 요청으로 공사관에서 그를 급히 만났다. 최 공사는 눈솔에게 강연 내용에 두 가지 사항을 강조해 달라고 이승만 대통령으로부터 긴급 전보가 왔다고 말하였다.

일본이 일정시대의 한국의 말과 글을 말살하여 한국 문화를 송두리째 없애려고 했다는 것과 한국의 미술품 등 많은 문화재를 약탈해 갔으니 그것들을 반환해 달라는 것이었다. 그래서 최 공사와 상의하여 그 두 가지 점을 나의 연설문의 적당한 곳에다가 삽입을 했다. 물론 우리 대표단은 이런 일을 알 리가 없었다. 그 이튿날 연설 도중 나는 특히 문화제[재] 반환 요구 대목에

서는 바른손 주먹을 쥐고 연단을 쾅! 두들기며 소리쳤다.[2]

눈솔이 이렇게 감정적으로 문화재 반환을 외친 것은 한국 정부의 요청도 있었지만 평소 한국 민속에 관심을 기울여 온 그로서는 어떤 의미에서는 당연하다고 볼 수 있다. 앞 장에서 잠깐 미국 외교관 그레고리 헨더슨의 문화재 유출을 언급했지만 일제의 문화재 약탈은 개인 차원을 넘어 훨씬 더 조직적으로 이루어졌기 때문에 한국 정부로서도 이 문제가 초미의 관심사일 수밖에 없었다. 눈솔의 강연을 들은 청중들도 그의 주장에 환호를 보냈다.

눈솔은 문화재 반환 문제 못지않게 일제 강점기에 일본에 의한 한국어 말살과 작가를 포함한 지식인 탄압 문제를 강한 말투로 제기하였다. 조선은 중국에 이어 '일본의 노예'가 되었다고 언급한 뒤 일본 식민지 통치 아래에서 조선인들은 기본적인 인권을 박탈당했다고 지적하였다.

일본 제국주의는 모든 가혹한 수단으로 한국의 정치 지도자뿐만 아니라 한국 지식인까지 압박했다. 더구나 한국의 작가는 소위 그들이 싫어하는 위험분자라고 취급되어 언론 표현의 자유와 같은 기본적 인권을 박탈당했다. 그래도 그와 같은 곤란한 상태에 있으면서도 한국의 작가들은 펜으로써 단호히 일본의 압박에 저항했다.

일본은 한국 작가들의 작품을 엄격하게 검열하고, 또 한국인이 한국말과 서양말을 배우는 것을 금지했다. 이러한 조치는 한국의 문학적 발전을 크게

2) 정인섭, 「국제무대의 진출」, 『이제는 하고 싶은 이야기』(서울 신원문화사, 1980), 24쪽. 눈솔은 「대회에 참석하여」, 『못다한 인생』, 256~257쪽에서도 이와 관련한 내용을 거의 그대로 되풀이한다.

방해했다. 그러나 한국 작가는 깊은 동양 미학에 근저를 두고 피압박 민족의 감정을 가미한 독자적인 수법으로 발전했다.[3]

눈솔이 위 인용문 첫 단락 마지막 문장에서 문필을 가리키는 환유인 '펜'을 언급하는 것은 무력을 가리키는 또 다른 환유 '칼'이나 '총'을 염두에 두었기 때문이다. 한국의 작가를 포함한 지식인들은 펜으로써 일본의 무단 통치에 과감하게 맞서 그 나름대로 문학과 예술의 꽃을 찬란하게 피워냈다고 지적한다. 일제 강점기 조선어학회 회원으로 한글을 보존하고 보급하는 데 앞장 선 사람 중 하나로 눈솔은 일제의 한글 말살 정책도 짚고 넘어간다. 또한 한국문학의 미래와 관련해서도 눈솔은 앞으로 통일 문제를 중요한 문제로 다루어야 할 것이라고 주장한다.

눈솔의 강연 내용은 도쿄발(發) UP통신 특약과 KP통신을 타고 한국을 비롯한 전 세계에 널리 알려졌다. 통신사들은 "국제펜클럽 29회 대회의 한국 대표는 4일 당지에서 한국 현대문학은 제국주의와 공산주의에 대한 저항의 문학이라고 부를 수 있다고 했다. (…중략…) 정 대표의 연설은 일본의 한국 작가 압박에 대한 통렬한 공격으로 일관했다"[4]고 전하였다. 이 강연이 한국의 일간신문에도 보도되면서 한국 대표단은 귀국할 때 군중으로부터 큰 환영을 받았다.

더구나 눈솔은 1962년 노벨 문학상을 받는 미국 작가 존 스타인벡을 만나 대화를 나누기도 하였다. 미국 국제펜클럽 미국본부에서는 극작가 엘머

---

3) 정인섭, 「대회에 참석하여」, 257쪽.
4) 앞의 글, 257~258쪽. 눈솔은 『버릴 수 없는 꽃다발』에 수록한 「스타인베크와의 대화」(89~99쪽)라는 글에서도 이와 비슷한 내용을 전한다.

라이스를 정식 대표로 하여 스타인벡, 존 도스 패서스, 존 허시, 랠프 엘리슨 등을 파견하였다. 소설가 세 사람은 모두 개인 이름이 '존'이어서 대회 도중 내내 셋 중 어느 누구를 부르는지 적잖이 헷갈렸다고 한다.

평소 과묵한 스타인벡은 신문 기자들에게 지금껏 한 번도 국제펜대회에 참석해 본 일이 없다든지, 억지로 초대 받아서 왔을 뿐 특별히 할 말이 있는 것은 아니라든지, 이번 회의에서도 아무 말도 하지 않겠다든지 하고 말하였다. 아니나 다를까 스타인벡은 회의 중 단상에서 3분 남짓 짧게 연설했을 뿐이다. 그런데 여기서 눈에 띄는 것은 그가 연설하는 동안 영어 동사 'hear'와 'listen'을 번갈아 사용한다는 점이다. 눈솔은 스타인벡이 아무런 노력 없이 그냥 귀에 들리는 때 사용하는 전자의 동사와 어떤 소리를 듣기 위해 의식적으로 귀를 기울일 때 사용하는 후자의 동사의 차이를 살린 '날카로운 풍자'로 해석한다. 언중유골(言中有骨)이라고 농담처럼 하는 말에도 깊은 의미가 있을 수 있으니 새겨들어야 한다는 것이다. 작가의 목소리는 길거리의 소음과는 달라서 독자에게 귀를 기울이게 하지만 'listen'보다 더 중요한 것이 'hear'라는 것이다.

스타인벡을 비롯한 미국 대표들과 같은 호텔에 투숙한 눈솔은 어느 날 호텔 복도에서 이 미국 작가를 만났다. 그의 얼굴을 처다보려고 고개를 드니 목이 아플 정도로 키가 무척 큰 데다 몸집도 컸다고 눈솔은 회고한다. 눈솔의 눈에 비친 스타인벡은 "좀 변태적인 성품이 있는 애브노오멀한 사람"이었다. 눈솔은 그에게 대회가 끝나고 한국을 방문해 달라고 초청하였지만, 그는 미국에 약속이 미리 잡혀 있어서 한국을 방문할 수 없다고 대답하였다.

눈솔은 어떻게 해서라도 스타인벡에게서 이야기를 끌어내려고 복도에 놓여 있는 의자로 그를 인도한 뒤 몇 가지 질문을 던졌다. 비록 우연하게 만났지만 스타인벡과 눈솔의 대화에서는 작가들이 귀 담아 들어야 할 의미심장한 메시지가 들어 있다. 어떤 의미에서는 스타인벡이 대회 때 회의장 단상에서 말한 내용보다는 복도에서 눈솔에게 말한 내용이 훨씬 더 중요하다고 할 수도 있다. 눈솔은 먼저 그에게 지금 미국 문단에서 가장 문제가 되는 것이 무엇이냐고 묻자 스타인벡은 이렇게 대답한다.

> 텔레비전, 라디오, 그리고 광고물이죠. 대학을 갓 나온 문학청년들도 텔레비전에 글을 쓰면 먹고 사니까요. 중년 작가들도 텔레비전을 위해서 [글을] 쓰기 때문에 정상적인 창작 활동을 그만둔 사람이 많아요. 젊은 작가들이 공부를 않는다는 것은 미국 문학의 장래를 위해서 좋지 못한 일이죠.[5)]

위 인용문을 읽고 있노라면 스타인벡이 얼마나 선견지명이 있었는지 새삼 깨닫게 된다. 2차 세계 대전이 끝난 후 미국은 적어도 백인 중산층에게는 안정과 번영의 시대였다. 미국 정부는 그동안 전쟁에 쏟았던 힘을 소비문화의 방향으로 돌렸다. 그러한 전후 번영의 결과로 미국에서는 1950년대 중산층 문화를 중심으로 소비재에 대한 수요가 급격하게 늘어났다. 특히 1950년대와 1960년대에 걸쳐 부유한 미국인들은 텔레비전과 라디오, 스테레오 음향기, 자동차, 세척기, 음식물 쓰레기 처리기 같은 온갖 편리와 사치를 누렸다. 한마디로 소비가 곧 경제 발전의 추진력이고 미덕으로 존중받던 시대였다. 미국은 이렇게 물질적으로는 풍요를 구가했을망정 정신적으로는 빈곤을 면치 못하였다.

---

5) 정인섭, 「스타인벡과의 대화」, 『못다한 인생』, 314쪽.

스타인벡이 눈술에게 말하듯이 젊은 작가 지망생은 말할 것도 없고 중견 문인들마저 텔레비전과 라디오 같은 대중매체와 광고 같은 소비를 부추기는 문화에 정신을 빼앗기다시피 하였다. 스타인벡의 말대로 이러한 소비지향적 문화는 미국문학의 발전을 위해서도 해가 되면 되었지 전혀 이득이 되지 않았다. 그의 우려는 돈을 주고 정보를 사고 판다는 정보화 시대, 국가와 국가 사이의 국경이 모두 허물어지다시피 한 세계화 시대, 그리고 4차 혁명을 바로 눈앞에 두고 있는 인공지능 시대에 이르러 더욱 피부에 와 닿는다. 한국으로 좁혀 보더라도 엄청난 원고료를 받는 드라마 작가를 꿈꾸는 사람은 많아도 전통적인 의미의 작가를 꿈꾸는 사람은 별로 없는 듯하다.

눈술은 이번에는 스타인벡에게 조금 민감한 질문을 던졌다. 1936년에 아일랜드로 윌리엄 버틀러 예이츠를 방문했을 때도 눈술은 이와 비슷한 질문을 던진 적이 있다. 다분히 '탈정치적'이라고 할 눈술이 이 문제에 관심을 두는 것이 자못 의외라면 의외다. 그는 스타인벡에게 미국 작가들에게 '정치적 압력'이라는 것이 있는지 묻는다. 그러자 스타인벡은 "미국의 출판업자들은 솔직해서 정치적 견해에 좌우되지 않고 좋은 책을 내 줍니다. 미국에서는 신문 발행자들은 대개가 공화당 인물들인데, 그들이 채용하고 있는 기자들은 민주당 계통이 많아요. 그렇다고 해서 그들 사이에 별 문제가 생기지 않습니다. 이분들은 정치는 제2차적이니까요. 도서 출판업자는 더욱더 그렇습니다"[6]라고 대답한다. 스타인벡은 출판사와 신문사 쪽으로 조금 화제를 돌려 말하지만 본질적으로 작가는 외부로부터 정치의 영향을 받지 않는다고 밝히는 것이다.

6) 정인섭, 「스타인벡과의 대화」, 『못다한 인생』, 314쪽.

스타인벡은 말할 것도 없고 도쿄 대회에 참석한 도스 패서스나 존 허시도 정치적으로 진보적인 민주당, 심하게 말하면 좌파에 속하는 작가들이었다. 그러나 그들의 정치적 입장은 어디까지나 자신의 정치적 신념에 따른 것일 뿐 어떤 외부의 압력 때문은 아니었다. 미국 보수층으로부터 반발을 불러일으켜서인지 미국 연방 수사국(FBI)에서는 스타인벡을 공산주의자로 의심하고, 그의 대표작 『분노의 포도』(1939)가 자칫 반미 선전에 악용될 것을 우려하였다. 그래서 FBI 국장 에드거 후버는 그를 어니스트 헤밍웨이 등과 함께 미국 작가 중 '요주의 인물'로 감시할 정도였다.

더구나 스타인벡이 눈솔에게 정치적 견해에서 미국 작가들과 유럽의 작가들이 서로 다르다고 밝히는 점도 주목해 보아야 한다. 스타인벡은 7개월 동안 유럽을 여행하였고, 1947년에는 『뉴욕 헤럴드 트리뷴』지의 특파원 자격으로 소련을 방문하기도 하였다. 그러한 경험을 말하면서 그는 유럽 작가들이 "너무 정치적 색채가 농후하다"고 덧붙인다. 스타인벡은 눈솔에게 "유럽 작가들은 실제로 정치에 많이 관심하고 있어요. 유럽이라는 사회적 환경을 생각하면 정치가 그들 작가의 관심사일 것은 이해합니다마는 정치를 의식한다는 것과 정치가가 된다는 것은 전연 별개의 것입니다"[7]라고 밝힌다.

그런데 여기서 한 가지 찬찬히 눈여겨볼 것은 스타인벡이 '정치적 의식'과 '정치가'를 엄격히 구분 짓는다는 점이다. 작가치고 '정치적 무의식' 상태에 있는 사람은 아마 한 사람도 없을지 모르지만, 정치적 의식이 있다고 하여 모두가 정치가가 되는 것은 아니라는 말이다. 스타인벡의 이러한 태도에 대하여 눈솔은 "그가 직접 정치가의 노릇이나 정치 운동을 하지 않지마는

---

7) 앞의 글, 314~315쪽.

그의 작품에는 휴우머니즘의 입장에서 정치적인 감정으로 대중의 사회생활에 대한 관심이 크다는 것을 이해할 수가 있었다"[8]고 부연하여 설명한다. 실제로 휴머니즘도 정치적 입장임에는 틀림없다.

마지막으로 스타인벡은 눈솔에게 세계 평화에 대하여 언급하였다. 그는 눈솔에게 "인류의 적(敵)은 처음에는 불이었습니다. 그러나 그 불을 친구로 만들었는데 이러는 동안에 2천 년이 지나갔습니다. 원자력도 현재는 인류의 적이지마는 1,200년 후에는 인류의 친구가 될 것입니다. 이것 때문에 인류가 전멸하는 그런 어리석은 짓은 하지 않을 것입니다"[9]라고 말한다. 2차 세계 대전에서 일본이 항복한 것은 바로 미국이 히로시마(広島)와 나가사키(長崎)에 원자탄을 투하했기 때문이라는 사실을 염두에 두면 스타인벡의 말은 시사하는 바가 자못 크다. 어쩌면 그는 인류 역사에서 일찍이 볼 수 없던 이 비극적 사건을 염두에 두고 이 말을 한 것인지도 모른다.

더구나 스타인벡이 이 말을 한 지 60여 년이 지난 지금 생각해 보면 전혀 새로운 의미로 다가온다. 물론 2011년 3월 도호쿠(東北) 지방 태평양 해역 지진으로 비롯한 일본 후쿠시마(福島) 원자력 발전소 사고에서 볼 수 있듯이 인류는 그 역사에서 지금처럼 핵 위협에 노출되고 있는 시기도 일찍이 없었다. 그런데도 인류는 그동안 원자력을 적이 아닌 친구로 만들려고 끊임없이 노력해 왔다. 신재생 에너지를 본격적으로 개발하여 이용할 수 있을 때까지 만이라도 인류는 원자력 에너지에 의존할 수밖에 없을지 모른다. 스타인벡이 원자력이 '인류의 친구'가 될 것으로 예상한 1,200년 후까지는 아직도

8) 앞의 글, 315쪽.
9) 앞의 글, 315쪽.

1,100년 넘게 남았다.

도쿄 펜대회와 관련하여 눈솔이 한 또 한 가지 일은 한국에서 정식대표로 파견한 모윤숙과 함께 노력하여 도쿄 대회에 참석한 각국 대표 중 15명을 한국에 초청했다는 점이다. 한국에서는 부회장 주요섭이 외국 작가들을 맞을 만반의 준비를 하고 있었다. 한국을 방문한 작가 중에는 『한 줌의 흙』(1934)을 출간하여 명성을 얻은 영국의 소설가 이블린 워가 포함되어 있었다. 이 당시 문교부 장관 최규남이 김포공항으로 그들을 마중 나갈 정도로 한국 정부에서도 큰 관심을 보였다. 외국 작가들은 세계 각국 작가들 사이에 우의를 증진하고 상호이해를 촉진한다는 국제펜클럽의 취지에 걸맞게 한국 문인들을 만나 친선을 도모하였다.

또한 외국 작가들은 국악 등 한국 전통예술 공연 관람, 경주 고적 답사, 판문점 방문 등 다채로운 프로그램에 참가하였다. 눈솔의 인솔로 외국 작가들은 경무대로 이승만을 방문하였고, 이때 이승만은 "펜은 칼보다 강하다"는 서양 속담을 언급하며 그들을 격려하였다. 물론 의도한 것은 아니었겠지만 이승만의 이 언급은 국제펜클럽의 설립 목적이나 취지를 상기시키는 말이었다. '펜(PEN)'이라는 이름은 본디 '시인(Poets), 수필가(Essayists), 소설가(Novelists)'의 머리글자를 따와 만든 것이지만 글을 쓰는 수단인 펜을 뜻하기도 하기 때문이다.

물론 이 무렵 한국 정부가 도쿄 국제펜대회에 참가한 외국 작가들을 초빙하여 융숭하게 대접한 것에 이의를 제기하는 사람들도 없지 않았다. 가령 초빙된 사람들이 그다지 유명한 작가들이 아니라는 등, 이왕 초빙하려면 국제펜클럽 회원 여부를 가리지 말고 폭넓게 초빙했어야 한다는 등의 비판이 있었다. 이 문제와 관련하여 눈솔은 "문단 일부에서는 펜클럽 회원 아닌 분들로부터 문호를 개방하지 않는다고 비난받은 일도 있으나, 그것은 부득이한 일이었고, 또 그들이 일류작가가 아니라는 등 잡음을 일으킨 사람도 있었으나 지금은 다 잊어버린 옛 이야기가 됐다"[10]고 회고한 적이 있다.

1970년 6월 국제펜클럽 한국본부가 주관하여 37차 국제펜대회를 서울에서 개최하여 한국의 문화적 위상을 세계에 널리 알리는 계기로 삼았다. 이때 눈솔은 한국본부의 섭외부 위원으로 활약하였다. 이 대회에서는 33개 국가에서 온 157명의 외국 대표와 우리 대표 60여 명이 함께 모여 '동서 문학의 해학'이라는 주제로 일주일 동안 토의하였다. 이때 한국인으로 미국에서 활동하는 한국 작가 강용흘(姜鏞訖)이 특별 귀빈 자격으로 참석하여 눈길을 끌었다.

눈솔은 37차 서울 대회 때 동서 문화 교류를 위하여 국제펜본부의 직속 기관으로 '아시아 문학 번역국'을 설치할 것을 제안하였다. 실행위원회에서는 그 제안을 만장일치로 결의하여 한국에 그 본부를 두도록 하였고, 그 초대 회장으로 눈솔을 선임하였다. 그는 한국문학 작품을 비롯한 아시아 문학 작품집을 영어로 번역하여 단행본으로 출간한 경험이 있기 때문이다. 눈솔은 서울 대회를 위하여 한국문학을 소개하는 영문 저서 『*An Introduction to Korean Literature*』를 출간하였다. 또한 그는 번역국의 사업으로 아시아 각국의 작품을 영어나 불어로 번역하여 계간지 『아시아 문학』을 발행하였다. 눈솔이 작고한 지 5년 뒤 1988년에 한국은 다시 52차 국제펜대회를 서울에 유치하여 문화 강국으로 부상한 한국의 모습을 전 세계에 알렸다.

---

10) 정인섭, 「펜은 무기보다 강하다」, 『이제는 하고 싶은 이야기』, 14쪽.

눈솔 정인섭이 한국의 대표적 민속극인 탈춤을 비롯하여 연극에 깊은 관심을 기울였다는 것은 이미 앞 장에서 언급하였다. 그는 외국문학과 한국문학의 벽을 허물려고 애썼듯이 시·소설·연극·비평 사이의 문학 장르의 벽도 허무는 데 앞장섰다. 도쿄 유학을 마치고 귀국한 뒤 눈솔은 외국문학연구회 회원들과 함께 극예술연구회를 설립하여 한국 연극을 한 단계 끌어올리는 데 이바지하였다. 1938년 3월 극예술연구회가 일제에 의하여 강제 해산되고 그 후신이라고 할 극연좌(劇研座)마저 1939년 5월에 해산되면서 식민지 조선에서 연극은 그야말로 철퇴를 맞다시피 하였다.

이러한 열악한 상태에서 해방을 맞이한 뒤 한국 연극계는 국제극예술협회(ITI)에 가입하여 한국 연극을 국제적 수준으로 끌어올렸다. 유네스코 산하 단체인 이 협회는 세계 평화를 증진하고 각국 무대예술인들 사이에 국제 친선과 교류를 도모하고 무대예술 연구를 진작하기 위하여 1948년에 체코의 프라하에서 창립되었다. 말하자면 연극 분야를 특성화한 국제펜클럽으로 볼 수 있다. 특히 이 협회에서는 1961년 5월 오스트리아 수도 빈에서 열린 대회에서 '세계무대의 날'을 지정하여 해마다 기념행사를 하고 있었다.

1958년에 한국에서도 유치진을 중심으로 눈솔과 오영진 등이 참여하여 서울에 한국본부를 설립하고 같은 해 국제극예술협회에 정식 가입함으로써 한국 연극의 국제교류의 첫 테이프를 끊었다. 이보다 3년 전 눈솔은 한국의 극작품을 영어로 번역하여 『Plays from Korea』라는 책을 출간한 적이 있어한국이 극예술로 국제무대에 참여하는 길을 미리 닦아 놓았다. 한국은 1981년에 제3세계연극제를 개최하였으며, 눈솔이 사망한 후 1986년에는 서울에서 아시아올림픽연극제를, 1988년에는 올림픽세계연극제를, 그리고 1991년에는 아시아-태평양연극제를 개최하였다. 1994년부터는 한국·일본·중국 등 동아시아 세 나라가 해마다 각국 수도에서 번갈아 가며 개최하는 '베세토(BESETO)연극제'를 창설하여 오늘에 이르고 있다.

눈솔은 언제 국제극예술협회 한국본부의 회원으로 가입했는지는 기억이 잘 나지 않는다고 밝힌다. 그러나 1966년 3월 한국본부에서 제8차 총회에서 그를 평의원과 상임위원으로 위촉하니 승낙해 달라는 편지를 보낸 것으로 보아 아마 그 이전에 회원으로 가입했을 것이다. 그해 4월 드라마센터에서 개최한 제5회 '세계 무대예술의 날' 기념행사에서도 이진섭의 사회로 유치진 위원장의 기념사에 이어 눈솔이 부위원장으로 '연극의 국제교류'라는 제목으로 강연을 하였다.

눈솔은 뒷날 극예술연구회에서 국제극예술협회 한국본부 창립에 이르는 과정을 회고하며 이 두 단체가 유기적으로 서로 관련되어 있다고 지적한다. 또한 그는 자신이 그동안 한국 연극이 발전해 온 과정에서 일정한 몫을 했음을 밝힌다.

원래 우리가 시작한 극예술연구회가 먼저 외국의 극예술을 통해서 번역극의 상연을 시발점으로 하여 그 다음에 창작극으로까지 연장 발전시키자는 것이었기에 이와 같은 연극을 국제문화 교류에 이바지시킨 점에 있어서 극연(劇研)의 정신과 마찬가지로 국제극예술협회에 한국이 가담하고 또 내가 관계한다는 것은 극히 자연스러운 일이라 하겠다.[11]

11) 정인섭, 「국제극예술협회」, 『이제는 하고 싶은 이야기』, 19~20쪽.

여기서 '극연'이란 방금 앞에서 언급한 극예술연구회를 말한다. 극연좌는 극예술연구회가 해산된 후 유치진과 서항석이 설립한 연극 단체다. 일제는 극예술연구회의 '연구회'라는 명칭이 불온사상을 표상한다고 하여 이를 떼고 일본식 극단을 일컫는 표기법인 '좌(座)'를 붙여 '극연좌'로 개칭할 것을 강요하였다. 그러므로 한국의 연극 단체는 극예술연구회 → 극연좌 → 국제극예술협회 한국본부로 발전해 왔다고 할 수 있다. 이 세 과정에서 극연좌를 제외한 나머지 두 단체에서 활약한 눈솔은 한국 연극사에 굵직한 획을 그었다.

1971년 7월 세종호텔에서는 극예술연구회 창립 40주년을 기념하기 위하여 창립 회원들이 한자리에 모였다. 이 자축 모임에 참가한 사람은 눈솔을 비롯하여 김광섭, 서항석, 유치진, 이헌구, 이하윤, 조희순 등이었다. 그 기념 모임을 알리는 취지문에는 "그 9년 동안에 우리들이 겪어온 고난은 얼마나 많았으며, 그러한 고난을 겪으면서도 꾸준히 싸워 나온 우리들의 긍지는 얼마나 컸습니까?"[12]라는 문장이 적혀 있다. 이렇게 질문을 던지고 난 뒤취지문의 필자는 "그 고난은 오직 젊음만이 이겨낼 수 있는 고난이었으며, 그 긍지는 오직 젊었기에 가질 수 있는 긍지였던 것입니다. 우리들은 일제의 탄압으로도 어찌할 수 없었던 공고한 인적 결합을 가졌던 것이 아니겠습니까?"[13]라고 적었다.

그런데 이렇게 극예술연구회 창립 회원들이 자축 모임을 갖고 난 바로 이틀 뒤 한국연극협회도 연구회 창립 40주년을 축하는 만찬회를 서소문동 동회빌딩 연회실에서 개최하였다. 앞의 모임이 사적인 것과는 달리 이번 모임

---

12) 앞의 글, 21쪽.
13) 앞의 글, 21쪽.

은 공식적인 자리라고 할 수 있다. 초청장에는 "한국 신극 운동의 중추적 역할을 한 극예술연구회 창립 40년을 맞이하여 그 날을 기념하는 동시에 당시를 회고하는" 만찬회를 개최한다는 내용이 적혀 있다. 한국 연극계를 총망라하는 단체들이 마련한 이 자리에 창립 회원들이 참석하여 회고담을 들려주었다.

일본에서 귀국한 뒤 눈솔 정인섭이 이룩한 또 다른 업적 중 하나는 번역 분야다. 그는 와세다대학 유학 시절 이미 외국문학을 전공하는 조선인 유학생들과 함께 외국문학연구회를 설립하여 한국에서 번역의 신기원을 이룩하려는 포부를 보여주었다. 이 연구회를 발족한 목적과 관련하여 눈솔은 이렇게 말한다.

그 목적은 재래로 한국 문단이나 학계에서 외국문학을 소개하는 데 있어 해당 외국어나 그 나라의 문학을 전공하지 않는 사람들이 일본말 책에서 그럭저럭 한국말로 번역하거나 간단히 추려서 주섬주섬 거두어 번안(飜案)하는 것이 대부분이었으므로 이것을 정확한 번역이라 할 수 없다고 판단, 그 대신 각국의 어문학 전공 학도로써 참되고 양심적인 번역을 한국 사회에 제공하자는 것이며, 또 외국문학 연구 논문에 있어서도 각 전문가들의 믿을 만한 글을 발표해야 한다고 했고, 한 걸음 더 나아가서 외국 문단의 소식 같은 것도 최근 소식을 직접 전달하자는 것이었다.[14]

---

14) 정인섭 「해외 문학파와 다방 카카듀」, 『이제는 하고 싶은 이야기』, 54쪽.

위 인용문은 『해외문학』창간호 권두사에서 밝힌 내용보다 훨씬 더 직접적이고 과격하다. 눈솔이 썼음이 틀림없는 권두사에서 필자는 "우리는 가장 경건한 태도로 먼저 위대한 외국의 작가를 대하며 작품을 연구하여써 우리 문학을 위대히 충실히 세워노며 그 광채를 독거 보자는 것이다. 이에 우리는 우리 신문학 건설에 압서 우리 황무(荒蕪)한 문단에 외국문학을 밧어 드리는 바이다"[15]라고 천명하였다.

그러나 위 인용문에서 눈솔은 자칫 엘리트주의적이고 배타적이라고 오해받을 수 있는 발언을 서슴지 않는다. 가뜩이나 외국문학연구회 회원들을 '유학생 도련님'으로 생각하는 문인들로부터는 더더욱 그럴 가능성이 크다. 1920년대 말엽과 1930년대 초엽 프롤레타리아 운동을 부르짖던 카프진영 계열의 작가들이나 비평가들은 눈솔의 비롯한 외국문학연구회 회원들의 활동을 부르주아 문학 운동으로 폄하해 버리기 일쑤였다.

무엇보다도 먼저 눈솔이 위 인용문에서 구사하는 말투가 외국문학을 전공하지 않은 번역가의 심기를 건드릴지 모른다. 가령 번역이 아닌 번안을 두고 하는 '그럭저럭'이니 '주섬주섬'이니 하는 부사가 그러하다. '주섬 주섬'이란 충분지는 않지만 그런대로 어느 정도 통하는 모습을 말한다. 또 '주섬주섬'이란 여기저기 널려 있는 물건을 하나하나 주워 거두는 모양을 가리키기도 하지만, 조리에 맞지 않게 이 말 저 말 두서없이 늘어놓는 것을 가리키는 말이다. 조중환(趙重桓)의 『장한몽(長恨夢)』(1913)을 오자키 고요(尾崎紅葉)의 장편소설 『곤지키야샤(金色夜叉)』(1897~1902)를 '번역한' 작품으

---

15) '창간 권두사', 『해외문학』창간호(1927년 1월), 1쪽. 권두사 분석에 대해서는 김욱동, 『외국문학연구회와 『해외문학』』(서울: 소명출판, 2020), 122~135쪽 참고.

로 보는 학자는 거의 없다. 조중환의 신소설은 어디까지나 오자키의 작품을 '번안한' 작품일 뿐이다. 눈솔의 표현을 빌려 말하자면 일본 작가의 작품을 '정확하게 번역한 것이 아니라 '그럭저럭' 또는 '주섬주섬' 옮긴 것에 지나지 않는다.

위 인용문에서 눈솔이 번역의 올바른 태도를 주장하되 다분히 이분법적으로 그렇게 주장한다는 데 문제가 있다. 가령 외국문학의 '전공자'와 '비전공자'를 엄격히 구분 짓는다. 이 이분법적 구분에는 전자는 바람직하지만 후자는 바람직하지 않다는 함의가 깔려 있다. 눈솔에 따르면 외국문학 전공자에 의한 번역은 "참되고 양심적인 번역"이지만, 비전공자가 한 번역은 "그릇되고 비양심적인 번역"이다. 외국문학에 관한 연구 논문도 이와 마찬가지여서 외국문학 전공자의 논문은 "믿을 만한 글"이지만 비전공자의 글은 "믿을 만한" 것이 되지 못한다. 그 밖에도 외국 문단의 '최근 소식'을 '직접 전달하는' 전공자들과는 달리, 비전공자들은 물 지난 생선처럼 '낡은 소식'을 남에게서 전해들은 풍월로 '간접으로' 전달하기 일쑤다.

눈솔이 이렇게 과격하게 말하는 데는 이 무렵 조선에서 번역이 제대로 이루어지고 있지 않다는 절박한 상황 때문이었다. 가령 김동인(金東仁)은 굳이 직역에 기대지 않고서도 중역을 통해서도 얼마든지 외국문학에 대한 필요한 지식과 정보를 얻을 수 있다고 주장하였다.

우리는 우리의 노력을 들이지 안코도 동경(東京) 방면에서 발행되는 온갖 번역 문화를 수입할 수 잇다. 조선에 잇서서 외국 문화를 호흡하여 보랴고 생각하는 사람은 적어도 중등학교 이상의 사람들이다. 조선 사람은 초등학교만 지나면 벌서 넉넉히 동경서 발행되는 서적을 읽을 만한 어학력을 가지게 된다. 이런지라, 조선에서의 번역 문화라 하는 것은 거진 무의미할 것이다. 여력만 넉넉하면 구비하는 것이 조치만 급하고 필요한 것이 아니다.[16]

김동인의 이러한 주장은 외국문학연구회의 주장과는 정면으로 어긋난다. 그에 따르면 원문에서 직접 번역하려는 것은 한낱 시간과 노력의 낭비에 지나지 않는다. 그러나 김동인은 여기서 중요한 점 몇 가지를 놓치고 있다. 첫째, 중등교육을 받지 않은 사람들도 얼마든지 외국 작가들과 그들의 문학 작품에 관심을 둘 수 있다. 이러한 태도는 누가 보아도 학력 차별로 마땅히 지양되어야 한다. 둘째, 이 당시 일본어 번역의 수준은 김동인이 생각하는 것만큼 그렇게 높지 않았다. 일본어 번역서에는 번역자가 서둘러 번역하다 보니 졸역과 오역이 적지 않았다. 셋째, 일본어 중역에 의존하다 보면 외국 문학을 주체적으로 수용할 수 없었다. 다시 말해서 그들의 골라서 번역한 작품만을 받아들일 수밖에 없다는 한계가 있었다.

눈솔의 번역 이론 중에서 또 한 가지 눈길을 끄는 것은 번역어에 관한 것이다. 그는 아무리 윌리엄 셰익스피어의 작품 같은 고전극이라고 하여도 현대적 구어의 회화체로 번역해야 하지 의고체를 흉내 내어 번역해서는 안 된다고 주장한다. 특히 눈으로 읽는 작품이 아니라 무대에서 공연하는 극작품의 경우에는 더더욱 그러하다는 것이다.

이론적으로 말하면 독일의 셰익스피어 연구가이며 번역가로 유명한 슐레겔이 주창한 "원작보다 더도 말고 덜하지도 않게, 꼭 그대로 옮겨야 한다"

16) 김동인, 「대두된 번역 운동」, 『조선중앙일보』(1935. 5. 22).

는 소위 등량적(等量的) 번역이 가장 좋겠지마는, 그것은 영어와 독일어란 두 언어가 그 근원이 아주 가깝고 낱말이나 문장 구조가 비슷하기 때문에 가능하다. 그러나 한국말로 셰익스피어의 작품을 번역한다는 것은 두 언어의 문장적 구조가 다르기 때문에 대사의 묘미가 꼭 그대로 옮겨질 수 없다. 억지로 말하면 '판소리' 투로 번역한다면 다소간 그 고전미를 낼 수 있으나, 그래서는 셰익스피어의 작품이 인간의 영원성과 보편성을 지니고 있는 점에 있어서 오늘날의 한국의 부분의 관객들에게는 번역극으로서의 현실적 감명을 주지 못한다.[17]

눈솔은 여기서 번역 연구나 번역학 이론에서 약방의 감초처럼 늘 등장하는 '등가(等價) 이론'을 언급한다. 아우구스트 빌헬름 슐레겔에 이어 스코틀랜드의 언어학자 존 C. 캣포드는 번역이란 "어떤 언어로 쓰인 텍스트 요소를 등가의 다른 언어로 교체하는 것"으로 정의한다. 그러면서 캣포드는 '대응'과 '등가'를 구별하여 전자는 원천 텍스트와 목표 텍스트 사이에 의미가 형태적으로 동일한 경우를 가리키는 반면, 후자는 형태적 의미가 비록 다를지라도 내용적 의미에서 동등하거나 유사함을 보이는 경우를 가리킨다. 미국 번역학 이론가 유진 나이더도 '형태적 대응(formal correspondence)'과 '역동적 등가(dynamic equivalence)'를 서로 구분 짓는다. 전자는 원천 언어의 표현과 의미와 가장 가깝게 번역하는 방식을 말하고, 후자는 원천 텍스트가 독자의 마음에 남긴 것과 동등한 효과를 목표 텍스트에서도 촉발시키도록 번역하는 방식을 말한다. 나이더는 언어와 언어 사이에는 형태적 등가가 반드시 존재

---

17) 정인섭, 「로미오와 쥬리엣」, 『이제는 하고 싶은 이야기』, 107쪽.

하지 않는다고 지적하며 형태적 대응 쪽보다는 역동적 등가 쪽에 손을 들어 준다.

슐레겔에서 캣포드를 거쳐 나이더에 이르는 등가의 문제를 달리 말하면, 등가는 동질성의 관계인 반면 대응은 동일성의 관계라고 할 수 있다. 눈솔의 지적대로 영어와 독일어처럼 인도유럽어 어족(語族)에 속한 같은 계통의 언어라면 몰라도 한국어와 영어처럼 어족이나 계통이 완전히 다른 언어에서 등가성을 찾기란 거의 불가능하다. 그러므로 영어를 한국어로 번역하는 데 있어 등가의 원리를 적용하는 데는 무리가 따를 수밖에 없다. 눈솔은 번역 연구나 번역학 이론을 체계적으로 전공한 것은 아니지만 번역 실무 경험을 통하여 소중한 사실을 깨달았던 것이다.

이와 관련하여 눈솔은 일본에서 "제일가는 셰익스피어 번역가로 자칭하던" 쓰보우치 쇼요의 번역 작업을 실례로 든다. 쓰보우치 교수는 와세다대학에서 『리어 왕』을 강의할 때 대사를 일본의 전통 극 가부키(歌舞伎) 식의 고전체로 번역하여 읊곤 하였다. 뒷날 눈솔은 "[쓰보우치]가 출간한 그 식의 셰익스피어 전집이나 그 식의 상연은 독서계나 무대에서 성공하지 못하고 말았다"[18]고 지적한다. 눈솔은 무대장치나 의상 등은 당대에 맞게 꾸미더라도 대사만은 현대 구어체로 옮겨야 한다고 주장한다. 적어도 번역에서만은 눈솔은 그의 스승과는 크게 엇갈렸다.

---

18) 앞의 글, 107~108쪽. '자칭하던'이라는 구절에서도 엿볼 수 있듯이 눈솔은 일본에서 셰익스피어 학자로 유명한 쓰보우치 쇼요를 그렇게 높이 평가하는 것 같지 않다. 눈솔이 졸업하기 전해인 1928년에 와세다대학 본관에 일본 현대 연극의 아버지요 셰익스피어 학자를 기리기 위하여 '쓰보우치 박사 기념 연극 박물관'이 설립되었다. 한편 현철은 셰익스피어의 『햄릿』을 한국에서 처음 번역한 것으로도 유명하다. 그는 『개벽』 1921년 5월호부터 1922년 12월호까지 『햄릿』을 '하믈레트'라는 제목으로 완역해 연재하였다. 그의 번역은 쓰보우치의 일본어 번역을 토대로 옮긴 것으로 알려져 있다.

눈솔은 이렇게 번역 이론을 주장했을 뿐만 아니라 실제 번역을 통하여 한국문학과 외국문학 사이에서 교량 역할을 하기도 하였다. 그는 외국문학 작품을 한국어로 번역하는 한편, 이와는 반대로 한국문학 작품을 영어로 번역하였다. 와세다대학 유학 시절 일본에서 펴낸 『온도루야화』는 접어두고라도 눈솔은 레이먼드 밴토크와 공역 또는 공저한 『*Fairy Tales from Many Countries*』(1924) 2권, 『대한 현대시 영역 대조집(*An Anthology of Modern Poems in Korean*)』(1948), 『*Folk Tales from Korea*』(1952), 『*Plays from Korea*』(1956), 『*Modern Short Stories from Korea*』(1958), 『*A Pageant of Korean Poetry*』(1963), 『*An Introduction to Korean Literature*』(1970), 『*A Guide to Korean Literature*』(1982) 등을 번역하거나 집필하였다. 이 중에서 『*A Pageant of Korean Poetry*』는 한국 현대시만을 번역한 『대한 현대시 영역 대조집』의 한계를 극복하려고 시도한 책이다. 1963년도 역시집에서는 1948년에 출간한 책에서 미처 다루지 못한 신라시대 향가와 고대 시가 등을 포함하여 명실공히 한국의 시가 전체를 조감할 수 있도록 하였다. 눈솔이 이 책의 한국어 제목을 『한국 시가의 향연』이라고 한 것은 바로 그 때문이다.

한편 눈솔이 외국문학 작품을 한국어로 번역하여 출간한 작품도 적지 않다. 예를 들어 연희전문학교에 근무한 지 얼마 되지 않던 1930년대 초엽 그는 전문학교 학생 연극을 지도하면서 헨리크 입센의 『바다의 부인』을 직접 번역하였다. 그러나 방금 언급한 눈솔의 기준에 따른다면 이 번역은 아무래도 "참되고 양심적인 번역"이라고 할 수 없다. 노르웨이어를 모르는 그로서는 영어 번역본에서 중역할 수밖에 없었기 때문이다. 굳이 변명한다면 1930년대 식민지 조선에는 입센의 작품을 한국어로 번역할 만큼 노르웨이어를 구사하는 사람이 없었다.

물론 눈솔은 영국문학과 미국문학 작품을 한국어로 번역하기 하였다. 가령 난해하기로 이름 난 윌리엄 포크너의『고함과 분노』(1929)를 번역하였다. 또한 정음사가 1964년에 야심차게 펴낸 '셰익스피어 전집'에『로미오와 줄리엣』과『베로나의 두 신사』등을 번역하였다. 특히 눈솔은 와세다대학 재학 시절 일본의 셰익스피어 전문가 요코야마 유사쿠 교수로부터『로미오와 줄리엣』강의를 듣고 나서부터 이 영국 문호의 작품을 무척 좋아했다고 밝힌다.『햄릿』·『오셀로』·『맥베스』·『리어왕』같은 '4대 비극'보다도 오히려 흔히 '5대 비극' 중 한 작품으로 꼽히는『로미오와 줄리엣』을 선호하였다. 그래서 그런지 그는 대학에서 셰익스피어를 강의할 때면 주로『로미오와 줄리엣』을 강의하였다.

　눈솔 정인섭은 중앙대학교 대학원 원장으로 재직하던 1964년 10월 미국 국무성의 초청으로 1년 동안 미국을 순회하면서 주요 대학에서 강연하거나 강의하였다. 국무성에서는 해마다 '아시아 교수 초청 프로그램'에 따라 아시아 학자 몇 사람을 초빙하여 미국 대학에서 연구를 하면서 여행하며 견문을 넓히도록 하거나 또는 대학에서 강의를 맡도록 하기도 하였다. 눈솔은 네 대학을 돌아다니면서 학부와 대학원 과정에서 정규 과목을 강의하였다. 그가 맡은 과목은 주로 한국문화와 관련한 과목이었다. 눈솔이 단기간 여행으로 미국을 방문한 것은 그동안 몇 번 있었지만 장기적으로 체류하며 강의하기는 이번이 처음이자 마지막이었다.

　1964년 가을학기에 눈솔은 미시간주 마운트 플레즌트에 위치한 센트럴

미시간대학교(CMU)에서 한국 문화를 강의하였다. 강의 외에 그는 이 학교에서 여러 색다른 경험을 하였다. 예를 들어 눈솔은 한국전쟁에 참전했던 미국 학생 하나가 벌인 '한국 고아 후원' 행사를 보고 감명을 받았다. 미국인 학생은 고물 자동차를 캠퍼스에 가져다 놓고 학생들에게 쇠망치로 멋대로 자동차를 치게 하고는 1달러씩 받는 것이었다. 그는 경기도 문산에 있는 한국전쟁 고아원을 후원하기 위하여 이 행사를 벌였다. 동료 학생들에게는 학업에서 오는 스트레스를 해소할 기회를 주고, 고아원에는 금전적으로 도와주는 말하자면 일석이조의 행사였던 셈이다.

눈솔이 이 대학에서 목격한 또 다른 행사는 남학생들이 여학생들의 기숙사 방 청소를 해주는 것이었다. 여학생 기숙사 앞에 남학생들이 일렬로 서 있으면 여학생들은 그중에서 마음에 드는 남학생을 골라서 자기 방 청소를 시킨다. 물론 여학생은 남학생에게 돈을 지불하고 청소원으로 고용하는 것이다. 밤 11시가 되면 '라인업'이라고 하여 남학생들은 기숙사 현관 앞에 다시 줄지어 서고, 여학생들은 그들과 포옹도 하고 키스도 하면서 작별 인사를 한다. 이것 역시 남학생들이 아르바이트로 용돈을 벌면서 여학생들과 사귈 기회를 찾는 일석이조의 행사였다.

이 대학에 머무는 동안 눈솔이 경험한 또 다른 행사는 '헤이(건초) 드라이브'라는 것이다. 가을 추수가 끝나고 나면 기숙사 학생들은 건초를 실어 나르는 큰 트럭을 타고 기타 반주에 맞추어 노래를 부르며 멀리 들판으로 나아간다. 적당한 들판에 이르면 나무토막으로 캠프파이어를 피워 놓고 노래를 부르고 춤을 추면서 흥겹게 놀다가 밤늦게 기숙사로 돌아온다. 이러한 행사를 할 수 있는 것은 이 대학이 미시간주 한복판 농촌 지역에 있기 때문이다. 뉴욕이나 시카고와 같은 대도시라면 아마 상상도 할 수 없는 행사일 것이다.

그런가 하면 눈솔은 센트럴미시건대학교에서 뜻하지 않게 한국의 지휘자 김생려(金生麗)와 그의 아내를 만나기도 하였다. 이 무렵 김생려 부부는 한국의 고전 무용단을 이끌고 미국 대도시와 대학을 순례하며 공연하던 중 이 대학에 들른 것이다. 공연이 끝나고 김생려가 총장에게 태극선을 기증하는 무대에 눈솔도 함께 올라가 축하하였다. 또한 눈솔은 9년 전에 영국에 남겨두고 일본으로 건너가면서 헤어진 둘째 딸 미옥과 미국에서 결혼한 딸의 남편을 만나 회포를 풀기도 하였다. 미옥은 캔자스대학교 사범대학을 졸업하고 교사로 근무하고 남편은 이공계 연구소에서 근무하고 있었다.

눈솔이 강의한 두 번째 대학은 뉴저지주 티네크에 있는 페얼리디킨슨대학교(FDU)다. 뉴저지 주에서 가장 규모가 큰 사립대학교인 이 학교는 뉴욕시와는 허드슨강을 사이에 두고 있어 한국 교포나 한국인 방문객이 자주 방문하는 곳이다. 1964년 초겨울 눈솔은 부총장이 초대한 만찬회에서 김종필(金鍾泌) 부부, 김용식(金溶植) 주미 한국대사, 한병기(韓丙起) 뉴욕 영사 등을 만났다. 이 밖에도 눈솔은 미옥과 함께 영국에 두고 왔던 큰딸 영옥이 뉴욕에 살고 있어 자주 만났다. 또한 초대 영국 공사를 지낸 윤치창을 비롯한 여러 교포 집을 방문하여 대접을 받기도 하였다. 그런가 하면 모윤숙이 뉴욕을 방문했을 때는 같이 시내 관광도 하고 그녀의 딸 집에 초대받기도 하였다. 그 밖에 눈솔은 이 무렵 브루클린 음악학교에서 근무하던 유명한 바이올린 연주가 계정식(桂貞植), 최초의 한국계 미국 작가라고 할 강용흘, 연희전문 시절의 제자로 미국에서 '미국의 소리' 아나운서로 근무하던 황재경(黃材景), 이화여자전문학교에서 피아노 교수로 재직하다가 황재경과 함께 일하던 박경호(朴慶浩) 등을 만나기도 하였다.

이 무렵 눈솔은 뉴욕대학교의 워싱턴대학 학생처장 직을 맡고 있던 샬럿

D. 마이네크 교수를 방문하기도 하였다. 문교부의 자문기관인 '전국대학 해외유학생 지도교수위원회'의 위원장을 맡고 있던 눈솔에게 그녀는 각별한 의미가 있었다. 마이네크는 그동안 눈솔과 협력하여 한국 학생들이 장학금을 받고 미국 유학을 할 수 있도록 주선하는 데 그야말로 산파 역할을 해 왔기 때문이다. 눈솔이 지도교수위원회에서 일하기 전에도 그녀는 1955년 2월 아서 트루도 소장과 상의하여 뒷날 『순교자』(1964)를 발표하여 세계적으로 주목받는 김은국(金恩國, Richard E. Kim)을 코네티컷주 미들베리대학에 입학시키는 데 큰 도움을 준 장본인이다.[19] 눈솔은 마에네크에게 한국 유학생들을 위한 장학금 문제를 상의했지만 전과는 사정이 많이 달라져 그렇게 쉽지 않다는 답변을 들었다.

1965년 1월 눈솔이 세 번째로 강의한 학교는 뉴욕주 버팔로 소재 뉴욕주립대학교다. 특히 이 대학에서 그는 평소 관심 있던 '종합 변증법적 미래학'이라는 과목을 맡았다. 눈솔이 '변증법적 예언학'이라고도 부르는, 언뜻 이해가 가지 않는 이 분야에 대하여 그는 "유심(唯心)이나 유물(唯物)의 일원적 변증법이 아니고 정신주의와 물질주의가 시대적으로 교차되고, 또는 출발하려다가 다시 종합된다는 이원론을 취한 것이다"[20]라고 말한다. 학생들이 이러한 동서양 문명 비평의 체계와 비판에 '대단한 관심'을 보였다고 눈솔은 밝힌다.

이 대학에는 시 전문 도서관이 따로 있을 정도로 시문학에 대한 관심이 무척 컸다. 눈솔은 이 도서관에 자신의 영문 저서 『한국 시가의 향연』을 한 부

19) 김은국의 미국 유학과 마이네크의 역할에 대해서는 김욱동, 『김은국: 그의 삶과 문학』(서울: 서울대학교 출판부, 2007), 63~65쪽 참고.
20) 정인섭, 「뉴욕주립대학」, 『못다한 인생』, 241쪽.

기증하였다. 1936년에 영국과 아일랜드를 방문할 때는 생존 시인들이 추천한 현대시를 번역한 프린트본을 가지고 갔지만, 미국에는 그 프린트본에 수록된 현대시에 고전 시가를 번역하여 덧붙여 단행본으로 출간한 책을 가지고 갔던 것이다.

그러나 버팔로 소재 뉴욕주립대학교에서 강의하는 동안 눈솔이 얻은 가장 값진 수확이라면 역시 음성학 실험을 통하여 그 결과를 얻은 것이었다. 지금까지 그는 어느 대학을 방문하건 음성학 실험실이 있는 곳이라면 반드시 찾아가 음성 실험을 해 왔다. 이 학교의 화술 및 연극학과에 젊은 교수가 최신 기계 소나그래프로 음성 실험을 한다는 사실을 알아냈다. 그래서 눈솔은 그의 도움으로 이 기계를 이용하여 한국 악센트를 연구하였다. 그랬더니 기존의 학설을 뒤집을 만한 놀라운 결과가 나왔다. 그는 "결론적으로 말해서 '우리말 악센트는 고저(高低) 악센트다'라는 결론을 얻은 것이다. 과거 오랫동안 한글의 악센트가 강약(強弱) 악센트같이 오해되어 온 데 대해서 실로 중대한 경종을 울리는 것이었다"[21]고 밝힌다.

눈솔은 이 실험결과를 좀 더 확실하게 입증하기 위하여 앤아버로 미시간대학교 커뮤니케이션 센터를 방문하여 그곳에서 다시 소나그래프 실험을 해 본 결과는 버팔로에서 한 실험과 마찬가지였다. 그는 버팔로의 무척 추운 날씨에 하숙방에서 홀로 음파 분석을 하면서 고생했지만 '새로운 진리'를 발견했다는 생각에 그러한 고생도 거뜬히 견딜 수 있었다.

눈솔이 1965년 4월 마지막 강연 일정으로 방문한 학교는 일리노이주 피오리아에 있는 브래들리대학이다. 그의 강의를 주관한 사람은 중국계 미국

---

21) 정인섭, 「뉴욕주립대학」, 『못다한 인생』, 241쪽.

인으로 정치학을 전공하는 류 교수였다. 눈솔은 이 학교에 머무는 동안에도 소중한 경험을 얻는다. 어느 날 눈솔은 류 교수와 학교 식당에서 점심을 먹고 있었다. 류 교수는 옆자리에 있던 동료 교수들에게 눈솔을 소개하자, 그는 그들에게 한국에서 만들어온 명함을 건네주었다. 그랬더니 그중 한 교수가 한문으로 쓴 이름을 보더니 중국인이냐고 물었고, 눈솔은 아니라고 대답했다. 그러자 그는 명함 뒤쪽에 로마자로 인쇄한 이름을 읽어 보더니 이번에는 일본인이냐고 물었고, 눈솔은 또 다시 아니라고 대답하면서 한국인이라고 일러주었다.

그때 옆에 있던 또 다른 교수가 눈솔에게 그렇게 자랑하던 한글을 왜 사용하지 않느냐고 물었다. 그는 눈솔의 한국어 강의를 듣던 사람이었던 것이다. 그제야 눈솔은 얼굴이 붉어지면서 입으로는 자랑하면서 몸소 실천을 하지 않는 자신을 몹시 부끄럽게 생각하였다. 언젠가 눈솔은 한 인터뷰에서 한자로 이름을 적은 명함을 아예 받지 않는다고 말한 적이 있다. 모르긴 몰라도 눈솔은 어쩌면 브래들리대학에서 겪은 수치 때문에 그렇게 태도를 바꾼 것 같다.

눈솔 정인섭은 미국 방문을 마치고 귀국한 뒤에도 활발하게 활동을 이어나갔다. 그는 먼저 그동안 쓴 글을 한데 모아 단행본으로 정리하였다. 문학논집 『세계문학산고』(1960)와 『종합변증법적 세계문학론』(1973)을 비롯하여 언어학 저서 『국어음성학연구』, 아동문학 『색동저고리』(1962), 창작 시집 『산 넘고 물 건너』(1968), 수필집 『버릴 수 없는 꽃다발』(1968), 『일요탐방기』

(1968), 그 밖의 영문 저서 등은 모두 귀국 후에 출간한 책들이다.

또한 눈솔은 여러 기관과 단체에서 활약하기도 하였다. 예를 들어 그는 색동회 회장(1974~1983)을 맡아 어린이 운동을 계속하였다. 그 밖에도 그는 전국대학 해외유학생 지도교수 위원회 위원장(1957~1962), 서울특별시 전국 사설학원 연합위원회 위원장(1958~1964), 한글기계화연구소 부소장과 회장(1962~1972), 한국셰익스피어협회 이사(1963~1983), 국제극예술협회 한국본부(1966~1975) 부원장 등을 역임하였다.

그런데 눈솔의 이렇게 화려한 활동을 그렇게 긍정적으로만 볼 수만도 없다. 심지어 전국사설학원 연합위원회 위원장까지 맡을 정도로 마치 약방의 감초처럼 그가 참여하지 않은 단체나 기관이 거의 없다시피 하다. 이 점을 의식했는지 눈솔은 한 잡지와 가진 인터뷰에서 "나의 생활은 주로 새로운 창립 사업에 참가하는 일이었지요. 지금 회장으로 있는 색동회, 초창기 멤버로 한글학회, 극예술연구회 음성학회… 처녀지에 씨 뿌리는 작업이라 할까, 그래서 늘 바빴지"[22)]라고 밝힌다. 18세기 문인 백화자(白華子) 홍신유(洪愼猷)는 한 시에서 "재주 있는 사람 치고 바쁘지 않은 이가 있던가?(有才豈有不忙客)"라고 노래한 적이 있다. 백화자의 말처럼 남달리 재주가 많던 눈솔은 평생 참으로 바쁘게 살았다.

그런데 눈솔의 말 중에서 눈여겨볼 것은 자신의 활동과 업적을 "처녀지에 씨 뿌리는 작업"에 빗댄다는 점이다. 그의 삶을 생각할 때 이 표현은 아주 적절하다. 그러나 같은 땅에 씨를 너무 많이 뿌려도 식물이 제대로 자라지 못한다. 파종 양이 많으면 식물이 지나치게 무성하여 햇빛을 충분히 받

---

22) 정인섭, 「나의 신조」, 『이제는 하고 싶은 이야기』, 217쪽.

지 못하여 식물체가 연약해져 쓰러지거나 병충해나 가뭄 피해를 받기 쉽다. 눈솔도 타고난 재능을 한 분야에 집중적으로 쏟지 못하고 여러 분야에서 분산시키지나 않았나 하는 느낌을 떨쳐버릴 수 없다.

눈솔은 「후회 없는 인생」이라는 글에서도 이와 비슷한 견해를 밝힌다. 50년 가깝게 국내외 대학에서 강의를 하는 한편 여러 학회를 조직하거나 관계하여 "문학 활동에 선구자 노릇"을 해 온 탓인지 돌이켜보면 "기쁘고 즐거운" 삶이었다고 그는 회고한다. 그러면서 눈솔은 "그동안 내가 저서한 30여 권의 책을 응접실 책장에 꽂아놓고 그것을 넌지시 쳐다보는 순간, 나는 내 자신을 성지 순례자로 자처하면서 미소를 띠운다"[23]고 말한 적이 있다.

여기서 눈솔이 말하는 '성지'란 두말할 나위 없이 학문의 성지를 말한다. 그런데 기독교 신자라면 아마 예루살렘이나 베들레헴, 나사렛 같은 성지를 순례할 것이고, 이슬람 신자 같으면 아마 메카나 메디나를 방문할 것이다. 동양 종교로 좁혀 보자면 불교 신자는 석가모니의 탄생지인 룸비니, 석가가 깨달음을 얻은 부다가야, 또는 최초의 설법지인 사르나트로 성지 순례를 떠날 것이다. 유교의 신봉자라면 공자의 탄생지인 취푸(曲阜)를, 도교 신자라면 타이산(泰山)이나 우당산(武當山)을 성지 순례지로 택할지 모른다. 그런데 눈솔은 학문의 성지를 순례하되 참으로 온갖 종교(학문)의 성지를 두루 순례하였다. 만약 그가 어느 특정 종교에 국한하여 순례를 했더라면 그의 신앙은 지금보다 훨씬 더 돈독하고 찬란한 빛을 내뿜었을지 모른다.

눈솔의 업적을 동시대에 활약한 지식인들의 업적과 비교해 보면 좀 더 뚜렷하게 드러난다. 가령 문학 평론이나 이론으로 보자면 눈솔보다는 세 살

---

23) 정인섭, 「후회 없는 인생」, 308쪽.

아래로 황해도 해주 출신인 최재서(崔載瑞)가 훨씬 더 논리정연하고 일관성이 있다. 이 점에서 최재서의 필명이나 아호인 '석경우(石耕牛)'나 '석전경우(石田耕牛)'는 눈길을 끈다. 두 용어는 자갈밭을 가는 소라는 뜻으로 황해도 사람의 인내심 강하고 부지런한 성격을 이르는 말이다. 그는 1931년에 경성제국대학 영문과를 졸업한 뒤 같은 대학원에 입학하여 졸업하였다. 그 뒤 최재서는 눈솔처럼 영국 런던대학교에서 공부하기도 하였다. 귀국 후 보성전문학교와 경성법학전문학교 교수를 지내면서 1937년에 인문사(人文社)를 설립하여 『인문평론』을 발행하였다. 이보다 앞서 최재서는 1931년에 『신흥(新興)』 5호에 셰익스피어 연구가 A. C. 브래들리를 소개하는 「미숙한 문학」을 발표하면서 평론가로 데뷔한 뒤 일간신문에 국내외 문학에 관한 글을 많이 발표하여 명실공히 평론가로서의 탁월한 능력을 인정받았다.

한편 눈솔은 외국문학연구회의 다른 회원과 비교해 보더라도 유별나게 눈에 띄지 않는다. 가령 독문학자 김진섭은 귀국하여 주옥같은 수필을 써서 한국 수필 문학에 철학적 수필이라는 새로운 경지를 개척하였다. 그는 한국에서 처음으로 수필을 본격적인 문학 장르로 자리매김한 인물이다. 1929년에 『동아일보』에 「수필의 문학적 영역」을 발표하여 수필의 문학적 위치를 정립한 김진섭은 이론에 그치지 않고 「백설부(白雪賦)」, 「생활인의 철학」, 「주부송(主婦頌)」 같은 사색적이고 분석적인 수필 작품을 잇달아 발표하여 이양하와 피천득과 함께 한국 수필 문학의 세 봉우리 중 하나를 이루었다.

김진섭이 수필 문학에서 두각을 나타냈다면 김광섭과 이하윤은 시 문학에서 두각을 나타내었다. 1930년대 초엽 귀국한 김광섭은 평론을 주로 발표했지만 1935년에 『시원(詩苑)』에 「고독」을 발표하면서 본격적으로 시작(詩作)에 들어섰다. 1938년에 첫 시집 『동경(憧憬)』을 간행한 그는 광복 후에는 민족주의 문학을 건설하기 위하여 창작과 함께 문학단체에도 관여하였다. 그의 시집 『성북동 비둘기』(1966)에서는 자연과 문명에 대한 통찰과 함께 1960년대의 시대적 아픔을 비판하였고, 『반응(反應)』(1971)에서는 사회 비판적 관점에서 1970년대 산업사회의 모순 등을 적나라하게 드러내었다.

외국문학 작품의 번역으로 말하자면 이하윤과 함대훈이 눈솔보다 훨씬 돋보이는 업적을 쌓았다. 이하윤은 『실향의 화원』(시문학사, 1933)이라는 번역 시집을 간행하여 관심을 끌었다. 김억의 『오뇌의 무도』가 주로 일본어 중역에 크게 의존했다면 이하윤의 이 번역 시집은 원천 텍스트에서 직접 번역한 것이 대부분이다. 이하윤은 영국 시인 32명, 아일랜드 시인 11명, 미국 시인 3명, 프랑스 시인 14명, 벨기에 시인 2명, 그리고 인도 시인 1명의 작품 등 모두 110편을 수록하였다. 그 밖에도 그는 『불란서 시선』(수선사, 1954) 같은 번역 시집을 출간하였다.

번역 희곡으로 말하자면 러시아 문학을 전공한 함대훈과 김온(본명 김준엽)의 활약이 눈에 띈다. 소설가로서 활약한 함대훈은 1931년에 니콜라이 고골의 『검찰관』을 번역하여 직접 연출을 맡았다. 그 뒤 그는 막심 고리키의 『밤 주막』, 안톤 체홉의 『앵화원』을 번역하고 직접 공연의 연출을 맡기도 하였다. 한편 함대훈처럼 러시아 문학을 전공한 김온도 유학을 마치고 귀국하여 안톤 체홉의 극작품을 모두 번역하였다.

이왕 희곡 이야기가 나왔으니 말이지만 연극과 연출로 말하여도 눈솔보다는 유치진이나 서항석의 활약이 훨씬 두드러진다. 물론 눈솔이 이 분야에 끼친 영향이나 업적도 작지 않았던 것은 사실이다. 그러나 한국 연극계에 유치진이나 서항석이 끼친 업적과 비교해 보면 눈솔의 업적은 그다지 크다고 볼 수 없다. 눈솔과 동갑인 유치진은 외국문학연구회 회원들과 함께 극예술연구회를 조직하여 고골의 『검찰관』에 출연하는 것을 시작으로 희곡·창작·연기·연출·평론 등 그야말로 여러 방면에 걸쳐 활약하면서 극예술연구회를 주도하였다. 해방 후 유치진은 한국무대예술원 초대원장으로 취임하였고, 1962년에 드라마센터를 건립하여 한국연극연구소와 연극학교, 연극아카데미 등 부설기관을 만드는 등 한국 연극계의 대부로서 큰 역할을 하였다.

서항석도 유치진처럼 연극 분야에서 괄목할 만한 업적을 쌓았다. 서항석은 해방 이후 국립극장 설립에 앞장섰으며, 피난지 대구에서 2대 극장장에 임명되었다. 그뒤 1953년부터 1960년까지 중앙국립극장장, 1955년 한국자유문학자협회 최고위원, 시나리오분과 위원장, 1957년 예술원 회원, 1960년 국악원 이사장, 1964년 연극협회 이사장, 1978년 예술원 부회장 등을 잇달아 역임하였다. 1970년에 서항석은 한국인으로서는 최초로 독일 정부로부터 괴테훈장을 수여받았다.

눈솔은 같은 땅에 여러 씨를 많이 뿌린 데다 자신의 신앙과는 별로 관계없이 이곳저곳 여러 성지 순례를 다녔다. 그래서 그는 어쩔 수 없이 재능이 분산될 수밖에 없었다. 한국 속담에 "우물을 파도 한 우물을 파라"는 말이 있고, 서양 속담에도 "구르는 돌에는 이끼가 끼지 않는다"는 말이 있다. 눈솔은 자신의 재능을 최대한 발휘할 수 있는 특정한 분야를 선택하여 그 분야에 천착하지 않았다. 눈솔은 이렇게 여러 분야에 걸쳐 학문적으로 편력한 자신을 '방랑자'라고 부른 적이 있다. 쥘 들뢰즈식으로 말하자면 그는 오히려 '유목민' 학자에 가까웠다. 물론 오늘날 같은 세계화 시대에 '정착민' 학자 못지않게 소중한 것이 '유목민' 학자다.

눈솔은 언젠가 남들이 하지 못한 분야로 자신이 개척한 분야가 무엇인지 생각해 본 적이 있다. "내가 아니면 못하는 학문의 개척은 과연 무엇일까 생각할 때, 나는 내가 그동안 특별히 관심해 오던 음성학 중에서도 우리말의 액센트와 인토네이션에 대한 연구가 제일 장기(長技)라고 생각하고 있다"고 고백한다. 그러면서 그는 계속하여 "오늘날 현재로 보아 이 문제에 대해서만은 내가 지금 파 들어간 깊이와 넓이 정도로는 아무도 개척하지 못한 것 같다"[24]고 덧붙인다. 눈솔의 자기 평가대로 이 분야에서 그가 이룩한 성과는 그야말로 무척 크다.

만년의 눈솔 정인섭. 그는 영문학자, 평론가, 시인, 번역가, 한글학자, 민속학자 등 여러 분야에서 활약하였다.

그러나 눈솔이 남긴 유산은 음성학에 끼친 영향 못지않게, 아니 어떤 의미에서는 그보다도 더 중요하게 학문의 보편성과 유기적 관계를 주창했다는 점이다. 외국문학연구회 설립과 관련하여 그는 "어떻게 하면 서구의 근대적인 문명을 우리 사회에 적용할까 하는 데는, 우리 자신의 문화에 대한 인식이 필요하다는 것을 절실히 느꼈다. 이것은 우리의 문화유산을 토대로 하지 않고 외국 문화를 그대로 직수입해서는 큰 실효가 없으리라는 것

---

24) 정인섭, 「지성의 상아탑」, 182~183쪽.

인생은 즐겁고
또한 슬픈 것이니
누구를 탓하지 말고
오즉 살아보는 것이니라
눈솔 정인섭

1980년대 초 눈솔이 쓴 글씨. 이 글은 그의 한 수필집 첫 장에 실려 있다.

외국어대학 대학원장을 맡고 있을 무렵의 눈솔 정인섭.

을 느꼈기 때문이다"[25]라고 천명한다. 한국의 문화유산을 밑바탕으로 삼아 서구 문화와 문명을 받아들여야 한다는 주장은 탁견 중의 탁견이다. "우리 것은 소중한 것이여!"라고 부르짖는 것만으로는 부족하다. 외국의 것이라면 사족을 못 쓰는 사대주의적 태도도 바람직하지 않기는 마찬가지다. 눈솔의 주장처럼 한국의 문화적 전통의 단단한 기초 위에 외국 문물의 기둥을 세울 때 비로소 학문의 집은 제대로 설 수 있다. 외국 문물을 받아들일 때 토착 문화가 튼튼한 기초가 되어야 한다는 진리, 문화의 전파나 교류란 일방적이 아니라 어디까지나 쌍방적이라는 진리는 눈솔이 후학들에게 전해준 위대한 유산이다.

눈솔 정인섭은 1968년에 중앙대학교 대학원장을 그만두고 이 해 9월부터 아직 단과대학이던 외국어대학의 대학원 원장으로 부임하여 1977년 2

---

25) 정인섭, 「지성의 상아탑」, 180쪽.

월까지 10여 년 동안 근무하였다. 이때 그는 학부와 대학원에서 셰익스피어, 비교문학, 음성학, 운율학, 영국 사정 등을 가르쳤다. 일본 유학 시절 특정한 전공 분야 하나만 천착하는 학풍의 영향을 받았으면서도 눈솔은 모든 문학 장르, 모든 시대, 심지어 문학과 언어학 사이를 자유롭게 넘나들며 강의하였다. 그는 평생 독일 교육제도나 그 영향을 많이 받은 일본식 연구 방식이 아니라 특정한 분야에 얽매이지 않고 폭넓게 연구하는 미국식 연구 방식을 받아들였다는 것이 여간 놀랍지 않다.

더구나 대학원을 책임 맡은 행정가로서 눈솔은 외국어대학의 한정된 교수진만으로는 알찬 대학원 강좌를 개설하기 어렵다고 판단하여 외부에서 각 분야에서 유명한 교수들을 많이 초빙하여 강의를 맡겼다. 예를 들어 셰익스피어 강의에는 고려대학교의 여석기(呂石基), 어니스트 헤밍웨이를 비롯한 미국문학 강의에는 중앙대학교의 김병철(金秉喆), 소설 강의에는 주요섭(朱耀燮) 같은, 당시 쟁쟁한 교수들이 외국어대학 대학원에 초빙되어 강의를 맡았다.

눈솔은 1977년에 외국어대학에서 은퇴한 뒤 1983년 9월 16일 서울 반포에서 요즈음 기준으로 하면 조금 이른 78세의 나이로 세상을 떠났다. 1983년 9월 17일자 『한국일보』에는 그의 사망을 알리는 다음과 같은 기사가 실려 있다.

영문학자 정인섭 박사가 16일 상오 9시 서울 강남구 반포아파트 52동 201호 자택에서 숙환으로 별세했다. 향년 79세. 정 박사는 경남 울주 태생으로 와세다대 영문학과, 런던대 대학원을 거쳐 중앙대, 서울대, 외국어대 교수, 중앙대학교 대학원장(57년~68년), 외국어대학교 대학원장(69년~72년) 등을 역임했다. 18일 상호 10시 자택서 발인, 10시 30분 천주교 반포성당에서 영결식을 갖고 경기도 안양 천주교 묘지에 안장된다. 유족으로는 미망인 김두리 여사(73)와 장남 정해룡씨(49·주식회사 삼공사 대표이사) 등 2남 3녀가 있다.[26)]

눈솔의 사망 소식을 알리는 이 신문기사는 박물관에 전시된 공룡의 뼈처럼 앙상하기 그지없다. 뼈와 뼈 사이에 놓여 있던 피와 살이 공룡의 삶이었듯이 눈솔의 삶도 사망 기사 사이사이로 모조리 빠져 있다. 런던에 체류하던 시절 눈솔은 자신을 삶을 돌아보며 그의 자화상이라고 할「기사(騎士)의 독백」이라는 시를 썼다.

어린 기사는 죽마를 탔고
수수밭에서 숨바꼭질했고
미나리강에서 미끄럼질 쳤다
동물성, 식물성, 광물성, 스무고개 넘으려
바다 건너 이방에서 사각모를 썼다
진리의 탐구는 화려했지만
향수에 지쳐서 눈물겨웠다[27)]

....
26)『한국일보』1983년 9월 17일. 이 기사 내용 중 일부는 사실과 다르다. 그가 대학원장으로 재직할 무렵 외국어대학은 아직 종합 대학으로 승격하지 않은 단과대학 수준이었다. 그가 이 대학의 대학원장으로 근무한 시기도 '1969년~1972년'이 아니라 '1968년~1977년'이다. 또한 그의 자녀는 '2남 3녀'가 아니라 '2남 4녀'다.
27) 정인섭,『산 넘고 물 건너』, 76쪽.

눈솔이 스무고개를 언급하는 것은 그가 런던에 머물던 1950년대 영국 BBC의 라디오 프로그램 '20가지 질문'이 크게 유행했기 때문이다. 이보다 조금 앞서 한국에서도 미 군정기에 이를 흉내 낸 '스무고개'라는 놀이가 널리 퍼졌다. 이렇듯 눈솔은 스무고개 하듯이 산을 넘고 물을 건너 살아왔다. 눈솔에게 삶이란 스무고개를 넘는 것처럼 한편으로 두려움이었고 다른 한편으로는 설렘이었다. 그의 삶은 80년 가깝게 언양에서 대구로, 대구에서 도쿄로, 도쿄에서 경성으로, 경성에서 런던으로, 런던에서 일본 나라를 거쳐 다시 서울로 숨 가쁘게 달려온 여정이었다.

눈솔은 일본 제국주의의 식민지 통치를 받으며 인생의 전반을 보내고, 나머지 절반은 어수선한 해방 정국, 그리고 비록 외국에서 체류했지만 간접적으로나마 한국전쟁의 회오리바람을 피해갈 수는 없었다. 눈솔은 「산 넘고 물 건너」라는 작품에서 "산 넘고 물 건너서 사는 것이 인생이라 / 넘으며 건너가기 쉽지 않은 가시밭길 / 이 길을 울다가 웃다가 늙고 늙어가노라"[28] 라고 노래한 적이 있다.

동시대에 태어나 산 다른 사람들과 비교해 보면 눈솔 정인섭이 걸어 온 '가시밭길'은 그렇게 험난하다고는 할 수 없을지도 모른다. 그러나 식민지 지식인으로서 그는 그 나름대로 산전수전을 겪을 수밖에 없었다. 그런데도 눈솔은 이러한 역경 속에서 한국의 문학계와 학계에 큰 족적을 남겼다. 80년 가깝게 그가 걸어 온 험난한 여정에서 궁핍한 시대를 산 한 지식인의 열정과 고뇌를 엿볼 수 있다. 눈솔 정인섭의 삶은 곧 20세기의 격변기를 온몸으로 부딪치며 살다 간 한 식민지 지식인의 슬픈 초상이요 발자취인 것이다.

---

28) 앞의 책, 90쪽.

참고문헌

I. 정인섭 저서

정인섭.『대한 현대시 영역 대조집』. 서울: 문화당, 1948.
_____.『영어 신교수법과 학습법』. 서울: 문화당, 1949.
_____.『한국문단논고』. 서울: 신흥출판사, 1959.
_____.『세계문학산고』. 서울: 동국문화사, 1960.
_____.『색동저고리』. 서울: 정연사, 1962.
_____.『산 넘고 물 건너』. 서울: 정음사, 1968.
_____.『버릴 수 없는 꽃다발』.서울: 이화문화사, 1968.
_____.『일요 탐방기』.서울: 1968.
_____.『비 소리 바람 소리』.서울: 정음사, 1968.
_____.『국어음성학연구』. 서울: 휘문출판사, 1973.
_____.『종합변증법적 세계문학론』. 서울: 박문사, 1973.
_____.『일요 방담』. 서울: 중앙출판공사, 1974.
_____.『색동회 어린이 운동사』. 서울: 학예사, 1975.
_____.『별 같이 구름 같이』. 서울: 세종문화사, 1975.
_____.『모두 사랑했노라』. 서울: 삼육출판사, 1976.
_____.『이렇게 살다가』. 서울: 가리온출판사, 1982.

_____. 『溫突夜話』. 東京: 日本書院, 1927.

_____. 『The International Phonetic Transcription of Korean Speech Sounds』. 서울: 동아일보사, 1935.

_____. 『Folk Tales from Korea』. London: Routledge & Kegan Paul, 1952.

_____. 『Modern Short Stories from Korea』. 서울: 문호사, 1958.

_____. 『A Pageant of Korean Poetry』. 서울: 어문각, 1963.

_____. 『Plays from Korea』. Seoul: Choongang University PRess, 1968.

_____. 『An Introduction to Korean Literature』. Seoul: Hyangnyeon-sa, 1970.

_____. 『A Guide to Korean Literature』. Seoul: Hollym, 1971.

_____. 번역. 『메논 박사 연설집』. 서울: 문화당, 1948.

_____. 번역. 『대역 현대시 영역 대조집』. 서울: 문화당, 1948.

_____. 번역. 『음향과 분노』(정음사 세계문학전집). 서울: 정음사, 1961.

_____. 번역. 『로미오와 줄리어트』(셰익스피어 전집). 서울: 정음사, 1964.

_____. 번역. 『베로나의 두 신사』(셰익스피어 전집). 서울: 정음사, 1964.

_____. 번역. 『바다의 부인』. 서울: 신아출판사, 1968.

II. 정인섭에 관한 논문

김광식. 「경성제국대학 부속도서관의 문학부 계열 장서 분석: 법문학부 민요 조사와의 관련 양상을 중심으로」. 『연민학지』(연민학회), 2017, 211~244.

김동인. 「대두된 번역 운동」. 『조선중앙일보』, 1935년 5월 22일.

김문집. 「문단 태평기」. 『조선문학』, 1936. 8.

김석대. 「정인섭 씨의 평론을 읽고서」. 『신인문학』, 1935. 11.

김성남. 「근대전환기 농촌 사회·경제의 지속과 변화: 언양 지역 미시 자료를 이용한 수량경제적 접근」. 서울대학교 대학원 박사학위 논문, 2017.

김태오. 「정인섭론」. 『주간서울』, 1950. 06.

_____. 「문단잡화」. 『삼천리』 4권 10호, 1932년 1월.

박중훈. 「일제강점기 정인섭의 친일 활동과 성격」. 『역사와 경계』(부산경남사학회). 제89집(2013. 12), 177~215.

박철석. 「정인섭론」. 『현대시학』. 1981. 12.

복혜숙·복면객. 「장안 신사숙녀 스타일 만평」. 『삼천리』 9권 1호, 1937년 1월.

유영. 「연희전문 시절의 윤동주」. 『나라사랑』 23집(1976).

윤동주. 「달을 쏘다」. 『조선일보』, 1939년 1월 23일.

이영훈. 「20세기 전반 언양의 소농사회」. 『경제논집』(서울대학교 경제연구소) 54: 1, 75~182.

장덕수. 「동경 고학의 길, 할 수 없는가?」. 『학생』 1권 2호(1929)

Ⅲ. 정인섭에 관한 단행본 저서

김병철. 『한국 근대 번역 문학사 연구』. 서울: 을유문화사, 1974.
_____. 『한국 근대 서양문학 이입사 연구』 상하권. 서울: 을유문화사, 1980, 1982.
김영민. 『한국 근대문학 비평사』. 서울: 소명출판, 1999.
김우종. 『한국 현대문학사』. 서울: 신명문화사, 1973.
김욱동. 『번역과 한국의 근대』. 서울: 소명출판, 2010.
_____. 『근대의 세 번역가: 서재필, 최남선, 김억』. 서울: 소명출판, 2010.
_____. 『번역의 미로: 번역에 관한 열두 가지 물음』. 서울: 글항아리, 2011.
_____. 『한국계 미국 이민 자서전 작가』. 서울: 소명출판, 2012.
_____. 『오역의 문화』. 서울: 소명출판: 2015.
_____. 『외국문학연구회와 『해외문학』』. 서울: 소명출판, 2020.
김윤식. 『한국 근대문예 비평사 연구』. 서울: 일지사, 1976.
김응교. 『나무가 있다』. 서울: 아르테, 2010.
김진섭. 『교양의 문학』. 서울: 진문사, 1955.
김진영. 『시베리아의 향수: 근대 한국과 러시아 문학, 1896~1946』. 서울: 이숲, 2017.
마종기 · 루시드 폴(조윤석). 『사이의 거리만큼, 그리운』. 서울: 문학동네, 2014
박진영. 『번역가의 탄생과 동아시아 세계문학』. 서울: 소명출판, 2019.
백 철. 『신문학 사조사』 개정판. 서울: 신구문화사, 2003.
소천 이헌구 선생 송수기념논총 편찬위원회 편. 『소천 이헌구 선생 송수기념논총』, 1970.
양주동. 『양주동 전집』 4. 서울: 동국대학교 출판부, 1998.
_____. 『양주동 전집』 11. 서울: 동국대학교 출판부, 1998.
_____. 『양주동 전집』 12. 서울: 동국대학교출판부, 1998.
언양초등학교 총동창회 편. 『언양초등학교 백년사』, 2006.
외국문학연구회. 『해외문학』 창간호, 1917, 1월.
_____. 『해외문학』 제2호, 1927, 7월.
이하윤. 『이하윤 선집: 평론 · 수필』. 서울: 한샘출판사, 1982.
이헌구. 『문화와 자유』. 서울: 청춘사, 1958.
_____. 『미명을 가는 손』. 서울: 서문당, 1973.
_____. 『이헌구 선집』. 김준현 편. 서울: 현대문학사, 2011.
전광용. 『꺼삐딴 리』 개정판. 서울: 을유문화사, 2007.
정병준. 『현앨리스와 그의 시대』. 서울: 돌베개, 2015.

Hemecker., Wilhelm and Edward Saunders, eds. *Biography in Theory: Key Texts with Commentaries*. Berlin: De Gruyter, 2017.
Kendall, Paul Murray. *The Art of Biography*. London: George Allen & Unwin, 1965.
Kim, Wook-Dong. *Global Perspectives on Korean Literature*. London: Palgrave Macmillan, 2019.
_____. *Translations in Korea: Theory and Practice*. London: Palgrave Macmillan, 2019.
Lee, Hermione. *Biography: A Very Short Introduction*. Oxford University Press, 2009.

눈솔 정인섭 평전

1판 1쇄 발행일 2020년 4월 30일
저자 | 김욱동
펴낸곳 | UNIST
발행인 | 김문영
발행처 | 이숲
등록 | 2008년 3월 28일 제301-2008-086호
주소 | 서울시 중구 장충단로8가길 2-1
전화 | 2235-5580
팩스 | 6442-5581
ISBN | 979-11-86921-89-0 93810
ⓒ UNIST, 이숲, 2020, printed in Korea.

▶ 이 책은 저작권법에 의하여 국내에서 보호를 받는 저작물이므로 무단 전재 및 복제를 금합니다.
▶ 이 도서의 국립중앙도서관 출판예정도서목록(CIP)은 서지정보유통지원시스템 홈페이지(http://seoji.nl.go.kr)와
   국가자료종합목록 구축시스템(http://kolis-net.nl.go.kr)에서 이용하실 수 있습니다.(CIP제어번호 : CIP2020014964)